中外文学交流史

钱林森　周宁　主编

中国－希腊、希伯来卷

齐宏伟　杜心源　杨巧　著

山东教育出版社
·济南·

目 录

总序

一

中外文学关系的研究，是中国比较文学学术传统最丰厚的领域，前辈学者开拓性的建树，大多集中在这一领域的研究，如范存忠、钱锺书、方重等之于中英文学关系，吴宓之于中美，梁宗岱之于中法，陈铨之于中德，季羡林之于中印，戈宝权之于中俄文学关系的研究，等等。20 世纪中国比较文学研究前后两个高峰，世纪前半叶的高峰，主要成就就在中外文学关系研究上。20 世纪后半叶，比较文学在新时期复兴，30 多年来推进我国比较文学学科发展的支撑领域，同时也是本学科取得最多实绩的研究领域，依旧在中外文学关系研究。中外文学关系研究所获得的丰硕成果，被学术史家视为真正“体现了‘我们自己的比较文学’的特色和成就”[1]，成为我国比较文学复兴发展的一个重要标志[2]。

1. 王向远：《中国比较文学研究二十年·前言》，南昌：江西教育出版社，2003 年版。

2. 王向远教授在其 28 章的大著《中国比较文学研究二十年》中，从第 2 章到第 10 章论述国别文学关系研究，如果加上第 17、18“中外文艺思潮与中国文学关系”、“中外文学关系史的总体研究”两章，整整占 11 章，可谓是“半壁江山”。

学术传统是众多学者不断努力、众多成果不断积累而成的。在中外文学关系研究领域，从 20 世纪 80 年代中期开始，先后已有三套丛书标志其阶段性进展。首先是乐黛云教授主编的比较文学丛书中的《中日古代文学交流史稿》（严绍璗著）、《近代中日文学交流史稿》（王晓平著）、《中印文学关系源流》（郁龙余编）。乐黛云教授和这套丛书的相关作者，既是继承者，又是开拓者。他们继承老一辈学者的研究，同时又开创了新的论题与研究方法。

其次是 20 世纪 90 年代初，北京大学和南京大学联合推出《中国文学在国外》丛书（10 卷集，乐黛云、钱林森主编，花城出版社），扩大了研究论题的覆盖面，在理论与方法上也有所创新。再其后就是经过 20 年积累、在新世纪初期密集出现的三套大型比较文学丛书：《外国作家与中国文化》（10 卷集，钱林森主编，宁夏人民出版社）、《跨文化沟通个案研究》丛书（乐黛云主编，北京出版社）、国别文学文化关系丛书《人文日本新书》（王晓平主编，宁夏人民出版社），这些成果细化深化了该研究领域，在研究范式的探究和方法论革新方面，也取得较大进展。

从某种意义上说，中外文学关系研究带动了整个中国比较文学研究。从“20 世纪中国文学的世界性因素”的讨论，到中外文学关系探究中的“文学发生学”理论的建构；从中外文学关系的哲学审视和跨文化对话中激活中外文化文学精魂的尝试，到比较文学形象学与后殖民主义文化批判……所有这一切探索成果的出现，不仅推动了中国比较文学学科深入发展，反过来对中外文学关系问题的研究，也有了问题视野与理论方法的启示。

二

在丰厚的研究基础上，如何进一步推进中外文学交流研究，成为学术史上的一项重要使命。2005 年 7 月初，南京大学比较文学与比较文化研究所与山东教育出版社在南京新纪元大酒店，举行《中外文学交流史》丛书首届编委会暨学术研讨会，正式启动大型丛书《中外文学交流史》的编写工作，以创设一套涵盖中国与欧洲、亚洲、美洲等世界主要国家及地区的文学交流史。

中外文学交流史研究既是一项研究，又是关于此项研究的反思，这是学科自觉的标志。学者应该对自己的研究有清醒的问题意识，明确“研究什么”、“如何研究”和“为何研究”。

20 世纪末以来，国际比较文学研究一直面临着范式转型的问题，不同研究范型的出现与转换的意义在于其背后问题脉络的转变。产生自西方民族国家体系确立时代的比较文学学科，本身就是民族国家意识形态的产物。影响研究的真正命题是确定文学“宗主”，特定文学传统如何影响他人，他人如何从“外国文学”中汲取营养并借鉴经验与技巧；平行研究兴盛于“冷战”时代，试图超越文学关系的外在的、历史的关联，集中探讨不同文学传统的内在的、美学的、共同的意义与价值。“继之而起的新模式没有一个公认的名称，但是和所谓的后殖民批评有着明显的关系，甚至可以把后殖民批评称为比较研究的第三种模式。这种模式从后结构理论吸取了‘话语’、‘权力’等概念，致力于清算伴随着资本主义扩张的帝国主义和殖民主义，尤其是其文化方面的问题。这种批评的所谓‘后’字既有‘反对’的意思，也有‘在……之后’的意思。”“后殖民批评的假设前提是正式的帝国 / 殖民主义时代已然成为历史。在第二次世界大战之后这一点已经成为普遍的共识，当时不同政治阵营能够加之于对方的最严厉的谴责莫过于‘帝国主义’了。这种共识是后殖民批评能够立于不败之地的先决条件。”[1]

1. 陈燕谷：《比较文学与“新帝国文明”》，载《中国社会科学院院报》，2004 年 2 月 24 日。

伴随着后殖民主义文化批评在 1970 年代后期的兴起，西方比较文学界对社会文本的关注似乎开始压倒既往的文学文本。翻译、妇女、生态、少数族裔、性别、电影、新媒体、身份政治、亚文化、“新帝国治下的比较研究”[2] 等问题几乎彻底更新了比较文学的格局。比如知名文化翻译学者苏珊·巴斯奈特在 1993 年出版的专著《比较文学批评导论》（*Comparative Literature: A Critical Introduction*）中就明确指出：“后殖民”用最恰当的术语来表达，就是近年来出现的新跨文化批评，而“除此之外，比较文学已无其他名称可以替代”。[3]

2. 陈燕谷指出：“现在我们也许有理由提出比较研究的第四种模式，也就是‘新帝国治下的比较研究’。……当‘帝国’去而复返……自然意味着后殖民批评不再具有不证自明的有效性。今天这种情况正在发生，比较研究必须在新帝国条件下重新界定自己的任务和方向。”陈燕谷：《比较文学与“新帝国文明”》。

3. Susan Bassnett, *Comparative Literature: A Critical Introduction*, Oxford and Cambridge: Blackwell, 1993, p.10.

本世纪初，比较文学的学科理论建设工作似乎依然徘徊在突围西方中心主义的方向和路径上。2000 年，蜚声北美、亚洲理论界的明星级学者 G.C. 斯皮瓦克将其在加州大学厄湾分校的“韦勒克文学讲座”系列讲稿结集出版，取了个惊世骇俗的名字《一门学科的死亡》（*Death of A Discipline*），这门学科就是比较文学。其实斯皮瓦克并无意宣布比较文学的终结，而是在指出当前的欧美比较文学的困境，即文学越界交流过程中的不均衡局面，以及该学科依然留存着欧美文化的主导意识并分享了对人文主义主体无从判定的恐惧等问题后，希望促成比较文学的转型，开创一种容纳文化研究的新的比较文学范型，迎接全球化语境的文化挑战。[4]

4. Gayatri C. Spivak, *Death of A Discipline*, New York: Columbia University Press, 2003.

然而，我们也要清楚地看到，后殖民主义文化批判试图颠覆比较文学研究的价值体系，却没有超越比较文学的理论前提。因为比较研究尽管关注不同民族、不同国家文学之间的关系，但其理论前提却是，不同民族、国家的文学是以语言为疆界的相互独立、自成系统的主体。而且，比较文学研究总是以本国本民族文学为立场，假设比较研究视野内文学之间的关系是一种自我与他者的关系，只不过影响研究表示顺从与和解，后殖民主义文化批判强调反写与对抗。对于“他性”的肯定，依然没有着落。

坦率地说，中外文学关系研究仍属于传统范型，面临着新问题与新观念的挑战。我们在第三种甚至第四种模式的时代留守在类似于巴斯奈特所谓的“史前恐龙”[5] 的第一种模式的研究领域，是需要勇气与毅力的。伴随着国际学术共同体间的密切互动与交流，北美比较文学的越界意识也在 20 世纪末期旅行到了中国。虽然目前国内比较文学也整合了文化批评的理论方法，跨越了既往单一的文学学科疆界，开掘了许多富于活力和前景的学术领域，但这些年来比较文学领域并不景气：一方面是研究的疆界在扩大也在不断消解，另一方面是不断出现危机警示与

5. Susan Bassnett, *Comparative Literature: A Critical Introduction*, p.5.

研究者的出走。在这个大背景下，从事我们这套丛书写作的作者大多是一些忠诚的留守者，大家之所以继续这个领域的研究，不是因为盲目保守，而是因为“有所不为”。首先，在前辈学人累积的深厚学术传统上，埋头静心、勤勤恳恳地在“我们自己的比较文学”领地里精心耕作，在喧嚣热闹的当下，这本身就是一种别具意味的学术姿态。同时，在硕果纷呈的比较文学研究领域，中外文学关系问题始终是一个基础但又重要的问题，不断引起关注，不断催生深入研究，又不断呈现最新成果，正如目前已推出的这套丛书所展示的，其研究写作不仅在扎实的根基上，对中外文学交流史的论题领域有所拓展，在理论与方法探索上也通过积极吸收、整合其他领域的成果而有所推进。最后，在中国作为新崛起的世界经济大国的关键历史节点上重新思考中外文学关系问题，直接关涉到中外文学关系研究的学科自觉。这事实上是一个如何在世界文学图景中重新测绘“中国文学”的问题，也即当代中国文学如何在世界中重新创造自己的身份和位置。通过中外文学关系研究，我们可以重新提炼和塑造中国文学、文化的精神感召力、使命感和认同感，在当代世界的共同关注点上，以文学为价值载体去发现不同文化之间交往的可能和协商空间，进而参与全球新的世界观的形成。

三

中外文学关系研究，就学科本质属性而言，属实证范畴，从比较文学研究传统内部分类和研究范式来看，归于“影响研究”，所以重“事实”和“材料”的梳理。对中外文学关系史、交流史的整体开发，就是要在占有充分、完整材料的基础上，对双向“交流”、“关系”“史”的演变、沿革、发展作总体描述，从而揭示出可资今人借鉴、发展民族文学的历史经验和历史规律，因此它要求拥有可信的第一手思想素材，要求资料的整一性和真实性。

中外文学关系研究的开发、深化和创新，离不开研究理论方法的提升与原理范式的探讨。某种新的研究理念和理论思路，有助于重新理解与发掘新的文学关系史料，而新的阐释角度和策略又能重构与凸显中外文学交流的历史图景，从而将中外文学关系的研究向新的深度开掘。早在新时期我国比较文学举步之时和复兴之初，我国前辈学者季羡林、钱锺书等就卓有识见地强调“清理”中外文学关系的重要性和必要性，把它提到中国比较文学特色建设和拥有比较文学研究“话语权”的高度。[1]30 年来，我国学者在这方面不断努力，在研究的观念与方法上进行了深入的探讨。钱林森教授主持的《外国作家与中国文化》丛书，曾经就中外文学关系研究中的哲学观照和跨文化文学对话的观念与方法进行过有益的尝试与实践。其具体思路主要体现在如下五个方面：

1） 依托于人类文明交流互补基点上的中外文化和文学关系课题，从根本上来说，是中外哲学观、价值观交流互补的问题，是某一种形式的精神交流的课题。从这个意义上看，研究中外文化、文学相互影响，说到底，就是研究中外思想、哲学精神相互渗透、影响的问题，必须作哲学层面的审视。2） 考察两者接受和影响关系时，必须从原创性材料出发，不但要考察外国作家、外国文学对中国文化精神的追寻，努力捕捉他们提取中国文化（思想）滋养，在其创造中到底呈现怎样的文学景观，还要审察作为这种文学景观“新构体”的外乡作品，又怎样反转过来向中国文学施于新的文化反馈。3） 今日中外文学关系史建构，不是往昔文学史的分支研究，而是多元文化共存、东西哲学互渗时代的跨文化比较文学研究重构。比较不是理由，比较中达到对话并且通过对话获得互识、互证、互补的成果，才是中外文学关系研究学理层面的应有之义。4） 中外文学和文化关系研究课题，应以对话为方法论基点，应当遵循“平等对话”的原则。对研究者来说，对话不止是具体操作的方法论，也是研究者一种坚定的立场和世界观，一种学术信仰，其研究实践既是研究者与研究对象跨时空跨文化的对话，也是研究者与潜在的读者共时性的对话，通过多层面、多向度的个案考察与双向互动的观照、对话，激活文化精魂，进一步提升和丰富影响研究的层次。5） 对话作为方法论基点来考量的意义在于，它对以往“影响研究”、“平行研究”两种模式的超越。这对所有致力于中外文学关系的研究者来说，都是一种富有创意的、富有挑战性的学术探索。

从学术史角度看，同一课题的探讨经常表现为研究不断深化、理路不断明晰的过程。中外文学关系史研究在中国比较文学界已有多年的历史，具有丰厚的学术基础。《中外文学交流史》丛书是在以往研究基础上的又一次推进，具有更高标准的理论追求。钱林森主编在 2005 年编委会上将丛书的学术宗旨具体表述为：

丛书立足于世界文学与世界文化的宏观视野，展现中外文学与文化的双向多层次交流的历程，在跨文化对话、全球一体化与文化多元化发展的背景中，把握中外文学

1. 20 世纪 80 年代初，钱锺书先生就提出：“要发展我们自己的比较文学研究，重要的任务之一就是清理一下中国文学与外国文学的相互关系。”季羡林在《资料工作是影响研究的基础》一文中强调：“我们一定先做点扎扎实实的工作，从研究直接影响入手，努力细致地去收集材料，在西方各国之间，在东方各国之间，特别是在东方与西方之间，从民间文学一直到文人学士的个人著作中去搜寻直接影响的证据，爬罗剔抉，刮垢磨光，一定要有根有据，决不能捕风捉影。然后在这个基础上归纳出有规律性的东西。”他明确反对“那些一无基础、二无材料，完全靠着自己的‘天才’、‘灵感’，率而下笔，大言不惭，说句难听的话，就是自欺欺人的所谓平行发展的研究”。参见王向远：《中国比较文学研究二十年》，第 9 页，南昌：江西教育出版社，2003 年版。

相互碰撞与交融的精神实质：1）外国作家如何接受中国文学，中国文学如何对外国作家产生冲击与影响？具体涉及到外国作家对中国文学的收纳与评说，外国作家眼中的中国形象及其误读、误释，中国文学在外国的流布与影响，外国作家笔下的中国题材与异国情调等等。2）与此相对的是，中国作家如何接受外国文学，对中国作家接纳外来影响时的重整和创造，进行双向的考察和审视。3）在不同文化语境中，展示出中外文学家就相关的思想命题所进行的同步思考及其所作的不同观照，可以结合中外作品参照考析，互识、互证、互补，从而在深层次上探讨出中外文学的各自特质。4）从外国作家作品在中国文化语境（尤其是20世纪）中的传播与接受着眼，试图勾勒出中国读者（包括评论家）眼中的外国形象，探析中国读者借鉴外国文学时，在多大程度上、何种层面上受制于本土文化的制约，以及外国文学在中国文化范式中的改塑和重整。5）论从史出，关注问题意识。在丰富的史料基础上提炼出展示文学交流实质与规律的重要问题，以问题剪裁史料，构建各国别语种文学交流史的阐释框架。6）丛书撰写应力求反映出国际比较文学界近半个世纪相关研究成果和我国比较文学20多年来发展的新成果。

四

在已有成果基础上从事中外文学关系史研究，要求我们要有所反思与开辟。这是该丛书从规划到研究，再到写作，整个过程中贯穿的思路。中外文学关系研究，涉及基本概念、史料与研究范型三方面的问题。

首先是基本概念。

中外文学关系，顾名思义，研究的是“关系”，其问题的重心在中国文学的世界性与现代性问题。在此前提下进行细分，所谓中外文学关系的历史叙述，应该在三个层次上展开：1）中国与不同国家、地区、语种文学在历史中的交流，其中包括作家作品与思潮理论的译介、作家阅读与创作的“想象图书馆”、个人与团体的交游互访等具体活动等。2）中外文学相互影响相互创造的双向过程，诸如中国文学接受外国文学并从与外国文学的交流中获得自我构建与自我确认基础，中国文学以民族文学与文学的民族个性贡献并参与不同国家、地区、语种文学创造等。3）存在于中外文学不同国家、地区、语种文学之间的世界文学格局，提出“跨文学空间”的概念，并将世界文学建立在这样一种关系概念上，而不是任何一种国家、地区、语种文学的普世性霸权上。

中外文学关系研究“中外文学”的关系，另一个必须厘清的概念是“中外文学”：1）中外文学关系不仅是研究“之间”的关系，更重要的是研究不同国家、地区、语种文学各自的文学史，比如研究法国文学对中国现代文学的影响，真正的问题在中国现代文学，反之亦然。2）中外文学关系在“中”与“外”二元对立框架内强调双向交流的同时，也不能回避中国立场。首先，中外文学研究表面上看是双向的、中立的，实际上却有不可否认的中国立场甚至可以说是中国中心。因此“中外文学”提出问题的角度与落脚点都应是中国文学。3）中国立场的中外文学关系研究的理论指归在于中国文学的世界性与现代性问题。它包括两个层次的意义：中国在历史上是如何启发、创造外国文学的；外国文学是如何构筑中国文学的世界性与现代性的。

中外文学关系基本概念涉及的最后一个问题是“史”。中外文学关系史属于文学史的范畴，它关系到某种时间、经验与意义的整体性。纯粹编年性地记录曾经发生过的文学交流事件，像文学旅行线路图或文学流水账单之类，还不能够成为文学交流史。中外文学交流史“史”的最基本的要求在于：1）文学交流史必须有一种时间向度的研究观念，以该观念为尺度，或者说是编码原则，确定文学交流史的起点、主要问题、基本规律与某种预设性的方向与价值。2）可能成为中外文学关系史的研究观念的，是中国文学的世界性与现代性问题。中国文学是何时、如何参与、如何接受或影响世界文学的，世界性因素是何时并如何塑造中国文学的。3）中外文学交流史表现为中国文学在中外文学交流中实现世界性与现代性的过程。中国文学的世界化分两个阶段，汉字文化圈内东亚化与近代以来真正的世界化，中国文学的世界化是与中国文学的“现代化”同时出现的。

其次是史料问题。

史料是研究的基础。研究的成败，从某种意义上说，取决于史料的丰富与准确程度。史料是多年研究积累的成果，丰富是量上的要求；史料需要辨伪甄别，尽量收集第一手资料，这是对史料的质上的要求。史料自然越丰富越好，但史料的发现往往是没有止境的，所以史料的丰富与完备是相对的，关键看它是否可以支撑起论述。因此，研究中处理史料的方式，不仅是收集，还有在特定研究观念下剪裁史料、分析史料。

没有史料不行，仅有史料又不够。中外文学关系史研究在国内，已有多年的历史，但大多数研究只停留在史料的收集与叙述上，丛书要在研究上上一个层次，就不能只满足于史料的收集、整理、叙述。中外文学关系的研究与写作应该分为三个层次：第一个层次，掌握资料来源并尽量收集第一手的资料，对资料进行整理、分析、阐释，从中发现一些最基本的“可研究的”问题。第二个层次是编年史式资料复述，其中没有逻辑的起点与终点，发现的最早的资料就是起点，该起点是临时的，随着新资料的发现不断向前推，重点也是临时的，写到哪里就在哪里结束。第三个层次是使文学交流史具有一种“思想的结构”。在史料研究基础上形成不同专题的文学交流史的“观念”，并以此为线索框架设计文学交流史的“叙事”。

最后，中外文学交流研究的第三大问题是研究范型。学术创新的途径，不外乎新史料的发现、新观念与新的研究范型的提出。

研究范型是从基本概念的确立与史料的把握中来的。问题从何处来，研究往何处去。研究模式包括基本概念的确立、史料的收集与阐发、研究方法的选择等内容。任何一项研究，都应该首先清醒地意识到研究模式，说到底，就是应该明确“研究什么”和“如何研究”。研究的基本概念划定了我们研究的范围，而从史料问题开始，我们已经在思考“如何研究”了。

中外文学交流作为一个走向成熟的研究领域，必须自觉到撰写原则或述史立场：首先应该明确“研究什么”。有狭义的文学交流与广义的中外文学交流。狭义的文学交流，仅研究文学与文学的交流，也就是说文学范围内作家作品、思潮流派的交流，更多属于形式研究范畴，诸如英美意象派与中国古典诗词、《雷雨》与《俄狄浦斯王》；广义的文学交流史，则包括文学涉及的广泛的社会文化内容，文本是文学的，但内容与问题远超出文学之外，比如“启蒙作家的中国文化观”。本书的研究范围，无疑属于广义的中外文学交流。所谓中外文化交流表现在文学活动中的种种经验、事实与问题，都在研究之列。

但是，我们不能始终在积极意义上讨论影响研究，或者说在积极意义上使用影响概念，似乎影响与交流总是值得肯定的。实际上，对文学活动中中外文化交流的研究，现有两种范型：一种是肯定影响的积极意义的研究范型，它以启蒙主义与现代民族文学观念作为文学交流史叙事的价值原则，该视野内出现的问题，主要是一种文学传统内作家作品与社团思潮如何译介、传播到另一种文学传统，关注的是不同语种文学可交流性侧面，乐观地期待亲和理解、平等互惠的积极方面，甚至在潜意识中，将民族主义自豪感的确认寄寓在文学世界主义想象中，看中国文学如何影响世界。我们以往的中外文学关系研究，大多是在这个范型内进行的。另一种范型关注影响的负面意义，解构影响中的“霸权”因素。这种范型以后现代主义或后殖民主义观念为价值原则，关注不同文学传统的不可交流性、误读与霸权侧面。怀疑双向与平等交流的乐观假设，比如特定文学传统之间一方对另一方影响越大，反向影响就越小，文学交流往往是动摇文学传统的霸权化过程；揭示不同语种文学接触交流中的“背叛性”因素与反双向性的等级结构，并试图解构其产生的社会文化机制。

中外文学关系研究的开发、深化和创新，离不开研究理论方法的提升与原理范式的研讨。某种新的研究理念和理论思路，有助于重新理解与发掘新的文学关系史料，而新的阐释角度和策略又能重构与凸显中外文学交流的历史图景，从而将中外文学关系的“清理”和研究向新的深度开掘。以往的中外文学交流研究，关注更多的是第一种范型内的问题，对第二种范型内的问题似乎注意不够。丛书希望能够兼顾两种范型内的问题。“平等对话”是一种道德化的学术理想，我们不能为此掩盖历史问题，掩盖中外文学交流上的种种“不平等”现象，应分析其霸权与压制、他者化与自我他者化、自觉与“反写”（Write Back）的潜在结构。

同时，这也让我们警觉到我们的研究范型中可能潜在着的一个矛盾：怎能一边认同所谓“中国立场”或“中国中心”，一边又提倡“世界文学”或“跨文学空间”？二者之间是否存在着某种对立？实际上在中国文学的世界性与现代性问题前提下叙述中外文学交流，中国文学本身就处于某种劣势，针对西方国家所谓影响的“逆差”是明显的。比如说，关于中国文学对西方文学的影响，我们可以以一个专题写成一本书，而西方文学对中国现代文学的影响，则是覆盖性的，几乎可写成整部文学史。我们强调“中国立场”本身就是一种“反写”。另外，文学史述实际上根本不存在一个超越国别民族文学的普世立场。启蒙神话中的“世界文学”或“总体文学”，包含着西方中心主义的霸权。或许提倡“跨文学空间”更合理。我们在“交流”或“关系”这一“公共空间”内讨论问题，假设世界文学是一个多元发展、相互作用的系统进程，形成于跨文化跨语种的“文学之际”的“公共领域”或“公共空间”中。不仅西方文学塑造中国现代文学，中国文学也在某种程度上参与构建塑造西方现代文学。尽管不同国家、民族、地区的文学交流存在着“不平等”的现实，但任何国家、民族、地区的文学都以自身独特的立场参与塑造世界文学，而世界文学不可能成为任何一个国家、民族或语种文学扩张的结果。

我们一直在试图反思、辨析、确立中外文学交流研究的基本概念、方法与理论范型，并在学术史上为本套丛书定位。所谓研究领域的拓展、史料的丰富、问题域的明确、问题研究的深入、中外文学交流整体框架的建构，都将是本套丛书的学术价值所在。我们希望本套丛书的完成，能够推进中国比较文学界中外文学关系研究领域走向成熟。这不仅是个人研究的自我超越问题，也是整个比较文学研究界的自我超越问题。

五

钱林森教授将中外文学交流研究的问题细化为五大类，前文已述。这五大类问题构成中外文学交流史的基本问题域，每一卷的写作，都离不开这五大类基本问题。反思这套丛书的研究与写作，可以使我们对中外文学交流史的研究范型有一个基本的把握。在丛书写作的过程中，钱林森教授不断主持有关中外文学关系史的笔谈，反思中外文学关系研究的基本问题与理论范式，大部分参与丛书写作的学者都从不同角度发表了具有建设性的思考，引起了国内学术界的关注。

其中，王宁教授从国家文化战略的高度理解中外文学关系史研究，认为：“探讨中国文化和文学在国外的接受和传播，应该是新世纪中国比较文学学者研究的一个重要课题，通过这一课题的研究，不仅可以从根本上打破中外文学关系研究领域内长期存在的西方中心主义思维定势，使得中国学者的民族自尊心和自豪感大大地提升，而且也有助于中国文化走出去战略的实施。在这方面，比较文学学者应该先行一步。”王宁先生高蹈，叶隽先生务实，追问作为科学范式的文学关系研究的普遍有效性问题，他从三个方面质疑比较文学学科的合法性：一是比较文学的整体学术史意识，二是比较文学的思想史高度，三是比较文学作为一门具体学科的“文史根基”与方寸。葛桂录教授曾对史料问题做过三方面的深入论述：一是文献史料，二是问题域，三是阐释立场。“从比较文学学科的传统研究范式来看，中外文学关系研究属于‘影响研究’

范畴，非常关注‘事实材料’的获取与阐释。就其学科领域的本质属性来说，它又属于史学范畴。而文献史料的搜集、鉴辨、理解与运用，是一切历史研究的基础性工作。力求广泛而全面地占有史料，尽可能将史料放在它形成和演变的整个历史进程中动态地考察，分辨其主次源流，辨明其价值与真伪，是中外文学关系研究永远的起点和基础。”缺少史料固然不行，仅有史料又十分不够。中外文学关系研究“问题意识”必不可少，问题是研究的先导与指南。葛桂录教授进一步论述：“能否在原典文献史料研究基础上，形成由一个个问题构成的有研究价值的不同专题，则成为考量文学关系研究者成熟与否的试金石。在文学关系研究的‘问题域’中进而思考中外文学交往史的整体‘史述’框架，展现文学交流的历史经验与历史规律，揭示出可资后人借鉴、发展本民族文学的重要路径，又构成中外文学关系研究的基本目标。”

文献史料、问题域、阐释立场是中外文学关系研究的三大要素。文献史料的丰富、问题域的确证、研究领域的拓展、观念思考的深入，最终都要受研究者阐释立场的制约。中外文学关系研究，理论上讲当然应该是双向的、互动的。但如要追寻这种双向交流的精神实质，不可避免地要带有某种主体评价与判断。对中国学者来说，就是展现着中国问题意识的中国文化立场。“中外文学”提出问题的出发点与归宿都指向中国文学。这样看来，中外文学关系研究的理论关注点，在于回答中国文学的世界性与现代性问题。也就是，中国文学（文化）在漫长的东西方交流史上是如何滋养、启迪外国文学的；外国文学是如何激活、构建中国文学的世界性与现代性的。这是我们思考中外文学交流史的重要前提，尤其是要考虑处于中外文学交流进程中的中国文学是如何显示其世界性，构建其现代性的。

六

乐黛云先生在致该丛书编委会的信中，提出该丛书作为中外文学关系研究的“第三波”的高标：“如果说《中国文学在国外》丛书是第一波，《外国作家与中国文化》是第二波，那么，《中外文学交流史》则应是第三波。作为第三波，我想它的特点首先应体现在‘交流’二字上。它不单是以中国文学为核心，研究其在国外的影响，也不只是以外国作家为核心讨论其对中国文化的接受，而是要着眼于‘双向阐发’，这不仅要求新的视角，也要求新的方法；特别是总的说来，中国文学对其他文学的影响多集中于古代文学，而外国文学对中国文学的影响却集中于现代文学。如何将二者连缀成‘史’实在是一大难点，也是‘交流史’能否成功的关键。”

本套丛书承载着中国比较文学百年学术史的重要使命，它的宏愿不仅在描述中国与世界主要国家的文学关系，还在以汉语文学为立场，建构一个“文学想象的世界体系”。中外文学交流史的研究要点在“文学交流”，因此研究的核心问题是“双向阐发”，带着这个问题进入研究，中外文学关系就不是一个简单的译介、传播的问题，中外文学相互认知、相互影响与创造才是问题的关键。严绍璗先生在致主编钱林森的信中，进一步表达了他对本丛书的学术期望，文学交流史研究应该“从一般的‘表象事实’的描述深入到‘文学事实’内具的各种‘本相’的探讨和表达”：

我期待本书各卷能够是以事实真相为基础，既充分展现中华文化向世界的传播，又能够实事求是地表述世界各个民族文化对中华文化和中华文明丰富多彩性的积极的影响，把“中外文学关系”正确地表述为中国和世界文化互动的历史性探讨。“文学关系”的研究，习惯上经常把它界定在“传播学”和“接受学”的层面上考量，三十年来比较文学的研究，特别是中国比较文学研究，事实上已经突破了这样一些层面而推进到了“发生学”、“形象学”、“符号学”、“阐释学”和“叙事学”等等的层面中。在这些层面中推进的研究，或许能够更加接近文学关系的事实真相并呈现文学关系的内具生命力的场面。我期待着新撰的《中外文学交流史》各卷，能够从一般的“表象事实”的描述深入到“文学事实”内具的各种“本相”的探讨和表达。

2005年南京会议之后，丛书的编写工作正式启动，国内著名学者吕同六、李明滨、赵振江、郁龙余、郅溥浩、王晓平等先生慷慨加盟，连同其他各位中青年学者，共同分担《中外文学交流史》丛书的写作。吕同六先生曾主持中意文学交流卷，却在丛书启动不久仙逝，为本丛书留下巨大的遗憾。在丛书编写过程中，有人去了有人来，张西平、刘顺利、梁丽芳、马佳、齐宏伟、杜心源、叶隽先生先后加入本套丛书，并贡献出他们出色的成果。

在整个研究写作过程中，国内外许多同行都给予我们实际的支持与指导，我们受用良多。南京会议之后，编委会又先后在济南、北京、厦门、南京召开过四次编委会，就丛书编写的具体问题进行讨论，得到山东教育出版社的一贯支持。丛书最初计划五年的写作时间，当时觉得已足够宽裕，不料最终竟然用了九年才完成，学术研究之漫长艰辛，由此可见一斑。丛书完成了，各卷与作者如下：

(1) 《中国 - 阿拉伯卷》（郅溥浩、丁淑红、宗笑飞 著）

(2) 《中国 - 北欧卷》（叶隽 著）

(3) 《中国 - 朝韩卷》（刘顺利 著）

(4) 《中国 - 德国卷》（卫茂平、陈虹嫣等 著）

(5) 《中国 - 东南亚卷》（郭惠芬 著）

(6) 《中国 - 俄苏卷》（李明滨、查晓燕 著）

(7) 《中国 - 法国卷》（钱林森 著）

(8) 《中国 - 加拿大卷》（梁丽芳、马佳 主编）

(9) 《中国 - 美国卷》（周宁、朱徽、贺昌盛、周云龙 著）

(10) 《中国 - 葡萄牙卷》（姚风 著）

(11) 《中国 - 日本卷》（王晓平 著）

(12) 《中国 - 希腊、希伯来卷》（齐宏伟、杜心源、杨巧 著）

(13) 《中国 - 西班牙语国家卷》（赵振江、滕威 著）

(14) 《中国 - 意大利卷》（张西平、马西尼 主编）

(15) 《中国 - 印度卷》（郁龙余、刘朝华 著）

(16) 《中国 - 英国卷》（葛桂录 著）

(17) 《中国 - 中东欧卷》（丁超、宋炳辉 著）

本套丛书的意义，就在于调动本学科研究者的共同智慧，对已有成果进行咀嚼和消化，对已有的研究范式、方法、理论和已有的探索、尝试进行重估和反思，进行过滤、选择，去伪存真，以期对中外文学关系本身，进行深入研究和全方位的开发，创造出新的局面。

钱林森、周宁

前言

西方文学和文化的两大源头非“双希精神”莫属。所谓“双希”，一是希腊精神，另一是希伯来精神。希腊精神强调理性，希伯来精神则关注灵性；希腊精神重先验，希伯来精神则重超验；希腊精神认可“共相”和“殊相”的上下分界及在“禁欲/纵欲”层面之张力，希伯来精神则认同“共相”与“殊相”的绝对分野及在“道成肉身”层面之统一。[1]

1.Francis A.Schaeffer, *How Should We Then Live: The Rise and Decline of Western Thought and Culture*, Fleming H. Revell Company Press, New Jersey, U.S.A.1976. p.49. 同时参见［美］阿尔伯特·甘霖：《基督教与西方文化》，赵中辉译，北京：北京大学出版社，2005年版，第21页。［挪威］托利弗·伯曼：《希伯来与希腊思想比较》，吴勇立译，上海：上海书店出版社，2007年版，第273、279、280页。

“双希”精神在内容上的区别也就注定了其影响下的文学旨趣不尽同。整个欧美文学史的发展尽管时有“山重水复”和“柳暗花明”之感，也常能推陈出新并名目繁多，但“万变不离其宗”，“双希”之影响无法抹杀和掩盖。

希腊精神和希伯来精神的民族载体分别是古希腊来民族和古希伯来民族，分居欧、亚两洲的这两个民族都创造了辉煌灿烂的文明，令举世震惊与瞩目。20世纪40年代，闻一多盛赞对今世影响最大的四大文明，并对它们各自的文学特征进行了诗意而深邃的概括。他饱蘸诗人激情提到：“人类在进化的途程中蹒跚了多少万年，忽然这对近世文明影响最大最深的四个古老民族——中国，印度，以色列，希腊——都在差不多同时猛抬头，迈开了大步。约当纪元前一千年左右，在这四个国度里，人们都歌唱起来，并将他们的歌记录在文字里，给流传到后代，在中国，《三百篇》里最古部分——《周颂》和《大雅》，印度的《梨俱吠陀》（*Rig-veda*），《旧约》里最早的《希伯来诗篇》，希腊的《伊利亚特》（*Iliad*）和《奥德赛》（*Odyssey*）——都约略同时产生。再过几百年，在四处思想都醒觉了，跟着是比较可靠的历史记载的出现。从此，四个文化，在悠久的年代里，起先是沿着各自的路线，分途发展，不相闻问，然后，慢慢地随着文化势力的扩张，一个个的胳膊碰到了胳膊，于是吃惊，点头，招手，交谈，日子久了，也就交换了观念思想与习惯。最后，四个文化慢慢地都起着变化，互相吸收，融合，以至总有那么一天，四个的个别性渐渐消失，于是文化只有一个世界的文化。这是人类历史发展的必然路线，谁都不能改变，也不必改变。……四个文化猛将的开端都表现在文学上，四个国度里同时迸出歌声。但那歌的性质并非一致的。印度、希腊，是在歌中讲着故事，他们那歌是比较近乎小说戏剧性质的，而且篇幅都很长，而中国、以色列则都唱着以人生与宗教为主题的较短的抒情诗。中国与以色列许是偶同，印度与希腊都是雅利安种人，说着同一系统的语言，他们唱着性质比较类似的歌，倒也不足怪。”[1] 四大文明中，他更是高度评价了《圣经》和希伯来文学，甚至认为《圣经》与希伯来文明对中国的影响将成为中国文明新生之契机。他断定中国抒情诗文学的花朵“无法再开，那命数你得承认。新的种子从外面来到，给你一个再生的机会，那是你的福分。你有勇气接受它，是你的聪明，肯细心培植它，是有出息，结果居然开出很不寒伧的花朵来，更足以使你自豪！第一度外来影响刚刚扎根，现在又来了第二度的。第一度佛教带来的印度影响是小说戏剧，第二度基督教带来的欧洲影响又是小说戏剧（小说戏剧是欧洲文学的主干，至少是特色），你说这是碰巧吗？”[2]

1. 闻一多：《文学的历史动向》，载《当代评论》第 4 卷第 1 期，1943 年 12 月。

2. 闻一多：《文学的历史动向》，载《当代评论》第 4 卷第 1 期，1943 年 12 月。

这看法堪称阳春白雪之见，曲高而和寡。从实际来说，希伯来精神对中国文学的影响并不太大，本书整体之梳理也证明了这点。或者说没有达到应有的影响力度。

当然，相比之下，希腊精神对中国文学的影响不算小。但总的看，“五四”之后，我们对西方文化的接受比较急功近利，对其源头却有隔膜，尽管一些人说起希腊精神来就禁不住“心怦怦然而向往之”，认为“西方文明中我热爱的一切，差不多都来自希腊。理想的开明，落落大方的竞争，坦诚和自信，对个人人格的尊重和对公益事业的热心，对身体美的热爱，思辨和求真的爱好，无穷的探索精神，赋予无形以形式的理智努力。与希腊人相比，现代人一望可知和残废差不多”[3]；然而，中国所受到希腊精神的影响跟其应有的规模和力度比也并不太大。

3. 陈嘉映：《希腊是一个奇迹——中译本序》，见［美］伊·汉密尔顿：《希腊精神——西方文明的源泉》，葛海滨译，沈阳：辽宁教育出版社，2005 年版。

中国对“双希”的接受与理解算是不尽人意，而“双希”对中国文学和文化的接受，则是“门前冷落鞍马稀”，除地理和历史因素外，“双希”那边的“欧洲中心主义”情结和我们这边的封闭心态，都是更致命因素。新以色列和希腊两国，因与中国建交较晚，更是阻碍了两国文学本应更为深远的文化交流步履，这不能不说是憾事。

因此，尽管说是“双希”与中国文学交流史，但这种交流呈现“一边倒”势头。中国近二百年对“双希”文学的接受，毕竟还是做出了极大努力，常以甘当小学生的态度来虚心求教，进行多方翻译和介绍。相比之下，“双希”民族接受中国文学这方面就有点微乎其微了。

而且，中国也缺少输出和送出本国文学的意识。在这方面，20 世纪 40 年代才建国的以色列倒是很会积极主动地“送出”本国文学，有许多举措，值得中国和希腊来好好学习。

但“双希”放在一起，也是试图超越今日希腊文学与今日以色文学与中国文学交流的狭小视野，能忠实地把古希伯来文学和古希腊文学对中国文学的影响以及它们与中国文学的交流各方面勾勒出来。

因是开拓性工作，就从大略处来说，全书不精细、不周到之处肯定不少，尤其中国文学对希腊文学的影响，虽千方百计寻索资料但目前仍无法交卷。因此，本书只是“抛砖引玉”，以待来者完善，或仅提供“矿石”，备后来者炼出“好铁”。

本书写作历时四载，上编第一到六章共十五节由杜心源执笔，下编第七到九章共十二节由齐宏伟执笔，第十章共四节由杨巧执笔，最后由齐宏伟统稿。书稿忝列钱林森、周宁二位先生主编大型“中外文学交流史”丛书，实汗颜又惭愧。此稿确系中国与古希腊希伯来文学交流史之“初稿”，“史”还真说不上，这样说倒不是谦虚，而是实情。

上编　中国与希腊文学交流

希腊文学原先是作为“西国文学之祖”在西学东渐中传入中国。而在现在中国，希腊文学的现代意涵的生成则是学者们个人阐释的结果，从吴宓、周作人到刘小枫，在不断地转述中，“希腊”这一对象变成了不同层面上的现代性理念的表意工具，这从根本上都基于研究者对本土问题的参与意识。通过对希腊文学中所蕴涵的多重意向的分析，使我们在象征层面上介入了西方古典文学是如何被本土化为中国现代性方案这一问题。

第一章　明清间传教士对希腊文学的译介

和物质相比，精神层面的东西易被人忽略，这也体现在西学东渐的过程中，实用科学常常吸引绝大多数人的眼球。有些人在谈到西学东渐时，只将地理学、天文学、数学、医学等实用科学纳入西学东输的范畴。在此，我们不免一问：西学东渐的历史中，所谓“西学”的内容是否包括“文学”？答案当然是肯定的。不同于西方科学技术大张旗鼓地进入中国，文学到来的脚步显然悄无声息得多。究其原因，一方面是因为科学技术的引进有其可观的效益存在，譬如1450年、1479年、1610年，日食月食屡次推误，至1629年，历官推算5月日食，再度发生误差，崇祯皇帝大怒。后亏得徐光启等人已从利玛窦处学得西方历算学，以之推算，分毫不差。[1]这是西方实用科学通过实际验证树立信誉、得到认可的例子。另一方面，尽管在实用科学上落于人后，但是论及文学，实在是国人大可扬眉吐气的领域。国学之强大，使得西方文学在中国的译介得不到应有的关注，如此一来，西学东渐中文学的部分便被弱化了。

1. 参熊月之：《西学东渐与晚清社会》，上海：上海人民出版社，1994年版，第43—44页。

在肯定了西学东渐中有文学的存在之后，我们不妨再来探究一下这“文学”的内容究竟是什么？需要明确的是，明清间，西学东输主要依靠的是传教士，尤其是天文学、地理学等西方占领先地位的学科，其知识主线都是由传教士为主体绘制的，文学自然也不会例外。在翻阅徐宗泽所著《明清间耶稣会士译著提要》一书时，关于文学的译著实在屈指可数。对于传教士来说，传播教义乃是唯一要务，如果有涉及到文字部分的工作，必定是对宣扬宗教有所裨益的。因此，西学东渐中文学的内容应该是与证道有关的。同时，传教士所译介的文学作品必然是具备一定经典价值的。中国历来重视文学，当传教士把打开局面的契机寄托于争取知识分子、精英群体的支持时，就必须表明自己国家有并不逊色于中国的文学存在。因此在对西方文学的译介中，古希腊文学占有绝对地位。希腊文学是西方文学的源头之一，如同参天大树一般根基深厚且枝繁叶茂，只有它能够与中国古典文学相匹敌抗衡。因此在明清间，对于西方文学的译介主要以古希腊文学为中心展开。

第一节 贯穿始终的伊索寓言

回溯自晚明以始的西学东渐史，不难发现伊索寓言在传教士的译介工作中占据很大的比重。从吹响西学传播先锋号角的利玛窦，耶稣会士庞迪我、金尼阁，一直到罗伯聃，都或多或少翻译介绍过伊索寓言。尽管由于战事纷争、文化扞格，一度中止了西学传播的脚步，但是对于伊索寓言译介工作的重视却一以贯之地延续了下来。在此，我们不妨一问：为什么是伊索寓言而不是其他西方经典？古希腊文学作为欧洲学术的源头，历史之悠久，积淀之沉厚为世所公认。在这源远流长的文学长河中孕育出的文学大家、风流名士足以比肩天上星宿，随便捧出一本便是皇皇巨著。至于伊索寓言，在现代人的眼光看来，重点往往在“寓言”二字。尤其是当寓言与童话之间的差异逐渐消磨，甚至被同化时，伊索寓言似乎已被定性为儿童的枕边读物。孩子们会说寓言就是故事书，讲的是动物们开口说话的故事。如斯定义，倒也并不算误读。从故事内容来说，伊索寓言确实是动物故事。至于它为何在明清传教士的译介工作中占有如此地位，或说它真正价值几何，可能要回到公元前的希腊才能一窥究竟了。

伊索寓言在古希腊有着非常深远的影响。在我们用“寓言”两个字的地方，古希腊人往往用“伊索寓言”[1]。伊索寓言依靠口口相传却能久盛不衰，不仅因其故事有趣味性，更重要的是在“趣味性”之上又有“意味性”。伊索寓言是“有意味”的故事集，将之运用到语言表达中，则表现为一种说话的艺术。有研究表明，公元前 4 世纪德墨催（Dementrius of Phalereus）的散文本《伊索寓言》，是当时雄辩家的参考手册，专供举证与取材之用。在古希腊，人们非常重视公众生活，城邦内建有开放的场所供人们聚集在此演说、辩论。亚里士多德认为，演说要达到“说服”听众的目的，“说服论证”（pisteis）是不可或缺的技术工具。共通的说服论证分为两种：例证与推论。例证包括两种形式，一种形式的例证涉及在此之前发生过的事情，另一种则靠演说者自己杜撰一些事情。后一种又分为譬喻和寓言。[2] 剔除寓言“动物故事”的外衣，其修辞学身份揭示了它潜在的更重要的价值，即寓言的证道之用。当寓言作为例证出现在辩论话语中，是可以产生说服力的。这一点，被欧洲传教士们加以变形利用，寓言证“道”，从广义的“道”演变为狭义的宗教之“道”，尤其在中国，这一功用更被视为“灵丹妙药”一般。

1. 罗念生、王焕文、陈洪文、冯文华译：《伊索寓言》，北京：人民文学出版社，1981 年版，第 5 页。

2. 亚里士多德：《修辞术·论诗》，颜一、崔延强译，北京：中国人民大学出版社，2003 年版，第 127 页。

巨大的文化差异使得西方宗教在中国的发展举步维艰，借助寓言的修辞力量和兼具趣味的特点，似乎可以帮助宗教打开局面。且中国历来就有以寓言引证观点的传统，如《庄子》，在“求同”心态的驱使下，更有助于中国人接受西方宗教。因此，《圣经》与《伊索寓言》是欧洲传教士到中国来时的必携之物[1]。

1. 内田庆市：《谈〈遐迩贯珍〉中的伊索寓言——伊索寓言汉译小史》，见于《遐迩贯珍》（附解题·索引），上海：上海辞书出版社，2005年版，第67页。

一、 利玛窦《畸人十篇》与庞迪我《七克》

利玛窦是最早将伊索寓言译介到中国来的传教士。在1608年出版的《畸人十篇》中，最早介绍了古希腊寓言家阨琐伯氏（即伊索）的事迹：“阨琐伯氏，上古明士。不幸本国被伐，身为俘虏，鬻于藏德氏，时之闻人先达也，其门下弟子以千计。”[2]

2. 参朱维铮主编：《利玛窦中文译著集》，上海：复旦大学出版社，2001年版，第466页。

《畸人十篇》并非译介伊索寓言的专著。事实上《畸人十篇》是利玛窦答友人问所作的十篇复文，阐释了他对生死、贫富、言行、善恶之报等问题的思考。在文章中，他引用了几则伊索寓言来论证自己的观点。继利玛窦之后，西班牙耶稣会士庞迪我（P.Did,de Pantoja）在《七克》（1614）中也翻译介绍了几则寓言。何谓“七克”？庞迪我在自序中写道：“夫人心之病有七，而瘳心之药亦有七，要其大旨总不过消旧而积新，积之之极以积永乐永庆，消之之极以消永苦永殃焉。”[3]而所谓七种心病及治病之药，即是“天主教要言罪宗七端。一谓骄傲。二谓嫉妒。三谓悭吝。四谓忿怒。五谓迷饮食。六谓迷色。七谓懈惰于善。又言克罪七端有七德。一谓谦让以克骄傲。二谓仁爱人以克嫉妒。三谓舍财以克悭吝。四谓念忍以克忿怒。五谓淡泊以克饮食迷。六谓绝欲以克色迷。七谓勤于天主事以克懈惰于善。”[4]全书共七卷，每卷论及上述一种罪，并提出克罪的方法。与《畸人十篇》一样，《七克》也并非专门介绍伊索寓言，而是将之作为例证穿引其中。

3.《七克自序》、见《四库全书存目丛书》“子部”第九十三册“杂家类”、济南：齐鲁书社，1995年版，第521页。

4.《七克目录》，见《四库全书存目丛书》“子部”第九十三册“杂家类”，济南：齐鲁书社，1995年版，第521页。

《畸人十篇》所引寓言篇目如下：《君子希言而欲无言》引《舌之佳丑辩》，《常念死后备死后审》引《肚胀的狐狸》、《孔雀足丑》，《素斋正旨非由戒杀》引《两猎犬》，《善恶之报在身之后》引《狮子和狐狸》、《两树木》，《富而贪吝苦于贫窭》引《马与鹿》。[5]《七克》所引篇目包括：《伏傲篇》引《大鸦和狐狸》、《树木与橄榄树》、《孔雀足丑》及《听取意见之雕刻家》，《解贪篇》引《贫人鬻酒》，《熄忿篇》引《兔子和青蛙》，《平妒篇》引《狮

5. 参戈宝权：《谈利玛窦著作中翻译介绍的伊索寓言——明代中译伊索寓言史话之一》，载《中国比较文学》1984年第1期，杭州：浙江文艺出版社。

子、狼和狐狸》，《仁爱人》引《众子拔马尾鬃的故事》。[1]

利氏与庞氏所翻引的伊索寓言，从内容来看与原文无甚大出入，但从其道德说教的指向来看，有明显的宗教意味。如《畸人十篇》之《善恶之报在身之后》中所引《狮子和狐狸》这则寓言，故事内容与周译本、罗译本所录基本一致：狐最智，偶入狮子窟。未至也，辄惊而走。彼见坑中百兽迹，有入者，无出者故也。[2] 惟其不同的是利玛窦从“生与死”的角度来加以阐释：夫死亦人之狮子坑矣，故惧之。惧死则愿生，何疑焉！仁人君子信有天堂，自不惧死恋生；恶人应入地狱，则惧死恋生，自其分矣。[3] 孔子一贯主张“未知生，焉知死”，重视的是“生”的价值和意义，加之对于死亡未知的恐惧，是中国人长久以来绝少言“死”的思想渊薮。而利玛窦所代表的宗教宣扬的则是“死后的生活”。基督教重视死亡，认为“生”的时光是短暂的，真正的生命是在“死”之后，天堂或者地狱，才是人类最后的归属。这类对于生死的讨论在《畸人十篇》中并不在少数。如《人寿既过犹误为有》、《常念死后利行为祥》、《常念死后备死后审》诸篇，无一不是在宣传基督教的生死观。至于《七克》，宗教意味则更为明确。庞迪我所宣扬的克罪之法中，终极一条就是皈依宗教。《七克七卷》之两江总督采进本中说：“其言出于儒墨之间，就所论之事，言之不为无理。而皆归本敬事天主以求福，则其谬在宗旨，不在词说也。”[4] 可见该书的目的无非就是教导人信仰基督教。有鉴于此，我们不妨将二者所引译的伊索寓言归类为“证道新诠”一类，特点是故事内容基本不变，而意义上发生根本性的改变。

《畸人十篇》与《七克》翻译引用的伊索寓言相对零星，不成体系。但不可否认的是，正是有赖于这两部著作的出版，才使得伊索寓言有机会被介绍到中国。而《七克》在清咸丰七年（1857）又转译为官话本《七克真训》，其中选译了几则伊索寓言，很大程度上扩展了伊索寓言在中国的流传度。

二、 金尼阁口授、张赓笔传的《况义》

利玛窦与庞迪我所介绍的伊索寓言在时间上占先，在数量上却并不占优。真正意义上专门译介伊索寓言的专著，还要算明天启五年（1625年），由耶稣会士金尼阁口授、张赓笔传的《况义》。关于《况义》一书，周作人曾提到：据新村出氏《南蛮广记》所说，明末也有一种伊索

1. 参见戈宝权：《谈庞迪我著作中翻译介绍的伊索寓言》，收入《中外文学因缘》，北京：北京出版社，1992年版，第388—401页。戈先生认为《平妒篇》之《仁爱人》一章中引了伊索寓言中的《胃与脚》，《塞饕篇》中引了驴马的故事。我在整理的时候删掉了这两则。前者在文章中明确提到“经曰”，因而我将之归为圣经故事，而非伊索寓言；后者则无故事情节，算不上寓言，故删之。并且戈先生没有提到《伏傲篇》之《戒好名》一章中引的《听取意见之雕刻家》，我已将之归入。这些寓言本没有标题，为方便说明起见，故仍保留戈先生所编的题名。

2. 见朱维铮主编：《利玛窦中文译著集》，上海：复旦大学出版社，2001年版，第480页。

3. 见朱维铮主编：《利玛窦中文译著集》，上海：复旦大学出版社，2001年版，第480页。

4.《四库全书存目丛书》“子部”第九十三册“杂家类”，济南：齐鲁书社，1995年版，第624页。

汉译本，特巴克耳（De Bakker）的《耶稣会士著述书志》内金尼阁（Nicolaus Trigault）项下有这样一条：

况义（伊索寓言选）

西安府，一六二五年，一卷[1]

1. 周作人：《自己的园地》，石家庄：河北教育出版社，2002 年版，第 149—150 页。

可惜西安刻本已佚，无缘一窥其本来面貌。所幸巴黎国家图书馆收藏有两个版本的《况义》以及名为《羆说》（“Hiong Choue”）的手抄本。《况义》收寓言 22 则，附《熊说》收 16 则，共达 38 则之多。其中 22 则分别为：1.《人体各部之争》，2.《南风与北风相争论》，3.《谈与三友之交》，4.《嫠妇与母鸡》，5.《种圃者言》，6.《贪犬失肉》，7.《骏马与驴》，8.《病狮与狼和狐》，9.《狐夺乌肉》，10.《主人与猉及驴》，11.《老翁与虎》，12.《屋鼠与野鼠》，13.《行人向丈人问路》，14.《驴驮盐和木棉》，15.《途人为疲弱之患者驱蝇》，16.《驴驮佛像》，17.《烹人与尝羹者》，18.《卖履者议论写真》，19.《父子骑驴同行》，20.《冒充飞行最高之鸠》，21.《听取意见之雕刻家》，22.《胆小之兔与青蛙》。[2]《熊说》手抄本收录的篇目为：《羆说》、《蝮蝂传》、《鹰鸮说寓言警语》、《鸡孵蛇卵》、《农夫与鹳鸟》、《鸦鹰之争》、《飞禽与走兽之战》、《两青蛙》、《鹰与蛇》、《布谷鸟与鹰》、《青蛙与牛》、《行客与蛇》、《龟与鹰》、《蝇与蜜》、《打破神像得金的人》、《樟树与芦荻》。[3]

2. 参见戈宝权：《谈金尼阁口授、张赓笔传的伊索寓言〈况义〉——明代中译伊索寓言史话之三》，载《中国比较文学》1986 年第 3 期，杭州：浙江文艺出版社。

3. 参见戈宝权：《谈金尼阁口授、张赓笔传的伊索寓言〈况义〉——明代中译伊索寓言史话之四》，载《中国比较文学》1987 年第 4 期，杭州：浙江文艺出版社。

《况义》本无题目，现为方便，辑录戈宝权先生所取题目名。

庞迪我《七克》书影

除上述几个手抄本以外，在牛津大学博德莱安图书馆（Bodleian Library）所有的伟烈亚力藏书中，也有一本《况义》的手抄本。该手抄本后面署名为“上邑姚老楞佐抄”，据推断，当系伟烈亚力向上海天主教徒姚老楞佐所抄。该

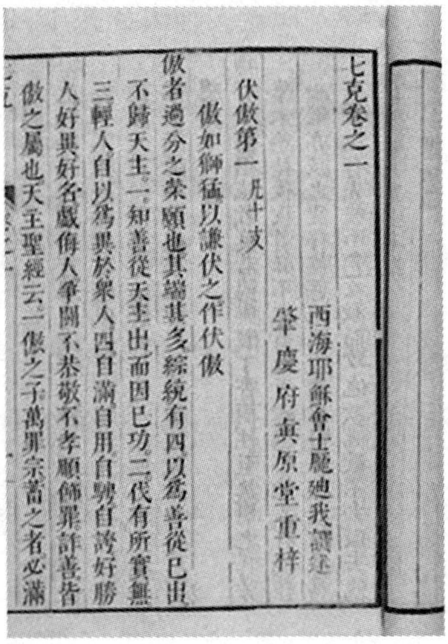

抄本所收寓言同巴黎国家图书馆收藏的抄本大致相同，共22则，不同的是牛津大学抄本中无上述编号为9、16、17的三则寓言，取而代之的是《萤火虫照路》、《寺僧与道士》及《酣酒之徒》。[1]

1. 参见戈宝权：《谈牛津大学所藏〈况义〉手抄本及其笔传者张赓》，见《中外文学因缘》，北京：北京出版社，1992年版，第426—436页。

关于《况义》，有两个值得注意的现象。第一，《况义》中有四则寓言的译文与《七克》中庞迪我的翻译几乎一样。现列举如下：

乌栖树啄肉。狐巧兽也。欲得其肉。诡谀乌曰。人言黑如乌。乃濯濯如雪。殆可为百鸟王乎。特未闻和鸣声耳。乌大喜。哑然而鸣。肉则坠矣。狐得肉。视乌而笑。笑其黑。且笑其愚也。（《七克》）

乌栖枝啄肉。狐欲夺肉。诡谀乌曰。人言黑如乌。乃濯濯如雪，是堪为百鸟王。但未闻声何如。乌大喜。嗜然而鸣。肉下坠。狐遂得肉。（《况义》）

雕者玻离隔。国工也。尝作二像。自信精绝。藏其一。出一示人。某曰。此处当何似。辄易。某曰。此处当何似。又辄易。某曰。此处当增。辄增。当减。辄减。已视之。则成一怪形矣。见者惊。问故。乃出藏像示之曰。此夫我独造者如是。此夫尔共造者如是。人心百千万异。我欲人人称美。则合百千人万异。安得不成一怪乎。（《七克》）

雕者作二像。自信精绝。藏其一。一出示人。或曰。此处当何似。辄易。或曰。此处当何似。又辄易。或曰。此处当增。辄增。当减。辄复减。已而视之。则成一怪形矣。见者惊问故。乃出藏像示之曰。此夫我独造者如是。此夫依尔共造者如是。今乃谛视何若哉。（《况义》）

兽中兔胆最小。一日众兔议曰。我等作兽特苦。人搏我。大狼噬我。即鹰鸷亦得攫我。无时可安。与其生而多惧。不如死。死而惧止矣。向前有湖。因相约往自溺水。水旁有蛙。见兔惊乱入水。前兔见之。止众兔曰。且勿死。尚有怖过我者。（《七克》）

兽中兔胆最小。一日众兔议曰。我等作兽特苦。人搏我。大狼噬我。即鹰鸷亦得攫我。无时可安。与其生而多惧。不若死。死而惧止矣。相向往湖中。将溺死。湖岸有蛙。见兔。骇乱入水。前兔递柅。众兔曰。止。止。尚有怖过我者。（《况义》）

师（狮）子为百兽王。一日病。百兽来问安。独狐未至。狼遂献谗曰。大王病。我辈皆至。狐独否。诚可恨。狐适至。闻后言。便进问疾。师子大怒。问后至者何？狐狸曰。大王疾。百兽徒来一问安。于大王疾曷瘳。小狐则偏走求良方。顷得之。即来。何敢后。师子大喜。问用何药。曰。当用生剥狼皮。乘热盖大王体。立愈耳。师子便搏狼。如法用之。（《七克》）

狮子为百兽王。一日病。百兽来候安。独狐未至。狼遂献谗曰。我辈皆来。狐独否。诚欺王（第二手抄本作“主”）。狐适至闻之。便进问。狮子大怒。诘后至者何。狐曰。大王疾。百兽徒来一候安。于大王疾曷瘳。小狐则偏走。求良方。顷幸得。即趋前。何敢后。狮子更大喜。询何药也。曰。当用生剥狼皮。乘热被大王体。立愈矣。狮子便搏狼。如法用之。（《况义》）

第二，牛津大学手抄本中的三则寓言《萤火虫照路》、《寺僧与道士》及《酣酒之徒》，其风格与《况义》中其他译文的风格迥然不同。如《萤火虫照路》一则：

世有无骨之虫。惟萤有光。诸虫乏耶。忽一夜嬉游于空际。萤劝其曰。同余游翔益。否则损碍不堪。诸虫对曰。不取之。小俟之。月出光烂。齐可蜚翔而上。不意月出而被乌云掩之。微光全无。举翔不能。仍旧在地。或蜚翔俱被损碍多端。待至天明。适至萤出。曰。尔言金玉哉。萤曰。当暗之时。劝尔之言勿听。如今撞坏肉体。不堪悔耶。迟耶。

俗云。劝人进教。勿听。当上帝审判之时。不得借人之光。如行暗夜之途。一步二跌。尽属损碍。一无好之。思前劝我无用。

不难发现，该则寓言说教意味浓重，仿佛应当是出自真教辩护一类的书籍，而非寓言集。同前作相比，笔风迥异，让人费解。综合上述两点，推测《况义》可能借鉴了前人的翻译，或者《况义》不止金尼阁一个作者。当时可能有别的传教士也在翻译伊索寓言，而金尼阁采众家之译文，加以润色修改写成《况义》。[1]

《况义》的三个手抄本中，每则寓言下面都有一段评点，以“义曰”开头。其中牛津大学所藏的手抄本中，在“义曰”之前还引用了不少出自我国古代典籍如《论语》、《诗经》中的

1. 关于这一点可参看内田庆市《谈〈遐迩贯珍〉中的伊索寓言——伊索寓言汉译小史》，见《遐迩贯珍》（附解题·索引），上海：上海辞书出版社，2005年版。他在文章中也提出了《况义》的作者非金尼阁一人的看法。

语言，以及民间俗语谚语等。如《嫠妇与母鸡》一则，在“义曰”前面引有：“论语云，见小利则大事不成。人之贪财无厌，如巴蛇吞象，正所谓贪心不足，本利俱两失是也。”《贪犬失肉》评点之语：“贪假失真，因目力不明。心想便宜，不辨一时真伪。世人多有类此。古文云，蔺相如之完璧归赵是也。”又如《屋鼠与野鼠》：“俗云，尽可吃家常饭，不可吃嗟来食。尽可吃开眉汤，不可食皱眉饭。尽可吃拖来酒，不可食自挨杯。为人积筋骨之产，不可聚不义之财。清贫常快乐，浊富多惊忧。”

《况义》一中一西两位译者，赋予了汉译伊索寓言别样的语言风格。在耶稣会士金尼阁的口述中，势必会融入自己的宗教信仰，如在《种圃者言》中出现“上帝”一词。而笔译者张赓的古典文学涵养，使得《况义》的译文相对利氏及庞氏的翻译更古雅。译者的“中西合璧”显然还有一个更大的优势，那就是《况义》译文的汉化倾向明显，相对应的，国人的接受程度也就更高。《况义》的出现，在汉译伊索寓言史上有着不可比拟的重要性。

三、从《意拾喻言》到《伊娑菩喻言》

自耶稣会士金尼阁口授、张赓笔传的《况义》之后，对于伊索寓言的译介一度停滞了两个多世纪之久。直到《意拾喻言》的出现，才终于打破僵局，伊索寓言在中国焕发新生，重新引起了人们的关注。

清道光二十年（1840）在广州出版了第一本根据英文翻译的《意拾喻言》，上有英文标题为：

ESOP' S FABLES

Written in Chinese by the Learned

Mun Mooy Seen–shang,

and compiled in their present form

(with a free and a literal translation)

by his pupil

SLOTH.

关于这位“Mun Mooy Seen-shang”（蒙昧先生）究竟何许人也，现今恐难考证。而他的门生“SLOTH”，即罗伯聃（Robert Thom）。在《意拾喻言》前面，罗伯聃写了一段小引介绍意拾（伊索）：

> *意拾者，二千五百年前，记厘士国一奴仆也。背驼而貌丑，惟具天聪，国人怜其聪敏，为之赎身，举为大臣，故设此譬喻以治其国，国人日近理性，尊之为圣。后奉命至他国。他国之人妒其才，推坠危崖而死。其书传于后世，英吉利、俄罗斯、佛栏西、吕宋西洋诸国，莫不译以国语，用以启蒙，要其易明而易记也。*

罗伯聃的小引显然比利玛窦的介绍丰富了很多，翻译伊索寓言的篇目也比《况义》多得多。《意拾喻言》一共翻译了82则寓言（编号31重复一次）。从译文风格来看，《意拾喻言》比《况义》更“中国化”，不仅引用中国的成语、俗语、谚语等，在故事的时间、地点、人物的设定上也已然完全是“与中国同化”，如表示时间：“盘古初”、“大禹时”、“神农间”、“禹疏九河之时”、“虞舜间”。表示地点：“峨嵋山下”、“罗浮山下”、“摩星岭上”、“无稽村外”、“大荒山外”等等。在人物方面，则将原故事中的“阿佛洛狄忒”改为“嫦娥”（《愚夫痴爱》）、赫耳墨斯改为“侯王”（《真神见像》）。还有将故事的出处移植到中国，比如《狮熊争食》中就以“山海经载”开头。《意拾喻言》的汉化程度如此之高一方面与“博学的蒙昧先生”的帮助有关，另一方面也与罗伯聃著书的目的有关——便于英国人学习汉语（广东话）。罗伯聃认为汉语之学博大精深，仅通晓字义不足以深入学习汉语，“故特为此者，俾学者预先知其情节，然后持此细心玩素，渐次可通”。罗伯聃尽管不是传教士，但是在某种意义上，他更具体地体现了耶稣会的“适应主义”，以“合儒”的姿态，冲和了文化上的差异。《意拾喻言》的出版引起了一些读者的兴趣，尤其是在粤方言地区尤受追捧。这或许在一定程度上解释了为什么《遐迩贯珍》会在创刊之初就开设专栏连载《意拾喻言》。

《遐迩贯珍》（Chinese Serial）创刊于1853年，是由香港马礼逊教育协会（Morrision Education Society）出资，香港英华书院印刷、发行的中文月刊。自创刊号始，就设有“喻言一则”专栏连载罗伯聃的《意拾喻言》，一直到1855年该栏目才停办。《遐迩贯珍》共刊登了18则寓言（其中有两则寓言重复出现，故实际一共是16则寓言）。除第一期之外，以后每一期都附有中英文两种目录，在中文目录中只写“喻言一则”，而英文目录则详细标明了寓言的题目，现以其刊登年月为序，摘录如下（中文译名参照罗伯聃的《意拾喻言》）：

1. Jackal boil sheep (豺烹羊)

2. Fable of the Country Mouse and Town Mouse (二鼠)

3. Fable of the Lion,the Gnat and the Spider (狮蚊比艺)

4. Fable of the Cat and the Rats (鼠妨猫害)

5. Fable of the Wolf and the Dog (狼受犬骗)

6. Fable of the Horse and the Stag (马思报鹿仇)

7. Fable of the two cocks (鸡斗)

8. Fable of the Boys and the Frogs (孩子打蛤)

9. Fable of the Gardener and the Hare (猎户逐兔)

10. Fable of the Ass with the Lion's hide (驴穿狮皮)

11. Fable of the Eagle and Tortoise (鹰龟)

12. Fable of the old Man and the bundle of Sticks (束木譬喻)

13. Fable of the rebellion of limbs (四肢反叛)

14. Fable of the Crow caught on the Sheep's Back (鸦效鹰能)

15. 与 8 重复

16. Fable of the Ass Jealous of the Dog's Favour (驴犬妒宠)

17. Fable of the Fox and Stork (狐鹤相交)

18. 与 12 重复

事实上，《遐迩贯珍》并没有全盘接受《意拾喻言》的翻译。在创刊号中，有一段介绍伊索的文字，同罗伯聃在《意拾喻言》中的小引基本一样，但是其中对于“伊索”名字的翻译却迥然不同，罗伯聃将“伊索”译为“意拾”，而在《遐迩贯珍》中，则变成了“伊娑菩”。除此以外，亦有所载《狮蚊比艺》一则，与罗伯聃的译文完全不同：

狮子与蚊虫。一大一小。相去天渊。一日蚊谓其狮曰。闻大王力大无穷。天下无敌。以吾观之。究系钝物。非我之对手也。狮素勇猛。从未闻有欺他者。今闻蚊言。大笑不已。蚊曰。如不信。请即试之。狮曰。速来无得后悔。于是张口舞爪。左支右盘。不能取胜。殊蚊忽然钻入其鼻。狮觉难受。摇头搔耳。终不可解。甚不耐烦。乃

服输曰。今而后。吾知斗不在力在于得法而已。如兵法不论多寡。若无行伍。虽千万人不足畏也。（《意拾喻言》）

有虫飞集狮鼻而鸣。狮叱之曰。速去。尔么麽小物。奚喧聒我。不去。瞬息间。我将齑粉尔身矣。虫曰。欺我太甚。我必与尔决一战。时狮卧穴口。甚倨傲。其言置若罔闻。无何。虫薨薨然。空中飞旋转移时。钻入狮鼻。针刺之。狮痛不自胜。即伏地。抓泥掉尾。齧齿吐涎。状类癫狂。虫乃喜曰。今而后知以强欺弱者之不可终恃也。于时虫获胜。气傲甚曰。吾今日压倒兽中之王矣。将以搦战天下。谁敢与我敌者。有蛛在巢。闻其誇。方笑其愚。俄而。虫入于蛛网中。为柔丝所缚。支撑莫能脱。蛛窥见之。突出。捉而食之。不费力焉。当虫之胜狮也。以小制大。以为天下更无有强于我者。岂知又见困于蛛。于以叹凡物不可以微小为可欺。亦不可以偶胜而自恃也。（《遐迩贯珍》）[1]

1.《喻言一则》，见《遐迩贯珍》1853 年第 3 号。

《意拾喻言》中登场的仅是狮子和蚊子，而《遐迩贯珍》所刊登的故事中多了一个“蜘蛛”的角色，颇有中国所谓“螳螂捕蝉黄雀在后”的意味。综合以上种种，我们有理由相信《遐迩贯珍》的编辑在刊载《意拾喻言》的过程中，以自己对伊索寓言的认知对译文进行改善，甚至是有重新翻译伊索寓言的意图的。[2]《遐迩贯珍》出版的三年间，其发行量还是较为可观的，除了东南沿海一带的几个城市，偶尔也销往其他内陆城市，对于伊索寓言的传播，有着较大的推动作用。

2. 可参看内田庆市：《谈〈遐迩贯珍〉中的伊索寓言——伊索寓言汉译小史》，见《遐迩贯珍》（附解题 · 索引），上海：上海辞书出版社，2005 年版。

之所以将这一章命名为“贯穿始终的伊索寓言”。一方面是因为传教士对伊索寓言的译介工作自晚明一路延续至清朝，在时间上是“贯穿始终”的。从各个译本的内在联系来看，传教士的译介工作也并不是独立的、断链的，而是互相观照、互相联系的。比如庞迪我对利玛窦“证道新诠”笔法的延续，在中国开启了寓言证道的传教方式。金尼阁的《况义》参照了《七克》中部分文字的翻译，并且可能是集结了多位传教士的翻译成果而写成。罗伯聃的《意拾喻言》收集了更多的寓言，引起的反响也更大。《遐迩贯珍》连载《意拾喻言》，但显然编者并不满足于原原本本的照搬，而是带着想法不断对其进行改善。因此在思想上也是“贯穿始终”的。尽管传教士译介伊索寓言是带着宗教目的的，但是在“与中国同化”的传道政策主导下，伊索寓言中所包含的传教色彩已经淡化了很多。现在看来，对伊索寓言的译介仿佛成为了来华传教士的传统工作，在心照不宣的默契中被一以贯之地延续了下来。时光飞逝，过往多少人事皆成尘埃，而汉译伊索寓言的价值却在时间洪流的裹挟中被留存了下来。

第二节　希腊为西国文学之祖

一、《六合丛谈》之前传教士对希腊文学的译介

利玛窦在《畸人十篇》中曾提到过多位古希腊先贤。比如《君子希言而欲无言》中介绍了苏格拉底：“中古西陬一大贤琐格剌得氏（今译苏格拉底），其教也以默为宗，帷下弟子，每七年不言，则出。出其门者，多知言之伟人也。”利氏于同篇中花较多笔墨讲述了古希腊历史学家色诺芬和邦伴的故事：“敝乡之东，有大都邑，名曰亚德那（即雅典）。其在昔时，兴学劝教，人文甚盛，所出高俊之士，满传记也。责煖氏者，当时大学之领袖也。其人有德有文。偶四方使者，因事来廷，国王知使者贤，甚敬之，则大飨之，而命诸名俊备主宾之礼。责煖氏居首。是日所谈，莫非高论，如云如雨，各逞才智，独责煖终席不言。将彻，使问之曰：‘吾侪归复命乎寡君，谓子何如？’曰：‘无他，惟亚德那有老者，于大飨时能无言也。’”“邦伴氏，至德之士。初发志修行，即入学。其师方讲经，次经曰：‘吾将守我行以免舌之咎。’闻此一句，即辞而曰：‘足矣！请先习是句耳。’久修而后反学。师问曰：‘何迟之久也？’曰：‘未尽习初句，不敢还也。’自后德名藉藉，遽入深山，独居默休修……是以邦伴虽屏居数年，四方共景仰之。于时有尊位持教官，赴山中见之。邦伴了无言，官曰：‘乞赐片言，小吏取以布教。’曰：‘子不取我不言，何能取我言乎？’”除此以外，利玛窦还提到了梭伦：“束乱氏，古之贤者。于大众会不言”，以及赫拉克利特和德谟克利特：“古西国有二闻贤，一名黑蜡，一名德牧。黑蜡恒笑，德牧恒哭，皆见世人之逐虚物也，笑因讥之，哭因怜之耳。”[1]

1. 朱维铮主编：《利玛窦中文译著集》，上海：复旦大学出版社，2001 年版，第 463—464 页。

庞迪我的《七克》中也多次引用古希腊诸先贤的话语来佐证论点。比如《戒好异》一章中，引亚里士多德的话：“亚力思多，西之名士也。闻有自伐其异者。训之曰：‘尔人耳。何异于人。异于人者，非人也。上则天神，下则兽。上者不能同，下者不欲同。亡若与人乎’。”[2]亚里

2. 参见《四库全书存目丛书》“子部”第九十三册“杂家类”，济南：齐鲁书社，1995 年版，第 527 页。

士多德在庞氏笔下出现频率非常之高，另有古罗马悲剧家赛内加（《七克》中译为色搦加），也多次出现其中。

《畸人十篇》及《七克》虽都有提及一二，但大多限于零星数语，并不成气候。而且这些介绍中往往不涉及他们的著作，利玛窦与庞迪我只是援引这些人的事例来论证自己的观点。传教士在中国的译介著作并不在少数，但是往往以宗教类为主，除科学普及类随着时间推移有所增多之外，文学类著作基本是游离于传教士译介工作之外的。一些传教士主办的期刊报纸，偶尔会介绍一些西方古典文学，比如《东西洋考每月统记传》。在戊戌年二月刊登的《希腊国史》一文中，讲述了特洛伊战争的缘起、木马屠城计等，据文末“所述之言美矣。而无凭据。乃何马诗翁之文词。卓然大雅。语译华言甚难焉”[1]一句推测，文中所记应当是译自荷马史诗《伊里亚特》。除此以外，丁酉年正月号刊登了一篇题为《诗》的文章。文章先论述了中国人写诗读诗的传统，继而说：“汉人独诵李太白、国风等诗。而不吟咏欧罗巴诗歌。忖思其外夷无文、无词。可恨翻译不得之也”，于是向中国人推荐希腊诗人荷马与英国诗人弥尔顿“诸诗之魁为希腊国何马之诗词并大英米里屯之诗。希腊诗翁推论列国，围征服城也。细讲性情之正曲。哀乐之原由。所以人事浃下天道。何马可谓诗中之魁。此诗翁兴于周朝穆王年间。欧罗巴王等振厉文学。诏求遗书搜罗。自此以来，学士读之。且看其诗相埒无少逊也”[2]。尽管提到了荷马为诸诗之魁，但是作者并没有进一步介绍荷马的著作，想来一是作者本身没有这个意识，二来《东西洋考每月统记传》所撰写的这些介绍都比较浅显，并不深入，也无甚体系可言。不独其惟是，当时但凡略有涉及介绍西方文学的，都是浅尝辄止。究其原因，可能与《诗》一文中作者提出的想法一样——“可恨翻译不得之”。

1.《希腊国史》，见《东西洋考每月统记传》戊戌年二月号，爱汉者等编，黄时鑑整理，北京：中华书局，1997 年版。

2.《诗》，见《东西洋考每月统记传》丁酉年正月号。

对于想要系统了解西方古典文学的中国读者来说，仅凭这些只言片语的介绍是远远不够满足他们的。一直到《六合丛谈》的出现，才终于对古希腊文学的概貌作出了系统性介绍。

二、《六合丛谈》中的“西学说”

《六合丛谈》（1857—1858）是在《遐迩贯珍》停刊半年多后出版，由伟烈亚力任主编，上海墨海书馆负责刊印发行的中文月刊，这是上海出现的最早的中文报刊。与传教士之前所办的刊物如《东西洋考每月统计传》、《遐迩贯珍》只偏重对西方科学技术的介绍不同，《六合丛谈》也十分重视对人文科学的介绍和传播，尤其是对古希腊文学。关于这一点在《六合丛谈》2卷1号中即有言明："言乎人事，则文学为先。中国素称文墨渊薮，于他邦之好学，亦必乐闻。西国童孺，入学鼓箧，即习诗古文辞，风雅名流，类能吟咏。艾君约瑟追溯其始，言皆祖于希腊。因作西学说，以是知此学之兴非朝夕矣。"[1] 简单来说，就是"向中国人说明西洋有着与中国相比毫不逊色的古典文学"。同时《六合丛谈》的主编伟烈亚力，正是上文提及向"上邑姚老楞佐"抄写《况义》的那位传教士，他把《六合丛谈》当成一份学术杂志来办，而不仅仅是宣传宗教的工具。伟烈亚力所抱持的美好期许是希望借由传播学术吸引和争取中国的知识分子群体，在潜移默化中接受西方的新学说乃至宗教。可以说对于西方古典文学的介绍，《六合丛谈》是有着完整的构想的。

1.《六合丛谈小引》，载于《六合丛谈》2卷1号、《六合丛谈》（附解题·索引），上海：上海辞书出版社，2006年版。

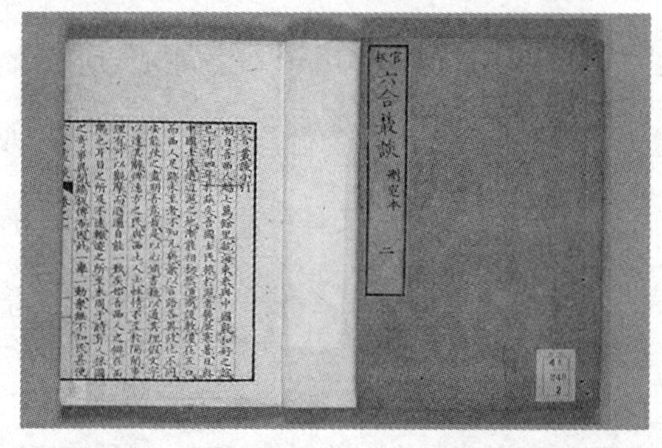

《六合丛谈》书影及小引

为《六合丛谈》"西学说"专栏撰稿的主要是传教士艾约瑟。关于开设"西学说"专栏的原因，艾约瑟在《希腊为西国文学之祖》一文中说到"列邦童幼，必先读希腊罗马之书"[2]。艾约瑟（Joseph Edkins）伦敦传道会的传教士。1848年被派往上海，在麦都思回国后，他接管了墨海书馆的印刷事务。艾约瑟学识渊博，在任职期间，墨海书馆出版了不少他的著作。他的创作不仅仅局限于宗教方面，对科学与文学也多有涉猎。同时他本人也是一个"中国通"，著有大量介绍中国政治、经济、语言、宗教的著作。由艾约瑟来主持介绍西学，恰是再适合不过了。

2.《希腊为西国文学之祖》，见《六合丛谈》1卷1号、《六合丛谈》（附解题·索引），上海：上海辞书出版社，2006年版。

在创刊号上，艾约瑟发表了题为《希腊为西国文学之祖》的文章，对西方古典文学的源流做出概括性的介绍："今之泰西各国，天人理数，文学彬彬，其始皆祖于希腊……初希腊人作诗歌以叙史事。和马（今译荷马）海修达（今译希西阿德）二人创为之。余子所作，今失传。

时当中国姬周中叶，传写无多，均由口授。每临勝（盛）会，歌以动人。和马所作诗史，传者二种，一以利亚（伊里亚特），凡二十四卷，记希腊列邦攻破特罗呀（特洛伊）事。一阿陀赛亚（奥德赛），亦二十四卷，记阿陀苏（奥德修斯）自海洋归国事。此二书，皆每句十字，无均，以字音短长相见为步，五步成句，犹中国之论平仄也。和马遂为希腊诗人之祖。”虽然更早之前的《东西洋考每月统记传》丁酉年正月号《诗》一文中曾经提到“诸诗之魁，为希腊国和马之诗词”，但并未对荷马究竟有哪些诗歌等做出明确的介绍。因此这篇文章发表后很受重视，并产生了很大的影响，以致几十年后的《万国公报》和《申报》还予以重刊。[1]对于开设“西学说”这个专栏，艾约瑟本人是成竹于胸的，可以说从定下“希腊为西国文学之祖”、“和马为希腊诗人之祖”的基调开始，我们就能够感受到艾约瑟清晰的思路和言说框架。在接下来的《希腊诗人略说》中，艾约瑟就介绍了一众极具代表性的诗人以及他们诗歌的风格。关于荷马，他称其“作诗以扬厉战功，为希腊诗人之祖……其诗足以见人心之邪正，世风之美恶，山川景物之奇怪美丽，纪实者半，余出自匠心，超乎流俗”。“海修达（希西阿德）与之同时，所歌咏者，农田鬼神之事”，“周末一女子能诗，名曰撒夫（萨福），今所存者犹有二篇。又有亚拉改阿斯、西磨尼代、以比古斯、罷基里代斯，诸人之诗，今犹存数篇。又有宾大尔者，以短篇著名，善作疆场战斗之歌。又有亚那格来思者，善言儿女情私及男女燕会之事”。[2]艾约瑟对于诸诗人的评点概括还是相当恰切的。

1. 陈德正：《19 世纪后期传教士对西方古典学的引介和传播》，载《西学研究》第 2 辑，北京：商务印书馆，2006 年版，第 59 页。

2.《希腊诗人略说》，见《六合丛谈》1 卷 3 号、《六合丛谈》（附解题 · 索引），上海：上海辞书出版社，2006 年版。

在同一篇中，艾约瑟还谈到了古希腊戏剧的起源和以悲剧为主的创作倾向：“周定王时，希腊人始有演剧之事，每装束登场，令人惊愕者多，怡悦者少。有爱西古罗者（埃斯库罗斯），作传奇本六十六种，今存者七种，观之能乐于战陈，有勇知方。后有二人，一娑福格里斯（索福克勒斯），一欧里比代（欧里庇得斯）。娑所著，今存七种，精妙绝伦，人尤爱之。欧所著，今存二十种，笔意稍逊，所演儿女之情，诲淫炽欲，莫此为甚。以上诸种传奇，长于言哀，览之辄生悲悼。”在介绍悲剧三大家之余，艾约瑟还介绍了喜剧及代表诗人：“时有一种传奇，意存讽谏，皆讥当世之名公巨卿，学士大夫。正风俗而端人心，或署己名，或托名他人，传于当世……阿利斯多法尼（阿里斯托芬），著诗十一种，讥刺名流，志存风厉。梅南特尔作传奇数种，才气高迈，而无粗豪之习，惜其书已佚。”[3]

3.《希腊诗人略说》，见《六合丛谈》1 卷 3 号，上海：上海辞书出版社，2006 年版。

在前两篇文章中，艾约瑟多次强调“荷马为希腊诗人之祖”，对于荷马在古希腊文学中地位的认可，是艾约瑟对其着墨颇多的一大原因。在《六合丛谈》1卷12号，艾约瑟专门写了一篇《和马传》，再度强调"和马善作诗，其诗为希腊群籍之祖"，该文还介绍了关于荷马史诗作者的争议并提出了自己的看法："或曰两诗二十四卷非一人手笔……统观二诗，叙事首尾相应，当出一人手笔。"艾约瑟进一步提出其中关于神鬼名目之差异，有所可疑："以利亚诗中言诸神居于一山顶，去地不远，名阿林布山（即奥林匹斯山），犹佛教所云须弥山，阿陀塞亚诗中，诸神则在虚空中，且其名目亦稍异，以此度其非出一手也。"[1] 这篇文章还介绍了荷马史诗中的一些主要人物，并简单讲述了阿陀塞亚的故事情节。

1.《和马传》，见《六合丛谈》1卷12号，上海：上海辞书出版社，2006年版。

除了荷马，艾约瑟还为古希腊哲学家柏拉图立传，在《百拉多传》中详细介绍了柏拉图的著述："百拉多者，希腊国雅典人也……年二十，师事娑格拉底斯，后自成性理一大家。所著书皆推明其师之意……其论治平之学，以无为为宗旨。时见国主，劝以良法美意，国主不听，退而教授，著书终老，年八十一卒。至今百拉多遗书具在，义法并美，体例悉从娑格拉底斯。中用其师友姓字相问答，如中国庄列体例。其书十五种，一种名非特卢斯，著其宏博之学；一种名理西斯，论爱；一种名伯达哥拉，论口才；一种名哥尔加，论善恶之事，有常有变；一种名格拉底罗，论言语为性与天道之用；一种名巴美尼代，论万物未形之先，简在帝心者，与天无极；一种名非陁，论娑格拉底死死难及灵魂身后获福事。余诸种种，可概见不具述，厥后门弟子释其师所著书，有显密二意，恐当时无是也。"概括柏拉图的创作风格为"于文章中寓性理，入之甚深……时出新意，法度井井"[2]。

2.《百拉多传》，见《六合丛谈》1卷11号，上海：上海辞书出版社，2006年版。

《西学说》一共刊登了10期，除上述提到的四篇，还有《海外异人传该撒》、《古罗马风俗礼教》、《罗马诗人略说》、《西国文具》、《基改罗传》、《士居提代传》、《阿他挪修遗札》、《叙利亚文圣教古书》、《黑路独都传》和《伯里尼传》。尽管有人认为艾约瑟的介绍还流于简单，但同以前相比已经算是跨出了重要的一步。最起码艾约瑟已经关注到文学这一块所能产生的影响，以及西方文学的译介在中国的缺失。艾约瑟选择以古希腊、罗马文学为主进行介绍，体现了他的文化理解力和"西方教育应有的样子——将古代希腊、罗马时代当作理想社会"。[3]

3. 参考八耳俊文：《在自然神学与自然科学之间——〈六合丛谈〉的科学传道》，季忠平译，载于《六合丛谈》2卷1号，《六合丛谈》（附解题·索引），上海：上海辞书出版社，2006年版。他在文中提到艾约瑟接受初等、中等教育的19世纪30年代，英国的公立学校正由拉格比学校校长托马斯·阿诺德（Dr. Thomas Arnold）推行教育改革，这位校长曾说："希腊罗马的精神是我们自身建立的精神基础。"

如果说传教士对伊索寓言的译介是出于传播宗教教义的考量的话，那么艾约瑟为"西学说"撰稿的目的显然相对单纯得多。正如上文提到的，艾约瑟是真诚地认可和推崇古希腊文学的。

如果说中国人对西方先进的实用科学还能够心存一点敬佩的话，那么对西方人文科学的态度显然是看不起的成分居多。原因可见本文开头的分析。因此，艾约瑟是抱着向中国介绍西方也有高明的人文科学，且绝不逊色于实用科学的想法撰写“西学说”专栏的。因此有人说：“如此大规模地介绍西方的文学、历史人物等情况，艾约瑟是第一人。”[1]

1.《解题——作为近代东西（欧、中、日）文化交流史研究史料的〈六合丛谈〉》，见《六合丛谈》（附解题·索引），上海：上海辞书出版社，2006年版，第27页。

传教士译介希腊文学的专著鲜少，除上述提及的几本译介伊索寓言的著作外，几乎没有其他专门的著作了。介绍西方古典学较多的反而是一些期刊，比如《六合丛谈》，以及后来的《万国公报》等等。相对一本书而言，刊物所能承载的内容显然杂得多，天文地理、新闻文学无所不包。但是受篇幅所限，所谈必不如洋洋洒洒倾吐一本书来得尽兴、具体。因此这些对于古希腊文学的介绍现在看来不免简单，甚至有些粗糙，但是并不能就此完全否定它们的价值。这些简单的译介，为此后20世纪二三十年代西方古典学在中国的初步研究奠定了基础。

第二章　经典的生成：文学史中的希腊

在 20 世纪二三十年代中国人写作的西方文学史中，对古希腊文学的描述是值得重视的一个部分。与普通的国别文学史不同，古希腊文学以其时代久远的神秘感和无可比拟的原创性成就凌驾于民族文学之上，成为欧洲文化共同体的源头性力量，在某种意义上，它整合地代表了西方的“古典文学”，镜像式地折射出了国人在面对异质文明时的根本态度。古希腊文学的特殊性在于，它同时是“西方的”和“古典的”（非现代的），这意味着关注和研究希腊文学，虽然可以树立言说者在西方文学方面的权威地位，但在急于融入欧美主导的现代性社会秩序的“五四”知识分子那里，又是一件很难赢得掌声的事情。不过从另一方面，研究者反而有可能获得一个分离与差异化的视角，来对文学现代性保持一定的反思与批判距离。

本章将主要以这个时期中国人写的四部以希腊文学为重点的文学史作为研究对象，即周作人的《欧洲文学史》、吴宓的《希腊文学史》、茅盾（署名方璧）的《希腊文学 ABC》和王力的《希腊文学》。[1] 文学史本身是一种民族精神的塑形工作，在常见的文学史写作中，个别文学现象被放在一个整体框架中进行论说，同时考虑到大多数的文学史的写作都包涵着在大学课堂上做教科书使用的目的，这种制度化的性格使文学史较之论著更能反映一个时代里文学的总体观念，对后世亦有更强的垂范作用。在现代中国，希腊文学生成为具有现代意涵的学科是学者们个人阐释的结果，20 世纪二三十年代是中国文学的激变年代，文学的“观念”还未被一统化，我们不难从当时一些重要的文学史著作中找到浓厚的原创性和个人立场，这些立场从根本上都基于研究者的对本土问题的灵活参与意识。在不断地转述中，“希腊”这一对象变成了不同层面上的现代性理念的表意工具。而对希腊文学史写作观念中所蕴涵的多重意向的分析，使我们在象征层面上介入了西方古典文学是如何被本土化为中国现代性方案这一问题。

1. 这几部著作的最初版本是，周作人：《欧洲文学史》，上海商务印书馆 1918 年版；吴宓：《希腊文学史》，《学衡》杂志第 13、14 期连载；方璧：《希腊文学 ABC》，上海 ABC 丛书社 1930 年版；王力：《希腊文学》，上海商务印书馆 1933 年版。

第一节　总体历史观：茅盾与希腊文学史的现代化

"五四"以来的新文学史写作之异于旧文学史，要害之处在于新文学史用观念话语总结文学发展规律，指引文学史从传统的"选家之学"转化为"文学史家之学"。周作人比较晚清时期日本汉学家所著的中国文学史和中国旧有文学史的区别时说，日本汉学家所著的文学史"方法序次多井然有条"，且"涉及小说戏曲，打破旧文学的界限"。[1] 中国文学史写作多困于"体裁之多，名称之杂，为他国所未有"，以及对小说戏剧等文类的轻视，日本汉学家条理清楚、科学有序的写史方法一下子改变了中国传统的纷繁杂乱的"体辨源流"的写作模式。茅盾的《致文学青年》写到，文学必须被当做"科学"来研究，只有"进大学文学史科"才能学会必要的知识。

1.［日］青木正儿：《中国古代文艺思潮论·序》，北平：人文书店，1933 年版。

周作人、吴宓和茅盾等人在文学主张上南辕北辙，在历史主体意识上却仍有一致，如安敏成所说，"五四"文学"多种不同的方案分享着一种写作观念，即：写作是一种简单明了、意志坚定的实践，可以受某种明确的意图指导或操纵"[2]。文学史写作不能只是记账式的零碎知识，而且必须有目的地进行观察和整理，形成在严格的科学原理指导下的连贯世界观。所以文学不是一种编写而是著作，唯有严密的组织性，才能深刻和全面地反映文学的全貌，这一对文学的理性化重塑主宰了整个 20 世纪中国的文学史写作。

2. 安敏成：《现实主义的限制》，姜涛译，南京：江苏人民出版社，2001 年版，第 7 页。

在诸种希腊文学史中，茅盾的《希腊文学 ABC》最具现代化的"文学史"样式。茅盾熟稔强调观察与认识的现实主义风格，这使他的文学史写作较之周作人、吴宓和王力等人有着更广阔的视野，涉及的作家、流派、时间的跨度和社会生活状况都更为完整；另一方面，他又是充满观念性和分析性的作家，他书写的文学史建立在一系列对希腊文学本质的完美概括和假设上，这当然是来自于他想要洞悉历史发展规律，同时探明历史进程和人类的自发活动之间关系的决心。具体说来，这些意味深长的概括和假设可分为三点：

第一，文学有机体。茅盾将希腊文学分为荷马时代的前后、雅典时代和衰落期，这三个时期的界限分明，有各自的时空界线和个性，每个时期都有代表性的体裁。每种体裁都有其生、老、病、死的过程，犹如生物有机体。例如，荷马时代的前后属于预备期，荷马之前的短歌、凯歌、哀歌和婚歌均缺乏个人创造而是民众公认的定型的东西，荷马史诗的风格是"光辉质朴而有力的"，荷马之后个人主义抬头，出现了抒发内心情感的挽歌、墓铭和讽刺诗；雅典时代是"希腊文学的黄金时代"，代表性的文体是戏曲，戏曲至欧里彼得斯发展到高峰，直到雅典在政治上失势。伯罗奔尼撒战争之后，雅典文学进入停顿时期，此时的戏曲充满恋爱题材，走上沦落腐败，但是"散文开了新纪元"[1]。希腊文学的衰落时代也分为两期，即亚历山大城文学时代和寄居罗马的希腊文学时代。这一时期出现了各种学派混合的"选择主义"，如柏拉图学派和犹太超自然主义混合而成新柏拉图学派。

1. 方璧：《希腊文学 ABC》，上海：ABC 丛书社，1930 年版，第 74 页。

第二，文学是"时代精神"的展现。茅盾深受泰纳的文学观念的影响，强调作家生活的历史时期和种族环境对其创作的作用，"凡要研究文学，至少要有人种学的常识，至少要懂得这种文学作品产生时的环境，至少要了解这种文学作品产生时代的时代精神，并且要懂得这种文学作品的主人翁的身世和心情。""各时代的作家所以各有不同的面目，是时代精神的缘故；同一时代的作家所以必有共同一致的倾向，也是时代精神的缘故。"[2]时代精神的提法将社会—历史维度和文本之间做了直线的、同质化的勾连，影响了日后占文学史主流的社会—历史批评。茅盾是如此谈论希腊文学的"时代精神"的：

2. 茅盾：《文学与人生》，见《茅盾全集》第 18 卷，北京：人民文学出版社，1989 年版，第 272—273 页。

> *我们很可以从希腊的三种韵文——史诗；挽歌讽刺诗、抒情诗；及戏曲——来推测那代表这三种文艺的文化三阶段的特征。史诗是属于古希腊的君主时代，那是人民的心是被往古传下来的传说所鼓舞所左右。挽歌、讽刺诗和抒情诗，起于更刺戟更紧张的时期，那时正是民主政体发展的时候，各个人迸发其个人的目的和欲求，诗的兴感敲开了一切人们的紧闭的心胸。而在希腊文化到了顶点的时候，在雅典的权力和自由到了尖端的时候，我们就看见戏曲起而为传布那时候思想与情绪的工具，因而我们自然而然要问为什么这体裁的韵文如此适合当时的时代精神，而竟尽夺了其他各体韵文在群众中的地位。*[3]

3. 方璧：《希腊文学 ABC》，上海：ABC 丛书社，1930 年版，第 47 页。

第三，写实主义具有最高价值。茅盾说："文学是表现人生的，诉通人与人之间的情感，扩大人们的同情的"，"近代西洋的文学是写实的，就因为近代的时代精神是科学的。科学的精神重在求真，故文艺亦以求真为唯一目的。"[4]不过即使在并非"近代精神"的古希腊时期，茅盾的评价仍然以写实主义为圭臬，如写到戏剧时，他说："史诗的作者好像是把他所叙述的

4. 叶子铭编：《茅盾文艺杂论集》，上海：上海文艺出版社，1981 年版，第 113 页。

故事作为静的东西而咨嗟咏叹，时常意识到他自己和故事之间相隔有十万八千里；戏曲的作者却是将全身心浸沉于人生，好像他所表现的故事就是他亲身经历过似的。戏曲所包含所发展的人生故事是用了别的文艺的部门所不能达到的力量和深刻的。”[1]

1. 方璧：《希腊文学 ABC》，上海：ABC 丛书社，1930 年版，第 47—48 页。

对文学“为人生”的强调最明显地体现在他对欧里彼得斯的推崇上，在二三十年代的其他几部文学史里，作者大都沿袭西方学者的评论，认为三大悲剧家中欧里彼得斯成就最低，王力就说：“他（欧里彼得斯）的戏剧之动人，在乎与日常生活相接近。然而悲剧交到他的手里，却失了梭富克尔所提倡的‘想象的美’了。”[2]但在茅盾看来，埃斯库洛斯和索福克勒斯的悲剧和人间之事完全不发生关系，而欧里彼得斯“因为他不信仰神、预言和神话，所以幼里比特转而描写纯人间关系的热情与忧愁的更活泼的形象，特是常常写到日常生活”，“他的喜欢说出不愉快的真实，使他不为雅典人所喜，但虽则雅典人恨他，却忍不住要读他的著作”。[3]

2. 王力：《希腊文学 罗马文学》，北京：中国人民大学出版社，2005 年版，第 67 页。

3. 方璧：《希腊文学 ABC》，上海：ABC 丛书社，1930 年版，第 63 页。

通过这一系列的操作，文学史沿着“时代、民族精神和写实性”的本质主义道路走向了具体化和客观化。茅盾的文学分期，注重体制的统一和时间的接续，这一充满逻辑性的规范化文学史写作法，对后代产生的影响是不言而喻的。希腊文学被预设为准备期、高峰期和衰落期，好像荷马前后时代的所有元素都是为了即将到来伟大的雅典文学做铺垫，而在希腊文学的鼎盛之时，一些微小的变化又预示了必然的衰亡。作品的特定风格和具体文学派别的流变都暗示着更大的单位——阶段和时期——的变迁。在这个进程中，文学史就像生物有机体一样，个别的细胞和整体的质量相互依赖，茅盾将那些看似毫不相关的个别作品联系成整体性的逻辑单位，并且只有在这个大的背景下，个人的创作才能被赋予意义。

凡此种种，即是福柯所说的“总体历史（total history）观”，“假设历史性唯一的同一形式包含经济结构、社会稳定性、心理惰性、技术习惯、政治行为，并把它们全部置于同一类型的转换中。”[4]西方民族的历史意识出现在科学意识之后，这使得西方人很容易把实际发生的历史转换成知识、思想、意识和精神的历史，其结果就是具有深度模式的总体历史观的出现。茅盾的文学观来自于他对西方历史意识的熟稔，他写作的文学史在时间连续上的明晰性和因果联系网络的系统性上达到了新的高度，不要说晚清民国之际那些毫无进化意识，只知并置陈列的“杂货铺”一般的选家，就连倡导白话文言“双线文学观念”的胡适也无法像他那样做到将社会经济与文学文本结合成互为象征的完美统一体。这种方法论上的清醒，使他的文学史与后

4. Michel Foucault，*The Archaeology of Knowledge*, New York: Pantheon Books, 1972, pp.11—12.

代的标准最为吻合，几十年后一篇评论杨周翰等人编撰的《欧洲文学史》的文章说到：“文学的发展不是孤立的，它跟社会的发展联系在一起，尤其是欧洲文学，它跟当时的哲学思潮和社会学说等有较密切的联系，不了解这些情况，对理解一个时期的文学会有不少困难……编者在阐明社会情况时简明扼要，不是堆砌材料，跟文学发展有关的材料尽量纳入，无关者则予以剔除，如欧洲文学滥觞时期的古希腊、罗马文学，由于材料的缺少和时代较远的关系，是最难讲清楚的，有些国外出版的欧洲文学史著作往往不是罗列材料，就是远离主题的旁征博引，材料虽似不少，其实却是凌乱的，有的甚至陷于繁琐的考证，读后不能有一个明晰的概念。”[1] 以此标准衡量，只有茅盾的希腊文学史与之相仿佛。

1. 王治国：《欧洲文学史 · 上卷》，载《读书》1980 年第 4 期。

我们可以拿王力的《希腊文学》来和《希腊文学 ABC》作个比较，王力同样把希腊文学史划分为早期文学、雅典文学和衰期文学。可是并未将希腊文学是如何从滥觞到极盛，最后不可避免地没落的运行轨迹做出方法论层面的解析，而仅仅将同某一时期的文体和作家进行形态上的并列。如他在第一篇“早期文学”的第三章“爱罗支诗与阴比克诗 抒情诗”里足足分了 28 个小节，分别是：1. 新诗之兴起，2. 爱罗支诗，3. 阴比克诗，4. 加里奴斯，5. 第尔达佑，6. 阿齐洛朱，7. 米诺模，8. 苏澜，9. 调格尼斯，10. 福西里特，11. 色诺芬尼，12. 西曼尼特小斯，13. 希波纳斯，[2]14. 抒情诗，15. 抒情诗与音乐，16. 爱乐里安的抒情诗，17. 阿尔嘉佑，18. 沙弗，19. 安纳克里安，20. 杜里安的抒情诗，21. 杜里安的抒情诗的特点，22. 史梯西朱鲁，23. 爱利安，24. 伊卑鸠斯，25. 希波战争的后果，26. 西曼尼特，27. 宾达，[3]28. 西曼尼特和宾达诗歌的全民族性。可以看出，这几乎只是形式主义上的考察和分类，即使我们今天觉得更加“重要”的诗人——萨福和品达，他也没有过多地强调、突出其对后世的特别“意义”，而是良莠不分地和众多我们闻所未闻的作家并列在一起。

2. 以上人名均为爱罗支和阴比克诗人。

3. 以上人名均为抒情诗人。

王力认为爱罗支诗、阴比克诗和抒情诗的兴起肇始于民主政体建立后公民的思想独立，故而诗中反省的成分逐渐增多，而到了西曼尼特和品达的诗我们则可以发现国族主义的抬头，这时“诗的精神却不复属于希腊民族的任何部分了，他们开始向全希腊的人说话”[4]。但王力对作品、文类与历史演进的目的之间的关系的整理明显不如茅盾那样得心应手，茅盾往往能以清晰明确的几个概念贯穿全文，且事前便巧妙布置其承接转合关系。同样谈的是希腊早期文学，茅盾将挽歌（即爱罗支诗）、讽刺诗（即阴比克诗）及墓铭、谐歌、寓言等视为从古老的英雄体裁中

4. 王力：《希腊文学 罗马文学》，北京：中国人民大学出版社，2005 年版，第 50 页。

的解脱，“当希腊人的心神从史诗中解放出来，而发明了新形式以宣泄他们的深湛的情感的时候，他们由挽歌中得到了稍些的宣泄，而由讽刺诗则得了更大胆的发扬”[1]，这两种诗中包含着文学

1. 方璧：《希腊文学ABC》，上海：ABC丛书社，1930年版，第21页。

史的目的：“在这两种诗式，希腊的诗进入了真实的人生的领域了。”[2]然而它们仅仅是过渡

2. 方璧：《希腊文学ABC》，上海：ABC丛书社，1930年版，第21页。

形式，“挽歌与讽刺诗中就含有了抒情诗的胚子，虽然并不能把他们直截归在抒情诗的名义上”，“希腊抒情诗的特点即在其能表现了比挽歌及讽刺诗更深湛且更热烈的情绪以及更激昂的调子。”[3]在他看来，那个时代的代表性作家和潮流都昭示着文学的不断深化——品达的“胜者颂”联合了

3. 方璧：《希腊文学ABC》，上海：ABC丛书社，1930年版，第21页。

竞技的胜利喜悦和祭祀神的虔诚，标志着从活泼却幼稚的荷马时代转向了道德制裁更加严苛的时代；而奥菲斯文学意味着在希腊文学第一期之末看到了对人类生活的悲惨的深湛的感觉，代替了早期的安详和享乐现世。可是在王力那里，由于爱罗支诗、阴比克诗和抒情诗并无发展阶段上的差异，所以对它们的理解只能是文本解读，这样，希腊文学史就不能形成完整的“故事情节”，在后人看来，大概也是“凌乱的”和陷于“繁琐的考证”的吧。

茅盾展示了文学运动的每个阶段，在这些阶段中，我们总能看到复杂的文学现象被简化为几种典型力量，一旦这些典型力量被了解，就可以辨明历史运动的走向。在某种意义上，这混合了马克思—黑格尔式的辩证法式进化论和达尔文主义。他对展现“时代精神”的文类的强调以及对最具“近代精神”的写实文学的强调表明，文学史家必须具有从纷繁复杂的现象之中把握本质的能力，找到普遍必然又符合社会历史的发展方向的文学原则。正如他自己所言，作家“应得从深处去分析人生，去理解人生；他应得认明人类历史的进化的路线，并且了解自己对于人类和社会的使命”[4]。

4. 茅盾：《致文学青年》，载《中学生》1931年5月第15期。

第二节　现代性的歧路：吴宓与周作人的希腊文学史

一、　《希腊文学史》：科学方法的道德视野

对于吴宓而言，对希腊的接受始终是附着在对中国的历史处境的思考之上进行的。事实上，

他的问题意识来自于中国远远落后于西方各国，应该采取何种文化模式才能确保族群的生存。在这方面，吴宓可以说充满了焦灼感，他曾提到印度之被夷灭“实由于英人品德之优越”[1]。当道德问题与救亡保种的命令联结起来之后，文化类型的选择就负载了巨大的使命。之所以求于希腊文明，是因为一方面希腊文明中的某些成分（主要是亚里士多德的中庸主义和知识论）对培养中国现代国民的道德品格大有裨益，且和“中国国粹相近”，能增加对本土文明的信心；另一方面，现代西方文明的成果，连同其优点与弊端，都可以在希腊文明中找到渊源，“单就研究希腊文学史而论亦为各种文学史之根本，故研究希腊历史实可以作全史之借鉴与参考。”[2]

1. 吴宓：《白璧德论欧亚两洲文化》，载《学衡》第38期。

2. 吴宓：《希腊罗马之文化与中国》，载《清华周刊》第364期，1925年12月18日。

出于众所周知的保守主义立场，吴宓对现代社会亵玩经典持批判态度，在一种要回到更高级文明的责任感的驱使下，他特别注重学理本身的完善和内部的严密性，这为他的文学史提供了一种科学化的现场感。或许对他而言重要的是，在举国皆言西学而实际只知道“问题戏剧”、“写实主义”等“西洋之疮痂狗粪”[3]之时，西学的真知却隐遁无踪。他提出要窥得文学创造的门径，要做到对传统毫无错讹的理解，为此付出的艰苦的科学训练是必不可少的，即“（一）宜虚心；（二）宜时时苦心练习；（三）宜遍习各种文体，而后专精一、二种；（四）宜从摹仿入手。作文者所必经历的之三阶级：一曰摹仿，二曰融化，三曰创造。由一至二，由二至三，无能逾越者也……”[4]他在《希腊文学史》的“附识”中系统阐发了他的文学史写作观念：

3.《吴宓日记》第2卷，北京：三联书店，1998年版，第152页。

4. 吴宓：《论近日文学创造之正法》，载《学衡》第79期，1933年7月。

> *文学史之于文学也，犹地图之于地理也，必先知山川之大势，疆域之区画，然后一城一镇之关系可得而言。必先读文学史，而后作者、书、诗、文之旨意及其优劣可得而论。故吾人研究西洋文学，当以读欧洲各国文学史为入手之第一步。此不容疑者也。近年国人盛谈西洋文学，然皆零星片段之工夫，无先事统观全局之意。故于其所介绍者，则推尊至极，不免轻重倒置，得失淆乱，拉杂纷纭，茫无头绪。而读书之人，不曰我只欲知浪漫派之作品，则曰我只欲读小说，其他则不愿闻之，而不知如此从事，不惟得小失大，抑且事倍功半，殊可惜也。欲救此弊，则宜速编著欧洲文学史。*[5]

5. 吴宓：《希腊文学史・附识》，载《学衡》第13期，1923年1月。

在吴宓看来，只有把西方文学视为不可割裂的整体，才能全面了解异质文化，避免将某种短期的潮流当成本质进行过分强调，这就是文学史的不可替代之处。他事先预设了西方“文明”不可动摇的实体存在，它高度理想化的特质使之虽然发展已逾数千年，其精神仍然绵延不绝。

要是不能抓住这种纯粹精神的核心的话，就会犯下“以柏拉图语录与流行小说从报同等嗜之矣”[1]

1. 吴宓：《白璧德之人文主义》，载《学衡》第19期，1923年7月。

的错误。于是文学史的写作就成为了一种令人敬畏的实践，作者必须精确把握其“原义”而不可受到后代的历史变化的影响。那些经典的文本是精神化的思想活动，意义在产生之时就已经固定下来，为了获得唯一的“正确”的解释，必须不断回到现场，还原文本的真相。为达此目标，我们要刨除各式各样的主观臆断，转而从事艰苦的求证工作，在拥抱经典业已确证的权威之中获得提升，使自己从偏执和误读之中解放出来。所以，吴宓认为研究文学史必须要有“博学”、“通识”、“辨体”、“均材”、“确评”五种资格，这五种资格无一不指向文本意义的永恒不变。《希腊文学史》中“附识”的用辞充满了“标准”、“真知”等断语：“凡欲述一国之文学史，必须先将此国此时代之文学典籍，悉行读过。而关于此国此时代之政教风俗、典章制度等之记述，亦须浏览涉猎，真知灼见，了然于胸，然后下笔始不同捕风捉影、向壁虚造也”，“凡文学史于一人一书一事，皆须下论断。此其论断之词。必审慎精确，公平允当，决不可以一己之爱憎为褒贬。且论一人一书一事，须著其精神而揭其要旨。”[2]他理想中的文学史写作，

2. 吴宓：《希腊文学史·附识》，载《学衡》第13期，1923年1月。

是无可更改的“唯一”文学史。

树立如此高的目的，导致他的《希腊文学史》只写了荷马和希霄德，因为一般意义上的文学史实在无法做到像他那样详尽考证和深入讨论。吴宓在清华开办研究院的讲演中说：“研究之道，尤注重正确精密之方法（即时人所谓科学方法）。”[3]他的诸多论述确实有科学主义背景。

3. 吴宓：《清华开办研究院之旨趣及经过》，见徐葆耕编：《会通派如是说》，上海：上海文艺出版社，1998年版，第174页。

他写到荷马时，不厌其烦地罗列“晚近学者研究之结果”：希腊文明源起于佩拉斯基族居住于克里特岛创造的克里特文明，后为米利安文明所灭，此时有赫梯族和特洛伊王国；随后希腊人的兴起，自称为Hellen后裔，希腊诸族合兵进攻特洛伊，此乃荷马史诗本事；继之北方多利安人南下，发生民族大迁徙，亦即史学上的诸王时期，此后希腊文明逐渐进步，文学史上谓之史诗时代。其时由于生活简陋娱乐生活贫乏，乃召集歌者弹唱古代英雄故事，“命弹古英雄故事，众肃坐而恭听焉。歌者为其时一种专业，父子师弟相传，以沿门弹唱为生。其唱也，手自调筝，oithara佐之。所唱之古英雄故事，中杂神话。其大纲皆为听众所熟知。唯每一歌者可加以变化，铺排粉饰，而详为之描画形容之。”[4]吴宓建议，只有表现出严正和敬肃的科学态度，才能深

4. 吴宓：《希腊文学史》，载《学衡》第13期，1923年1月。

刻全面地还原文学的最初实象，若非如此，文学史就会旁逸斜出，散乱不堪。至少在理论上，吴宓希望他的文学史在形式上，从总体观念到细枝末节，包容描述对象的全部风貌。

然而，对科学方法的推崇却并未让他像胡适或顾颉刚那样走向疑古，吴宓从未满足于将经验的文学事实之间的因果联系说清即可，而是力图证明，科学方法的目的是恰恰要揭示出传统的源头性价值，他毫不怀疑那些考证和事实背后有一个完整的合理秩序。文学史用科学实证成分摒弃各种不实之词(如对荷马和希霄德进行诗歌竞赛的辩驳)，同时又保留了形而上学的需求。这一双重化的要求使他的论述看起来有些自我牴牾，但是在吴宓那里却并不成为问题。吴宓的逻辑是，科学的工具性和科学的精神态度是区别开的，要是只注重具体学科知识问题，就会成为毫无关怀、琐碎无聊的“考据家”，而科学精神则连接着人的心灵，科学的价值在于它为我们全面周密地认识问题提供了基本条件，它的终极指向一定是发现作为智慧之源的价值秩序。一旦秩序树立起来，我们就可以不被那些故作惊人之语的外道邪说蛊惑。他提及的作为科学精神对立面的“粗浅”、“谬误”、“眩惑”、“模糊”、“舍本逐末”等等显然同时又是道德上的精神疾病。这就意味着，吴宓“科学方法”范畴中蕴含了强烈的非物质向度，抽象为一种精神。他的《希腊文学史》中所有的实证成分涉及的都不仅是认知的问题，更是他形而上学体系的一种佐证，他总是从这些科学论述中寻找他需要的东西。

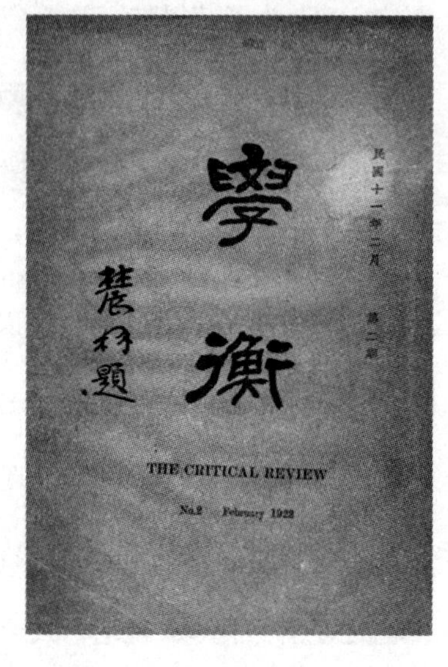

《学衡》书影

吴宓花大段篇幅讨论了“荷马问题”，即历来研究者对荷马是否确为史诗作者的怀疑，如德人拉赫曼（karl Lachmann）将《伊利亚特》切分为18篇短歌，认为是一些彼此无联系的作者不同时期所作，后人汇集这些散乱的断章而成整体。但在广泛引述拉赫曼及武鲁夫、哈曼、尼采、

Robert Wood 等人的疑古言论之前，他就宣判了这些言论的死刑：

推此问题之所由起，盖因十八世纪之末及十九世纪之上半叶，为浪漫主义大行之时。时人结骛为新奇，喜为不经之论，一反前人成案，藉此为鸣高。又溺为天才 Original Genius 之说，谓凡惨淡经营、完整精密之说，必非佳品……此乃当时之风气，而以此施之荷马，异说遂生。至十九世纪中，人多用所谓科学方法者治文学，遂常不免割裂挑剔，破碎支离，及吹毛求疵，强作解事之病。且言语文字之学发达。治荷马者，肆为寻章摘句，以一声一字之微，遽断荷马史诗此段与彼段为一人之作，而某句与某节则另出一人之手，繁分缕析，不可究诘。故各家之说，及其争辩之陈迹，若详述之，徒乱人意，无多裨益。[1]

1. 吴宓：《希腊文学史》，载《学衡》第13期，1923年1月。

吴宓表示，相比"新派"，自己更愿意附和"旧派"如马修·阿诺德（Mathew Arnold）、布查（S·H·Butcher）的言论，要是荷马史诗真是出自多人之手的话，又怎样解释"全书结构完整细密"，"有一种特殊之精神之感情弥漫全书，前后浑然一致"这些问题呢？[2] 如果一口气读下来，会趋向旧说，要是纠缠枝节，会趋向新说，此乃方法问题；诗人文士会趋向旧说，而考据家会趋向新说，此乃人性问题。

2. 吴宓：《希腊文学史》，载《学衡》第13期，1923年1月。

要是仅仅对西方文学的具体流派和作家感兴趣的话，吴宓也许会写出一本类似于王力的《希腊文学》的文学史，但他重视的显然不仅是具体的文学史知识，而是这些知识能否通向某种合理的道德体验。在这方面，他将对西方文学的意义申说内在地转换成了中国传统的"诗教"观，就像宇文所安在其《中国的传统诗歌与诗学》中说的："文学作为一种终极的、圆满实现的形式，是宇宙进程的显现——而作家不是'再现'外部世界的载体，他实际上只是通向即将世界之终极阶段的中介。"[3] 所谓的终极世界，指的就是儒家理想中的普遍教化的大同世界，这一世界被认为是天地必然的秩序。一种基于教化的、精神性的东西笼罩了吴宓，较之不带偏见的具体知识，对于文学的精神品质的考虑显得更为重要。由此看来，吴宓将荷马史诗置于预设的道德秩序中理解，也是自然而然的了。他引用柏拉图和亚里士多德对荷马史诗的道德观念的评价说，荷马史诗写家室骨肉之亲，合群奉公之义，善恶德其正报。敬神重祀，尊古崇法，若无节制将受到神的惩罚。正是这种内含的伦理使之有巨大的影响力，从而为人们提供价值与意义的源泉以及行为准则。

3. Stephen Owen, *Traditional Chinese Poetry and Poetics: Omen of the World*, Madison: University of Wisconsin Press, p.20.

二、《欧洲文学史》："杂"的趣味

在诸种希腊文学史中，茅盾的《希腊文学 ABC》最具现代化的"文学史"样式。茅盾的文学分期，注重体制的统一和时间的接续，这一充满逻辑性的规范化文学史写作法，对后代产生的影响是不言而喻的。希腊文学被预设为准备期、高峰期和衰落期，好像荷马前后时代的所有元素都是为了即将到来的伟大的雅典文学做铺垫，而在希腊文学的鼎盛之时，一些微小的变化又预示了必然的衰亡。作品的特定风格和具体文学派别的流变都暗示着更大的单位——阶段和时期——的变迁。在这个进程中，文学史就像生物有机体一样，个别的细胞和整体的质量相互依赖，茅盾将那些看似毫不相关的个别作品联系成整体性的逻辑单位，并且只有在这个大的背景下，个人的创作才能被赋予意义。通过这一系列的操作，文学史沿着"时代、民族精神和写实性"的本质主义道路走向了具体化和客观化。

现代文学史叙事中对"必然性"的要求习惯于将一时期文学中的文学现象联接为互为象征的系统，并显示它们是如何一致地表现出同一中心核的。这不言而喻地会产生压迫性的叙事者，使读者置于被传道和训谕的位置。周作人一直对西方文论中文学的"超功利"之说感兴趣，并据此批评中国传统的"文以载道"。他对主流的作家和文体也一向兴趣寥寥，认为它们最容易被异化为"道"的工具，变成压抑"次要"作家文体的权威，进而连文学中的"长篇"也分外提防，"长篇大论这一路文章我不大喜欢，总觉得难免文胜于物，弄得不好近于八大家"，[1]

1. 周作人：《贺贻孙论诗》，见《周作人自编文集·秉烛后谈》，石家庄：河北教育出版社，2002 年版，第 23 页。

而重视"忽然而起，忽然而减，不能长久持续，结成一块文艺的精华，然而足以代表我们这刹那内生活的变迁"[2]的小诗和小品文等。因其小、琐屑、游戏，反而能够"性灵流露"，不端

2. 周作人：《论小诗》，见《周作人自编文集·自己的园地》，石家庄：河北教育出版社，2002 年版，第 18 页。

架子，和读者就寻常的"人情物理"之事进行平等谈话，如卜立德所言，"他重视'交流之真谛'，而或许将之置于一切事物之上，并且感兴趣于日常生活的平凡之事。"[3]自觉不自觉地，

3. [英] 卜立德：《一个中国人的文学观——周作人的文艺思想》，上海：复旦大学出版社，2001 年版，第 159 页。

周作人对有可能"载道"的圣贤之书或宏大文类，始终有抵触的态度，在《灯下读书论》中他引用英国陀生的话说："希腊国民看到许多哲学者的升降，但总是只抓住他们世袭的宗教。柏拉图与亚利士多德，什诺与伊壁鸠鲁的学说，在希腊人民上面，正如没有这一回事一般。但是荷马与以前时代的多神教却是活着。"[4]具体到《欧洲文学史》，里面虽然写了史诗、悲剧和

4. 周作人：《灯下读书论》，见《周作人自编文集·苦口甘口》，石家庄：河北教育出版社，2002 年版，第 36 页。

哲学等后世公认的希腊文学的最主要成就，但更值得我们注意的是写了各式各样琐碎的"杂"

文体，如拟曲、牧歌和讽刺对话等，周作人日后对这些不入现代文学史的文学形式给予了高度评价。他谈到拟曲时说：

Mimos亦云Mimiambos，今称拟曲。源盖出于宗教仪式，与喜剧同……然后世则列之玩物，失其本意矣。Mimos初盖类于巫师，后渐转变，止存模拟之动作，更无祈求之意，遂流为诙谐戏谑……由是herodas始复闻于世。其曲皆用跛体（Kholiambos），故文辞不能与Theokritis比美，而实写人生，至极微妙。第一章之媒媪，第三章之塾师，皆跃跃有生气，虽相去二千余年，而读其文者，乃觉今古人情相去不远。[1]

1. 周作人：《欧洲文学史》，石家庄：河北教育出版社，2002年版，第44—45页。

周作人特别看重拟曲的原因有二：1. 虽然拟曲在起源上含有宗教目的，不过随后就变成了无目的的“玩物”，只剩下了“诙谐戏谑”——这恰恰是周作人认为可贵的琐屑之事。透过拟曲的戏谑，我们看到的只是普通人物平常的欢愉和苦恼，也即他反复强调的“人情”。2. 他喜欢拟曲不是单独的爱好，而是和他对中国的游戏文章、日本的俳文，乃至英国的essay的兴趣一脉相承，这些文学样式都是“俗中不失雅”，且“要说自己的话，不替政治或宗教去办差”。值得注意的是，“自己的话”其实并非口语，而是有“蕴藉而诙诡的趣味”的“美文”。美文中的语言从根本上说是书面语，打上了个人风格的印记，亦即周作人说的“趣味”。趣味这个词在周作人那里有丰富的涵义，多与幽默、反讽等考究的文字表达有关。“在去伪存真中运用所有真正所具的个人价值，是‘趣味’的根本主张，换一句话说，‘趣味’是个性的延展”。[2]

2. ［英］卜立德：《一个中国人的文学观——周作人的文艺思想》，上海：复旦大学出版社，2001年版，第84页。

美文是多角度扩散的，具有物质性和无限延伸的能指意义。周作人津津乐道于各种美文在语气腔调上的细微变化，如夏目漱石的小说《我是猫》的原文名“吾辈は猫である”在“文气的粗细”上的巧妙用心。拟曲的好处，当然也因为其在文字表达上能引起人特别的兴致：

第十五章名Adonizusai记二中流妇人至亚历山大府观Adonis之祭，诙谐美妙，两至其极，为拟曲杰作，法国至演为剧。尤最者为第二章，Simaitha见弃于Delphis，因对月诃禁，招其故欢。文真而美，悲哀而诙诡，深入人心，令不能忘也。[3]

3. 周作人：《欧洲文学史》，石家庄：河北教育出版社，2002年版，第43—44页。

除了拟曲作家，《欧洲文学史》里说到其他作家时也强调了他们在文体和结构上的表现，“Theoktitos(315—270 B.C.)亦撰诗铭十三章，然以牧歌（Eidyllion）著闻……唯所歌亦不尽关牧事，因称Eidyllia为小图画。描写物色，以及人事，诗中有画，论者或以是与浮世绘（Genre）

相比。”这种对语言的执着使美文成为不透明的记号，而非“道”的直接载体，借用柄谷行人的话，即是对现代文学“声音中心主义”的无意识抵制。

要是从文类角度来分析《欧洲文学史》的话，书中的“希腊文学”部分均按文体分类，计10章：1.起源，2.史诗，3.歌，4.悲剧，5.喜剧，6.文，7.哲学，8.杂诗歌，9.杂文，10.结论。周作人对自己这部著作评价是：“这是一种杂凑而成的书，材料全由英文本各国文学史，文人传记，作品批评，杂合做成，完全不成东西，不过在那时候也凑合着用了。”[1]话虽如此，周作人个人的文化理念和趣味仍然在这部书稿中得到凸显。他说自己的文学史是“杂合”、“杂凑”的，但私心里他自己未必觉得这一定是缺点，“杂”意味着趣味的广泛和不拘一格，不轻易将文学史现象归入到事先划定的“现代”文学史叙事陈套中去。

1. 周作人：《周作人文选 · 自传——知堂回想录》，北京：群众出版社，1998 年版，第 333 页。

“诗歌”被分为“歌”和“杂诗歌”，散文被分为“文”、“哲学”和“杂文”，这是周作人独创的分类法。在茅盾的《希腊文学 ABC》中，他主张文类伴随着历史的发展，所以诗歌的历程是：荷马时代及之前的短歌、婚歌、哀歌、凯歌→共和政体建立后的挽歌、讽刺诗、墓铭、谐歌和抒情诗→诗歌时代衰落和散文时代到来（伯罗奔尼撒战争之后）。但到了周作人那里，上述文学类型的时代性却不会固定于一处，而是循环往复地流动着。例如，他对“歌”和“杂诗歌”的区分，第一卷第三章“歌”包含了挽歌、讽刺诗和抒情诗，而第一卷第八章“杂诗歌”的特质是：

> *三世纪后，希腊诗歌，更无巨制。时世变易，亦不复有英雄盛事。是供赞颂，人人所见，止现实之人世。若过去之光荣，早成幻景。故史诗凯歌，遂绝嗣响焉。Apollonius作Argonautika，虽独赓坠绪，而不为世所赏。盛行于世者，乃为短歌（Elegos）与诗铭（Epigramma）。二者起源本古，至是弥益发达，臻于美善，为后世模范。*[2]

2. 周作人：《欧洲文学史》，石家庄：河北教育出版社，2002 年版，第 42—43 页。

从周作人的叙述看来，似乎写“现实之人世”，以俗语写人情之常是杂诗歌的不同之处。不过说到俗语，“歌”中的讽刺诗就是“诙谐调笑之诗，其体近于常言”，并非杂诗歌所独有。实际上，这里的“短歌”即第三章说的“挽歌”，两者均是“Elegos”，诗铭就是墓铭，也是古已有之。所以没有办法说是文体发生了新老更替的进步，很多时候看上去完全不一样的文类不过是同一种类型发生了丰富的变化造成的。“歌”中的各个类型和“杂诗歌”中的各个类型既有区别，又紧密地联系，甚至可以说是你中有我我中有你地混杂在一起。周作人在《欧洲文学史》里对“诗歌”和“散文”等常见文学类型的定义总给人不清晰的感觉，是因为他不像茅盾那样将时代和某种代表性的文类挂钩，周作人关注的不是文体在形式上的统一和时间上的接续，而是空间的展开和风格的多样。

对于“文”也是如此，周作人在《欧洲文学史》里写了各种各样的散文，如在“文”中有历史、演说词，在“哲学”中有哲学论文，“杂文”中有学术著作、历史、地志、小说等，但到底什么是这三者之间的界限呢？周作人似乎并不觉得这是重要的问题。或者说，这里并没有对散文究竟为何的本质化规定，它是在各种类型的关系之间被呈现出来的。作品总是具体而微的，很难将其完美地归纳为一个类型之中。如“杂文”章提到的 Kebes，同柏拉图一样是苏格拉底的弟子，其人“仿 Platon 作答问三章。其一曰《图册》（Pinax），言游 Kronos 庙，睹一木榜，上有画图，莫详其谊，有老者为之解说，盖以行道喻人生。”[1]。柏拉图的论著是“哲学”，而 Kebes 仍可

1. 周作人：《欧洲文学史》，石家庄：河北教育出版社，2002 年版，第 50 页

视为哲学问答录的作品却是“杂文”，其区别之细微，普通读者恐怕难以省察。柏拉图的哲学也同样不是纯粹的——“年二十，始从 Socrates 游，前后八年。以问答体作文八篇，然非以讲学，盖拟曲（Mimos）之一类。”[2] 此外，周作人没有将小说看成独立的形式，而是归入杂文，

2. 周作人：《欧洲文学史》，石家庄：河北教育出版社，2002 年版，第 41 页。

这是敏锐地看到了当时的小说不是独立发展的：“其初多述古人逸事，借作谈助，与故事（Logoi）同。后或渐改面目，凭空造作，不必实指其人，遂由别史而成小说。盖小说缘起，在于神话，始乃教典。转为传说，言英雄事迹，诵之可知史诗，亦可以供娱乐。后信念渐移，则化为童话（Marchen）。”[3] 周作人列出一些小说，如 Lukianos（琉善）的《信史》，指出这类小说与混

3. 周作人：《欧洲文学史》，石家庄：河北教育出版社，2002 年版，第 50—51 页。

合了哲学对话和喜剧的文体有强烈的姻亲关系，同时又借鉴了希罗多德体裁。这种不追求清晰明了、不把复杂的文学个体化约为简单的概念符号，较大程度地还原其文学史本相的做法，是周作人博雅的见识和注重个人体验的文学观念决定的。

第三节　“美”的形而上学神话与中国文艺复兴

中国文化的现代化是以无情批判遗产中的古典趣味为前提的，所以重建趣味的工作就不可

能直接用本土资源说明本土资源，而必须采用迂回的方式。对“五四”一代知识分子来说，许多人在情感上认同历史中形成的人文传统，而在理智上又认可西方的价值观。这一历史与价值的悖论造成了中国知识分子的“文化认同危机”。将西方的人文传统打捞出来，展示这种价值的超时空特质，以增强对待自己的传统文明时的自信力，是缓解认同危机可以想象到的方法。在这方面，我们可以通过对希腊的“美”的形而上学在中国语境中的历史性展开加以论说。

在周作人等人对希腊文学的界定中，“美”几乎成为一种先天的文明理想，其作为西方“古学”的基本特质具有价值源泉、伦理法则和艺术风格的多重含义，是纷纭变化的文学史中最终要复兴的东西。《欧洲文学史》中第一卷“希腊文学”的“结论”部分说：“英国 Fredrick Robertson 论希腊思想，立四要义，曰：一无闲之奋斗，二现世主义，三美之崇拜，四人神之崇拜。今得合之为二，曰美之宗教，曰现世思想。”[1] 后来他又加上一条“中和之性”作为希腊民族的“第三性”：“盖其民族具中和之性，以放逸为大戒。行藏无不准此，因亦见于艺文。故其文学，有悲哀恐怖之情，而无凶残之景。”[2]

1. 周作人：《欧洲文学史》，石家庄：河北教育出版社，2002 年版，第 55 页。

2. 周作人：《欧洲文学史》，石家庄：河北教育出版社，2002 年版，第 56—57 页。

周作人树立的“现世”、“爱美”与“中和”的精神贯穿了希腊在中国的形象。其实，这三种精神有其内在一致，就是对超越功利追求的“美”的向往。因为“现世”的范畴并非表面看起来的世俗生活，而是想象中的生活状态——“希腊人有一种热烈的求生的欲望。它不是只求苟延残喘的活命，乃是希求美的健全充实的生活”；“中和”也不仅是行为方式，还可被视为美学形式上的标准——“其在美术，尤以安闲著称。如雕刻之像，多静而少动。即表动作，亦至微末，多将事而非既事，皆足以见一斑。”[3] 进一步说，希腊文学之“美”作为周作人创作体系中的一个源初象征，经过他想象性地展开，就不能仅被看做是审美主义的感性体验，而至少包括了三层含义：其一，它是“无目的”的“艺术”，只是一种“满足要求”的结果，成为了宗教与社会运动平行的另外一极，对于处于现实重压下的中国人有“祓除”之效；再次，这一“美”的追求也可以被理解成关乎于伦理道德的人生态度，它和传统中国人“植物性”一般的好吃懒做有着截然的区别，是积极的、充满个性的；最后，“美”是文明进化的结果，将古代传递下来的丑陋分子逐渐美化，使之能符合理想，他举 Gorgon 为例，最初的形象十分狰狞，但经过美化之后，面目变得可爱，作成了悲痛的女人的像。所以，美“与文化进化至有关系”[4]。

3. 周作人：《新希腊与中国》，见《周作人文类编·希腊之馀光》，长沙：湖南文艺出版社，1998 年版，第 10 页。

4. 周作人：《希腊闲话》，见《周作人文类编·希腊之馀光》，长沙：湖南文艺出版社，1998 年版，第 64 页。

在周作人这里，对希腊文学的推崇已经超越了他个人的兴趣，被强化为一种理想范型，也是文学进化的鹄的。或者说，他对文学的根本概念，就是依附在希腊这个对象上表达的。“现世”、“爱美”与“中和”这三端一出，“文学”的内涵便得到了完美的填充。希腊文学非常符合他对“文学”的本身定义，即“文学是用美妙的形式，将作者的独特的思想和感情传达出来，使看的人能因而得到愉快的一种东西”[1]。如此一来，“希腊”从它的具体历史语境中被剥离了出来，成为了放之四海皆准的普遍性公式。在这点上，周作人充分显示了他对待希腊文学浪漫主义式的价值态度，他将这些文明秉性放在希腊文学的“结论”部分加以申说，起到的效果是将希腊文学整体性地浪漫化。在这一极端理想主义的背景下，甚至中国文学也需要由希腊来定义，例如，在他的《中国新文学的源流》中，说到文学起源的问题时他援引希腊文学来维护自己的观点：“从印度和希腊诸国，都可以找出文学起源的说明来，现在单就希腊戏剧的发生说一说，由此一端便可以知道其他一切。”[2] 明显地将希腊文学做普泛化的处理。

1. 周作人：《中国新文学的源流》，上海：华东师范大学出版社，1995 年版，第 2 页。

2. 周作人：《中国新文学的源流》，上海：华东师范大学出版社，1995 年版，第 11 页。

周作人的浪漫观点在国内学人之间不乏共识。吴宓的《希腊文学史》显示出充沛的人文气质：“希腊人富美术之心，故其所造作之神多美丽之形，美丽之意。他教之神，多牛鬼蛇神，奇丑凶怪，其来则飞砂走石，食肉吮血，又于地狱中刀山剑树逞其刑威。希腊之神，如此类者，绝无仅有。”[3] 王力《希腊文学》中的说法也有样学样：“希腊人的特点在乎善于欣赏美丽的形式，尤其是欣赏人体美。当他们离开了亚洲之后，他们就渐渐把他们的神形成了美男子或美女子。”[4] 缪凤林《希腊之精神》认为希腊精神分为四种，“入世”、“谐和”、“中节”和“理智”，除了“理智”之外，基本就是周作人说法的翻版。讲到希腊文学精神中包含的深切的人性之美，他举《安提戈涅》中的歌队之诗为例：

3. 吴宓：《希腊文学史》，载《学衡》第 13 期，1923 年 1 月。

4. 王力：《希腊文学　罗马文学》，北京：中国人民大学出版社，2005 年版，第 12 页。

谈辞如云兮思如风，
出世经邦兮学无穷。
彼严霜之不仁兮，
与雷雨之汹汹，
斯人皆有备而无恐兮，
夫何患之足蒙。
婴沉疴兮罹痼疾，
亦有术兮可攻。

怨地狱之浩劫兮，

曾是独强以相从，

竭巧尽智兮终难为功。[1]

1. 缪凤林：《希腊之精神》，载《学衡》第8期，1922年8月。

缪凤林认为这首诗："前乎此者无人能为此言，后乎此者，虽言之亦无是深切。诗歌，民族精神之表现也。"[2]不过，与周作人尚注重希腊文学的生气、动能和注重人情物理等要素不同，缪凤林更强调希腊文学日神式的静观优雅。如他谈到的"谐和"部分包括"人与神的谐和"、"个人与邑国之谐和"、"身心谐和"以及"美术与道德谐和"。又说："兹试以刻像论，汤姆氏M·Thomas之论刻像原理也，曰情sentiment、曰体style、曰纯simplicity、曰美beauty，曰静repose、曰均balance、曰匀proportion、曰整composition、曰称symmetry、曰创originality，综以言之，即形全色全相全最完美之灵寓于最完美之体而已。"[3]

2. 缪凤林：《希腊之精神》，载《学衡》第8期，1922年8月。

3. 缪凤林：《希腊之精神》，载《学衡》第8期，1922年8月。

中国知识分子将"美"的文学理想投射于其中，使希腊文学成为一个超级能指符码。这一操作方式，一方面自然是秉承了温克尔曼（J. J. Winckelmann）和罗伯逊（Fredrick Robertson）等西方学者对希腊的理想化言说趋向，另一方面，希腊文学年代久远，且文化成就不容置疑，再加上作为"文艺复兴"的精神资源这一金字招牌，使之对后来的任何一种文明方式都能够保持足够的优越性和批判权，成为普遍性的解构资源。由于这种近乎神话的力量，当现代中国的民族文化需要言说自己时——无论是主动质疑西方的现代性方案还是进行文化自卫——竟可以诉诸于希腊这个想象性的起源，通过论证西方现代文明违背了自己的价值源头，达到对本土文化身份的迂回确认，也难怪周作人把希腊文学视为中国现代民族性的一块建基之石。

希腊文学的本质被众口一词地定性为"美"，与20世纪初"美学"观念在知识分子中的骤然发达有关。究其来源主要是两个：一是20世纪初梁启超和蔡元培倡导的美育，梁启超倡导"真美合一"，蔡元培认为："文化渐近，则择其雅者，以为教育。如我国唐虞之典乐，希腊之美育是也。"[4]二是王国维在康德和尼采启发下对文学工具论的批驳："天下有最神圣、而无与于当世之用者，哲学与美术是已。"[5]对于西方人来说，与艺术自律关联最紧密的是文本中呈现出的"反历史"品格，即试图在语言中抵制现实逻辑的冲动。在中国早期的美学活动中，文本如何在自身与外部世界之间建立一种复杂的非对应关系的问题是受到冷落的。实际上，与西方彻底拒绝社会日常逻辑、"为艺术而艺术"的审美现代性相比，中国知识分子普遍将审

4. 见《蔡元培美学文选》，北京：北京大学出版社，1998年版，第66页。

5. 王国维：《论哲学家与美术家之天职》，见《静庵文集》，沈阳：辽宁教育出版社，1997年版。

美的无功利性作为社会启蒙的一部分，即使是思虑较深的王国维，对“美”的考量仍然含有强烈的社会学和伦理意义。

无论如何，审美主义在中国的发达造成了“美”的本质化，“美”的能指符号被选择为抵抗外在社会政治矛盾的庇护所。周作人、吴宓、缪凤林等人把希腊文学之“美”当做独立的元素进行处理，与他们心目中对“古典文化”的感情支持密不可分。“古典文化”虽然从整体而言已在现代社会失去效用，但如果和一定的现代理念相结合，或可激发出难以预见的无限潜力。希腊文明之所以在“五四”时期获得特殊的地位，一方面是因为其在文艺复兴时期作为“古学”的大盛给了中国知识分子无限遐想的空间，类比之下，他们觉得古典文化完全有可能被激活后重返现代生活；另一方面，“美”与知识、道德平行而成另外一极，本来就是自康德三大划分之后的结果，作为西方学理进入中国后的思想体系的一部分，对审美之维的引入，并不是思古之幽情，而是彻头彻尾的现代精神。虽然在中国倡导希腊文化者多是所谓文化保守主义者，可是他们所针对的，是中国文化现代化过程中出现的过于强调文学的社会价值而忽视精神价值的问题。在他们看来，对美的追求创造，有助于消除把文学异化为政治变革的附庸这一歧见，“五四”知识分子多将“美”视为人性的谐和完整，呼应了“五四”时期对“人的文学”的倡导。在文学现代化深化的过程中，审美主义其实是想象中的人性从专制压抑中挣脱再生的必由之路。

这样做的代价是，“美”的中国表达仍然不是独立和充分的，在康德那里，“美”是完全不合自然因果律的“判断力”问题，只诉诸于人的主观意识（“美学”一词本来的意义就是“感性”），美就是美，不能直接通达现实世界，惟其如此方能成为自我定义的结构实体。与西方知识构想中的审美相比，现代中国社会无论怎样强调审美的独立价值，可基本上还是作为社会政治专制的反题出现，这意味着审美的内在规定性始终无法自足，与社会秩序之间始终保持着既分且合的连续体关系。希腊之“美”对中国知识分子的特殊吸引力，不是出于内在的美学要求（实际上柏拉图和亚里士多德的美学主张很少得到系统研究），而是因为其展现出社会文化进一步变革的广阔前景。就其本质而言当时的希腊文学史写作是以“五四”以来相信文化观念变革能带来社会变革这一思想为原型的，所以也就难以逾越社会变革限定的范围。周作人等人把希腊文化遗产精神化，是认定其中有“人”之所以成为“人”的理由存在，而且论证说这种人性之美有普遍的意义，应该为陷于现代化泥沼中的中国人所分享。这样一来，我们就无法将中国知识分子口中的希腊之“美”仅仅当做主观的感性想象，而是普遍的、可交流的人类基本天性。

因此，尽管对希腊文学的审美特质的描述是高度理想化的，但其本身却是一种历史之中的文化冲动，与中国现代性发展中的内在矛盾密切相关。周作人、吴宓、缪凤林等人均在希腊和中国文化之间发展出了一种比较的视点，认为双方在中庸、现世、谐和等方面相去不远，而都与现代西方文明相抵触。在这里，希腊和中国就成了同一符号分裂出的两面，希腊文化被想象性地转化为现代中国民族性的意义之源泉，它跨时空地确证了中国文明，使民族精神在世界主义语境中获得了合法性。在周作人那里，与希腊人相比，中国人“缺少求生的意志”、“对于生命没有热爱”；柳无忌的《西洋文学研究》则认为“希腊的审美观，耶稣教的教义，科学的人生观，鼎足而为支持西洋文学的三根柱石”[1]。他说：

1. 柳无忌：《西洋文学研究》，北京：中国友谊出版公司，1985年版，第18页。

希腊艺术的基本观念，是审美的观念。在图画与雕刻，像在诗歌戏剧中，古代希腊人表现一种唯美嗜好。前者有着静止的美，如一朵花，一个女人，有匀称的和谐的形体，引起高尚敏锐的感觉。这种对于美的意念同样应用在文学的创造中，在这方面希腊人最高的理想是形式的完善……希腊人把形式和身体的美视为至上的理想，艺术的主要条件；而在东方则一切都以道德的标准为归依。这两国民族对于美丽的本质在看法上根本不同……希腊人崇拜人体，摆在眼前的是活跃的人体美，所以他的信仰是坚实的。在东方，美的本质是轻飘的，不踏实地的。[2]

2. 柳无忌：《西洋文学研究》，北京：中国友谊出版公司，1985年版，第10—11页。

在对文化他者的表面溢美之辞之下，却不难读出对中国应有民族性的渴念，也就是说，这是一种我们“应该”拥有而暂未拥有的文化形态；而对于吴宓来说，荷马史诗弥漫着“特殊之精神之感情”，亚里士多德则代表着后代西方文明早已丧失的“中庸”，可惜的是，希腊哲学家“尊理智之无上，而同时又欲保有谦卑之德”，[3]造成了西方文明的自我分裂，反而需要孔子这位“道德意志之完人”来救援，神话式的希腊就这样悄然过渡到神话式的中国。无论如何，作为能指的希腊的“美”的神话都是“中国”这个更大能指符号自身滑动的创设，所指着一种“非西方”的自我现代化的可能性。

3. 吴宓：《白璧德论欧亚两洲文化》，载《学衡》第38期，1925年2月。

周作人、吴宓等人重视希腊文学，与他们心目中对“古典文化”的感情支持密不可分。“古典文化”虽然从整体而言已在现代社会失去效用，但如果和一定的现代理念相结合，或可激发出难以预见的无限潜力。希腊文明之所以在“五四”时期获得特殊的地位，一方面是因为其在文艺复兴时期作为“古学”的大盛给了中国知识分子无限遐想的空间，类比之下，他们觉得古典文化完全有可能被激活后重返现代生活。在中国，持这一观点的学者发展了一种尖锐的对比性的论式，通过文明等级的划分，将“古学”强化为应然的。而希腊之后的欧洲文学史，就是一部希腊之美的精神如何与其对立面作斗争的历史。

周作人比较希腊罗马和中世纪时说，中古“为希伯来思想最盛之时。其时列国分立，屡兴兵革，民无所托命，遂多悲观，愿脱离现世以得安息，于是基督教势力，风动一时……恐理知有妨信仰，情思发动，又足为向道之累，故艺术文学，无不屏绝，哲学亦降为神学之婢（Handmaid of Theology），属于学林（Schola），教徒专攻之，大抵附会曲解，非复希腊罗马时哲学，能研求真理者之比矣……故史家名此期为黑暗时代”[1]。吴宓也在对清华学生的谈话中说：“此时，西洋文明之弊病，已传染及于吾国。欲医西洋传来之病，只好用西洋药。古典精神，即西洋药也。”[2] 而缪凤林则将希腊文明的生机和西方现代文明的危机联系起来说：

1. 周作人：《欧洲文学史》，石家庄：河北教育出版社，2002 年版，第 113 页。

2. 吴宓：《希腊罗马之文化与中国》，载《清华周刊》第 364 期，1925 年 2 月。

> *希腊之精神，曰入世、曰谐和、曰中节、曰理智，近代西人则仅有其入世之精神，余则多与之相反。如希腊人崇理智而近人则多以兽概人，如哲学上之唯物论，如心理学上之行为派，皆视人性中无理智之存在。希腊人守中节，而近人则趋多极，端如经济上之资本劳动之争，美术上自然唯美之说，毫无中节遗义；……即入世之精神，近人固完全承受矣，然希腊人之入世，仍以欣赏自然、享受自然为主。而近代人则自培根倡人力勘天之说以还，遂群趋于征服天行、控御自然，又与希腊之精神异趣。结果所至近代之西洋文明，物质上虽有重大之成就，要不敌其精神上之损失。而其文明所生之罪恶，更非笔墨所能罄卒之。西方文明破产之声浪，日盛一日，此其西人不善继承希腊文明之过也。*[3]

3. 缪凤林：《希腊之精神》，载《学衡》第 8 期，1922 年 8 月。

正是在这一系列的对比论式中，西方现代文明的内在危机被暴露出来，希腊“古学”作为西方文明内部的他者，迫使一直以学习西方为要务的中国知识分子回答下述两个问题：首先是如何避免西洋文明造成的泛滥无节制的功利主义、物质至上和对自然的索取？其次是这对中国的新文化运动会产生怎样的影响？可以说，这一论式是和对西方现代性后果的反思密切相关的。

在这个思考背景下，中国出现了“文艺复兴”话语，中国知识界论及“文艺复兴”并不始自周、吴等人，1905年创刊的《国粹学报》就有邓实将周秦诸子和希腊学派做并列比较，认为既有“欧洲古学复兴之世”，那么“亚洲古学复兴，非其时邪？”[1]梁启超、章太炎都提及过“古学复兴”，后更有胡适在芝加哥大学的演讲集《中国的文艺复兴》。但正如罗志田指出的，此时的“复兴”更多带有“面向未来”而非“温故知新”的倾向：“自‘古学’在译名中被摒弃，后来的趋势是越来越重‘复兴’之名，而不甚重被‘复兴’的具体内容，实际是希望‘中国’或‘中华民族’的整体‘复兴’。也只有在‘复兴’脱离了文学、古学、或文艺等具体内容而成为一个虚悬的象征之后，其与‘新潮’这样面向未来的词汇才可能划等号。”[2]但至20世纪二三十年代，“文艺复兴”之说重又被提起，而且不再是泛化的理想，也有具体的内容填实，其指向也更带“温故知新”意味。

1. 邓实：《古学复兴论》，载《国粹学报》第7期，1905年10月。

2. 罗志田：《裂变中的传承——20世纪前期的中国文化与学术》，北京：中华书局，2003年版，第85页。

周作人在论国民精神时说：“景教全盛，泛滥泰西，贬斥梭（格拉第）、柏（拉图）诸子为外道，禁书勿得读”，而“终于无功。中古之顷，文艺复兴（Renaissance），遂翻千古之局”。欧洲文艺复兴之“流风余烈已东及三岛之地，所未感知者，独中国耳”。[3]而吴宓以为：“文艺复兴之大变，极似我国近数十年欧化输入情形。然我之收效，尚难明睹。至于神州古学，发挥而光大之，蔚成千古不磨、赫奕彪炳之国性，为此者尚无其人。近数年来学术文章尤晦昧无声响，俯仰先后，继起者敢辞此责哉！”[4]

3. 独应（周作人）：《论文章之意义暨其使命因及中国近时论文之失》，见《辛亥革命前十年间时论选集》，卷三，北京：三联书店，1977年版，第308页。

4. 《吴宓日记》第1册，1915年1月5日，北京：三联书店，1998年版，第381页。

在现代中国思想史发展的轨迹上，任何一种外来文化的接受都不可能出自纯粹的好奇心。“文艺复兴”这一话语场域的重要性在于它提供了“传统”与“现代”、“民族”与“世界”的结合点，这些问题对于中国知识分子的重要性不言而喻，谁的传统？在什么层面上运用传统？民族精神如何在世界主义潮流中保全和光大？对这些问题，我们看到的只有不同思路和背景的学者在共同的“文艺复兴”这一意象之下的多样解答，这本身就是中国现代性问题内在的复杂性带来的。

对于吴宓而言，对希腊的接受始终附着在对中国的历史处境的思考之上。他充满焦灼感的问题意识来自于中国远远落后于西方各国，应该采取何种文化模式才能确保族群的生存。吴宓曾嘲笑泰戈尔妄言西方人只知权力和机械效率，而国内的“反帝国主义大同盟”一味空喊口号，“不值他人一笑者已”。他以印度为例问道，要是西人如此头脑简单，又怎能吞并印度并且保有？

事情的真相“半由于印度民族之分立互争，而实由于英人品德之优越”。但这种品德的优越绝不是“欲以白种人而为黄种野蛮民族造福”之类的无聊托辞，而是“精明沈毅”、“最善统治”的道德，所以才能“夷灭印度”。[1] 于是道德伦理问题就被过渡成为基于族群斗争的文化政治

1. 吴宓：《白璧德论欧亚两洲文化》，载《学衡》第 38 期，1925 年 2 月。

问题。当国民道德进化之后，每个人世界观的改变自然会带来整个民族的彻底变革。吴宓说：“夫欲杜绝帝国主义之侵略，而免瓜分共管灭亡，只有提倡国家主义，改良百度，御辱图强。而其本尤在培植道德，树立品格，使国人皆精勤奋发，聪明强毅，不为利欲所驱，不为瞽说狂潮所中，爱护先圣先贤所创立之精神教化，有与共生死之决心。”[2] 和一般的想象不同，吴宓对价值—

2. 吴宓：《白璧德论欧亚两洲文化》，载《学衡》第 38 期，1925 年 2 月。

社会连续体的诉求并非简单的道德激情，更是在险恶的殖民世界中获得生存权利的方式。

当道德问题与救亡保种的命令联结起来之后，“文艺复兴”就负载了巨大的使命。之所以求于希腊文明，是因为一方面希腊文明中的某些成分（主要是亚里士多德的中庸主义和知识论）对培养中国现代国民的道德品格大有裨益，且和“中国国粹相近”，能增加对本土文明的信心；另一方面，现代西方文明的成果，连同其优点与弊端，都可以在希腊文明中找到渊源，“单就研究希腊文学史而论亦为各种文学史之根本，故研究希腊历史实可以作全史之借鉴与参考”。[3]

3. 吴宓：《希腊罗马之文化与中国》，载《清华周刊》第 846 页。

在吴宓的叙事逻辑里，一种行之有效的道德绝非可以即时再造之物，必须经过层累的积聚，追新逐异乃是一时短见。证之西方即“近读西史，谓世界所有之巨变均多年酝酿而成，非一朝一夕之故，故无一定之时日示其起结。若欧洲中世之末文艺复兴 Renaissance，其显例也。余以文艺复兴例之中国维新改革，则在中国又岂仅二三十年以前新机始发动哉？盖自清中叶以还（或可谓明末以后），士夫文章言论之间已渐多新思潮之表见。导源溯极，其由来渐矣”。[4] 吴宓

4.《吴宓日记》第 1 册，1915 年 2 月 20 日，北京：三联书店，1998 年版，第 407 页。

试图将现代民族重新纳入到文化的大传统（儒教）中，但是儒教显然不可能为处在多元世界格局中的国家和崇尚个人自由的社会提供一个被广泛接纳的统一叙事。为解决“古学”的现代性问题，吴宓采取了两方面的策略：首先，他效法其师白璧德，将不同文化的精英分子跨时空地聚合在一起（孔子、亚里士多德、佛陀、耶稣）组成一个抽象的精神道德共同体，这一超文明的世界主义语境使“传统”超越了狭隘民族性，对于身处多元世界中的现代民族国家具有重要意义；其次，吴宓又否认这一道德共同体的宗教性质，认为其建基于个人的道德良知之上，“以自我之方法，表阐人类共性之精华”，[5] 而非外在的教理，形成所谓“完美的个人主义”，通

5. 吴宓：《白璧德之人文主义》，载《学衡》第 19 期，1923 年 7 月。

过这样的意涵转化，便能与现代个人社会相契合。

如果说道德命令在吴宓那里获得了无上价值的话，周作人却绝不会同意“复兴”的目的会是某种超越性律令的复归。实际上，周作人的认识恰恰相反，“复兴”要是变成对威权的重新建立的话，那将是一场彻底的悲剧。他在《欧洲文学史》中说：

中古时希伯来思想，虽凌驾一切，而异教精神（Paganism），出于本能，蕴蓄于人心者，亦终不因之中绝。一与事会，辄复萌发……游学之士（Clerici Vagi），身在教会，而所作浪游之歌（Carmina Vagarum），则纵情诗酒，多恻艳之辞，殆纯为异教思想。及东罗马亡，古学西行，于是向者久伏思逞之人心，乃借古代文明，悉发其蕴，则所谓文艺复兴（Renaissance）是也。[1]

1. 周作人：《欧洲文学史》，石家庄：河北教育出版社，2002年版，第114页。

又说：“盖希腊之现世思想，与当时人心，甚相契合，故争赴之，若水就下。艺文著作，虽非模拟惟肖，而尚美主情之精神略同。殆其末流，情思衰歇，十七世纪时，遂有理智主义起而以救其弊。虽亦取法古代文学，而所重在形式，此十七八世纪之趋势，与文艺复兴之所以异。本源出于一，而流别乃实相抗矣。盖希腊文化，以中和（Sophrosyne）称。尚美而不违道德；主情而不失理智，重思索而不害实行。古典主义即从此出，而复有异者，各见一端故也。”[2]

2. 周作人：《欧洲文学史》，石家庄：河北教育出版社，2002年版，第179—180页。

较之吴宓，周作人并不泛化地谈论整体文化，他认为文艺复兴是恢复古希腊的“尚美主情”的自由心性，虽然他同时也强调“尚美而不违道德，主情而不失理智”[3]的“中和”之性，但落

3. 周作人：《欧洲文学史》，石家庄：河北教育出版社，2002年版，第179页。

脚点始终是放在被普遍道德伦理压抑的感性生命体验之上。文艺复兴时要恢复的“异教思想”是作为“个体的和包罗万象的感受”（巴赫金语）存在于一切固定不变的僵死理想之下的活泼类型，是作为“记忆”被压抑的“恻艳之辞”。这不仅可以创造性地阐释现代非神性的世俗民本社会，而且通过发掘文艺复兴这一精神资源，能想象性地获得复数的而非单一的、包容的而非权威的民族文化内涵。

作为和启蒙相辅相成却又显然有不同言说维度的语式，“文艺复兴”之所以在20世纪二三十年代中国被强调，其中包含了双重动机：一方面，作为相对抽象的希腊“美之精神”的历史性展开，将原先只在模糊的古代空间中存在，几乎与“现代”无涉的的希腊文明转换为时间上的绵延存在——后人并不仅仅生活在自己的语境里，传统对它们而言仍然可以成为内在的能动力量，反过来说也一样，传统在不同的历史世界中不断变化，唯有落实在当下才能得到理解，正如艾略特（T·S·Eliot）所言：“历史意识包括一种感觉，即不仅感觉到过去的过去性，而

且感觉到它的现在性。”[1] 这对面临向现代国家转变的中国无疑是可资借鉴的经验；另一方面，

1．［英］艾略特：《传统与个人才能》，见《艾略特文学论文集》，南昌：百花洲文艺出版社，1994 年版，第 2 页。

现代中国的文学革命的最终目的是依靠文字的深层感召力促成社会的变革，这种焦灼的危机意识制约了知识分子对外来文化的接受，他们没有闲暇去慢慢检讨遇到的每种思想体系的文化内涵。而希腊文学的“爱美”、“中和”、“现世”等特质更多地指向以个体精神状态为中心的人文世界，将长期受冷落的希腊文学纳入视野，也可视为中国现代性方案的自我调整。

虽然在中国倡导希腊文化者多是所谓文化保守主义者，可是他们所针对的，是中国文化现代化过程中出现的过于强调文学的社会价值而忽视精神价值的问题。而在殖民化的世界格局中，弱小民族往往对本土文学做浪漫化、神话式的处理，建立一种集体神话，如叶芝对爱尔兰民间文学的整理，以对抗强势文化的入侵，把文化和价值观作为本源性的东西回忆和发明出来。不妨说，“五四”学者对希腊文学史的论说是以特殊的方式参与到了中国的现代性争论之中，通过在策略上提升希腊文学，达到传统身份的再确认。对这些学者而言，民族不仅要在经济政治的显在层面上“富强”，更要成为富于内在想象力和生命的“文化民族”。所有对“现代”的期望和失望，都反映在文学模式的选择上，他们赞颂的不只是希腊文明之余光，也是作为“神话”中国民族精神的现代复苏。

第三章　对古典的想象：作家和文本

第一节　周作人与希腊文化

周作人向来被视为在“苦雨斋”里搞闲适小品文和“草木虫鱼”的书斋作家，但作为新文化运动最重要的精神导师之一，周作人与“五四”主导话语实则有紧密的联系：从提倡“人的文学”反对“非人的文学”到译介《贞操论》引发的对于妇女问题的认识；从“儿童的发现”到“世界主义”的憧憬。就像其他中国现代作家相信的那样，周也认为中国的未来就寄托在他们在向外求索时所选择的范型之上，通过新文学的创造性实践，中国“现代化”建设的文化基础将会形成。正如周作人自己所说：“自辛丑以来在外面游荡，我所见所知的人上下左右总计起来，大约也颇不少。因知道而期待，而责备，这是一条路线。但是，也可因知道而不期待，而不责备。这是别一条路线。我走的却是那第一路，不肯消极，不肯逃避，不肯心死。”[1] 在此，

1. 周作人：《苦茶随笔 · 后记》，北京：北新书局，1935 年版，第 207 页。

我们将通过周作人对希腊文学的研究，考察他如何自主地运用现代性原则参与到民族国家的整体建构之中。他独有的文化逻辑是如何与其他不同的现代性理念相互竞争而又有所契合，形成内在交往组合的深层关系。可以说，周作人对希腊的兴趣绝对不是一个学者坐在书斋里闲来无事的消遣，亦非他想成为希腊文学方面的专家所做的极为狭隘的事业，而是他对中国现代思想进行了反思批判之后的成果，是他对中国新文化运动成果的一种“价值重估”。

中国的新文化运动，着眼点在于对文学的社会变革功能的期冀。梁启超在其著名的《小说与群治之关系》中，断言小说是理想的变革工具：“欲新一国之民，不可不先新一国之小说。”[2]

2. 梁启超：《小说与群治之关系》，见《中国近代文论选》第一卷，北京：人民文学出版社，1981 年版，第 157 页。

陈独秀则在他的文章中宣称“推倒雕凿的、阿谀的贵族文学；建设平易的、抒情的国民文学！”[3]“国

3. 陈独秀：《文学革命论》，见《独秀文存》第一卷，上海：亚东图书馆，1926 年版，第 136 页。

民文学”的提出，暗示了中国人对于世界秩序的最新理解，至高无上的天朝帝国被降格为民族国家中的一员，正如梁启超在《新民说》里谈到的，中国的传统士大夫以为中国即“天下”，没有比中国文化更加优越的文化形态存在，但是由“天下”降格成一个“国家”之后，中国发现自己在很多方面需要向其他国家学习，“总之，中国决不能把自己看成是世界，而只是世界中的一个国家。除非它从那自尊自大，即认为自己是‘天下’的优越地位上降下来，而仅作为一个国家立于世界各国之中，否则，中国就会灭亡。”[4] 传统的王朝国家的合法性来自于起源

4. 〔美〕列文森：《儒教中国及其现代命运》，北京：中国社会科学出版社，2000 年版，第 88 页。

的神秘性，而现代民族国家的正当性则来自于国民的自主能力及其对国家主权的决定关系。在

中国，自严复的《天演论》开始，中国的知识分子即把世界各国并存互竞的局面看作国民能力的竞争，这也意味着把国家看成一个有着高度的道德一致性的共同体，其成员都有义务对这个共同体忠诚。在新文化运动肇始时备受推崇的一些外国作家，譬如易卜生、拜伦、尼采等人，其影响力的来源是他们描述了和既定的社会秩序疏离的个体的人，这一个体奋然拒绝迎合人类固有的弱点,和社会孤身奋战。像胡适等人倡导的"易卜生主义"就表达了对能够自我规定的、"尚力"的现代国民的期待。即使之后的"世界主义"思想似乎将人类的普遍共同性置于民族性之上，但实质仅是将国民之间的关系由"互竞"转化为"互助"，仍然只是国民意识的同构反复。

对国族身份的强调使得中国文学的现代化历程从一开始就呈现出与西方范式迥然不同的气质，虽然西方现代文学观念的建立同样是以对"人"的属性的思考为起点，但是从文艺复兴到浪漫主义思潮兴起的数百年时间里,"人"的表达方式随着社会政治关系的历时发展趋向于分化。文艺复兴时期人的类型为"原欲—人智"，亦即肯定人的自然欲望和求知能力，形成了人的表达的"自然—文化"范畴，至启蒙时期则诉诸人的普遍理性能力，康德在他的《历史理性批判文集》里把"理性的"看作是"自然的"，是自然的"善"的表现，坚持理性是万物的立法者，"大自然要使人类完完全全由其自己本身就创造出来超乎其动物生存的机械安排之上的一切东西，而且除了其自己本身不假手于本能并仅凭自己的理性所获得的幸福或美满之外，就不再分享任何其它的幸福或美满"。[1]也就是说,理性是使人摆脱本能性的混乱状态,受到规划和约束的机制。

1.［德］康德：《历史理性批判文集》，北京：商务印书馆，1991年版，第4页。

所以这个时期突出的"人"是具有普遍理性的社会人。到了浪漫派的思潮兴起的时候，以赫尔德等人为代表，又提出人的特殊的民族身份的问题，就是说生活世界是特殊的，没有任何价值观是普遍的，每个民族共同的习俗和生活方式之所以有价值，唯一的原因是它们属于这个民族的集体所有。赫尔德要到本土的民间文化中找到德国这个民族共同的回忆，因为城市都是一体化的，代表的是现代理性的世界扩张，而居住在农村里的人则比较少地受文明教育的污染，最大程度地保持了传统的感性生活方式。在赫尔德那里，人的幸福只能来自个人感受到的特殊的生活世界，幸福是特定的文化的产物，就像传统的中国人会觉得四世同堂、子孙绕膝非常幸福，但是叫一个美国人来看这样大家庭混居的状况就会觉得恐怖。所以，这里又分离出了感性的民族的人。

但是在中国，对"人"的认识分化的现代性进程范式却以高度整合的面貌出现，这里的原因有相互联结的三个方面：一、是因为这个进程虽然在西方是历时性的，但在中国的示范效果是共时性的，使得作为接受者的中国知识分子极易混淆这些“人”的表达方式在原则上的不同。二、汉语主流语境的“载道”传统实际已经将“人”的天性规定为社会性的，大凡在中国的文学里所赞颂的情感，多是可以获得广泛共鸣、引起人们对既定社会秩序的热爱和对亲情的感激的。安敏成曾断言：“对于中国人来说……无论作者如何高超地使用（他或她）的技巧，私人主体的影响微乎其微；诗歌更应该被看作是能够分享、被公共化的情感激流的透明载体。作为一种普遍的、可交流的人类感情（而非私人激情）的表达。”[1] 三、就是前面谈论的，在中国人意识到自己不再是一个王朝国家而是现代的民族国家时，国民的主体性就占据了极高的位置，“人”的解放意味着从旧的、麻木的社会结构中释放出来，这一存在于个体和传统背景之间紧张关系之上的人的概念实际上与启蒙现代性的历史意识相关联。历史意识意义上的现代性表现为一种与传统判然有别的时间意识，借用卡林尼斯库对文艺复兴时代的描述：“它的整个时间哲学是基于下述信念：历史有一个特定的方向，它所表现的不是一个超验的、先定的模式，而是内在的各种力之间必然的互相作用。人因而是有意识地参加到未来的创造之中：与时代一致（而不是对抗它），在一个无限动态的世界中充当变化的动因。”这一新的认识论塑造出了“五四”一代要担当历史变革的负载主体的“人”。合格的“人”应当从“旧时代”的黑暗中脱离，成为即将来临的社会革命的先驱。因此，“五四”时代的对“人”的申说，一般并不结束于“个人”或“人性”本身，“人”的自我愿望、灵性或欲望之所以值得讨论，原因不在其自身价值，而在于其积极的社会功效。也可以说这是“五四”一代知识分子试图建立的新型道德意识。

1.［美］安敏成：《现实主义的限制：革命时代的中国小说》，南京：江苏人民出版社，2001 年版，第 22 页。

具体到周作人这里，我们都知道周作人是“五四”时期“人的文学”的倡导者，但是我们现在一般只谈“人的文学”里面体现出的进步和启蒙，反抗封建的人道主义的这一面。但是和其他人不同的是，周作人有意识地抵制了“人”的国族身份，《人的文学》、《新文学的要求》等文中提出所谓“个人主义的人间本位主义”[2]，即强调“人”具有“个人与人类的两重性”，“只承认大的方面有人类，小的方面有我，是真实的”；“这文学是人类的，也是个人的，却不是种族的，国家的，乡土及家族的”。[3] 周作人对文学发展的轨迹作了这样的描述：“古代的人类的文学，变为阶级的文学；后来阶级的范围逐渐脱去，于是归结到个人的文学，也就是现代的人类的文学了。”[4] 他所要破除的，不仅是“家庭”的偶像，而且包括“种族的、国家的”，

2. 周作人：《人的文学》，见《周作人文类编・三》，长沙：湖南文艺出版社，1998 年版，第 34 页。

3. 周作人：《新文学的要求》，见《周作人文类编・三》，长沙：湖南文艺出版社，1998 年版，第 46 页。

4. 周作人：《新文学的要求》，见《周作人文类编・三》，长沙：湖南文艺出版社，1998 年版，第 48 页。

以至“乡土的”偶像，而要建立起“现代的人类”的意识，确认“人类的运命是同一的，所以我要顾虑我的运命，便同时须顾虑人类共同的运命。所以我们只能说时代，不能分中外。我们偶有创作，自然偏于见闻较确的中国一方面，其余大多数还须绍介译述外国的著作，扩大读者的精神，眼里看见了世界的人类，养成人的道德，实现人的生活”。笔者的看法是，周作人的“人学”不能仅被视为传统道德秩序的颠覆，这里重要的，不是“人的文学”成为对“非人的文学”进行否定的工具，而是一个双方面的策略：一方面，是一种普遍的人性的达成，“人”成为无所不包的跨国族原则，这一普遍人性的达成是他对时代气候的把握的标志；另一方面，则是周作人对“五四”时代“人”的单一定义的不满，他通过对希腊文化文学的译介，试图把中国整合化的“人”的定式重新复杂化，使之呈现出丰富的面貌。

周作人的文化理想是在希腊和日本，而对于这两种文化，周都强调他们体现出的自由，明达，热爱生命、自然和艺术的日常生活形式。和同时代人相比，周作人的超越之处不仅在于他不曾选取“五四”时代红极一时的文学人物：易卜生、托尔斯泰、雪莱、拜伦、泰戈尔，而是选择了那些高扬着生活本身的意趣，喜欢佛头着粪的戏谑和幽默的智慧的作家、作品，他自己确认的范本是无论过去或现在都不太进入我们视野的：卢奇安、谛阿克列多思、海罗达思、希腊神话、日本的“俳谐”文学等等，他也喜欢莫泊桑、森欧外、武岛小路笃实、夏目漱石。以希腊为例，他最喜爱的希腊文学，并非是《荷马史诗》、古希腊悲剧、喜剧等希腊文学最高成就的代表，而是希腊的非主流文学。在《八十心情》中，他说明了这一点：“不过我有一种偏好，喜欢搞不是正统的关于滑稽讽刺的东西，有些正经的大作反而没有兴趣，所以日本的《古事记》虽有名，我觉得《狂言选》和那《浮世澡堂》与《浮世理发馆》更有精彩。希腊欧里庇得斯的悲剧译出了十几种，可是我的兴趣却是在于后世的杂文家，路吉阿诺斯的对话一直蛊惑了我四十多年。”[1] 周作人曾翻译了多种希腊文学著作，但这中间也有分别，诚如学者止庵所言：

1. 周作人：《八十心情——放翁适兴诗》，载《新晚报》，1964年3月15日。

“如果把《苦雨斋译丛》所收大致分为兴趣浓厚和稍逊一筹两类，古希腊文译作中，《路吉阿诺斯对话集》、《希腊神话》和《希腊拟曲》当属前者，《伊索寓言》、《财神》和《欧里庇得斯悲剧集》当属后者；日本古典文学译作中，《狂言选》、《浮世澡堂》和《浮世理发馆》当属前者，周氏最感兴趣、极愿翻译者，的确都是‘关于滑稽讽刺的东西’，无拘古希腊还是日本，其间颇具相通之处；同时又‘不是正统的’，在文学史上地位并不特别显赫。这正是周氏非比寻常的眼光所在。”[1]周作人对希腊文学类型的选择不仅是个人兴趣问题，更是他对现代中国人的国民性建构的独立参与方式。他喜欢这些“关于滑稽讽刺的东西”，其理由是他对文学的严肃性的拒绝，在他看来，国民性并非已经定型了的东西，他要从国族社会的压抑之中解放出“人”的自然天性出来。就像他在《语丝》发刊词上所言：“我们并没有什么主义要宣传，对于政治经济问题也没有什么兴趣……我们这个周刊的主张是提倡自由思想，独立判断，和美的生活。”[2]他肯定人的自然欲望（《贞操论》），肯定人的理智知性的能力（《闭户读书论》），但是自然欲望和理智知性的仍然可能被象征化为政治行为的实用注脚，不免其工具化的命运。于是周作人从国民立场上作出策略性的后退，转向那些被排斥在主流话语之外的非定型的文学。在他的文学视野里，古希腊作家卢奇安和希腊拟曲的译介研究尤可重视。《卢奇安对话集》除了周的翻译外，还有罗念生等译的《琉善哲学文选》，两者都是选译本。《琉善哲学文选》的译者强调卢奇安作为一个“无神论者”、“唯物论者”，对“各种宗教迷信的戏谑和抨击”，对“唯心主义哲学派别的嘲讽和揭露”。[3]兴趣在于卢奇安作品反社会道德秩序的立场，因而，译本并未选入主要描写人情世态道德说教意味并不强烈的《妓女对话》。但周作人翻译《卢奇安对话集》时，选入了《妓女对话》，在他看来，《妓女对话》“所形容所讽刺的乃是社会的形象”[4]，因而成为摹写世相人情最精彩的章节。《卢奇安对话集》中的《诸神对话》、《海神对话》等篇章讽刺希腊神灵的胡作非为说到底也只有诙谐的性质。《诸神对话》中宙斯的好色与耍无赖（《诸神对话・六》），赫拉的争风吃醋（《诸神对话・八》），神灵在宴会上争座次（《诸神对话・一五》），神灵之间的风流韵事（《诸神对话・二一》），女神们为选美而互相攻击与对评定者的贿赂（《诸神对话・二六》）……凡此种种，在周作人看来，给读者的只是“娱乐”，让人“读了之后会心一笑而已”。就是说，对周作人重要的东西并不是文本里的道德意识，而是被道德意识所压抑的人性的多面性。这里是没有新—旧道德对抗这样简单的二元颠倒反覆的。

在周作人看来，诙谐的风趣的缺乏，是人性“不健全的一个症候”，也是“道学与八股把握住了人心的证据”，[5]他要塑造的，是还没有被现代中国沉重的社会历史意图所左右的自在自为的的“国民”。在对古希腊拟曲的翻译研究中，周作人表达了同样的观念：“拟曲者，亦诗之一种，仿传奇之体，而甚简短，多写日常琐事，妙能穿人情之微。…… 今译二篇，其述塾

1. 止庵：《苦雨斋译丛・总序》，见《路吉阿诺斯对话集》，北京：中国对外翻译出版公司，2003 年版。

2.《〈语丝〉发刊词》，载《语丝》第 1 期，1924 年 11 月 17 日。

3. 罗念生等译：《琉善哲学文选》，北京：商务印书馆，1980 年版，第 1 页。

4. 周作人：《妓女对话・引言》，见《周作人文类编・八》，长沙：湖南文艺出版社，1998 年版，第 322 页。

5. 周作人：《日本的落语》，见《周作人文类编・七》，长沙：湖南文艺出版社，1998 年版，第 533 页。

中师生，及媒媪行状，历历如在目前，今古人情，初不相远，所可笑也。”[1] 拟曲是古代希腊文学中不受重视的体裁，却得到了周作人最高的评价。他并非要简单地回到文学古拙朴素的形式，这里存在的是对于“人性”由社会—历史这一价值连续体规定的批判，如周作人所说，拟曲具有“传奇”特性：篇幅短小、“其细节由演者临时编造”、“重性格而轻事实”。巴赫金谈论卢奇安等古希腊诙谐作家时说：“闹剧和插科打诨，打破了史诗和悲剧里那种世界的完整性，在人们事业和事件不可动摇的正常（体面）进程中打开了缺口，也使人们的行为摆脱开先成法的规范和因由。”周作人欣赏希腊文学中诙谐、质朴乃至粗俗的一面，使得“五四”对“人”的内涵的诠释呈现出了层次上的丰富。周的兴趣不是观念化的“否定”——以一种外部的、“现代”的道德意识取代原先的、落后的道德意识，而是一种“转化”，在他那里，所要创立的是看待世界的另外一种方式，构成“人”的另外一种方式，亦即充满幽默、生趣和诙谐智力的“人”。

1. 周作人：《希腊拟曲二首》，载《中华小说界》第 10 期，1916 年 10 月。

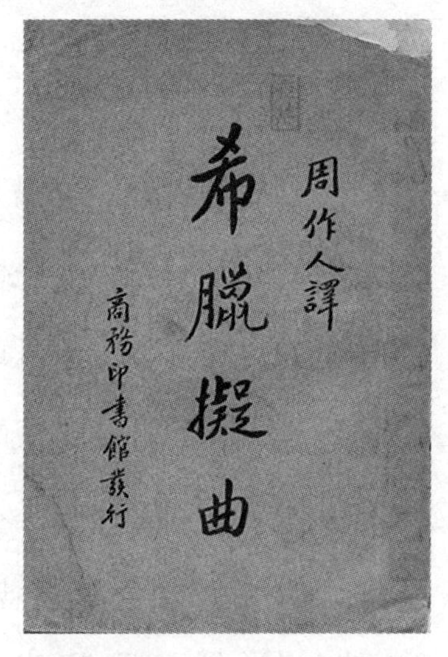

周作人《希腊拟曲》书影

从渊源上说，这里蕴涵的是文艺复兴式的理想：即“自然—文化”人的确立。欧洲文艺复兴的“人”一方面从中世纪神权世界的桎梏中脱身而出，另一方面又是向未来开放的，同时包含了欲、智、信的多声部的合奏，是未被后代的“理性社会”或“感性自我”的定义所桎梏的人。这方面我们可以从周作人对希腊神话学研究中看出端倪，周多次表示自己服膺神话学的“人类学派”，“此派以人类学为根据，证明一切神话等的起源在于习俗。现代的文明人觉得怪诞的故事，在它发生的时地，正与社会上的思想制度相调和，并不觉得什么不合”。[1] 他以为我们无法用现今的科学观念去评价神话故事，神话根植于传统习俗和记忆，包含了一个民族神秘的过去，这与周氏一向重视“起源”的思路是契合的。通过对作为传统庇护所的神话故事的发掘，我们便可以和远古的完整的人类精神进行无障碍的交流。从体验角度上说，神话故事和传说、故事、童话处于同一经验层次[2]，均不是文人润色后的人工制品，而是“本来的真相”，“他唱歌，因为他是不能不唱”[3]。神话的体验总是完整的、最少成规的、民族共同体的、开放的，而现代的体验则是破碎的、被动的、个体的、封闭的。在周作人眼中，希腊人是“Iconists”（造像者），总是能把自己的主观感觉化为充满艺术力的有魅力的想象，这一想象只关于人的日常生活和审美要求，所以给我们带来了距离我们最近、我们最感兴趣，而且真实发生的经验。而其他民族的艺术，如罗马，由于塑造的是宗教性的“威力”形象，而“即使那些‘威力’是超人间的，在管辖罗马人的生活，能引起敬畏与依赖的意思，他们却总不是人性的，也不是人形的”。周作人希图通过他的工作复归“人”原初的自然和完整，是未被后代的文明所割裂的具体的“人”，而希腊的神话经验保存了最为纯粹的人类形式，对于“滚出滚进于政治的漩涡”的充满紧张感的现代中国人是一股“新鲜的冷风”。“（在中国）大家都做着人，却几乎不知道自己是人……我相信必须个人对自己有了一种了解，才能立定主意去追求正当的人的生活。希腊哲人达勒思的格言道，‘知道你自己’，可以说是最好的教训。”[4] 在此，周作人通过对理性观念的放逐试图瓦解现代性的单一整合的“国民”方案，以原始的“自然—文化”的人的状态替代体制压抑下的当下紧张。

1. 周作人：《神话与传说》，见《周作人与儿童文学》，杭州：浙江少年儿童出版社，1985 年版，第 164 页。

2. 周作人认为神话、传说、故事、童话按性质来说均属于神话。见《周作人与儿童文学》，杭州：浙江少年儿童出版社，1985 年，第 163 页。

3. 周作人：《歌谣》，见《周作人文类编 · 六》，长沙：湖南文艺出版社，1998 年版，第 525 页。

4. 周作人：《妇人的运动与常识》，见《谈虎集》，长沙：岳麓书社，1989 年版，第 241—242 页。

第二节　文化利用与“国民意识”的文化重构

早在 1918 年发表《人的文学》时，周作人就提倡中国人应有“世界的人类”的观念，后又号召“中国现在所切要的是一种新的自由与新的节制，去建造中国的新文明，也就是复兴千年前的旧文明，也就是与西方文化的基础之希腊文明相合一了”[5]。如果从激进的观念来看，也许周作人的“人的文学”预设了外在于传统的标准，似乎中国的文化改造必须依靠西方规定好

5. 周作人：《生活之艺术》，载《语丝》第 1 期，1924 年 11 月。

的路线前进。但是要知道周作人是一个彻底的现代人，对世界主义的强调是他的时代感的体现，是他参与现代民族国家建构工作的方式。

现代民族的重新定义是民族共同体自我想象的历史上最切近的一次有效实践。现代国家需要从文化上想象现代民族共同体，为多元民族、文化国家提供一个易被一致接纳的元叙事。如学者吕微所说："文化问题是难以回避的，政治需要有文化的依据并得到文化的支援，没有文化依据的政治是没有内在深度的政治，得不到文化支援或者只得到较弱文化支援的政治同样难以持久。然而文化又非可即时创造之物，文化是历史的产物，是传统的延续，因此现代政治—文化民族主义总要回到传统中去寻根，传统文化始终是想象现代民族共同体最重要的源泉之一。"[1] 这方面我们可以看到 19 世纪欧洲浪漫主义思潮兴起的时候德国知识分子对民歌、神话和民间传说的整理和研究，以及 19 世纪后期为了抵御英国的文化入侵，叶芝、道格拉斯·海德等人发动的爱尔兰文艺复兴运动，就像赫尔德所言，每个群体都有自己的民族精神，而这些东西之所以有价值，纯粹只是因为它们属于这个群体所有。现代国家政治的民族性依据始终需要到古代历史文化中去发掘精神资源。

1. 吕微：《现代性论争中的民间文学》，载《文学评论》，2000 年第 2 期。

从这个角度考虑，那么周作人求诸于原初的"自然—文化"人的举措，就并非只是人类学意义上的工作，而更应被理解为对"国民"命题的一种迂回的参与。在世界范围内文化秩序从"神"的主题到"人"的主题的现代转换过程中，被重新阐释过的民族与社会成为"人"的现代主题。所以，必须对传统文化符号加以现代的阐释与转换，使之能够承载民主社会、民族国家等多种现代主题。作为有时代责任感的知识分子，周作人对传统文化寻根工作主要体现在两个方面：

一、对传统主流文学资源的再解释，周作人对传统的文学有很深的造诣，但是在他的研究里完全没有前现代的怀古的乡愁，他研究公安派、研究八股文，用意都是将传统文化用新的观念进行重新诠释，开创新的可能性。比如他把中国文学史的道路，看作"言志派"和"载道派"相互起伏的道路，认为胡适的"八不主义"也是对明末公安派"独抒性灵，不拘格套"和"信腕信口，皆成律度"的主张的复活，这也是用新的文化观念对民族感性传统的再度激活。

二、对民族文化的小传统——民间文学的发掘，在儒教难以有效地实现现代化转型时，一批"五四"时期知识分子开始关注民间文化，从理论上说，民间文化根源于全民的共同记忆，较之易沦为统治阶级工具的主流文化更能支持现代公民社会。周是其中的代表人物，如他对童谣的研究、对民歌的研究，包括对日本的“狂言”和俳谐的兴趣、希腊拟曲的兴趣也可以划归到民间文学这一块。周作人对民间文学特点的归结就是“用常语写俗事”，他喜爱中西民间文学中壮健质朴的趣味。其实这很好理解，在王朝国家转向民族国家的进程中，如果文化大传统与现代性发生暂时抵牾，人们就会将目光转向小传统，因为较之僵硬的官方儒教文化，民间毕竟保留了更多的自由空间。

在上述的两个层面上，希腊文学的存在作为一种策略性的工具起到了典范作用。首先，周作人追慕古希腊文化，有他自己的说法：“希腊文明很有研究的价值，尤其是在我们中国，这有以下的几种理由：（一）希腊文明是西洋文明的源流，欲了解现代的西洋文明不可不先了解希腊文明。（二）希腊文明与中国文明比较接近，在二者之中求其异同，很是件有兴趣且是值得研究的事情。（三）希腊文明于人生最适用，他的地位在各种文明中比较适中。（四）读希腊文可以训练构思。”[1]毫无疑问，周作人的这番讲述有着强烈的世界主义背景，在他对希腊文化的论述中，可看出他处处将之和中国文化相比对，得出两种大方向上文化趋同，但是希腊人平民主义、爱美和节制特点又比中国传统优化的结论。比如说现世主义这一点，周作人认为希腊人对彼岸生活不感兴趣，而珍视现世生活的倾向，与孔子强调“敬鬼神而远之”的“讲实际”的态度很相似。他说：“由讲实际看来，孔子的学说不是宗教。因为宗教有很大的理论，譬如佛教，他认为这世界的种种人生都是无聊的，所以要与这个世界断绝，求自己的解脱。基督教也是如此，认为人生在这污浊的恶世里非常痛苦，必须在这时候祷告上帝，领入天堂，才可以有永生。而孔子就没有这种思想。他认为这个世界就是我们的世界，至于死后如何，就不去考虑了。孔子曾说过：‘未知生，焉知死？’对于死后问题毫无研究兴趣，而对于现在则非常重视，只要现在的几十年之中好好的过，对于父子兄弟夫妇朋友，好好的处，一生的目的就完了。……由这点看来，孔子学说与宗教就完全不同了。孔子只要现在的问题解决，目的就达到了，并不是死后能否免去轮回，引入天国。”[2]周作人认为“希腊文化之探讨，比印度、阿剌伯容易了解，因为它和中国的儒家思想相同很多”。现世主义即是其中的一例：“他们一样地求生活之舒适，注重现在。”并认为，“这样类同的思想”，对于“东方的中国”来说，是“决计能容易了解”。[3]不妨说，在论述希腊时，周是把它看成了现代的中国人应具有的文化形式，中国的文化可以借鉴其催生出的新的可能性。这和他所说的“世界的人类”的想法是一致的。

1. 周作人：《希腊闲话》，见《周作人文类编・八》，长沙：湖南文艺出版社，1998 年版，第 64 － 65 页。

2. 周作人：《中国的国民思想》，载《教育时报》2 期，1941 年 9 月。

3. 周作人：《略谈中西文学》，见《周作人文类编・八》，长沙：湖南文艺出版社，1998 年版，第 504 页。

其次，周作人更从“民间性”的视野出发强调希腊文学与中国文学的“同类”亲缘特质，而这个同类源于二者对普通世相人情的描写是不需要特定文化背景和专业的知识训练的。周在《古希腊拟曲》一文中认为古希腊文学“老而不老”，引用了这么一段话：威伯来批评海罗达思说，“他所写的脚色都呼吸着，活着，他所写的简单的情景只用几笔描成，但是笔致那么灵活，情景写得完全逼真。材料是从平凡生活中取来，但是使用得那么实在，所以二千年的光阴不能够损伤那图画的真实。这书是现代的，好像并不是昨天所发现，却是昨天所新写。海罗达思所描写的情绪不是希腊的，但是人类的，要赏识了解这些，极是容易，并无预先吞下去许多考古学知识之必要”。[1]

1. 周作人：《古希腊拟曲》，见《周作人文类编·八》，长沙：湖南文艺出版社，1998 年版，第 196 页。

“极是容易”是因为希腊文学具有新鲜生动的民间性，而这个民间性自身的感性特质使之可以和中国的非主流文学交通往还，周作人时常不平于中国民间的有趣感性故事未能得到学者的正确评价：“还有，中国总是喜欢文以载道的。希腊与日本的神话纵美妙，若论其意义则多是仪式的说明，其他又满是政治的色味，当然没有意思，这要当作故事听，又要讲的写的好。而在中国却偏偏是少人理会的。”[2] 我们知道，现代民族国家的建立对于民族共同体的价值源头的设计必须以集体性的世俗民本知识为基础，也就是说古代民族通常以神圣起源定义民族的本质，“王权把所有事物环绕在一个至高的中心周围，并将它们组织起来。它的合法性源于神授，而非民众——毕竟，民众只是臣民，不是公民”[3]，因而古代民族意识的内涵是由宗教神本知识规定的。近代以来，民族的历史起源逐渐隐去了自己的神圣身影，从此民族的本质只能依据其自身来加以说明，民族通过自我想象将自身绝对化、本体化，并以此形成国家的法理基础，所以现代民族主义的内涵是由世俗民本知识规定的。正是由于现代国家赖以奠基的民族主义意识确实是发掘、转换某种文化传统的建构性结果，我们才可以说周作人对民间文化的整理发掘是一种深度政治，是寻找现代民族国家的世俗民本依据。其实在欧洲打破中世纪的统一拉丁文化，建立具有世俗色彩的民族国家的时候，欧洲各国的知识分子同样诉诸于本土的感性传统。这说明现代国家的建构行动决不单单是政治行动，也是一个人类学式的文化和文学行动。

2. 周作人：《希腊的神与英雄与人》，见《周作人文类编·八》，长沙：湖南文艺出版社，1998 年版，第 85 页。

3. [美] 本尼迪克特·安德森：《想象的共同体：民族主义的起源与散布》，上海：上海人民出版社，2003 年版，第 20—21 页。

值得我们注意的是为何周作人一定要在“世界主义”的范畴内谈论民间感性传统问题，以至于民间性在他那里几乎成为了普遍人性的一种表达定式。就像前面所说，现代国家在自我建立的时候借助了民间文学作为民主社会和民族国家的注脚。周作人的研究同样逃脱不了这一定式，因为“现代民族国家”是作为世界民族共同体之中的一员存在的，而20世纪早期中国的整体语境更加急切地要跨入国际政治、文化体系的门槛，为了表达和实现现代性的种种原则，只是挪用本土的传统是远远不够的，必须对传统的文化符号进行现代的阐释和转换，使之能够在“世界性”的范围内获得合法性。

周在《国粹与欧化》中主张：“以遗传的国民性为素地，尽他本质上的可能的量去承受各方面的影响，使其融和沁透，合为一体，连续变化下去，造成一个永久而常新的国民性，正如人的遗传之逐代增入异分子而不失其根本的性格。”[1]对“国民性”的世界化的呼吁自然暗含

1. 周作人：《国粹与欧化》，见《自己的园地》，长沙：岳麓书社，1987年版，第13页。

了对自己本民族的地方性的贬低，是一种要把中国新文学整合到外部世界中的企图。从比较文学角度看，对于世界主义的文学呼吁让我们联想到歌德的“世界文学”主张。“世界文学”概念就是设想一种可以交流互动的文化统一基础的形成：“所以我喜欢环顾四周的外国民族的情况，我也劝每个人都这么办。民族文学在现代算不了很大的一回事，世界文学的时代已快来临了。”[2]当歌德说这番话的时候，他针对的是德国浪漫派的自我“分裂”和制造对抗的倾向：

2.［德］爱克曼编：《歌德谈话录》，北京：人民文学出版社，1997年版，第113页。

自然世界对抗物质文明，感性对抗理性，民族国家对抗世界主义。歌德期望通过“世界文学”重建人性的整体性，这一人性不是封闭的、狭隘的，而是处于人类的整体运动中的，其情感是可以交流的、普遍的。歌德在谈论中国文学（《玉娇梨》）的时候，重视的就是根源于“同类”情感的基础性质：“那些人的思想、行动和感情几乎和我们一模一样，我很快就觉得和他们是同类了，只是那里的一切都来得明朗、纯净和合乎礼仪。那里的一切都是容易了解的、平民化的，没有过分的激情和诗意的震荡，这一点和我的赫尔曼和窦绿蒂，以及理查生的小说有几分相似之处，但它们之间还是有区别的。在他们那里，外在的自然总是在人物角色身边一起生活着。”[3]

3.Martin Bollacher：《歌德的世界文学构想》，载《中文自学指导》，2005年第4期。

歌德的“世界文学”概念强调的是只有理解不同民族的同类感情，在世界精神产品相互交换的过程中，德国的民族文学才能进步。从当时德国在逐步完成文化自觉时出现的自我孤立和分裂的趋势而言，歌德人类学式的主张绝非文人的空洞呓语，而是有切实的当下性的。虽然周作人后来说自己奉行的“世界主义”只是“迂远的话”，[4]但其实针对了具体的语境。在周作

4. 周作人：《元旦试笔》，见《雨天的书》，长沙：岳麓书社，1987年版，第121页。

人关于希腊的论述中，有着深远却急切的文化理想——对民族精神的世界性合法地位进行塑形。他频频把古希腊文学当作无所不在的拯救的力量。比如他多次援引英国著名的古希腊研究专家简·艾伦·哈理孙观点：与其他民族神话中阴森恐怖、奇形怪状的神灵相比，希腊神灵都很美。

故而希腊神话有一个“美化”的过程，希腊民族不是受祭司支配而是受诗人支配的，他们把神话中的恐怖分子都修造成美的影像了，给我们后世以恩惠。周作人认为希腊神话的“美化”有极重要的意义：“我们中国人虽然以前对于希腊不曾负有这项债务，现在却该奋发去分一点过来，因为这种希腊精神即使不能起死回生，也有返老还童的力量，在欧洲文化史上显然可见。对于现今的中国，因了多年的专制与科举的重压，人心里充满着丑恶与恐怖而日就萎靡，这种一阵清风似的祓除力是不可少，也是大有益的”，“希腊人有一种特性，也是从先代遗留下来的，是热烈的求生的欲望。他不是只求苟延残喘的活命，乃是希求美的健全的充实的生活……他们对于生活是取易卜生的所谓‘全或无’的态度，抱着热烈的要求。”[1] 尽管中国人也讲现世主义，但与之相比，“中国人实在太缺少求生的意志，由缺少而几乎至于全无”。“中国国民最大的毛病，除了好古与自大以外，要算是没有坚定的人生观，对于生命没有热爱。”[2] 换句话说，中国的痼疾，或许可以通过世界民族间活跃的精神交往获得缓和甚至治愈。当“民间”被置入世界主义的网络时，这实际也是一个“国民”获得合法化身份的过程。

1. 周作人：《新希腊与中国》，见《周作人文类编・八》，长沙：湖南文艺出版社，1998 年版，第 10 页。

2. 周作人：《恶趣味的毒害》，载《晨报副刊》，1922 年 10 月 2 日。

于此可见，周作人对“国民”的要求是希求恢复已经失去的民族的伦理性，换言之，可以称为一种文化上的民族主义，这里有的是文化自立的欲求。它指的并非直接的政治行为导致的国家的“富强”，而是以最终的“神话”和“美”中体现的作为“神髓”的国族主义。一旦失去了“神话”和“美”，便意味着民族精神的总体性崩溃。周作人通过世界主义对本土传统的改造有两方面的用心：一、他强调的是外来文明有着与东方不同的异质的精神原理。他把西方树立为凌驾于东方的精神实体，如超人式的“求生的意志”起到的完全是启示录般的规范作用，正因为欧洲思想的完全异质性，所以它的冲击才可能成为一种契机，迫使中国人进行自我变革，只有对西欧精神的异质性表示的强烈惊愕，方能从中提炼出疗救中国的普遍的价值；二、他又发现世界范围内民间文学具有“同类”特质，这一特质其实极其有助于表达现代民族国家的理念，因为现代民族主义本身就要求对狭隘的历史性民族观念的超越，就像列文森所说：“民族主义国家是内部多元的——有着精细的劳动分工和经验的拓展与纷繁——而在国际上却愈来愈趋向一体”[3]，故而这一超越对于现代多元民族国家的世界格局的认可具有积极的文化意义。这样，至少在文化的逻辑上，“民间”的世界性意味着中国传统的文化体系先天上已然蕴含了现代民族国家必不可少的世俗民本因素。在这个二极结构中，从西方的、外在的价值观中诞生了个人

3.Joseph R Levenson, *The Province, the Nation, and the World, Modern China: An Intepretive Anthology*, London: Collier-Macmillan Ltd, 1970. p.57.

和民族需要“自我否定”的经验，但同时却又获得了“自我发现”，期待着存在于民间神话传说中的文化因子可以达成文化最终的自立。这形成了双重的契机，文化的自我否定的目的不是成为“他人”，而是成为了更高的自我。就这样，通过一种基于个人想象力的操作，对本土传统在世界主义视野中加以了再造，中国便得以象征性地整合到现代民族的多声部合唱之中。

第三节 彼岸的美狄亚：曹禺与希腊悲剧精神

相对于西方悲剧传统的源远流长，学术界普遍将中国现代悲剧观念视为一种舶来品——虽然古老的中国并不缺乏悲剧意识，在我们的古典诗词中也不乏具有悲剧精神的诗人和作品，但要论以古希腊悲剧为基准的西方正统悲剧观，却是直伴随着 20 世纪初“西学东渐”的大潮才开始输入中国，为国人所熟知起来的。因此，作为一种富于异质色彩的外来文学观念，古希腊悲剧在中国的落地生根、成长繁荣无疑是一个相当复杂的文化移植现象，这期间既蕴含着它自身观念的发展衍变，又无法排除其在接受过程中受到中国本土文化大环境的过滤，以及不同文化条件下，接受个体在主观上有选择性的吸收与有目的性的误读。凡此种种皆注定了古希腊悲剧在中国成长历程的错综复杂和不可避免的曲折迂回，以至会引发种种甚嚣尘上的争论也不足为怪。因此，在具体论及“曹禺与古希腊悲剧精神”这一命题之前，我们有必要先厘清思路，对于什么才是所谓的“古希腊悲剧精神”这一概念本身进行必要的阐释和划分，而这其中则尤以亚里士多德与尼采的悲剧学说最为旗帜鲜明，针锋相对，值得一书。

在西方，亚里士多德是第一位对悲剧进行理论阐述的学者，他的《诗学》被公认为西方悲剧学说的源头，几乎毫无争议地统治学界近千年。以古希腊悲剧为研究对象，亚里士多德提出了关于悲剧的第一个完整定义：“悲剧是对于一个严肃、完整、有一定长度的行动的摹仿；它的媒介是语言，具有各种悦耳之音，分别在剧的各部分使用；摹仿方式是借人物的动作来表达，而不是采用叙述法；借引起怜悯与恐惧来使这种情感得到陶冶。”[1] 由以上定义，我们进一步可以引申出亚氏著名的“净化说”——在亚里士多德看来，悲剧所产生的快感来源于观众在观

1.［古希腊］亚里士多德：《诗学》，见《诗学 · 诗艺》，北京：人民文学出版社，1997 年版，第 19 页。

看的过程中，“时而由严肃剧情引起的怜悯和恐惧导致的一种缓解的宣泄，时而由善良高尚原则的胜利，由英雄为一种道德世界观作出的献身，而感觉自己得到提高和鼓舞”，因此，由苦难的发生而引起恐惧与怜悯之情是悲剧效果产生的必要因素——人们将通过怜悯个人遭受不应遭受的厄运之际感受到命运的变幻无常，并由这种巨大的恐惧中获得一种特别的情感宣泄。所以，古希腊悲剧所摹仿的人物必须是比“我们今天的人好的人”，但又同时存在着某种致命的人性弱点或过失。换言之，他比真正的好人要坏，但又比普通的常人要好，是带有宿命色彩的英雄而并非无所不能的神明。他之所以陷于厄运，不是由于他为非作歹，而是由于他犯了错误。[1]即由于

1.［古希腊］亚里士多德：《诗学》，见《诗学·诗艺》，北京：人民文学出版社，1997 年版，第 38 页。

他的某种过失或人性的某种弱点所致。虽然亚里士多德将悲剧归结为悲剧人物过失的理论不乏片面，但他对古希腊悲剧的肯定，特别是他对悲剧的定义、净化说和过失说等，不仅奠定了悲剧理论化研究的基础，更对后来的学者产生了深远影响。从“文艺复兴”到 17 世纪的古典主义和 18 世纪的启蒙主义，虽然出现了卡斯特尔维特罗、高乃依、布瓦洛、伏尔泰、莱辛、席勒等一批学者反复阐释和论述悲剧，但就其整体水平和影响而言，并未有超出亚里士多德既成的范畴，直至尼采的出现。

在尼采看来，亚里士多德的“净化说”等等不过是对悲剧快感的非审美性说明，而他试图寻找的则是在纯粹审美领域内悲剧所特有的快感。在《悲剧的诞生》一书中，尼采用日神阿波罗和酒神狄奥尼索斯的象征来说明艺术的起源、本质和功用乃至人生的意义。[2]“我们用日神的

2. 周国平：《初版译序：尼采美学概要》，见《悲剧的诞生》，太原：北岳文艺出版社，2004 年版，第 1 页。

名字统称美的外观的无数幻觉”[3]，在日常生活中以“梦”的状态呈现；而与此相对的酒神精神

3.［德］尼采：《悲剧的诞生》，周国平译，太原：北岳文艺出版社，2004 年版，第 99 页。

则是“整个情绪系统激动亢奋”，是“情绪的总激发和总释放”，[4]一如古希腊酒神祭祀仪式

4.［德］尼采：《悲剧的诞生》，周国平译，太原：北岳文艺出版社，2004 年版，第 313 页。

上人们打破一切禁忌，狂饮烂醉放纵狂欢的景象，是一种痛苦与狂喜交织的“醉”。虽然同属非理性的性质，但二者之间依然对立明显，前者来源于个体的人借外观的幻觉自我肯定的冲动，后者则代表个体的人自我否定而复归世界本体的冲动。表现在艺术中，造型艺术源于日神冲动，用美的形象将人引入审美梦境；而音乐则是纯粹的酒神艺术。至于悲剧艺术，在尼采的理解下，是一支“不断重新向一个日神的形象世界迸发的酒神歌队”，其本质是“酒神智慧借日神艺术手段而达到的形象化”。[5]换言之，古希腊悲剧是酒神精神具象于日神形式之中。不过，在本质上，

5.［德］尼采：《悲剧的诞生》，周国平译，太原：北岳文艺出版社，2004 年版，第 31 页。

尼采认为悲剧是一种酒神艺术，虽然酒神说着日神的语言，但在终场之时，日神却开始用酒神的智慧说话，使它否定它自己和它的日神式的清晰性，说起了酒神的语言。也就是说，与日神

相比，酒神更能体现悲剧精神。如果说日神精神沉迷于外观的幻觉，反对追究本体，酒神精神却是要破除外观的幻觉，与本体沟通融合；前者用美的面纱遮盖人生的悲剧性面目，后者揭开面纱，直面人生的惨淡。因此，酒神的这种向往永恒、对痛苦不回避的态度，显然更具有形而上的性质和浓郁的悲剧色彩。

我们说早年的尼采深受叔本华的影响，认同他关于世界的本质是意志，是一种非理性的原始生命冲动的说法。但与叔本华为了逃避痛苦而否弃生命所不同的是，尼采的态度更为积极肯定。他晚期美学所宣扬的那种“强力意志”在根本上更彻底地与叔本华的悲观哲学划清了界限。对尼采而言，个体生命虽是意志的最高现象，但也只不过是现象而已，因此他的毁灭无损于意志的永恒生命，因为赋予个人意志以活力的原始意志是永远处于变动状态之中的。世界，或者说人生不过是一场“不断向我们显示个体世界建成而又毁掉的万古常新的游戏”，如同一个孩童，“他嬉戏着迭起又卸下石块，筑成又推翻沙堆”。[1]悲剧的意义便在于它将这类本无意义的世界永恒变化生成的过程艺术化，赋予它一种审美的意义。当悲剧把个体的痛苦和毁灭演示给人看的时候，事实上它是“用一种形而上的慰藉来解脱我们：不管现象如何变化，事物基础中的生命仍是坚不可摧的和充满欢乐的。”[2]看悲剧时，“一种形而上的慰藉使我们暂时逃脱世态变迁的纷扰。我们在短促的瞬间真的成为原始生灵本身，感觉到它的不可遏止的生存欲望和生存快乐”[3]。也就是说，悲剧所疾呼的其实是一种永恒生命，它以悲剧英雄个体的痛苦和毁灭让人们在观赏中感受到作为“众生一体”的、原始的生存欲望和快乐，感受到了世界生命意志的丰盈和不可毁灭。而世界不断地创造或者毁灭生命，也就成了“意志在其永远洋溢的快乐中借以自娱的一种审美游戏”[4]罢了。

1.［德］尼采：《悲剧的诞生》，周国平译，太原：北岳文艺出版社，2004 年版，第 98 页。

2.［德］尼采：《悲剧的诞生》，周国平译，太原：北岳文艺出版社，2004 年版，第 27 页。

3.［德］尼采：《悲剧的诞生》，周国平译，太原：北岳文艺出版社，2004 年版，第 66 页。

4.［德］尼采：《悲剧的诞生》，周国平译，太原：北岳文艺出版社，2004 年版，第 97 页。

由此可以发现，尼采眼中的古希腊悲剧精神（酒神精神）其实就是一种生命力极度丰盈饱满、乐观张扬的原始非理性冲动，是对于人生的最高肯定。肯定生命，连同它必然包含的痛苦和毁灭，在与痛苦相嬉、与毁灭相牵的过程中，从人生的悲剧性中获得审美的快感，这是尼采对人生的审美解释，也是尼采对悲剧精神的推崇。而尽管尼采本人对亚里士多德的“净化说”不屑一顾，但不能否认，亚里士多德所标榜的悲剧的道德立场更具有普世的教化意义，也更易于被普通人理解。事实上，尽管尼采的学说一经传入中国便大受追捧，知识青年们动辄“日神精神”“酒神精神”挂在嘴边，然而真正能做到深刻理解并主动运用到自己的文学创作中的，在20世纪30年代的中国则凤毛麟角，这其中就包括曹禺。

1942年，作为一位功成名就的大剧作家，曹禺对一群邮局员工进行了一次讲演。在这次讲演中，曹禺明确阐述了他对真正的悲剧、悲剧人物、悲剧精神的看法。在他看来，真正的悲剧必须包含以下两个构成要素：“第一是抛去个人利害关系的。一个真正的悲剧绝不是寻常无衣无食之悲”，而是多多少少离开了小我的利害关系。第二“是要绝对主动的”，“要有所欲，有所取，有所不忍，有所不舍，即如圣贤所说，要‘所爱有甚于生者，所思有甚于死者’”。他认为有了这样积极主动的选择与行动才能使人生焕发崇高的情感；而那种一再接受现实的捶击却不思反抗，就“像一堆棉花，打下去根本不起一点反应”的人，他们固然可怜——“像一只永远不见阳光的耗子”，但却不是悲剧。[1]至于悲剧人物，曹禺认为是要有一定的精神作支持的，正是这种精神的存在，才使他成为悲剧的人物。而这种悲剧的精神，他认为主要体现在四方面：“首先要富有火一样的极端的热情”，不但有热情，而且还有“至性”——“所谓真正男子汉的性格”。他们有着自己崇高的理想，而且热爱着这理想，愿为这理想的实现而奋斗拼命。其次，“遇事不采取平和、中庸、妥协的办法。凡事须有所知，而后以全力赴之，宁可走极端，也不中途而废”。他们爱憎分明，有绝对的喜怒善恶是非之分，有极端的表现，与那种“灰色的、不生不死的态度”形成鲜明对照。再次，他们有“崇高的理想”，并能“不断为它努力”。他们“这个理想的构成，是舍开一己的利害是非的，是超出了小我的范围的”。最后，也是“最难办到的，就是还要有一种气魄”。这是一种难以解释的气魄——雄风，充斥着真正男性的阳刚与悲壮，决非只会哭哭啼啼的人所能领会。有这样的悲剧精神作为内核，曹禺认为真正的悲剧人物决不是那种“只着眼于成败，而没有是非”的人。换言之，真正的悲剧人物不是为了自己的成功荣耀而行动，他是为了发扬真理而奋斗的，他是觉得“根本应该这样做”而去做的，即便失败了也绝不改悔。在曹禺看来，这才是悲剧人物的伟大之处。所以，他说，真正的悲剧人物，是“抱定理想往前干，失败尽管失败，绝不气馁妥协”的人，因为他们有一个“美丽的，不为成败利害所左右的人格”。[2]

1. 曹禺：《悲剧的精神》，载《半月文萃》第2卷第2期，1943年。

2. 曹禺：《悲剧的精神》，载《半月文萃》第2卷第2期，1943年。

由此可见，在曹禺的理解中，所谓的古希腊悲剧精神仍然更多地符合亚里士多德所构建的悲剧英雄理论。在曹禺主观有意识的创作理论中，所谓真正的悲剧指的是为了某种崇高的理想、真理（并非小我的利害冲突、悲欢离合）而去积极主动地采取行动，但终因种种外在的条件、环境限制而导致的失败或毁灭。真正的悲剧人物应是抱定理想而奋斗，意识明确、行动坚定果敢甚至趋向极端，充满热情，至真至性，执著不悔，一条直线走到底，甚至失败了也不悲不馁，具有一种王者风范、豪气冲天的人，而悲剧精神则从这些人物身上表现出来的热情、极端、执著、豪迈的伟大品质与气度中体现出来。这种具有强烈道德裁判意识的悲剧精神与前面所介绍的尼采理论中的古希腊悲剧精神其实有着相当微妙的差异。当然，这里并不是说只有尼采对于“古希腊悲剧精神”的解读才是真正的、唯一正确的解读。然而很明显，以曹禺先生为代表的中国三四十年代的知识分子们在对古希腊悲剧的理解上确实存在一定程度的“误读”。

造成这种“误读”的原因固然是错综复杂的，但倘若能凝神静气，追根溯源，我们还是能从古希腊悲剧被引进中国的时机与目的中觅得蛛丝马迹。鸦片战争之后，在“西学东渐”的大潮中，中国传统的思想和文化观念受到巨大冲击。就文艺界而言，随着以话剧为主的西方戏剧及其文化观念逐渐被介绍到中国，也引发了中国的传统戏曲及其观念的一场深刻变革。这场变革，不仅使话剧这一迥异于中国传统戏曲的戏剧样式在中国的土地上传播兴起、入土生根，而且也带来了西方的悲剧观念。然而，就像我们一直提的小说界革命一样，20 世纪之初的戏曲改良，其最初的触发点却并不是西方戏剧本身，而是中西社会对比中，西方社会的显著强势。因此，对于迥异于中国传统戏曲的西方戏剧的接受，自然更多地是从社会功用的层面上加以认识、强调，而鲜有关于戏剧本体特征的介绍、研究。当时的人们首先是从思想意义上，从戏剧的社会功用上对西方戏剧发生了兴趣。所谓法国之所以至今“仍为欧洲一大强国，演戏之为功大矣哉！”[1] 等诸如此类表述便与梁启超的“欲新一国之民，不可不先新一国之小说”[2] 异曲同工，也是人们这种接受心态的极好注释。这既是当时中国危机重重的社会现实所决定的，也是中国传统的注重实用的文学观、人生观所作出的第一选择。在这样的接受背景和眼光中，易于感人的悲剧的受宠也就不足为怪了。质言之，悲剧最初在中国的被提倡、被推崇首先并不是因为它是艺术的冠冕，而是因为与其它文学样式相比，它能收到更好的感染人心的社会效果，发挥出更强烈直接的开启民智、改良社会的现实作用。

1. 阿英编：《晚清文学丛钞 · 小说戏剧研究卷》，北京：中华书局，1960 年版，第 68 页。

2. 梁启超：《论小说与群治之关系》，载《新小说》第 1 号，1902 年 11 月 14 日。

正是出于对社会、人生的关注，五四运动的弄潮儿们几乎无人不在谈悲剧。然而，也正如理论上人们对悲剧认识的模糊乃至误解一样，在创作中，尽管人们一再倡导要写悲剧，但对什么样的才是真正的悲剧，又不甚了然。如欧阳予倩所忆，“春柳剧场”所演的“六七个主要的戏全是悲剧，就是以后临时凑的戏当中，也多半是以悲惨的结局终场——主角被杀或者自杀”[1]。显然，在当时的人们看来，似乎只要结局是悲惨的——自杀或死亡，便是悲剧了。所以，《故乡》中虽然处境非常尴尬但却未必要自杀的邓忆南投海了断了；挚爱父亲的重申为明心志反而丢下父亲，不理智地选择了自杀（《家庭恩怨记》），如此等等，都被堂而皇之地当成了“悲剧”。这种“死人即悲剧”的观念直接导致此时期创作的所谓“悲剧”多是“惨剧”、“哀剧”，目的也无非是给人以直接的刺激，以引起现实的反应。更准确地说，无论是辛亥革命高潮时期的积极“介入”社会革命的“社会教育”剧，还是此后的繁盛一时的“家庭戏”，其中被人们目为“悲剧”的作品，其实都可以说是一些“社会惨剧”，他们感兴趣的主要在其舞台刺激性上，还不能从审美的角度把它当作一种独特的艺术进行研究和创作。这也难怪为什么当时不少的评论都认为悲剧易性或称其哀悲不悦于人了。

1. 欧阳予倩：《回忆春柳》，见《中国话剧运动五十年史料集》第1辑，北京：中国戏剧出版社，1958年版，第42页。

此外，虽然与曹禺的作品成就不可同日而语，不过就整体而言，早期的这些创作还是有两点颇值得注意：

首先，人们开始将悲剧作为一种戏剧类型来加以强调。在中国古代，其实并没有严格意义上的悲剧、喜剧的概念，自然也不会有悲剧、喜剧的分类。事实上，中国古典戏曲多是悲喜交错的。而对悲剧的引进与倡导，尤其是当人们已经不再局限于从作品的题材上来区别戏剧类型，转而强调以悲剧喜剧来作分别时，在某种意义上即意味着人们已经开始重视戏剧的文学性，开始研究不同戏剧所独有的艺术特征了。

其次，这种对戏剧作悲剧喜剧之分的强调，也意味着人们对悲剧的认识与创作有了进一步深化的可能。事实上，中国早期话剧中的“悲剧”作品，虽然有些不伦不类，无论是在艺术形式还是在精神格调上，都很少具有西方悲剧的特征。但对悲剧创作的尝试至少是对中国传统戏曲进行了有针对性的改革，而其中最值得一提的，恐怕就是它对中国传统戏曲的大团圆意识所构成的极大冲击了。

让我们回到曹禺。事实上，相较于粗糙的理论陈述，曹禺主要还是以其戏剧创作更为生动具体地实践着他的悲剧观念。本质上，曹禺是一个感性的艺术家而非理性的思想家或理论家。他在创作中的想象要远比他理论上的分析更为深刻细致。作为一个艺术家，曹禺是敏感而热烈的，但正如其自己所言，惰于理论分析。他曾不止一次地表示自己“根本不想研究理论的东西，也没有注意其他哲学思想之类的问题”[1]。对于自己的作品，也往往是旁人比自己解读得更为深刻到位。然而，尽管没有任何直接的材料可以证实曹禺本人在什么时候什么地方阅读过或者研究过《悲剧的诞生》，但他本人的作品，尤其是《雷雨》却因其非理性的创作冲动而在精神气质上与尼采笔下的古希腊悲剧精神有了相当程度的契合，即“写《雷雨》是一种迫切的感情需要”[2]。

1. 曹禺：《我的生活与创作道路》，见《曹禺论创作》，上海：上海文艺出版社，1986年版，第131页。

2. 曹禺：《〈雷雨〉序》，见《曹禺论创作》，上海：上海文艺出版社，1986年版，第8页。

曹禺曾一再表示，《雷雨》的写作并非预先定下了一个明确的主题，“要匡正，讽刺或攻击些什么”，引起他兴趣的是一两段情节，几个人物，推动他创作的是一种不可理喻的“原始的情绪”、“神秘的事物”以及对宇宙的憧憬。因此，情感的因素，直觉的东西十分明显。所以，作者说他写的“是一首诗，而不是社会问题剧”。在《雷雨》中，最大的冲突就是人与宇宙（不可知的人类主宰）的冲突，人与自身命运的冲突。剧中八个人，人人都陷入了一种绝境。谁都不能无邪、无虑，也不能领悟、超脱，而是各自紧紧抓住自己的愿望和要求不肯松手，如痴如醉地陷落在欲望的火坑里打着昏迷的滚，用尽心力争执着、挣扎着，谁都有危机感，在交错的、相互牵制的关系中谁都清楚地感觉到自己随时有可能被挤出生活。于是每个人都挣扎着想救出自己：周萍“悔改了‘以往的罪恶’，他抓住了四凤不放手，想由一个新的灵感来洗涤自己”；蘩漪“抓住了周萍不放手，想重拾起一堆破碎的梦而救出自己”；侍萍也紧紧抓住了四凤，要借她的离去来逃开昨日的恶梦…… 然而，“千万仞的深渊在眼前张着巨大的口”，他们愈挣扎，便“愈深沉地陷落在死亡的泥沼里”。[3]

3. 曹禺：《〈雷雨〉序》，见《曹禺论创作》，上海：上海文艺出版社，1986年版，第9—10页。

曹禺说，他的本意是要表现天地间的“冷酷”，是整个宇宙里斗争的“残忍”，所有的人都难以逃脱罪恶的深渊，哪怕像周冲和四凤自己并无过咎，但同样也要受到命运的捉弄，以至被残忍的宇宙所毁灭。“在《雷雨》里，宇宙正像一口残酷的井，落在里面，怎样呼号也难以逃脱这黑暗的坑。”在这残忍而又冷酷的宇宙面前，“人类是怎样可怜的动物”，“仿佛是自己主宰自己的命运，而时常不是自己来主宰着，受着自己——情感的或者理解的——捉弄，一种不可知的力量——机遇的或者环境的——作弄”。[4]

4. 曹禺：《〈雷雨〉序》，见《曹禺论创作》，上海：上海文艺出版社，1986年版，第8页。

由此可见，在作者眼里《雷雨》从来就不是一出“社会悲剧”或者“性格悲剧”，而是彻头彻尾、最符合古希腊悲剧精神的“命运悲剧”。作者所要表现的是人的痛苦命运，难以主宰的命运，同时也是在诅咒与抗争这命运。至于所谓的“暴露大家庭的罪恶”等，曹禺则只是含糊地表示“可以追认”，言外之意显然来自作者后来的认识和认可——固然可美其名曰“作品的客观意义”，但也绝非写作之初衷。

因此，虽然之后被曹禺排斥为“太像戏”，但这些技法上的稚嫩其实保护了《雷雨》“蛮性的遗留”这一宝贵属性。当然，《雷雨》中最为“蛮性”存在自然非蘩漪莫属了——曹禺本人是如此偏爱蘩漪，“在《雷雨》的氛围里，周蘩漪最显得调和”[1]。这是因为周蘩漪抓住了他的想象——一种超乎理性、激情迸发的生命形式，一种生命的原始本真存在，充满尖锐的魔力和火炽的热情。于是，作为一个“生命交织着最残酷的爱和最不忍的恨”的女人，蘩漪身上强烈的“酒神”气质成就了曹禺笔下最具有“古希腊悲剧精神”的存在。

1. 曹禺：《〈雷雨〉序》，见《曹禺论创作》，上海：上海文艺出版社，1986 年版，第 10 页。

蘩漪是个受抑制的忧郁的中国旧式女人，确有她的文弱、哀静与明慧；但她也葆有原始的一点野性：体现在她的心，她的胆量，她的狂热的思想，在她莫名其妙的决断时忽然来的力量。[2]在监狱似的周公馆，在周朴园的刚愎专制下，这个有着活泼的生命力的女人渐渐被“磨成了石头样的死人”，她放弃了希望，安心等死。但是周萍的到来却使她苏醒，她看到了爱情的模样，她沉睡的意识和灵魂觉醒了，她紧紧抓住了它。为了它，她能够舍弃一切，包括性命、名誉。可是这个男人却抛弃了她。她的爱情失去了依托，没有了回应。她陷入了绝望，而清醒的痛苦更牢牢地抓住了她，她再也退不回昔日的麻木，而是痛切地感受着现实处境的“郁闷”。她要做一个真实的女人，一个被男人真爱，“真真活着的女人”。为了这份心中的爱情憧憬和自由幸福的生活，她“敢冲破一切的梗桔，做一次困兽的斗”。[3]即便对象是周萍这样“不值得人为他牺牲”的一棵草，抓住这棵草的希望也极其渺茫，她也要奋力争求，在所不惜。于是，她试探、提醒，她反复诉求、虚弱恫吓，她绝望跟踪甚至委曲求全地乞求。当一切将成定局、无可挽回时，她终于彻底爆发了，她要做最后的争斗乃至报复，她真的变成了火山——而且还是一口喷发的火山，把什么都“烧个干净”。这是个有着“最‘雷雨的’性格”、能将生命“烧到电火一样地白热”的“极端”和“矛盾”的女人，也是一个令人“怜悯”和“尊敬”的女人。[4]

2. 曹禺：《雷雨》，见《曹禺文集》第 1 卷，北京：中国戏剧出版社，1988 年版。

3. 曹禺：《〈雷雨〉序》，见《曹禺论创作》，上海：上海文艺出版社，1986 年版，第 11 页。

4. 曹禺：《〈雷雨〉序》，见《曹禺论创作》，上海：上海文艺出版社，1986 年版，第 10—11 页。

所以蘩漪与周萍的冲突，其实是一个有着一颗“强悍的心”、充满“火炽的热情”、“满蓄着受着压抑的力”的“尖锐”女人与一个“情感和矛盾的奴隶”、“为着凡庸的生活怯弱地度着一天一天”的“阉鸡似的”男子的冲突。一边是在无望中看到希望，生命被激活却又被活生生地弃置一旁陷入绝望，但仍满蓄着抑压的“力”的执著追求；一边却是冲动过后“内省”着的“美丽空形”，“经不起现实的风霜”，怯懦犹疑且空虚脆弱的懦弱逃避。这是充满激情的原始生命力与经过教化“雕琢”的矛盾且怯弱的生命形式的冲突。它展现出生命的两种形态：葆有原始“蛮”力的真实生命与经过“雕琢”的“美丽空形”。在二者的冲突中，曹禺张扬起一种生命的激情与力量，这是曹禺的“情感憧憬”，也是他“性情中郁热的氛围”的释放：“归回原始的野蛮的路，流着血，不是恨便是爱，不是爱便是恨；一切都走向极端，要如电如雷地轰轰地烧一场。”[1] 在曹禺看来，人的存在是悲剧性的。与其陷落在欲望的种种冲突中怯懦、卑琐或虚伪算计而活，成为有着优美或丑陋的形式却无激情和真实的生命，倒不如寻求精神的张扬、心灵的满足，让生命自然展开，让情感健康释放，一如原始人那般真实地生存，在爱与恨的热烈交响中，奏起生命动人的歌。

1. 曹禺：《〈雷雨〉序》，见《曹禺论创作》，上海：上海文艺出版社，1986 年版，第 10—11 页。

这些难道不恰恰和尼采宣扬的“强力意志”不谋而合吗？在尼采悲呼悲剧已死的今天，他对现代文化的批判也正是基于那种“力”的衰竭。在尼采看来，现在文化的症结即在于生命本能的衰竭，他名之为“颓废”。在《悲剧的诞生》中，他指出：由于悲剧精神的沦亡，现代人已经远离人生的根本，贪得无厌、饥不择食的求知欲和世俗倾向恰恰暴露了内在的贫乏。于是在当时，他不得不把时代得救的希望寄托在悲剧文化的复兴上，而又把悲剧的复兴寄托在了音乐之上。而在他时他国之处，曹禺的戏剧创作却又如此惊人地暗合了尼采所期待的古希腊悲剧精神，虽然在主观上并没有存在着这一意识，但这种“误读”之下的殊途同归正能显示人类最普遍根本的感情诉求。

第四章　道与逻格斯：作为参照符号的古希腊美学

第一节　道与逻各斯

美学（Aesthetics）作为一门系统学科进入中国语境，是与整个现代化进程同步的。19、20世纪之交，自成一体的中国话语体系无可选择地迎来了一个强势的“他者”。无论是发自主动抑或受于被动，“中国”这一大标签及其底里的各类枝节，都需经受内、外双向视线的审视，并面临着一系列的规则构建。从“探源”意识出发，人们往往会将注意力集中在所谓的“中西文化与文论话语的原生点”（曹顺庆语）上面。长期以来，这样的成对的“原生点”是以（中西）对立/对照式符号的形态被构造、被阐释的。在这种对立/对照的互动关系中，珍视“他者”的身份与立场，以“他者”为渡口最终回归自我的疆域，是一种积极的态度。

论及“探源”，有一组关键词也许是无法回避的，即“道”（Tao）与“逻各斯”（Logos）。某种程度上说，这对符号的话语势能是严重不平等的，彼此的沟通建立在一个倾斜的斜面上。陈中梅指出：“早在公元前一世纪，logos已是个‘国际词汇’，古罗马哲人和文论家们熟悉它，出生或生活在以色列、巴勒斯坦、埃及、南意大利和地中海沿岸及其他地区的学者及宗教界人士知道该词的主导含义……作为西方‘逻各斯中心主义’和‘逻各斯精神’（当然还有很不体面的‘西方中心主义论’）中的主干成分，logos受到了公元前五世纪以后几乎所有时代西方学人的重视。”[1] 在整个西方历史进程中，“逻各斯”与之所原生于其中的话语场以水乳交融之势齐头并进、相得益彰。而“道”却面临着一座断崖：需要横向地、纵向地搭桥拓土，使之终能与“现代中国”顺利相衔。

1. 陈中梅：《柏拉图诗学和艺术思想研究》，北京：商务印书馆，1999年版，第453页。

一、论“道”

道（Tao），许氏《说文》释曰：“所行道也。从辵，从首。一达谓之道。”虽“道”之为老庄学说的“最高概念”（徐复观语）已成基本共识，然“道”并非老庄学说所独有。譬若孔子曰：

> *富与贵，是人之所欲也，不以其道得之，不处也。贫与贱，是人之所恶也，不以*

其道得之，不去也。（《论语·里仁》）

邦有道，则知，邦无道，则愚。（《论语·泰伯》）

所谓大臣者，以道事君，不可则止。（《论语·先进》）

人能弘道，非道弘人。（《论语·卫灵公》）

如此之类，皆以“道”为某种达于“仁”的规则（principle）或方式（way），属于工具性的器的范畴。孔儒学说，专注现世，首重教化，所谓“孔子以《诗》、《书》、《礼》、《乐》教”，审美与道德成一谐和统一体。诚如徐复观所言，儒家、道家两相比较，后者更“富于思辨的、形上学的性格；他们只把道当作创造宇宙的基本动力；人是道所创造的，所以道便成为人的根源性的本质……”[1]这样，相同的一个能指（“道”），就在中国传统文化的两大中流砥柱学说中发散出不同的所指。

1. 徐复观：《中国艺术精神》，上海：华东师范大学出版社，2005 年版，第 28—30 页。

老子用“常”修饰“道”[2]。“常”本义为旗。《周礼·春官宗伯》曰：“司常掌九旗之物名，各有属以待国事。日月为常。……王建大常，诸侯建旗。”故“常”乃最高权力（“王”）以及最高行政区域（“天下王土”）之象征物[3]。有学者将“道可道，非常道”之“常”译为“constant”（恒常、不变），仍属片面；它无法涵概“常”之本义中“最高的、至高无上的”这层意思。“常道”即是这样一种至高的、固在的存在。它不可言说，也（因此）没有明确的路径可供抵达。所以老子又说：“道之为物惟恍惟惚。恍兮惚兮其中有象。恍兮惚兮其中有物。窈兮冥兮其中有精。其精甚真。其中有信。”（《道德经》）至于道的模式、规则呢？“道法自然。”自者，本始也。又言及“道生一，一生二，二生三，三生万物”，则道之终极始源地位再明晰不过。所谓得道，就是得其本原，回归本源。《道德经》并没有试图对“道”这一概念本身进行思辨式的构建，作者开篇即已阐明它是不可言说的；他用五千言叙述道之象（representation），即包裹着道之内核的果肉、果皮。如果说柏拉图理念说的第一实在、第二实在、第三实在……彼此构成一垂直层级体系，那么老子的道学则呈现为一种同心圆外扩式的模型。他从不直接处理圆心（即“道”），因为那是“万物之奥”、“众妙之门”（《道德经》）；而道之象，皆“同出而异名”，“名者，自命也”，[4]正是言语可以用武之地，也正是老子发力之对象。

2.《道德经》：“道可道，非常道。名可名，非常名。”

3.《说文》：“王，天下所归往也。董仲舒曰：‘古之造文者，三画而两其中谓之王。三者，天、地、人也，而参通之者王也。’孔子曰：‘一贯三为王。’”

4.《说文》，“名”。

可以同一种思路考察《庄子》。《庄子》接过《道德经》所建立的这一逻辑模型，为世人提供了更细致、更曼妙的“象”，不愧为一部哲思、文才并重的惊世之作。在《庄子》这里，“象”

溢出了单纯的说理范畴，赋形于事件、人物、事物，造出“万象皆道”的盛景。古典中国的艺术精神、审美趣味，与庄学渊源甚大，绘画、音乐尤是[1]。至若文学，虽总体的美学本质与其他艺术门类一致，可归纳为“表现说”（或称“物感说”），然而在创作的精神归旨上基本分为儒家的“文以载道”[2]和道家的“神游物外”两大类，这两者对“表现”提出了不同的要求。

1. 徐复观甚至认为，中国古典“绘画是庄学的‘独生子’”，见《中国艺术精神》，上海：华东师范大学出版社，2005年版，第4页。

2. 宋人周敦颐《通书·文辞》：“文所以载道也，轮辕饰而人弗庸，涂饰也。况虚车乎？文辞，艺也；道德，实也。美则爱，爱则传焉。贤者得以学而至之，是为教。”

孔子特重乐教。在他的时代，诗乐本不分，诗教即乐教。《尚书·尧典》有言：“诗言志，歌永言，声依永，律和声，八音克谐，无相夺伦，神人以合。”《礼记·乐记》称：“乐者天地之和也，礼者天地之序也。”诗、乐感于物，发乎情，而后形于声音动静，乃成；却并不仅此而已。在儒家看来，诗乐最终必须奔向教化，奔向政治、道德建制，因此才会不断产出各种对诗、乐的规范。如孔子自述：“吾自卫反鲁，然后乐正，雅颂各得其所。”（《子罕》）又评《关雎》曰：“乐而不淫，哀而不伤。”（《八佾》）其中的“正”、“其所”，意在申明某种规范、框框；至于“淫”、“伤”，则皆为对超出这一规范、框框的否定性表述。这里所说的规范、框框，是为教化服务的，好比一把尺子，借之以衡量，以剔除那些不符合“美、善、中和”之标准的品目。

文艺在儒学的语境下是不自由的。虽“发乎情”，却要“止乎礼”；虽“言志”，此中之“志”却要经受“礼”的裁剪。在这个意义上，大洋彼岸的柏拉图似乎在用理想国之蓝图与孔子遥相呼应。再看老庄道学。他们的做法是引万物进乎道，对“进乎道”这一概念或状态本身同样没有直接的言语阐析，而是借用另外一个“象”，或者说隐喻，来指称。这个象或隐喻就是“游”（Excursion）[3]。

3. 有尝试将“游”英译为excursion。这个单词强调出游的愉悦（pleasure）与向出发点的回归（from and back）。

游在《庄子》文本中占有十分大的比重，其中不少角色都有“游”的经历。然而游真正是一场非常随机的冒险，充满偶然性，是进乎道的机会，却不是必然之途。譬如《内篇·应帝王》所举之例：

> *天根游于殷阳，至蓼水之上，适遭无名人而问焉，曰：“请问为天下。”无名人曰：“去！汝鄙人也，何问之不豫也！予方将与造物者为人，厌，则又乘夫莽眇之鸟，以出六极之外，而游无何有之乡，以处圹埌之野。汝又何帛以治天下感予之心为？”又复问，无名人曰：汝游心于淡，合气于漠，顺物自然而无容私焉，而天下治矣。*

精妙地表现了两类彼此对立的游者典型。首先按惯例为人物命名：反角儿为“天根”，正角儿为“无名人”；天根游，无名人亦游。前者拘泥于“问道”、“物理”，与“逍遥”之心态甚远矣；后者“游无何有之乡”，心无旁骛，惟求至乐（从一个“厌”字可觉察）。两相对比，高下既出。天根两次发问，无名人给出了两种不同的答案，这里非常有意思。第一个答案是象，是紧贴着道之核心的一层，当无名人叙述其与造物者同游之象时，他实际上是在做与老子、庄子相同的工作。第二个答案是规则、定理、条例，与道的核心又远了一层。庄子真正是讽刺大师，天根初问无名人时，无名人示象以答之；不悟，又问，无名人只好退而求其次，以理答之，然而离核心却愈行愈远，从而亦区分出圣人与庸人的层次。天根之游，可谓失败。宋人严羽在《沧浪诗话·诗辨》中的论述，是对这则逸事的上好注脚：“诗有别材，非关书也；诗有别趣，非关理也。而古人未尝不读书、不穷理。所谓不涉理路、不落言筌者，上也。”

无名人的游法可视为游的最高规格。又或如大鹏之游、姑射神人之游（《内篇·逍遥游》）等，皆为此类。《庄子》正是以这种示象的方式，为读者提供悟道的材料。无论是“游无穷”也好，“游无何有之乡”、“游乎四海之外”也罢，游的边界都是被消解的、趋于无限的。事实上，只有物我两忘，精神自由，才能抵达逍遥游的境界。也因此，纯粹的、与道德政治无涉的艺术精神才能由老庄这里生发出来。庖丁说：“始臣之解牛之时，所见无非牛者。三年之后，未尝见全牛也。方今之时，臣以神遇而不以目视。官知而神欲行。依乎天理……彼节者有间而刀刃者无厚，以无厚入有间，恢恢乎其于游刃必有余地矣。”（《内篇·养生主》）解牛亦为一隐喻，可以喻世间万技万巧万艺。以文艺论，彼所追求之极致，即创作主体应如庖丁之神与庖丁之刀，徜徉在自由、独立的时空当中。

正是老庄道学“理—象—道—象—理”的同心圆外扩式层级模型，深重地影响了中国古典美学体系。所谓“水中月，镜中花”，乃至意境、形神、风骨等诸般古典美学元素，都可完美嵌合于这一模型之中。千百年以来，它护卫了艺术的独立性与自由精神，并使得中国美学核心“表现说”得以在形而上的层面被各路诗家、学人探讨和建构。

二、　论逻各斯

而逻各斯每每与理性（Reason）同进同出、形影不离。这一虚构关系引发了一种危险后果——

典型如黑格尔右派——即在很长一段时期之内，西方的异域充当了理性这一隐蔽权力的牺牲品，被排除在时间（“古代的”）、空间（“东方的”）之外。谢和耐认为：“从前，把我们的西方对峙于一个模糊的东方成为时髦，这个东方无所不包，从君士坦丁堡到北海道。”[1]东方是一个人造的迷思，其内涵暧昧而随意，是西方人“恐惧与欲望”交织的投射。

1. 张西平：《汉学作为思想和方法论》，载《读书》2006 年第 3 期。

不妨返回逻各斯的源头去考察这个不断膨胀的百宝袋。据利德尔（H. G. Liddell）、斯各特（R. Scott）、琼斯（H. S. Jones）等人编撰的《希英词典》（Greek—English Lexicon，一般取其主要编撰者姓氏首字母简称为 LSJ）所称，logos（λ γ ο）与 lexis（“词语”，“词汇”；λ ξ ι）皆源自同一个动词 λ γ ω[2]，最初意指“叙述”（something said）、“推理”（reasoning）。不断有研究者提醒我们，logos 一词“后来才指称智性和理性。只是在公元前 5 世纪以后的哲学阐释和历史调查中，神话才与逻各斯对立起来，带上了贬义色彩，泛指一种没有严谨的论证或可信的证据支持的、虚妄的论断。”[3]至此，“迷索思”（mûthos，即引文中之“神话”）一词当仁不让地站了出来。

2. 与拉丁语词 leg ō（收集，读数，讲述）同源。该希腊语词意为“躺倒”（lay）、“整理”（arrange）、“收集”（collect）、“读数”（reckon）、“讲述”（speak，say）。其中，前 4 层涵义之用法，大多限于《荷马史诗》及同时期文本之中。此后，第 5 层涵义，即“讲述”、“叙述”之类，方日显于希腊世界。

3. ［法］韦尔南：《希腊思想的起源》，北京：三联书店，1996 年版，第 10 页。

如韦尔南所言，在公元前 5 世纪之前，迷索思并不是以逻各斯之对手的姿态呈现的。理查德·马丁（Richard P. Martin）认为，mûthos 一词（至晚在荷马史诗的语境当中）指的是那种“言说主体明确、具有一定长度、通常发生在公共场合、论点明晰的话语行为”[4]，它往往适用于指称英雄（heros）与英雄、神明与神明，或是英雄与神明之间的“得体对话”。事实上，mûthos 的早期含义即“话语”、“公开讲话”、“谏言”（advice）、“指令”（command）；至于该词更为后人所熟悉的“神话”、“故事”乃至“传言”等向“虚构”倾斜的涵义，则主要是在柏拉图和亚里士多德那里被强化了[5]。柏拉图导演了“哲学与诗的漫长争论”；而亚里士多德将 mûthos 与悲剧、史诗深刻地整合在一起，并用逻各斯去规范它。当我们面对早已被神化的“逻各斯”之时，不应忽视其在西方文化内部的对立面“迷索思”，它们同为西方文化的基本内核。一方面，逻各斯是在“第一实在”的层面上，扶着真理的标签日益飞升；另一方面，迷索思因其“部分的真实”被挤到第三层去，作为逻各斯的服侍者（譬如在柏拉图看来，可用作教育的初级道具），或某种阴暗力量，陪衬在旁。

4. R. P. Martin, The Language of Heros. Speech and Performance in the Iliad. (Myth and Poetics), Cornell University, 1989。另见 J. Grffrin, *Speech in the Iliad*, *The Classical Review*, New Series, Vol. 41, No. 1 (1991)，Cambridge University Press.

5. 陈中梅在《论迷索思》一文中强调，公元前 4 世纪人物的柏拉图“强化了前辈学人对 muthos 与 logos 的区分”。先生引用 Luc Brisson 的观点说：“柏拉图从语义学的角度出发考察了这两个词汇，基本上确定了各自的所指范围。”见《柏拉图诗学和艺术思想研究》，北京：商务印书馆，1999 年版，第 464 页。

荷马与赫西奥德的文本对古希腊人的精神生活影响甚巨。“自公元前 8 世纪起，文字不再是书吏阶层的专门知识，而是一种在大众中广泛使用并自由传播的技能。除了背诵荷马诗篇或赫西奥德诗篇的传统方式外，文字也成为希腊古典时期‘人文教育’（paideia）的基本内容。”[1]

1.［法］韦尔南：《希腊思想的起源》，北京：三联书店，1996年版，第40页。

希罗多德（Herodotus，前484—前430）尝言，“荷马和赫西奥德创造了希腊的神谱，并且决定了希腊信仰的诸神的形态和属性。”[2]不仅如此，他们的文本亦为后来形成的古希腊美学性

2.［英］鲍桑葵：《美学史》，桂林：广西师范大学出版社，2002年版，第9页。

格提供了先声。那种为行吟及口头流传服务的叙事方式强调戏剧性的情节与精细入微的描述，从“牛眼睛的赫拉”、“灰眼睛的雅典娜”这类固定的定语，到著名的赫克托耳之盾、奥德修斯的伤疤，又或是《工作与时日》当中对野兽皮毛、森林树木以及酒饮食物栩栩如生的刻画，皆是站在唤起听众身临其境之感的出发点上，试图再现文本场景。史诗的受众面伴随城邦的出现迅速扩大，“属于军事贵族和祭司贵族的精神世界现在向越来越多的人开放，直到向全体平民开放，而希腊文化正是在这样一个过程中形成的（荷马史诗是这一过程的第一个例证：原先只在王宫中吟唱的宫庭诗歌逐渐走出宫庭，广为流传，最终变成节日诗歌）。”[3]城邦之出现，

3.［法］韦尔南：《希腊思想的起源》，北京：三联书店，1996年版，第39页。

恰恰是自公元前8—公元前7世纪始。

在诗式叙事（即后来的mûthos）大面积进入古希腊精神生活的同时，希腊哲学亦在发展。从有史可考的最早一批古希腊哲人如米利都学派（the Milesian School）开始，希腊哲学就将终极注意力集中在作为客体的自然上面。公元前5世纪的赫拉克利特（Heraclitus of Ephesus）已提出逻各斯的概念。在赫拉克利特看来，宇宙（cosmos）受某种神圣力量规导，按秩序运行，这种力量是“永恒的活火”，而逻各斯即是与这一神圣力量相当的存在。它固在、永在，万物皆是它的表象。赫氏更多地是在物理的、自然构成的层面去阐释逻各斯的问题，而不是在宗教的、神学的层面上[4]。他在逻各斯与人类智识之间设置了一道难以跨越的鸿沟，日

4. Edwin L. MinarJr., The Logos of Heraclitus, Classical Philology, Vol. 34, No. 4 (Oct. , 1939) , The University of Chicago Press.

后我们将看到，柏拉图找到了一种跨越这道沟壑的办法：借助神启。

赫拉克利特的逻各斯带有较强的唯物主义气质。若我们把赫氏的逻各斯体系与老庄的道的模型两相对照，会得出有趣的结论。《庄子》爱用卑微人事当主角，屠夫、盗贼、浪游者、怪胎乃至无名无姓莫名其妙之物，不外乎是为了申明道之近在、人人事事皆可得道。而赫氏郑重其事地声明逻各斯普在、固在、常在，却为大多数人所不可得。按照这两种倾向发展下去，道是开放的、亲近的，以至最终能与现世混融；逻各斯则束之愈高，愈渐成为少数人的权利，从而定下了专权、威权的底调。它与理性这一隐蔽权力（尼采语）在后来的结合是非常自然的事情。

回到古希腊人那里。美最初是在哲学的范式之中被讨论的。亲近客观、自然、真实（truth）

的古希腊哲学，不可避免地与史诗系统发生了矛盾。即便是被赫拉克利特指为“骗子”[1]的同时代人毕达哥拉斯（Pythagoras）及其学派，也是在形而上（数学）的层面去规范“美”。到柏拉图及亚里士多德的手上，一方面，“美学事实”、美学现象已普及经年、根深蒂固；另一方面，哲学家们采取一种与艺术文本相疏离的姿态，试图在理式（idea）的层域对美作出定义。于是就有了《大希庇阿斯篇》当中对“美本身”直捣黄龙的探求。在此，我们需对理式作进一步的深究。

1. 因其学说多涉及神秘主义或宗教的内容，又因其采取秘密社团的活动方式。有学者指出，古希腊时期的秘教传统因受公共生活传统的遮蔽，在很长一段时期内备受忽略，像毕达哥拉斯学派、俄耳甫斯教派这类与迷索思更为亲近的文化元素，对古希腊世界亦有不可小视的影响。详见简·哈里森（J. E. Harrison）著述、刘小枫主持编撰之《俄耳甫斯教辑语》、韦尔南《古希腊的神话与宗教》等相关资料。

柏拉图的理式是复数的。有床的理式，有城邦的理式[2]，有善的理式，如此等等。而这些复数的理式的创造者是神。前文曾提及，荷马与赫西奥德构建了希腊信仰的诸神的形态和属性。《英希词典》指出，“theology”（神学）一词源于希腊语 θεολογια（theologia），原意为“有关神明（gods，复数）或宇宙论的话语”，已知的最早出处在《理想国》。在该作品的第二卷，阿得曼托斯明白道出柏拉图时代的神学背景，“那我们所知道的关于神的一切，也都是从故事和诗人们描述的神谱里来的”，目的却在批判，因为诗人们关于诸神的描述（可通过欺骗、祭祀等“非正义”的手段获得诸神庇佑）歪曲了神的美德，将会给听众的心灵造成坏的影响。从而可以见出柏拉图与荷、赫、俄神学传统继承与批判的关系。

2. 苏格拉底在《理想国》中针对“理想的城邦”说道：“或许天上建有它的一个原型，让凡是希望看见它的人能看到自己在那里定居下来。至于它是现在存在还是将来才能存在，都没关系。”见朱光潜译本。

哲学家的目标是用一生为灵魂求索纯净的智慧。净化自身的灵魂，从而，按同性相吸的道理，得以与至境无限接近。借苏格拉底之口，柏氏用“不可见的”、“神圣的”、“不朽的”、“智慧的”等词汇为神的层域画像，并明确地分出一个与之对立的低级层域：“彷徨的”、“愚昧的”、“恐惧”、“失控的欲望”，以及“其他各种人性中的邪恶”[3]。正是这种充满伦理道德意味的设计，使得公元3世纪出现的新柏拉图主义成为可能。这样，在整个第一存在的那一层，由于获得了诸神的照料，所有的理式都赋上了至善、不朽、神圣、固在的美德；只有与理式相关的知识才是真的知识。而第一存在的层域，可以通过修炼灵魂或承蒙神启去接近、到达。

3.Pheado 81a。

鲍桑葵一语中的：柏拉图（也包括亚里士多德）“在关于美的艺术之性质的整个探讨中，都背着道德主义考虑的包袱”[4]。虚构的诗篇需要被这种宗教伦理式的(religious ethics)系统审核，剔除“可怕的凄惨的”、使听众“软弱消沉”的、使诸神有失“庄严”的、有害于“自我控制”的（《理想国》）等等，最终顺应理式的规范。在这个意义上，好的摹仿是对好的事物的摹仿，而仅仅是好的摹仿，才“应该”保留下来。

4. ［英］鲍桑葵：《美学史》，桂林：广西师范大学出版社，2002 年版，第 16 页。

西方语境中的美学真正独立自18世纪后半叶，其主体内涵为“美的哲学”。按照惯例，西洋学者们总会穿越时空，返回古希腊库房寻找奠基材料。而古希腊为后来人所提供的，与其说是“aesthetics”，倒不如说是“美学事实”或“关于美的理论”（theory concerning the beautiful；鲍桑葵语）。这些“关于美的理论”与古希腊时期的其他思想理论条目一样，具有几何的特性，亦即，它们都能够在某种“均质的、对称的”形而上时空中被或顺或逆地推考[1]。

1. 让·皮埃尔·韦尔南认为，这正是“希腊理性思想”的创新之处与独特之处；也正是此种“希腊理性思想”充当了“西方理性思想”的源泉与根基。见《希腊思想的起源》，北京：三联书店，1996年版，第2—3页。

2. 黄兴涛：《“美学”一词及西方美学在中国的最早传播——近代中国新名词源流漫谈之三》，载于《文史知识》，2000年第1期。

第二节　希腊与中国美学意识的建构

诚如朱光潜所言：“一切价值都由比较得来。”回顾中国美学的建构历程，大体上是一个如何用现代话语重释本土传统、把“美学在中国”内化为“中国美学”的过程。值得玩味的是，美学之初入中国，往往作为“夹带品”，挟于哲学、心理学乃至教育学等名目当中。学者黄兴涛认为，“率先创用美学一词”的是德国传教士花之安（Ernst Faber，1839—1899）[2]。花之安在18世纪70年代前后著《大德国学校论略》、《教化议》等书，论及西洋美学事项。然此概念之真正普及，则主要始于19世纪末几年、20世纪初几年的西洋、日本文化译介。1889年颜永京所译的《心灵学》[3]出版，王国维分别于1901年和1902年译出《教育学》[4]与《哲学概论》[5]，可被视作同类译介事件当中有影响力的先声[6]；而王国维尤被视为担大旗者。他且著且译，

3.《心灵学》原著作为约瑟夫·海文（Joseph Haven、1816—1874）；颜永京（1838—1898）翻译的《心灵学》由益智书会校订出版，被认为是中国首部汉译西方心理学著作。

4.《教育学》由立花铣三郎（1867—1901）编著。王国维中译本曾连载于《教育世界》9—11号。

5.《哲学概论》于1900年在日本出版，影响颇巨。著者桑木严翼（1874—1946），曾于1906—1909年间留学德国，受康德哲学影响弥深。

6. 见《“美学”一词及西方美学在中国的最早传播》。

一面进行着用西方美学理论处理中国文本的初步尝试，一面积极引介海外相关学术资源，客观上使得西方美学以点滴之势进入中国视野。古希腊"美学事实"之星火，亦随这批编译著导入。吴献书所译之《国家篇》（1921）是"最早出版的柏拉图对话录"，其后又有张师竹、张东荪、郭斌和、景昌极[1]、陈康、严群、朱光潜等译家相继出力，经过"近一个世纪的旅程"，使得柏氏思想在中国声势渐大、终成气候[2]。亚里士多德著作之译介则起始较早。赖于亚氏学说与基督教经学的特殊关系，早在17世纪上半叶，亚氏著作便借传教士来华潮进入中国。譬如毕方济（Francesco Sambiaso，1582—1649）[3]与徐光启合译之《灵言蠡勺》，傅汎际（Francisco Furtado，1589—1653）[4]与李之藻合译的《寰有诠》、《名理探》，即为亚氏中译之先声。后有《学衡》（1921—1933）出力，该刊曾登载向达、夏宗璞翻译之《伦理学》十卷（夏宗璞译第二、第四卷，其余卷册由向达担纲），以及汤用彤所译之《亚里士多德哲学大纲》（原著者为埃德温·华莱士）。至20、21世纪之交，《亚里士多德全集》与《柏拉图全集》终于相继面世[5]。

回顾20世纪二三十年代的"中国第一次美学热"，不难见出，当时的参与者皆以"美学"为能指，热切地表达各自的政治、学术与思想立场。加以归纳，大可见三种面相：一是为心灵的、超功利的；一是为个人的，与"修身"、"育德"挂钩；一是为民族的，与意识形态相关。无论如何，此阶段的美学仍是轰然一块外来物，对它的内化尚需时日。而这个内化的过程，恰恰与"外探"——愈渐深入西方美学体系之深层——的路途同步。一般认为，

1. 郭斌和、景昌极合作的《柏拉图五大对话集》曾连载于《学衡》，后由上海国立编译馆于1934年出版。

2. 王晓朝："吴献书先生翻译的《理想国》是最早出版的柏拉图对话（即《国家篇》，商务印书馆，1921年版，1957年重印）；到了三十年代，出了张师竹初译、张东荪改译的《柏拉图对话集六种》（商务印书馆，1933年版）和《柏拉图五大对话》（郭斌和、景昌极译，南京国立编译馆，1934年版）；到了四十年代，我国著名希腊哲学史家陈康先生的杰作《巴曼尼得斯篇》出版（即《巴门尼德篇》，商务印书馆，1946年版，1982年重印）。"《柏拉图对话在中国》，载于《博览群书》，2005年第1期。

3. 毕方济，意大利耶稣会士，1610年来华。著有《毕方济奏折》、《灵言蠡勺》、《天学略义》等。

4. 傅汎际，葡萄牙耶稣会士，主要论著有《名理探》、《天主圣教实录》、《天主实义续篇》、《万物真源》等。

5.《亚里士多德全集》出版于1997年，《柏拉图全集》出版于2003年。

从20世纪80年代开始，中国现代美学在这条多舛长征路上始见曙色。面对西方世界近迫的阴影，有人以之为深渊，有人视之作明光。下面就近代美学萌芽期的三种面相作一个考察，从而了解美学意识在中国的建构过程。

陈中梅译注《诗学》书影

古希腊的美学基调对后世的西方美学讨论产生了深远的影响。承此脉络，王国维《古雅之在美学上位置》一文，在“天才”与“匠人”之间新辟一层（“神兴枯涸之处，非以古雅弥缝之不可”），逻辑格式上借助古希腊框架：“古雅者，可谓之形式之美之形式之美也”；“虽第一形式之本不美者，得由其第二形式之美（雅）而得一种独立之价值。”至于其在《〈红楼梦〉评论》中所言之“故美术之为物，欲者不观，观者不欲。而艺术之美所以优于自然之美者，全存于使人易忘物我之关系也”，则巧妙地将传统老庄美学融引进来。

悲剧美学，于王国维亦有深影响。我们追到悲剧美学的老祖宗亚里士多德那里得见：悲剧使灵魂净化飞升，“崇高”仍指向“善”的道德伦理考虑。而王国维则言：“凡人生中足以使人悲者，于美术中则吾人乐而观之。……此即所谓壮美之情，而其快乐存于使人忘物我之关系，则固与优美无以异也。”（《〈红楼梦〉评论》）在这里，“壮美”舶自“崇高”，却最终归航于老庄的古典梦乡。

蔡元培很早就将中国传统的乐教、诗教与古希腊的“美育”共比。他说：“文化渐近，则择其雅训者，以为教育。如我国唐虞之典乐，希腊之美育，是也。”[1] 作为中国近代史上提倡美育的“第一中坚人物”（舒新城语），蔡元培在担任南京临时政府教育总长期间（1912年）就提出了“国

1. 蔡元培：《蔡元培美学文选》，北京：北京大学出版社，1998年版，第66页。

民教育五大宗旨”，其中美育占一项；后又在北京大学校长任上确立了“四育”，美育仍在其中。他对美育的阐释是：“美育者，应用美学之理于教育，以陶养感情为目的者也。”（《教育大辞书》）又称美育应与智育并行，最终实现“德育”。1918年北大文科已开出美学课程，1921年蔡元培更是亲编教材（《美学通论》）亲自授课[1]。极具代表性的《以美育代宗教说》一文，

1. 详见梁柱：《蔡元培的美育思想及其在北京大学的践行》，载《北京大学学报（哲学社会科学版）》，第40卷，第6期，2003年11月。

或多或少与古希腊美学殊途同归：“要之，美学之中，其大别为都丽之美，崇闳之美（日本人译言优美、壮美）。而附丽于崇闳之悲剧，附丽于都丽之滑稽，皆足以破人我之见，去利害得失之计较，则其所以陶养性灵，使之日进于高尚者，固已足矣。又何取乎侈言阴骘、攻击异派之宗教，以激刺人心，而使之渐丧其纯粹之美感为耶。”反观柏拉图的理想国计划：虚构的诗篇需要被宗教伦理（religious ethics）系统审核，剔除“可怕的凄惨的”、使听众“软弱消沉”的、使诸神有失“庄严”的、有害于“自我控制”的等等，最终顺应理式（哲人王）的规范。因此美在蔡元培的美育观当中，具有更深强的工具性。他的美学之于王国维的美学，恰如孔学之“道”之于老庄之“道”。

而在著名的《论小说与群治之关系》（1902）一文中，梁启超将小说这一文学体裁与新国民、新道德、新宗教、新政治、新风俗乃至新的人心、人格捆绑起来。他称小说为“文学之最上乘”，因其能尽想象之极致，又能尽写实之极致；盛赞小说“支配人道”之四力（熏、浸、刺、提），可福可毒。梁氏从小说的语言（“浅而易解”）、体裁特点、历史功能等各方面入手，提倡革新小说，使之为国族之启蒙、教化服务。国民应为持民族主义之新人，“民族主义者，世界最光明、正大、公平之主义也，不使他族侵我之自由，我亦毋侵他族之自由。其在于本国也，人之独立；其在于世界也，国之独立。”（《国家思想变迁异同论》，1901年）他的美学，是一种并重中西的有趣结合品。首先把西方文化之本质归为“真美合一”，“他们觉得真即是美，又觉得真才是美，所以求美先从求真入手。”[2]论及自身看法，则曰：“问美术的关键在哪里？

2. 梁启超：《美术与科学》，1922年于北京美术学校发表之讲演稿。

限我只准拿一句话回答，我便毫不踌躇地答道：‘观察自然。’”[3]他将“美术的任务”归为“表

3. 梁启超：《美术与科学》，1922年于北京美术学校发表之讲演稿。

情”，是正宗的表现说，但又将“表情”与“科学”相联系：“表情技能的应用，须有规律地组织，令各部分互相照应……这又是美术和科学不能分离的证据。”[4]观察自然之美的要务、

4. 梁启超：《美术与科学》，1922年于北京美术学校发表之讲演稿。

核心在于发现自然之真，这一活动，需以系统化的方式（或用梁氏的话说，“科学”的方式）内调、外现。“就美术教育的任务说，最要紧的是给被教育的人一个‘规矩’。像中国旧话说

的‘可以意会，不可以言传’，那么，任凭各人乱碰上去也罢了，何必立这学校？”[1]

1. 梁启超：《美术与科学》，1922 年于北京美术学校发表之讲演稿。

由上不难看出，梁启超对“真”的强调，特具异域风情。中国古典美学重情，重“志”。儒家的最高价值是“仁”，其本质为伦理道德原则，反映到美学上，呈现“中、正、和”之风，讲求谐美、克制。道家的最高价值是“道”，虽留有形而上的思辨空间，但仅限于对道与象之关系的揣摩，对“道”之本体却不碰，“运智诠理，故不近真道也”，反映到美学上，呈现任性自然、不留痕迹之品质。情、志皆由心，王维的“雪里芭蕉”[2]就是典范。总体说来，梁启超的最终关注点是民族共同体之利益，以当时的强势共同体“西方文明”这一大团概念为参照标杆，特重其与中国传统文化相异之元素，取来驳接。梁氏在这一时期的美学之用，为这一目标服务，其中不乏功利性的考量。

2. 自宋代起，就盛传唐人王维画过一幅《袁安卧雪图》，其中有“雪里芭蕉”一景。沈括评之曰：“得心应手，意到信成，造理入神，迥得天意。”

第五章　1949年后中国对古希腊文学研究的学术历程

第一节 翻译作为文化的斡旋

古希腊文学第一次被系统地介绍到中国，可以追溯至 1857 年在上海创刊的中文月刊《六合丛谈》。该刊创设“西学说”专栏，由传教士艾约瑟主笔，向中国人宣讲西方古典文学。而中国学界积极主动地对此作出回应，则迟至“五四”新文化运动时期，以周作人、茅盾、罗念生、傅东华等为代表的文学翻译大家，为古希腊文学在中国的译介传播并开牖后学作出了巨大贡献。解放以后，国家各项事业都处于百废待兴的状态，文学虽未尽“废”却同样待“兴”，尤其是在对外国文学的译介方面，显然是我国文学研究中比较薄弱的一环。1963 年毛泽东作出关于加强外国研究工作的批示，次年 9 月中国社会科学院外国文学研究所成立。建所之初，成员几乎囊括了当时国内最杰出的一批文学翻译家，包括冯至、李健吾、罗念生、戈宝权、罗大冈、卞之琳、杨绛等。然而各项工作还未及展开，紧接着开始了一场长达十年的“文化大革命”，使中国近乎成为文化的荒漠，对外国文学的研究工作也就此被耽搁了下来。直到 1977 年，外国文学研究所主办的《世界文学》复刊，外国文学在中国终于又迎来了一丝生机，开始了我国真正意义上对外国文学有组织有系统的翻译和研究工作。

其时，古希腊文学作为西方文学的源头，在中国并没有得到与其历史地位相当的重视和研究。《中国社会科学院外国文学研究所三十年文选》（1964—1994）[1] 收录的 92 篇论文中，仅有两篇涉及古希腊文学研究，分别是罗念生的《卡塔西斯笺释——亚里士多德论悲剧的作用》与陈洪文的《亚里士多德以前的接受理论》。前者是选自罗念生论文集《论古希腊戏剧》（中国戏剧出版社，1985 年）中的一篇。罗念生先生是我国古希腊文学翻译大家，尤其在对古希腊戏剧的翻译上，是填补空白的历史性人物。这本著作包含了罗念生潜心于古希腊戏剧研究收获的体悟和见解，是他在这方面学术成就的总结。这本书在研究资料相对匮乏的时期，对国内学界了解古希腊戏剧的形态和渊源有着启蒙作用。在对国外古希腊文学研究成果的译介方面，则更显得捉襟见肘。由陈洪文、水建馥选编的《古希腊三大悲剧家研究》（中国社会科学出版社，1986 年），是建国后对国外古希腊戏剧研究论著较全面的一次译介。古希腊悲剧是古希腊文学中对中国文学产生影响最大的一种形式，在很大程度上改变了中国现当代文

1.《中国社会科学院外国文学研究所三十年文选》（1964—1994），北京：中国工人出版社，1994 年版。

学的创作模式和大众读者的审美体验。尽管对古希腊悲剧的翻译工作在“五四”就已展开，但国内对古希腊悲剧的研究尚且缺少系统的理论支撑，而当时国内的外文资料又相对匮乏，因此出一本译介国外研究资料的专著就显得相当迫切了。全书收录了 38 位作家共 70 余部 / 篇文献资料，第一部分主要收录古希腊至 19 世纪有关古希腊悲剧或悲剧作家的论述，第二部分则选译了 20 世纪（以 1981 年为时间节点）发表的古希腊文学研究专题论文或专著的部分内容。

在文学史撰写方面，研究所相继推出了《法国文学史》、《美国文学简史》、《东欧文学史》、《东方现代文学史》、《当代法国文学史》、《苏联文学史》等，独缺对古希腊文学史的总结。1988 年始有英国学者吉尔伯特·默雷（Gilbert Murray）撰写的《古希腊文学史》（孙席珍、蒋炳贤、郭志石译，上海译文出版社）汉译本。这些问题都与当时受社会条件所限而导致的文化视野的局限有关。同时这样的社会条件也决定了对古希腊文学的研究工作必须从翻译开始。

纵观 20 世纪中后期国内古希腊研究的成果，主要还是集中在对古希腊文学原典的翻译上。翻译是开展文本研究的基础，从某种程度上来说，翻译也是一种对文本的阐释。一个好的译本往往能对作品本身的传播抑或研究工作起到锦上添花的作用。在这 50 年间，我国陆续推出了各种古希腊原典的汉译本，其中比较有代表性与研读价值的译本主要有：

1. 对荷马史诗的翻译：水建馥译《伊利亚特的故事》（中国青年出版社，1957 年），杨宪益译《奥德修纪》（上海译文出版社，1979 年），罗念生、王焕生译《伊利亚特》（人民文学出版社，1994 年），王焕生译《奥德赛》（人民文学出版社，1997 年），陈中梅译《伊利亚特》、《奥德赛》（上海译文出版社，1998 年）。

2. 对古希腊戏剧的翻译：罗念生译埃斯库罗斯悲剧 6 部、索福克勒斯悲剧 5 部、欧里庇得斯悲剧 6 部、阿里斯托芬喜剧 6 种，均收录于《罗念生全集》（上海人民出版社，2004、2007 年），周作人译欧里庇得斯悲剧 13 部，收录于《欧里庇得斯悲剧集》（上·下）（人民文学出版社，1958 年）。

3. 对伊索寓言的翻译：周作人译《伊索寓言》（人民文学出版社，1963 年），罗念生、王焕生、陈洪文、冯文华合译《伊索寓言》（人民文学出版社，1981 年）。

4. 对古希腊诗歌的翻译：水建馥选译的《古希腊抒情诗选》（人民文学出版社，1988 年），罗洛译《萨福抒情诗集》（百花文艺出版社，1989 年）。

5. 对古希腊文艺理论的翻译：罗念生译《诗学》（人民文学出版社，1962 年），朱光潜译柏拉图《文艺对话集》（人民文学出版社，1963 年），郭斌和、张竹明译《理想国》（商务印书馆，1986 年），苗力田主编《亚里士多德全集》（人民出版社，1990 年），陈中梅译《诗学》（商务印书馆，1996 年），戴子钦译《柏拉图对话七种》（辽宁教育出版社，1998 年），水建馥译《古希腊散文选》（人民文学出版社，2000 年）。

进入 21 世纪以后，国内古希腊文学研究也呈现出新的气象。出版业的繁荣，让我们读书的机会变得更多，选择范围也更广了。但另一方面，也导致了图书质量的参差不齐，尤其是各种外国文学译本泛滥，良莠难辨。幸而经过国内学者的不懈努力，在古希腊文学典籍的翻译方面还是取得了一定的进展。主要有张竹明、王焕生翻译的《古希腊悲剧喜剧全集》（译林出版社，2007 年），共八卷本，包括《埃斯库罗斯悲剧》、《索福克勒斯悲剧》、《欧里庇德斯悲剧》（上、中、下）、《阿里斯托芬剧》（上、下）、《米南德喜剧》，每卷附译者对作者及作品的介绍。这是国内首次出版收录所有存世古希腊悲喜剧的中译本；刘小枫主编《经典与解释》系列推出的注疏体汉译柏拉图全集。该注疏集目前出版的对柏拉图原典的翻译包括:《柏拉图的〈会饮〉》(刘小枫译，华夏出版社，2003 年)、《苏格拉底的申辩》(吴飞译／疏，华夏出版社，2007 年)、《伊翁》(王双洪译／疏，华东师范大学出版社，2008 年）、《游叙弗伦》（顾丽玲译，华东师范大学出版社，2010 年）。对柏拉图作品翻译，杨绛译《斐多》（辽宁人民出版社，2000 年）及王太庆的《柏拉图对话集》（商务印书馆，2004 年）都是值得一读的译本。《经典与解释》系列并有一套色诺芬注疏集也在出版当中，已经翻译推出了色诺芬的《会饮》（沈默译，华夏出版社，2006 年）、《居鲁士的教育》（沈默译，华夏出版社，2007 年）。这些译本无疑极大地丰富了国内的研究资源，是一笔极宝贵的材料。

同时，我们也不能不认识到这样一个问题：国内对古希腊文学作品的翻译明显存在资源分配不均之弊。刘小枫认为，就国人对古希腊文学三大源头——荷马史诗、赫西俄德和俄耳甫斯的了解程度来看，“我们对西方传统的认识尚缺乏起码的基础”[1]。返观现阶段的研究情况，尽管国内对荷马史诗的翻译研究还远不如西方学术成果那般丰硕，但与对赫西俄德和俄耳甫斯神话诗的研究相比，厚此薄彼之势立现。赫西俄德作品的译本迄今为止只有蒋平、张竹明翻译的《工

1.［法］居拉·德拉孔波等编：《赫西俄德：神话之艺》，吴雅凌译，北京：华夏出版社，2005 年版，第 1 页。

作与时日、神谱》（商务印书馆，1996 年），至于俄耳甫斯的神话诗，一直到 21 世纪初，在中国人的知识谱系中仍处于“从缺”的状态。刘小枫主编的《经典与解释》系列丛书推出《赫西俄德：神话之艺》（吴雅凌译，华夏出版社，2006 年），该书集结了 1989 年里尔大学古典语文研究中心举办的“赫西俄德：语文学、人类学、哲学”国际研讨会上发表的 13 篇论文，涵盖了三个方面：赫西俄德与传统政治，《神谱》研究以及《劳作与时日》研究。2006 年，该系列又接连出版了《俄耳甫斯教祷歌》和《俄耳甫斯教辑语》，译者收集考证并整理了现存的俄耳甫斯诗教的诗歌与教义。每本书后还附有一到两篇西方学者晚近的研究论文，以期填补了解上的空白。这同时也暴露了我国古希腊文学研究的现状——空白多，突破少，直接导致了必须依靠西方研究成果的输入才能不断更新我们的信息库。尽管处于被动的地位，但至少还有一部分学者在被动中寻求着积极的应对——把国外先进的古希腊文学研究理论翻译介绍到中国来，期待有他山之石可以攻玉之奇效，帮助开拓思路，推陈出新。

刘小枫《重启古典诗学》书影

在译介国外研究成果方面，内容最多、范围最广的当属以编修西方古典经籍为目的而出版的“经典与解释”丛刊。刘小枫主编的《经典与解释》丛书包含四个系列，除《中国传统：经典与解释》系列与本文无关暂且不表外，其余三个系列都是目前我国译介西方文学研究论著的主要阵地之一。其中《西方传统：经典与解释》辑刊系列，目前出版了 30 册，主要以论文集的形式收录选译了晚近几年西方古希腊文学作品研究的重要文献。每册均由 5 个部分组成：

主题讨论、古典作品研究、思想史发微、旧文今刊与评论。主题讨论是每册的重头戏，分设不同论题辑录相关论著，论题包括了柏拉图的哲学戏剧、修昔底德的春秋笔法、索福克勒斯与雅典启蒙、雅典民主的谐剧（阿里斯托芬的喜剧）、埃斯库罗斯的神义论等等。编者试图将古希腊诗学、史学与哲学中取得的最伟大成果以浓缩的方式呈现在读者的眼前。这种努力同时也体现在该丛书的“西方思想家”与“西方传统”两个系列中。二者均以弘扬西方古典文学为宏旨，辑录了该研究领域国外近年来重要的研究论著。其中值得一提的是 2003 年、2005 年分别推出的美国施特劳斯学派的主要代表人物伯纳德特（Seth Benardete）的两部重要论著：《弓弦与竖琴——从柏拉图解读〈奥德赛〉》（程志敏译，华夏出版社，2003 年）与《神圣的罪业：解读索福克勒斯的〈安提戈涅〉》（张新樟译，华夏出版社，2005 年）。这是国内对伯纳德特著作首次完整的译介，使我们得以有机会一窥作者以深厚的古典文学素养，有别于传统的研究视野，从古典政治哲学对《奥德赛》与《安提戈涅》作出的精彩绝伦的疏解。

在该系列丛书之外，2008 年华夏出版社出版由刘小枫选编，李世祥、邱立波等人翻译的《古典诗文绎读（西学卷 · 古代编）》，该书指向品读古典诗文以滋养性情为目的，精心择取了对自荷马以降古希腊文史哲三家共十一位具有代表性的原典绎读。“所选篇章多从某个视角或细节入手”[1]，并附作家小传及原典阅读指引，以期向读者描绘古希腊文学之概貌，展示西方古典文学的最高成就。

1. 刘小枫选编：《古典诗文绎读（西学卷 · 古代编）》（上），李世祥、邱立波等译，北京：华夏出版社，2008 年版，第 2 页。

对史诗研究界影响巨大的“口头程式理论”学派，也在国内得到了比较系统的译介。该学派的主要贡献是在“荷马问题”上作出了改革性的解答。1795 年沃尔夫（F.A. Wolf）发表《荷马史诗导论》，由此引起了围绕“荷马问题”展开的 18 世纪荷马史诗研究。所谓“荷马问题”，简单来说就是对荷马史诗作者身份的探寻。身为古典语文学家的沃尔夫，实际上最终是将“荷马问题”消解为一个关乎古代写作技术存在与否的问题。自此之后对荷马史诗的研究越发偏离古典文学的轨道。导致了荷马史诗在欧洲被任意拆分肢解，并引发了 19 世纪分辨派（Analyst）和统一派（Unitarian）的激烈论争。20 世纪 30 年代，哈佛大学的古典学者米尔曼 · 帕里（Milman Parry）与他的学生艾伯特 · 洛德（Albert Lord）在前南斯拉夫进行田野调查时发现了游吟诗学传统，从而为非此即彼的“荷马问题”提供了一种新的解决方案，即荷马史诗是一个伟大的民间口头演述传统的产物。口头程式理论（又叫帕里—洛德理论），是国外荷马史诗研究发展中不可忽视的一环，而这一学派的两部奠基之作，一直到 21 世纪初期才被译介到中国：约翰·迈尔斯·弗里（John M. Foley）的《口头诗学：帕里—洛德理论》（朝戈金译，社会科学文献出版社，2000 年）和艾伯特·洛德的《故事的歌手》（尹虎彬译，中华书局，2004 年）。2008 年，广西师范大学出版社推出了哈佛大学口头文学传统研究领域中的第五代学者和理论权威之一的格雷戈里·纳吉教授的《荷马诸问题》（Homeric Questions）（巴莫曲布嫫译），这本书是对该学派先驱们提出的若干问题的继续求索。这三本著作囊括了口头程式学派对荷马史诗研究的主要理论成果，是了解与研究史诗问题的必读书目。

总体而言，我国近年来对西方古典文学的译介正朝着积极的方向发展。在原典翻译方面，查漏补缺，不断丰富国内的研究资源。在翻译对象的选择上，也有意识地从通史、评传向文本深度细读转变，使我国学界对西方古典文学研究的进度有更深入的了解和掌握。可以说，我国目前对古希腊文学研究最引人注目的成果主要在体现在翻译方面了。

国外理论著作的大量引进，对于启发思路、开阔视野大有裨益。从过去乏善可陈的研究状况，到如今尚且有一批经得起检视的研究论著以飨读者。比如对古希腊诗学传统的研究，陈中梅的《柏拉图诗学和艺术思想研究》（商务印书馆，1999 年）、王柯平的《〈理想国〉的诗学研究》（北京大学出版社，2005 年）及李平的《神祇时代的诗学——对柏拉图、亚里士多德史学思想的再思与认知》（上海人民出版社，2004 年）都是比较值得关注的作品。

第二节　以荷马史诗为中心的研究

这里将要重点提出的是关于荷马史诗的研究。荷马史诗一直以来都是古希腊文学研究中的一个热点，与之有关的研究资料纷繁庞杂，国内这一领域比较突出的学者是陈中梅。他不仅推出了带注释的《伊利亚特》、《奥德赛》中译本，亦有不少研究专著问世：《神圣的荷马——荷马史诗研究》、《言诗》（北京大学出版社，2008 年）、《荷马的启示——从命运观到认识论》（北京大学出版社，2009 年），这三本著作提示了陈中梅对荷马史诗研究的思路演进，概括了他现阶段的所有研究成果。《神圣的荷马》是从西方认知史的角度来观照荷马史诗，作者最重要的观点是重新追溯了希腊智识的起源：是代表“逻各斯”（logos）取向的苏格拉底还是代表“迷索思”（myûthos）取向的荷马史诗？作者否定了“逻各斯仿佛突然脱离了神话”的观点，认为《荷马史诗》中“塞玛”（sēma，含义为“标记”、“标志”）的功能实质上就是联系迷索思与逻各斯的中间环节，为前者向后者过渡提供了思想理路上的铺垫。作者的这一研究发现，为把握和定位西方认知史的发展阶段又添上了一个新的坐标。《荷马的启示》一文，则是从另一个关键词“命运”入手展开对荷马史诗的解读，从第二章开始，作者又回归了《神圣的荷马》中从荷马史诗里开启对西方认知史探索的研究思路，以荷马史诗中“辨识神人”作为一种认知范式，向读者展示了西方认知观念中发生的一场变革。书的后两章论及了荷马史诗中人物认知观的美学解读，以及对《伊利亚特》中英雄阿基琉斯的智性品格研究。《言诗》一书内容相对繁杂，包括了对荷马史诗的研究、柏拉图和亚里士多德的文艺及美学思想、对普罗米修斯形象的解读、西方文化中“迷索思”的探讨、孔子与柏拉图诗学观的比较分析。陈中梅的三本论著在内容上互有重叠，又各有引申。重要的是，他将荷马史诗纳入认知史的维度进行研究的做法，或许能够启发一些新的思路。

程志敏的《荷马史诗导读》（华东师范大学出版社，2007 年）从思想史的角度梳理了荷马史诗形成、发展和研究的历史过程。本书的前两章以一种百科全书式的写作方式，详细地收集整理了与荷马及荷马史诗相关的资料。余下的篇幅则用来详细解读《伊利亚特》与《奥德赛》的内容结构、多重主题和隐喻的古典政治哲学思想。书后附有“荷马史诗学术资源综览”，主要介绍了西方比较重要的有价值的文献资料，对后学者从事荷马史诗研究有很大帮助。以“导读”定义这本书的内容，意味着作者并不是站在理论的制高点，而是如作者在导言中所言是为唤起“荷马重生”，借由这本书引起当代人阅读荷马史诗的兴趣或者给予对荷马史诗感兴趣的人以一点帮助，以此来挽救日渐失落的古典文学。因此，《荷马史诗导读》更大程度上是一本以人文关怀为宗的荷马史诗赏析读本。

陈戎女的《荷马的世界——现代阐释与比较》（中华书局，2009 年）侧重以分析荷马史诗中的人物形象来进行阐释与比较。本书与国内荷马史诗形象研究表现出的“重男轻女”特点不同的是，作者显然受到西方女性主义荷马批评的影响，因而将相当一部分的研究视野聚焦于荷马史诗中的女性角色身上。西方女性主义批评自20世纪70年代介入荷马史诗研究，关注的是荷马史诗描绘的男性世界中的女性形象、地位及意义。《奥德赛》中奥德修斯的妻子佩涅洛佩(Penelope)是女性主义荷马批评最主要的研究对象，女性主义批评家芭芭拉·克雷顿（Barbara Clayton）更由此提出一种新的诗学观念：佩涅洛佩式诗学（A Penelopean Poetics）。作者的研究结合了该学派的最新研究成果，并对其中有争议的部分提出了自己的见解。反观国内目前的荷马研究，鲜有以女性主义作为切入点的荷马研究专著问世。然而，从国内期刊发表的文章来看，以古希腊文学中的女性形象为研究重点的单篇论文却不在少数，比较有代表性的有彭兆荣的《“被缚的妻子们”——古希腊文学中女性性格的分离与原型辐射》[1]。作者着意分析了古希腊文学中三个典型的女性形象：倾国倾城的“海伦型”、狂暴残忍的“美狄亚型”和忠贞柔顺的“珀涅罗珀型”。作者提出这三者是典型的在父权文化主导下被分离了性格的女性形象，即海伦的美丽、美狄亚的狂暴、珀涅罗珀的忠贞都被男人们用自己的价值标准判定着。作者认为这种文学个性的塑造与评估，奠定了西方文学发展中的基本性别原型，同时这一点也可以在西方文学的女性叙事传统中衍化出的诸多主题和反叛叙述中得到佐证。该文研究的是古希腊文学中女性性格的分离及原型辐射，实际上作者做的是“隔山打牛”的功夫，那就是为研究西方文学提供了一个新的思路——性别视角。

1. 彭兆荣：《“被缚的妻子们”——古希腊文学中女性性格的分离与原型辐射》，载《外国文学评论》,1992年第3期。

以女性形象为切入点的论文还有胡健生的《从古希腊文学女性形象看希腊先民之妇女观》[2]。古希腊人在经历母系氏族到父系氏族再到奴隶社会的过程中，女性在文学作品中的形象也从历经了“女神”到“女人”再到“女奴”的变化轨迹。这篇文章从宏观的角度主要考察了古希腊社会形态的变迁对文学创作产生的影响。而《从海伦的三重形象看欧里庇得斯的女性观》[3]则将视角微缩集中到一个作家身上。欧里庇得斯三部悲剧呈现了三个意义内涵不同的海伦形象，她既是传统观念中的“负罪者”，又是质疑传统的“申辩者”、正面理想的“女英雄”。作者认为，欧里庇得斯这种矛盾交织的女性观，一方面是受到社会既定而普遍的妇女观之影响，另一方面又有对女性生存状态的质疑与反思。刘小源在《矛盾的欧里庇得斯——解读〈美狄亚〉》[4]一文中也得出了类似的结论，欧里庇得斯在描写美狄亚这个人物的时候充满了矛盾的心态，一方面他极力渲染美狄亚的疯狂残忍，另一方面又不断为她的行为做铺垫找原因。作者最后将这种矛盾归结为欧里庇得斯的男性意识与他所选取的女性立场相互角力的结果。在以女性形象为主的研究论文中，

2. 胡健生：《从古希腊文学女性形象看希腊先民之妇女观》，载《商丘师范学院学报》，第15卷第1期。

3. 李红：《从海伦的三重形象看欧里庇得斯的女性观》，载《华中师范大学研究生学报》，第16卷第2期。

4. 刘小源：《矛盾的欧里庇得斯——解读〈美狄亚〉》，载《名作欣赏》，2001年第21期。

还有一类是中希文学比较研究，意在找出东西方文学的同质性。中国古典文学以不输古希腊文学的长度与厚度，为这类研究提供了可比性。比如刘渊的这篇《同主题变奏——“嫦娥奔月”和“美狄亚出逃”的比较研究》[1]。两者的可比性在于题旨的一致性：女性为了求得真正的平等与解放而反抗男权统治的叙事文本。但两者在叙事策略上又体现了中希文化不同的审美情趣和文体意识。除此以外，还有比较中西方弃妇形象的研究文章，比如将美狄亚与诗经《氓》中之弃妇、或与杜十娘进行形象和命运的比较阅读。遗憾的是，国内对荷马史诗中女性形象的研究远未达到如西方女性主义荷马批评的研究程度，尚缺乏一套系统的理论框架和一本代表性著作。

1. 刘渊：《同主题变奏——“嫦娥奔月”和“美狄亚出逃”的比较研究》，载《外国文学研究》，1994 年第 4 期。

西方学者在研究古希腊神话、史诗的方式上体现出一种打破学科分界，以宏观视角还原古希腊文学在历史语境中面目的研究思路，不断挖掘古希腊文学的新的意义和价值。这种研究方法在国内也得到了某种程度上的实践。比如肖厚国的《自然与人为：人类自由的古典意义——古希腊神话、悲剧及哲学》（华东师范大学出版社，2006 年）就是以“政治”为关键词，围绕着自由人类的独立自治而展开的对古希腊经典的解读。王以欣的《神话与历史——古希腊英雄故事的历史和文化内涵》（商务印书馆，2006 年）则是杂糅了历史学、考古学、神话学、语言学、社会学、民俗学、宗教学、文化人类学等多种学科的理论、方法和研究成果，对古希腊神话作了全景式的解读。何辉斌的《古希腊文学中的“善”》一文[2]，是从伦理学角度出发，分析了古希腊人的“善”的观念及其在文学作品中的投射。从伦理学角度解读古希腊文学作品，是了解古希腊人民族特性和文学个性的一个渠道。在古希腊城邦的各种社会活动中，一直贯穿着这样一种思想，那就是将伦理道德作为精神之美的最高境界，在文学艺术中同样如此。古希腊人对伦理道德的认识既有其普遍性又有不可避免的历史特殊性存在。作者认为古希腊人对于“善”的理解与中国人不同，主要表现在首先古希腊人对于“善”的定义包含了对追求个人利益的肯定，这一点与弘扬“舍己为人，大公无私”的中国传统美德迥然不同。在古希腊文学中，伴随英雄出现的除了鲜花掌声，还有他们为了满足一己私欲而做出的那些荒唐事儿，比如荷马史诗中阿伽门农与阿基琉斯为了争一个女俘闹得不可开交，不仅害自己的好友丢了性命，更让国家军队遭到了毁灭性打击。但这一切并不妨碍他们成为英雄一般的人物。其次，对于古希腊人来说，“善”不是一种静止的品质，是必须通过行动表现出来的，而这些行动带来的后果可能是正面的，也有可能是负面的，甚至是极端的，比如为了复仇而杀死亲生孩子的美狄亚。再次，

2. 何辉斌：《古希腊文学中的“善”》，载《外国文学研究》，2005 年第 4 期。

希腊人对“善”的理解，在某种程度等同于“勇敢、聪明，高贵”，尤其是在文学作品中，英雄主义的“善”往往比人道主义的“善”得到更多的重视和渲染。可见，同样的一个概念在不同文化中往往有着不同的外延，如果不对此加以区别对待，就会产生因文化差异而造成的误读。研究古希腊人的伦理道德观，对于我们深刻理解和研究古希腊文学有着十分重大的意义，由此作者提出以伦理学视角研究古希腊文学，并深入挖掘该领域的潜力，将为中国古希腊文学的研究工作打开一个新的局面。《论古希腊文学的道德价值取向》也是一篇以文学中折射出的伦理道德观为角度研究古希腊文学的论文。文章中对于古希腊人所追求的人生道德价值系统做出了如下几个方面的总结：1. 道德价值追求多元，富于自然健康的精神；2. 道德价值取向殊异共存，表现出博大的包容性；3. 道德意义本质的矛盾对立，充满思想的张力。[1] 作者认为，正是古希腊人在道德价值取向上表现出的多元复杂性及由此而产生的张力，撞击出思想的火花，成就了高度发达的古希腊文明。

1. 吴学平、夏腊初：《论古希腊文学的道德价值取向》，载《渤海大学学报》（哲学社会科学版），2008 年第 1 期。

我们对这一高度发达文明的了解，已比较深入，但还称不上非常深入。可喜的是，希腊文学参与了中国 20 世纪文学和美学的发展，甚至成为了中国文学血肉的一部分。而当今希腊对中国文学的了解，仅算刚开始，算不上“史”的交流，等到交流成果更丰硕了，再作总结不迟。

第六章　古典西学的“原初事实”：亚里士多德《诗学》在当代中国的接受与现代性问题

中国现代学术研究离不开西方借来的词汇、概念和分析框架，因此在学术史的反思工作中，对学科核心概念的翻译问题的考察不可或缺。提莫志克（Maria Tymoczko）认为，从词源学的角度看，“translation”是指将圣徒的尸骨残骸运到另外一个地方，将一种文化中的精华、神圣之处运到另一个安全的地方，在新环境中获得原有的崇拜，以此获得新生。[1]这种宗教化的认识对于强调翻译是一个充满文化冲突和权力关系的“政治”场域的后殖民批评家来无异于天方夜谭。但就希腊典籍在中国的流布情况而言，这一说法却有部分的合理性。在西方，无论是海德格尔还是施特劳斯（Leo Strauss），都试图通过返回前苏格拉底或柏拉图的世界，达到对西方现代性及其危机更深刻的理解。而在中国学术界，无论是希腊在西方文明中的源头地位，还是它与中国古典文明“自明”性的亲近感，都使其内在地被想象为陷于“现代性”泥沼中寻求出路的中国文化在路途上可能“遇到”的对象。可以看到，中国学界对希腊典籍中“关键词”的考察，并不完全是静态的梳理和描述，也往往是对那些后来成为普遍适用的抽象范畴——如理念、理性、自然、诗、模仿——的追问和论证。在这个过程中，翻译变成了复杂的工作，一方面，通过对基本范畴的“原初事实”的还原（刘小枫语），恢复被现代性切断的这些范畴背后的历史性和特殊性；另一方面，一旦论证了西方自己背离了自己的传统，现代的尺度就无法度量其自身的古典教诲，推而广之，也无法度量中国的古典教诲。因此，对古希腊文本的解读就不再被当做是中国现代思想的无关之物，而成为了一种在跨历史和跨语际中不断被建构的批判性叙事。

亚里士多德的《诗学》一向被视为西方美学的源头性教材，当代中国学界对它的翻译和研究庞杂丰富，无法尽述，在此准备以王士仪、叶秀山、刘小枫三位学人自1990年代以来的相关论著为中心，探讨其分别回到“原初事实”背后的动机，以图勾画出中国当代思想界的一个面相。

1. 李欣：《翻译的换喻过程——Maria Tymoczko 教授论翻译》，载《福建外语》,2001 年第 4 期。

第一节　正名：对“创作学”的细读与误读

刘小枫在《经典与解释——文本解读与古典学问的样式》中说：“五四以来的历史歧途在于：以西方的现代性新传统及其新学科知识来重释中国的古典传统。”[1] 他认为，现在是我们重新检讨应该如何理解西方经典的策略的时候，他对现行的理解方式极为不满，认为“现代学问样式”使理解实际成了“肢解”，“在这种学问样式中，经典文本表面上是主义话语的来源和依靠，但真正的情形恰恰是前者为后者所肢解，文本自身的整体性和作者自己的意图不再是一个受重视甚或关注的对象”。[2]

1.《关注我们这个时代的哲学：经典与解释——文本解读与古典学问的样式（笔谈）》，载《求是学刊》，2008 年第 5 期。

2.《关注我们这个时代的哲学：经典与解释——文本解读与古典学问的样式（笔谈）》，载《求是学刊》，2008 年第 5 期。

我们不妨认为，他口中所谓的“现代学问样式”是一种“观念史”（history of ideas，或译思想史）的本质主义研究方法，认为一旦总结和说明了事物、现象或者群体背后的单一本质或者核心，原本丰富、模糊的种种具象和细节也就自然地变成这无所不包的“观念”之一部分。这一思维惯性的缺点是，不加辨析地接受现有的说法，也意味着对支配这些说法的普遍主义抽象价值缺乏反省，其结果是“概论、通论和通史满天飞”[3]，认认真真解读某一部文本著作反而变得罕见。

3.《关注我们这个时代的哲学：经典与解释——文本解读与古典学问的样式（笔谈）》，载《求是学刊》，2008 年第 5 期。

在“概论、通论和通史”里，一种分析概念或范畴被不加区分地到处使用，这说明如果失去了对概念本身的批判和突破能力，就会变成现代性普遍叙事的俘虏。汪晖在《韦伯与中国的现代性问题》中认为这一“脱语境化”现象意味着“强势文化对弱势文化的语言支配”。如英文 rational 这个词在中国是“在现实中没有具体指涉物的语言形式”，但在近代中国被翻译成“理性”之后“却把自己当做了研究对象和假设存在于对象之中的关系”。[4] 也就是说，“理性”这一西方文化的主体陈述成为了跨语际的评价中国文化主体的概念。的确，要是未对源于异文化的概念进行反思就将之先验地用于本土文化的体系中，甚至使其对完全不同于自身的文化产生规范和强制的作用，这些概念将变得极为可疑。对刘小枫而言，更重要的也许是，这种概念或范畴一旦脱离了自己原生的语境，我们似乎就遗忘了它的起源，将之衍化成某种抽象而可怕的“主义”（观念）的工具，成为不证自明之物。

4. 汪晖：《韦伯与中国的现代性问题》，见《汪晖自选集》，桂林：广西师范大学出版社，1997 年版，第 31—32 页。

这恰好说明了对概念本身“正名”的重要性，在“概论、通论和通史”中，概念没有机会得到辨析，它脱离了具体的语境和经验对象，变成了在观念上被发明出来的超验之物。作为能指，它意义充沛，但其所指却游移不定。要是完全从观念世界本身看，概念只是一种“符码”，是主体在经验客观世界之前就建构的，其意义是在和其他概念的相互关系中被认知的，毋须为现实世界的经验负责。但在现实和经验的层面上，概念毕竟是在历史中被运用的对象，如果无法辨明其具体的指涉或做出言语规定的话，我们将不可避免地将其用在错误的经验对象上。刘小枫强调的作者的“原义”和施特劳斯式的对经典的“敬重和细读”可在这一思维层面上展开。

在这方面，王士仪对亚里士多德《诗学》的一系列细读是值得我们关注和分析的文本，他在《亚里斯多德〈创作学〉译疏》对英语世界既有的研究成果表示不满，认为：“S · H · Butcher（注：布彻）的《亚里斯多德〈创作学〉与艺术原理》一书，在近百年来，无疑的，是研究亚里斯多德成果的指标之一。布氏为亚里斯多德创作与悲剧理论建立一套自己的理论，引用亚氏《创作学》原文，作为他自己的理论注脚。”他申明自己与布彻不同，解经的宗旨：“不在于建立新理论，而追求原始意义的重新诠释，期能恢复原面目，及重构亚氏悲剧结构体系，这个方式正与布氏相反，以原文为基础，以经解经的基本态度与精神。”[1]

1. 王士仪：《亚里斯多德〈创作学〉译疏》，台北：联经出版社，2003 年版，第 xxxiv 页。

“以经解经”意味着不假手于理论化的学说和歧义纷出的外文译注，直接回到“事实”本身，从希腊原文文本探究概念的原义，务必做到名实相符。观其著述，大多是对原有翻译进行重新考订的“正名”工作，确有较强的科学性。他解经行为的前提是，作者原义的权威性不可动摇，如果一时找不到合适的词语，即使扭曲其他语言去适应希腊文，也不可扭曲原文适应其他语言的语境。在谈到《诗学》中 **ἀπλοῖ** 和 **πεπλεγυενοι** 这两个范畴时，王士仪指出 **ἀπλοῖ** 的原始意义为“单一”，而非汉语中的单纯、简单或英文中的 simple，可以译为“单一型情节”；**πεπλεγυενοι** 在汉语中被译为“复杂”，英文译为 complex，来源是拉丁文 complexus。但 **πεπλεγυενοι** 的原义是“编织”，“由于织布、结发也要打结，亚氏将这种生活词汇比喻成为戏剧情节的形成。不论现在或过去发生的事件，皆会纠缠在一起，一如将线纠结织成布”。[2] 同时，**πεπλεγυενοι** 又是动词 **πλκω** 的自身动词分词的现在被动完成式，[3] 所以正确的译法是“自身交织型情节”，在这种情节中，凡是现在发现的对象，都存在于过去的时间之中，经过历史的偶然又被知道，且必须包含自身动词的意思。这一释义完美地解释了《俄狄浦斯王》中“自我发现”的核心情节结构。自身交织型情节并不意味着多线索，将之译成“复杂”、complex

2. 王士仪：《重释亚氏〈诗学〉中 aπλoi 与 πεπλεγμενοι 的原义与其应用性：单一型情节与自身交织型情节》，载《华冈艺术学报》，2000 年第 5 期。

3. 自身动词，意为行动者做了关系到自身的事。

或 comlexus 都失去了对原文意义的认知，使延伸义反倒取代了本意。

王士仪认为，亚里士多德的某些概念，考求其定义十分复杂，但如果含混一团，将会给后世的理解带来极大困难，他对《诗学》中“行动”一词语的四重意义的拷打堪称“细读”方法的典范。汉译“行动”源于布彻英译本中的 action，但是《诗学》中有不同的“动作”，也有不同相关的希腊文术语，可是布彻却一并论之，化繁为简——“藉是之故，action 概念的复杂性焉能不‘显得非常混淆’。”[1] 简言之，“行动”可细分为四种不同的范畴：1. 创作行动（ποιεω），原义为“制作”，艺术制作有别于自然界的制作，所以艺术品的本质是创作。布彻有时译为“compose”，是曲解。2. 做出行动（προγμ），亦即“做这件事”，悲剧是对人做出的行动的模仿，而不是对人的模拟，所以 προγμ 应译为“戏剧行动”或“戏剧做出行动”。职是之故，既然戏剧模仿“做出行动”，那么相应地原译“事件”应改译为“行动事件”，“情节”应译为“行动事件的整合”，“角色”应译为“戏剧行动者”等等。3. 表演行动（δρâν），当亚里士多德说到戏剧的呈现方式时，不能像布彻那样译成 action，应该中译为“表演行动”。戏剧的原意就是“行动表演”，其本质就在表演。对表演性行动的模拟奠定了戏剧的基础。4. 身体行动（κινω），身体行动不属于“做出行动”，是表演者自己加上的动作。悲剧即使没有这些动作也可以有效果。因此不可统一译为“动作”。

1. 王士仪：《亚氏〈诗学〉中行动一词的四重意义》，载《中外文学》第 28 卷第 1 期，1999 年 1 月。

从王士仪的这段辨析中，至少可以看出他解经行为的三层意涵：一、为了“正名”，细读是关键。不能畏惧概念在文本中体现的复杂性，应分类厘清，并予释义：“将它多重义逐一加以解构，回归希腊文源头；就希腊文言，从 action 释出的每一个别义，重构原文中这四类行动的原有体系。”[2] 要是原有的复杂意义简化，就会招致后世的混淆和误解。二、解经不能以欧美权威马首是瞻，应跨越后人的种种附会，直面文本，还原文本的特殊性。王士仪指出，布彻的诠释“善于自我立说，徒增不察者的误导与误解而已”，他宣称自己的注疏不过是“忠实的丑女”，却强过布彻译文“百年美女的迷宫”。[3] 三、释义的目的不仅要完美地解释戏剧作品，更要搭建一个内部逻辑严密、层次分明的戏剧“创作学”体系。他强调《诗学》是“一套明确的整体行动概念，形成悲剧审美体系规律基础，奠定戏剧学的基石”。他界定的“做出行动——行动事件——行动事件整合——戏剧行动者”这一组概念是如此的环环相扣具有连贯性，意在说明，亚里士多德在《诗学》里构筑的“悲剧审美体系”是整体不可分割的。戏剧“创作学”

2. 王士仪：《亚氏〈诗学〉中行动一词的四重意义》，载《中外文学》第 28 卷第 1 期，1999 年 1 月。

3. 王士仪：《亚氏〈诗学〉中行动一词的四重意义》，载《中外文学》第 28 卷第 1 期，1999 年 1 月。

在发生之初，便有一套成熟的词汇表。[1]

1. 王士仪按照戏剧学的要求，重新整理了《诗学》的词汇表，使之对现代剧场表演有更强的指导作用。他曾列表说明自己对这些关键词的重译，除正文中已列举的外，其他重要的还有将“模仿”译为“创新”、“自然”译为“本质”，“长度”译为“宏伟体裁”，“宣泄”译为“赎罪”等。见王士仪：《亚里斯多德〈创作学〉译疏》，台北：联经出版社，2003 年版，第 xxxv—xxxvi 页。

上述第三点其实最为重要，因为这中间蕴含了王士仪的方法论预设和最终目的，他始终认为现有的《诗学》中译“未能形成一套研究戏剧专用术语，因此，在讨论沟通上缺少共同词汇基础”，他的注疏就是要建立“亚氏《创作学》的戏剧理论架构专用术语体系”。[2]这也决定了他最重要的改译，即将“诗学”（περῖποιητικῆ s）改为“创作学”，将在古希腊语境中具有多重意义的“诗”译为现代戏剧学意义上清晰明了的“（文艺）创作”：

2. 王士仪：《亚里斯多德〈创作学〉译疏》，台北：联经出版社，2003 年版，第 xxxiv 页。

*亚氏《创作学》是在柏拉图提出艺术观之后，完成欧洲第一部具备创作架构组织的美学巨著……亚氏《创作学》原本没有命名，经后人狄氏加给它的这个书名看来，也即是后人对本书内容的一种认知，认为本书是：《创作（戏剧行动）技巧指南》，或《戏剧编撰手册》———部指导创作戏剧的编撰教科书。而本书正名即采用亚氏专著开始的两个字：**Περῖ ποιητκ ῆ s**。*[3]

3. 王士仪：《亚里斯多德〈创作学〉译疏》，台北：联经出版社，2003 年版，第 xx—xxi 页。

***ποιεῖν** 原义是制作，但在亚氏书中专指各种艺术文类如何制造。*[4]

4. 王士仪：《亚里斯多德〈创作学〉译疏》，台北：联经出版社，2003 年版，第 xxxvi 页。

也就是说，“创作学”是“文艺”（此处主要指戏剧）的“创作”，关于文艺创作的书是“美学”著作。也正是在这一点上，问题出现了。我们不得不问，在亚里士多德的时代真的有文艺的“创作学”吗？他描述的术语概念清晰且相辅相成的“体系”在多大程度上是历史的实情？还是不假思索地接受了既成的观念？实际上，无论是“美学”还是“文艺”都是现代以来的事情，却在这里成为了观察古典西学无可置换、不证自明的装置。王士仪声明“本书的目的……就现存的概念中，拼出一个比较完整的悲剧创作架构全图，提高读者的认知，进而能加以应用与实践”[5]，同时，“更宜提供恰当的戏剧词汇重释《诗学》，以增进现代剧场需要”[6]。都意在建构一个独立自主的戏剧美学体系。但说到底，“美学”与“戏剧学”其实是现代西方学科体系的一部分，它们进入汉语语境本身就是一种“翻译”的结果，但他却使用这些被“翻译”的西方概念反向地对古典西学进行经验式的研究，而古典西学其实并不是这些概念所对应的经验事实，在这里，被译为“创作学”的《诗学》变成了被单向度地支配的和“命名”的客体。

5. 王士仪：《亚里斯多德〈创作学〉译疏》，台北：联经出版社，2003 年版，第 xxv 页。

6. 王士仪：《亚氏〈诗学〉中行动一词的四重意义》，载《中外文学》第 28 卷第 1 期，1999 年 1 月。

只要深入到古代希腊的社会现实和思想体系中，我们就不难发现“美学”或包含了“戏剧学”的对象，“文艺”在古希腊几乎没有什么语言规定性。陈中梅说道：“希腊哲学认为，‘美’（to kalon）或‘审美’是一种涉及面极其宽广的文化（而不仅是文学和艺术）现象，‘美’

源于人的感觉，源于人对美好事物的认识。‘美’可以包容在我们今天看来与审美无关或没有直接关系的内容，比如物品的应用价值”，[1]这一说法深有见地。如果按照索绪尔的观点，任何概念都只是特定社会语言系统中的某种任意约定而已，那么，亚里士多德时代的希腊文化内容中根本不存在现代意义上的“美”和“文艺”这样的约定。

1. 陈中梅：《柏拉图诗学和艺术思想研究》，北京：商务印书馆，1999 年版，第 390 页。

既然没有“美学”和“文艺”这个主体，“创作”也就无从谈起，刘小枫在《“诗学”与“国学”》中认为将“诗学”译为“创作学”是“以后世之词义绳古之词义”，“因 ποιητικη 的词干来自 ποιεῖν(刘以焕先生解为‘做、创造’)而主张应译为‘创作’，无异于先把 ποιεῖν 译作‘创作’，再来翻译 ποιητικη”。[2]在这一点上，王士仪和他反对的布彻居然阴差阳错地分享了共同的“现代”观念，他那些技巧性十足的“正名”背后隐含着现代西方审美观念的普泛体系，这使他吊诡地走向了自己的反面——“以经解经”的本意是还原“原初事实”，可最终却让希腊典籍成为了现代“戏剧学”的一部分。在这个意义上，他是否创造出了和布彻不一样的真正的“新”东西呢？不妨说，王士仪的“解经”是一次深化了的现代性的“翻译”实践，让我们目睹了现代西方主体所发明的那些抽象概念范畴的又一次胜利，他试图证明即使没有“美学”或“文艺”这样的名称，现代美学和戏剧学的基本要素在《诗学》中也已经存在。[3]但是，既然现代的“美学”和“文艺”在希腊文化中既没有规定性的经验对象，也不是希腊人在思想体系的陈述中创造出来的概念，至多只是与这些概念的经验对象可资比较的“相似物”而已，那我们能否通过这些概念范畴达到对古典西学的深入洞察，乃至启发对中国文化的自我认识，也就变得十分可疑。

2. 刘小枫：《“诗学”与“国学”——亚里士多德〈诗学〉的译名争议》，载《中山大学学报》，2009 年第 5 期。

3. 王士仪说：“实则上，亚氏在未找出纯语言类文类名称，或许令他感到困惑的现象。”见《亚里斯多德〈创作学〉译疏》，台北：联经出版社，2003 年版，第 15 页。

第二节　诗意：个人观念世界中的“古典精神”

如果说王士仪试图“以经解经”却在不自觉中让后设的“戏剧学”思想框架窃据了亚里士多德“诗学”原本的经验范畴的话，那么叶秀山面临的问题则是，在现代语境中，“古典”究竟意味着什么？“古典”与“今天”的关系是什么？它在何种意义上对我们是有效的？

在叶秀山那里，古典西学首先并非一种“学问”，其中内蕴的“精神”才是关键。大体上说，在他那里的“古典精神”是人和世界、和“他人”的“不隔”与和谐，是事物之间的有机联系，而非知识性的区分。他说：“西方的艺术家，‘做人’归‘做人’，‘做事’归‘做事’，‘事’做得好（戏演得好，画画得好……），‘做人’不一定好……但中国的传统的思想是强调此间的一致性……当然，这并不是说，西方人没有将‘人’和‘事’统一起来的思想，只是他们的主要倾向是如此。而在比较短的时期内，他们也很强调过此种‘和谐’的理想……中国是最富有此种古典精神的国家，中国戏曲艺术将那么多的艺术形式（因素）综合起来，使它们处于一个和谐的统一体中，这就是一个很好的范例。”[1]

1. 叶秀山：《论艺术的古典精神》，见《中西智慧的贯通》，南京：江苏人民出版社，2002 年版，第 104 页。

对叶秀山来说，“古典精神”是一种和自然—理性的“知识”态度相对的“生命”的态度。作为一位深谙现象学和存在哲学的学者，他无疑熟悉海德格尔的观点，而在海德格尔这里，要是人和世界的关系遵从的是决定论的主体—客体关系模式的话，就是“死”的关系，人之所以是“活”的、有生命的，在于人是能够摆脱这种模式，感受自己是在与“世界”交往，唯有这样，人才是自由的、“活”的。叶秀山说：“‘生命’之所以会‘延续’，是因为世上不只是‘一个人’，世上有许许多多的‘人’。‘生命’不仅在于自己的呼吸，而且还在于与‘他人’的‘气息相通’、‘共同呼吸’，‘生命’在于‘交往’。”[2]不妨说，这种和“知识”截然异趣的非理性的“生命”态度，也是“诗意”的态度。不过，“诗意”在叶秀山这里，不单是一般意义上的审美超越，而且加上了一层“现象学还原”的“本质直观”的视角，可看作清除了所有后设的概念、逻辑、体系等知识化的抽象体系的结果，是个体在观念世界中完成的对人和世界的纯粹关系的想象。

2. 叶秀山：《关于“文物”之哲思》，见《中西智慧的贯通》，南京：江苏人民出版社，2002 年版，第 79 页。

是否可以认为，在他那里，“诗意”化的古典精神隐含着某种现代性的反思。希腊哲学中已有“理性”的成分，将自然当做客观事实进行记录，成为思想主体的把握对象。但是作为一种历史实际的社会普遍理性化过程，又是启蒙运动之后的“现代性”之产物。在海德格尔看来，伴随着现代技术时代来临的是人和世界原初的统一性的丧失，人和世界最本质的联系被切断。理性主义原则作为现代性的核心概念，从中衍化出了精细分工、官僚系统、量化管理、民主程序等一系列表征。理性的“客观普遍性”将自身变为目标，放逐了“非理性”的特殊、个别价值，功利社会的工具理性计算把现代人从传统的生活世界中连根拔出，驱入到现代化的“铁笼”中。无论如何，当理性化过程变成普遍适用的社会目标后，现代就成为一个去“诗意”化的时代，也就是叶秀山再三表示忧虑的“死”物取代了“活”的生命形式的时代。

不妨暂时先把这个结论看做一个假设性的推论，从这个视角来看叶秀山对亚里士多德《诗学》的阐释。有趣的是，他笔下的亚里士多德形象是双重化的，我们可以析出两个“《诗学》”。一方面，作为冷静的哲学家，他清楚地意识到亚里士多德在西方知识型思想体系中的地位，亚里士多德推动了理性原则，使概念、判断、推理、考求定律成为学问的头等大事，因此《诗学》突出了“科学”的求真意识而缺乏柏拉图式的诗思。叶秀山指出，亚氏的《形而上学》中探讨的本质存在并没有美学的地位，他的重点是“知识论”，而哲学是范畴的体系。“定义”的真理性被提到第一原则，从这之后，西方人的精力放在了“真”的问题上，搁置了“美”的问题。所以，《诗学》被认为是美学之祖先是误解，美在希腊不是专门问题。[1]而《诗学》中的一些概念，如“模仿”，也有机械化和因果律的痕迹，“西方人对这个问题（表演）的理解，自亚里士多德以来，基本倾向是知识性的。‘表演’和其他艺术一样，是一种‘模仿’，而‘模仿’是‘学习’、获得‘知识’的途径。”[2]

1. 叶秀山：《美的哲学》，见《叶秀山文集 · 美学卷》，重庆：重庆出版社，1999 年版，第 441 页。

2. 叶秀山：《论艺术的古典精神》，见《中西智慧的贯通》，南京：江苏人民出版社，2002 年版，第 106 页。

可是，除了“理性化”的《诗学》之外，经过反复地阐释引申之后，叶秀山还勾勒出了一个“诗意化”《诗学》的样貌。“诗意化”《诗学》不仅与“理性化”《诗学》形成张力，且在一定程度上解构了后者。例如，在学界比较一致的认识中，亚里士多德的“诗”是“制作科学”的一部分，做诗就像其他的技艺活动（如制鞋）一样，“依循既定的，反映理性思考的原则”。[3]较之柏拉图的“神赋”说，亚里士多德对诗的看法似乎缺少一些诗人情怀。但叶秀山却将“制作”这一理性概念诗化，大大淡化了其内涵中的知识性、概念性元素：

3. 陈中梅：《柏拉图诗学和艺术思想研究》，北京：商务印书馆，1999 年版，第 386—387 页。

> *西方哲学，在古代希腊的时代，对于思想的方式，考虑有三种形式 theoretical、practical 和 poetic。theoretical 和 practical 是后来常用的，至于 poetic，则在亚里士多德的著作中，就有两种含义：一是指一种与 theoretical 和 practical 不同的特殊的对世界的把握方式，另一种就是指一种特殊的文学形式。当然，这两种方式是有联系的，但应该说，前一种就哲学来说是更为根本的。希腊文 ποιεω 原本是“做”、“制作”的意思，所以英文一般译为 produce，形容词为 productive，也还是可以的；不过在理解上要有一定的阐述，意义才更为清楚。在哲学意义上的 produce，即与 theoretical、practical 不同的 poetical，是一种“无实用功利目的”的“制作”（做），这样，poetical 就不仅与 theoretical 可以区别开来，而且可以与 practical 区别开来。*

在古希腊语境中，“制作”具有工具理性特质，因此诗只是一种“技艺”，是“实用性的知识”，既不能达到永恒的存在，也不能解释抽象的原理，仅仅是亚氏知识论里一个次要和局部的成分。但通过叶秀山主题化的重新阐释，诗不仅不是理智的附属品，而且能够通过自己“特殊的对世界的把握方式”达到本体的深度。例如，在一篇文章中，他对亚里士多德的“模仿”概念做了自反性的陈述，解构了自己原先的“模仿”不过是机械性地获得“知识”的方法这一认识，他引用塔特尔凯维奇的话说，诗中的模仿“不是机械性的，而是活动、活力的表现”，诗模仿的不是静止的对象，而是模仿活动和动作，从根本上说，是对“神”的言行的模仿，有宗教祭祀的意味，故而才会和心理上的“宣泄”（catharsis）有关。“诗人是‘神’的代言人，因而是‘模仿’‘神’的，这种‘神谕’遍及古代希腊各地，而尤以德尔菲的阿波罗神庙最为著名……亚里士多德专门从‘模仿’角度研究了悲剧，只有极少数地方提到绘画的模仿，而强调悲剧以‘动作’为主，‘性格’次之，还可想见早年‘模仿’作为一种活动的特点。”[1]

1. 叶秀山：《古代希腊之艺术观念与艺术精神》，见《叶秀山文集·美学卷》，重庆：重庆出版社，1999年版，第748页。

在这个意义上，“诗”甚至可以超越“哲学”，因为作为智性代表的哲学家对世界采取的仍然是静观的“知识论”态度，强调智性整理系统知识的能力，回答的是“是什么”的问题。而诗人却可以“通神”，可以讨论“生命”在世界中的“活动”问题，因此“诗”是技艺或知识不能涵盖的。叶秀山说：“我时常想，在希腊哲学中不易找到的‘命运’、‘自由’这类问题，在希腊的艺术中，特别在希腊的悲剧中，却有强烈的反映，在这个意义上，希腊的艺术比希腊的哲学更有‘形而上’的意味。”

有的时候，“诗”的“通神”能力甚至可以让“制作”呈现出世界的本源性：

> *古代希腊语中“诗”原有“制作”的意思，而现代西方语言中“艺术”来自拉丁语“技术”，而希腊语中“技术”则是另一个字……“技术”是指实际“操作”的能力，需要反复地锻炼……艺术的、审美的、诗的“技巧”则是一种基本的、本源性的技术，按海德格尔的说法，是“使存在显现出来”的一种能力。*[2]

2. 叶秀山：《美的哲学》，见《叶秀山文集·美学卷》，重庆：重庆出版社，1999年版，第500页。

可以说，亚里士多德《诗学》原先的语境意义到此已几乎荡然无存，它一开始在“诗化超越”之路上被改造成“诗意化”的，其后又进一步在海德格尔的意义上被改造为纯粹本源性的——通过“诗”的模仿，世界才得以表现自身，才能成其为本身。这只能被看做一种想象性的游戏，“诗”溢出了自身变得漶漫无际，而与本意无关。《诗学》脱离了自己的所指，变得“诗意化”

和"本源化"，这绝不能被看成是因为古希腊艺术精神原本的氛围，唯一的原因在于，叶秀山预设了一种"古典精神"的神话式存在，这种古典精神一旦在观念世界中被创设出来之后，就形成了一个具有强大吸纳力的能指符号，将《诗学》从原本的语境中剥离出来，成为"古典精神"符号的一部分。

需要强调的是，尽管叶秀山将亚里士多德的《诗学》纳入了他后设的"古典精神"符号，但和王士仪将《诗学》置于现代"戏剧学"体系中仍有本质上的不同。这是因为，前者的"《诗学》"并非实证的，而是"诗意"层面的、象征化的。在实证和经验的层面，叶秀山完全清楚《诗学》的主要价值是提出了一些理智性的概念范畴，但"诗意"层面的"《诗学》"和经验世界并没有直接的语境联系，也不需要在现实中找到对应的经验对象，相反，它是心理世界中建构一个纯粹的"观念"世界，具有先验的意味。这种观念世界的态度，使叶秀山能将《诗学》的"精神"通过纯粹形式化的关系，转换成自己的"精神"和思考，一切都是想象运作的结果。毫无疑问，这是彻底的现象学态度。

在此，对现代性的认识以及超越在叶秀山那里可划分为两个相互关联的层次。第一个层次是普遍论题意义上的，是对"理性原则"这一现代性内在视野的超越。理性原则可上溯至古希腊哲学中的"逻各斯"（logos），到现代衍化为"逻各斯中心主义"。叶秀山提出了艺术精神中"诗意"超越的命题，强调"诗"保留了完整的生命经历，不像理性知识那样只讲逻辑和因果，反而能和世界达到自由关系，比理性更具本真性。第二个层次是普遍境况层面的，是对普遍的社会理性化过程这一现代化"铁笼"处境的超越——这同时也牵涉到"古典精神"与当下生活的联系。叶秀山认为，即使个人身处于"祛魅"之后的现代世界中，"古典精神"仍然是可能的：

> *柏拉图距离我们已经有两千多年，怎么又有"连续性"、"不断性"呢？我们与两千多年前的"古人"又如何有"生命"之"延续性"呢？我们读柏拉图的书，和书里的"思想"交流、对话，这就是"生命"的"延续"的最根本的意思，因为这种对话、交流，仍是"活"的"交往"，是"生命"的"贯串"。*[1]

1. 叶秀山：《关于"文物"之哲思》，见《中西智慧的贯通》，南京：江苏人民出版社，2002年版，第85页。

也就是说，"古典"并非历史的客观事实，而是本源处的绝对完整整体。换言之，它是一种精神指标，是充满了想象的人的"本然"状态，那么古典和后代的关系就不是谁影响了谁，谁决定了谁的关系，因为"世界"本身是在延续的，所以"古典"也有着持续的"生命活力"，它是切身的，从未远离我们，我们也永远可以从中看到自身。无论在哪里，人总要“回家”返回世界，从这个意义上说，人和古典是共在的。只要我们能回到“本源”，就能抵制现代生活的贫乏化，重建生活世界，而功利、实用、技术化的既成世界则在主体的把握中被象征性地抛开。按叶秀山的话说：“要丢掉那个为抽象概念割裂得支离破碎而又以形式的规则编织起来的世界，否定那个五光十色令人眼花缭乱从而令人玩物丧志的技术世界……现象学就是要人能透过、摆脱这些纷繁的假象，看到自己的根本，看到‘绝对’，看到‘本质’，看到‘存在’。”[1]

1. 叶秀山：《思·史·诗——现象学和存在哲学研究》，北京：人民出版社，1988 年版，第 123 页。

但是，尽管这一见解深具关切且不乏卓识，我们仍有一丝不满足。因为这一切过于完整、美好，且都在个人观念世界的空灵之境中诞生。在叶秀山那里，历史和现实是观念性的存在，是个人想象力和生命形态的投注之地。可是，现代性本身毕竟并不仅仅是观念性的存在，即使被想象性地抛开，也未必能动摇其合法性。因为“现代性在中国”这一命题本身就意味着它既非普遍论题意义上的哲学“理性原则”，亦不仅是普遍境况意义上的“技术世界”（当然它与二者都有密切关联），而更多地指涉具体的历史叙事，一种充满内在冲突和斗争的切身的历史过程，是“国家间的斗争、人口的生养和屠杀，或者政府的建立和颠覆”[2]，换言之，集体的历史经验。将这一历史视野排除在外，只能看做方法论所决定的选择性遗忘。

2. 特里·伊格尔顿：《现象学，阐释学，接受理论——当代西方文艺理论》，南京：江苏教育出版社，2006 年版，第 63 页。

更重要的是，叶秀山对“现代”的超越之路完全依赖于个人的心性“自由”，而对个人在公共领域的责任采取了存而不论的态度。也就是说，能否超越只与个人的精神能力相关，是彻底的“精神境界”的事情，在整体的社会规划面前，这种态度几乎是无能为力的。[3]从深层次看，“个人自由”本身就是欧洲文艺复兴之后现代性规划的结果，恰恰是对自由的过度推崇使“传统”在社会中丧失了作为共同认知基础的意义。以个人化的“诗意”自由对抗个人合理化的牟利自由，在某种程度上是否仍然是一种现代性的“左右互搏”呢？或许，我们面对中国的现代性问题时，需要的不光是个人精神的诗意升华，而且是对整体性的“现代性过程”的反思和重新筹划。

3. 可以看到，叶秀山“古典精神”的载体大多是京剧、书法、文物等，属于个人性情的范畴。

第三节　诗教：政治—宗教的"原初事实"

在上述基础上，刘小枫近年来对希腊古典经籍的编选和阐释，可视为整体性地反思和批判现代性，期待在公共领域重建"古典"的现实有效的努力。他主编的"经典与解释"丛书中的"西方传统：经典与解释"系列，主要以论文集的形式收录选译了晚近学者（多为列奥·施特劳斯政治哲学学派成员）对西学经典文本研究的重要文献。刘小枫指出，中国读者阅读西方经典著作的中译本，受益不大的一个很重要的原因，就是中译本缺少必要的"详细注解"，因而无法引导读者"深入"理解原著的思想旨趣，所以古典经籍应附有详细的"笺注"、"疏解"、"注释"、"注疏"。不过，他的志向显然不止于此，注疏和阐释经典，当然要还原文本的本来面目，但并非功能性和形式化的还原，而是要杜绝种种"现代'主义'的蛛丝马迹"，[1] 还原"古典西学"的语境或曰"原始视野"。

1. 刘小枫：《司马迁属什么"家"》，载《读书》，2003 年第 8 期。

所谓"原始视野"，刘小枫是在施特劳斯的语义上使用的，在施特劳斯看来，世界上最自然的事情便是世界是以政治的方式团结在一起的，要弄清现代社会的性质，放弃政治的进入路径是只见树木不见森林的做法。不过，他认为政治不单是现成的体制，把政治只当成体制和程序是现代的做法，而以前的政治都包含了宗教、道德和习俗的维度。刘小枫秉承施特劳斯的说法，认为政治—宗教的"原始视野"是人类生活的"原初事实"："何为'实事本身'？不是纯粹的意识，不是此在及其存在命运，也不是感觉呈现的生活世界，而是政治和宗教的'原初事实'。"[2] 唯有如此，"古典"才能成为一种实在的公共生活方式，对"现代"产生持续的压力，这才是"注疏"背后的旨趣所在，亦即他说的"'文本'和'问题'的结合"。[3]

2. 刘小枫：《施特劳斯的路标》，北京：华夏出版社，2011 年版，第 182 页。

3.《关注我们这个时代的哲学：经典与解释——文本解读与古典学问的样式（笔谈）》，载《求是学刊》，2008 年第 5 期。

刘小枫在关于《诗学》的讲座中提到，古希腊人有三种生活，大众化的享乐生活、公民大会或政治的生活（城邦的共同体的生活）、沉思静观的生活，虽然沉思静观生活在知识上是最高级的生活，但城邦共同体的政治生活才是在实践上最"重要"的生活。[4] 按施特劳斯的话说，静观沉思的"哲学家"进入政治生活变成"政治人"，可以使"单纯的善"转变为"政治的善"，[5]"政治人"基本任务为教育大众，使之有"德性"。

4. 刘小枫：《亚里士多德〈诗学〉讲座》，根据录音整理。

5. 参见列奥·施特劳斯：《自然权利与历史》，北京：三联书店，2003 年版，第 155 页。

他认为，要理解《诗学》，首先要知道什么是"诗"。他在《"诗学"与"国学"》一文中评价王士仪注疏的“《创作学》”时认为，现代学者将“诗”理解为“创作”，完全出于现代学科分类的偏见：“《论诗术》（注：刘对《诗学》标题的个人化译法）明显关乎古希腊的城邦‘诗教’，绝非讨论一般意义上的‘文艺创作’——如今不少学者喜欢从现代所谓‘戏剧学’的角度来绎释《论诗术》，结果不仅非常吃力，而且最终一无所获。”[1]事实上，亚里士多德

1. 刘小枫：《“诗学”与“国学”——亚里士多德〈诗学〉的译名争议》，载《中山大学学报》，2009年第5期。

写作《诗学》，全部的问题意识来自于古希腊的诗教传统随着“民主政制的兴起而式微”的局面。[2]在雅典民主时期出现的自然派哲学家、智术师和历史学家在攻击传统政制伦理时，认为

2. 刘小枫：《“诗学”与“国学”——亚里士多德〈诗学〉的译名争议》，载《中山大学学报》，2009年第5期。

荷马和赫希俄德等“古代诗人”只会编造虚假的故事，当“诗”式微之后，“真实”就被确立为新的原则。在这个前提下，亚里士多德写作《诗学》，就不仅仅是总结是诗剧（悲剧和喜剧）的创作经验那么简单，而是和希腊的政治和社会现实有着复杂的关系。

在亚里士多德那里，做诗是一种技艺（“术”），“技艺”在希腊人那里被界定为人的有目的的实践行为，这种能力体现为某种类型的知识。如果所有技艺行为都指向某种好的目的，这种行为本身必然包含了对与错、好和坏的道德选择。从而，技艺是人的有所追求的道德实践能力。这意味着《诗学》中“诗”的伦理责任压倒了“文艺”的兴趣，亚里士多德将遵循“真实”观念的历史学家贬抑为执着于事物的外在皮相，只能模仿已经发生的事，而诗人筹谋的是可能的普遍性真实，所以“诗是一种比历史更富哲学性、更严肃的艺术”。[3]正因为“诗”在伦理

3. 亚里士多德：《诗学》，陈中梅译，北京：商务印书馆，1996年版，第81页。

上的典范价值，它才能在与“历史”的竞争中胜出。刘小枫进一步地讨论了亚氏在文学模式选择上的良苦用心，他认为，《诗学》里谈到的诗是以荷马史诗和悲剧为代表的，没有谈合唱凯歌等抒情诗，原因在于这两种诗是雅典最重要的两种政治制度——王政和民主制度的表征。[4]

4. 参见刘小枫：《“诗学”与“国学”——亚里士多德〈诗学〉的译名争议》，载《中山大学学报》，2009年第5期。

无论如何，“诗”是政治—宗教（宗法秩序）的寄居之所。诗的技艺之所以是好的，原因是其旨在使城邦的共同生活更好、更高贵。于是，《诗学》成为了“城邦学的一部分”，成为了“国学”，是“与城邦政制一体的教化”。[5]刘小枫说：

5. 刘小枫：《“诗学”与“国学”——亚里士多德〈诗学〉的译名争议》，载《中山大学学报》，2009年第5期。

> *诗术之“术”旨在教化，教化从属于城邦政制，因此，诗术最终归属于政治术——亚里士多德在《政治学》最后一卷中讨论教育时，诗乐被视为重点：既是培育好城邦民的教育方式，也是城邦民受教育的目标。*[6]

6. 刘小枫：《“诗学”与“国学”——亚里士多德〈诗学〉的译名争议》，载《中山大学学报》，2009年第5期。

在刘小枫之前，已有学者注意到《诗学》在“文艺”和“理智”之外的“载道”功能。陈中梅在《自然、技艺、诗——论亚里士多德的美学思想》一文中指出：“亚里士多德认为，任

何事物的价值（或有意义的存在）取决于它的‘德’或美德（arete）。人的aretai分两类，一类是智能美德，另一类是道德（或行为）美德。亚里士多德允许诗和艺术可以拥有一定和有限的主动性，却并不准备或试图放弃哲学和道德原则对诗艺的规导。”[1] 他还更深入地看出了诗的“实践”意义，即技艺（诗术）是为了陶冶人的品性：“实践美德的获取必须通过（人们）反复的实践，针对具体的问题做出居中（即不走极端）的选择（proairesis）。所以，包括节制（sophrosune）在内的各种道德美德实际上构成了指导人的习惯性行为的准则，是经过长期或反复训练（或实践）形成的hexeis（习惯）。”[2] 不过，尽管陈中梅的看法颇具真知灼见，仍和刘小枫有所不同。简言之，在陈中梅那里，道德还只是狭义上的智慧美德（与理性知识相关）和道德美德（与个人性情相关，如节制和慷慨等），总之属于私人领域。可是对刘小枫来说，道德不可能单是私人的内心生活，而是整个国家的价值体系，国家的兴盛富强依靠的不能只是经济和制度等显明层面，还要有强有力的普遍伦理作为内核支撑，而普遍伦理的实现，则需要“教化”。

当古典政教体系的语境被还原后，刘小枫的问题意识也浮现出来。他要追问的是，现代社会中的道德如何可能？他找到的答案是，如果我们仍然不加反思地接受现代性的普遍主义理论，将现代西方社会结构作为无可争议的范式的话，那么在当今社会中就不可能重建大众的道德感。

施特劳斯认为，在现代性的条件下，伦理是不可能的，历史进步观和自由主义导致了现代性的价值虚无：“一旦认识到我们的行动所依据的原则除却盲目的选择而外别无根据时，我们就再也无法信赖它们……它们告诉我们说，我们所依据的原则本身和任何别的原则并无好坏之分。我们越是培植起理性，也就越多地培植起虚无主义，我们也就越难以成为社会的忠诚一员。虚无主义之不可避免的实际后果就是狂热的蒙昧主义。”[3] 真正的事实是，不管什么社会，都需要根植于自然和人的本性之中稳定的道德体系，而道德问题的根源仍然是政治问题。伯恩斯（Laurence Berns）在谈到亚里士多德的“自然”观念与雅典城邦的关系时认为，道德对于现代人来说是主体性的而不是自然性的，自然被视为纯粹的外在性，最终演变成了精神自由的自我立法，现代自由哲学是非他律的，其逻辑是：道德依赖于历史→历史依赖于人类自由→自由依赖自由本身。然而，自由不是随心所欲，而取决于自由服务的目的，也就是德性。在古代雅典，城邦作为一种“自然”（在亚里士多德那里，自然具有精神属性，包括了生成和运动，目标是通向“善”）的存在，形成了公民在个体感性之外的他律力量，其目的是塑造邦民的德性，

1. 陈中梅：《柏拉图诗学和艺术思想研究》，北京：商务印书馆，1999年版，第404页。

2. 陈中梅：《柏拉图诗学和艺术思想研究》，北京：商务印书馆，1999年版，第387—388页。

3. 列奥·施特劳斯：《自然权利与历史》，北京：三联书店，2003年版，第6页。

关心其品质和性情，这形成了古典的“自然正义”。所以，“每一种政治安排，都以将要生活在该安排下的民众的某些品格为前提……必须为众人提供宗教教育，以补充自由教育。”[1]

1. 伯恩斯：《亚里士多德与现代人论自由与平等》，见《城邦与自然——亚里士多德与现代性》，北京：华夏出版社，2010 年版，第 216—217 页。

也正是在这个问题意识的笼罩下，我们才能说刘小枫对亚里士多德《诗学》的解读蕴涵了深入的现代性批判，他眼中的《诗学》打上了深刻的施特劳斯的烙印。在他看来，“诗”和“创作”的区别是“古今之争”的原则性区别，兹事体大，“创作”是“民主政制”之中那些“搞创作的”人做的事情，这些人在古希腊是“善写辩辞和文章的写手”。[2] 不妨说，暗含着与现代社会中个人感性写作的对应关系，这种琐碎和耍小聪明写作的大行其道，说明我们确实进入了精神自由而价值空洞的“民主”时代。而亚氏的《诗学》中的“诗”却承袭了柏拉图的思路，充当教化的工具，“哲学家”和“政治人”一方面受其教育，另一方面学会这种工具教育大众，培养大众的固定品性：“让阅读者在言辞构成的世界中反观自己的性情”。现代处境中可望不可即的社会结构和价值结构的统一在古希腊诗教中实现了，在刘小枫看来，唯有如此才能扭转个人任意妄为的自私状态。

2. 刘小枫：《“诗学”与“国学”——亚里士多德〈诗学〉的译名争议》，载《中山大学学报》，2009 年第 5 期。

只有在政教合一的体制中，真正的大众伦理才是可能的。刘小枫沿袭施特劳斯的说法提出，为了不对宗法秩序的神圣习俗造成冲击，哲学家（知识分子）应当进行隐秘（esoteric）的教导，通过“字里行间”的书写艺术把哲学秘密地传下去，也就是说，知识分子应该和公众的道德、习俗和宗教合作，而不是试图与之对抗。不过，他关心的问题显然不止于此，在论证了现代性不可弥补的内在价值缺失后，我们的眼前出现的是一幅足以让人惊讶的前景，通过一个历史性的颠倒——从伦理上论证“今不如昔”（当然还有理性和哲学上的，限于篇幅不议），启蒙所提供的“现代”的最终目标丧失了自身的合法性，古典时代哲学与政治—宗教融洽合作的惬意场面反而成为我们应当返回的。一直被认为不合时宜的古典“自然正义”在西方现代性危机的背景下重焕发生机，甚至对现代性形成了超越。

当“现代”的先天合理性轰然崩塌后，带来的后果就不仅是施特劳斯所说的古希腊政治理性的重生，刘小枫有意突出古希腊的“诗教”传统，显然别有所指，因为中国为宗法国家，“诗教”本就是文化传统的内在部分，如沈德潜所说：“诗之为道，不外孔子教小子、教伯鱼数言，而其立言一归于温柔敦厚，无古今一也。”[3] 中国古典文学中的文辞很少表达私人主体的激情，而是承担公共的责任，要么传达实用的道德训诫，要么表达普遍的、可交流的人类基本天性。

3. 沈德潜（编）：《清诗别裁集》，中华书局 1975 年影印乾隆二十五年教忠堂重订本，第 3 页。

“五四”时期，儒家经典被认为和现代世俗民本社会格格不入，遭到现代学者策略性的抛弃，即使新儒家重拾传统的行为，也是对传统文化符号的现代阐释和转换，证明其民主和科学性，使之能承载民族国家、民主社会等现代主题。可以看出，中国的古典经籍是在“现代化”的西学中失去话语权的，而刘小枫试图通过对“古典西学”原始政治—宗教视野的还原，证明西学并不等于“现代”。现代性背弃了自己的价值源头，丧失了古典道德的德性关怀，导致了当今社会的价值相对主义和虚无主义，所以，现代性不过是某种特殊价值，不具普遍适用性。通过这番清算，中国的古典经籍和其承载的诗教传统似乎就可以摆脱“现代性”的符号魔咒，重塑现实合法性。在东西方之间的这场复杂的“精神搏斗”中，“古典”与“现代”的关系得到了重新审视，“古典西学”跨文化地与中国相衔接，中国古典的诗教传统在新的语境中被创造性地激活。

于是我们就不难理解，《“诗学”与“国学”》这一篇表面上谈论亚里士多德《诗学》译名问题的论文，却旁逸斜出地大谈“作”在中国古代的意涵是什么（“‘作’指‘新制作礼乐’，或者说‘创制’礼乐。总之，这里所谓‘述’和‘作’的对象都是典章制度之类的礼乐，绝非如今所谓‘创作’文学作品，而是‘作非圣人不能，而述则贤者可及’。”[1]），谈论《春秋公羊传》中的“王制”问题，并把它和柏拉图的《王制》（即《理想国》）相并列。在刘小枫的设想中，利用“注疏”这一形式，我们可以不断返回古代（无论西方还是中国），这一举措并非患上时代错乱症，而是有着针对中国政治和文化现实的切实意义，通过深入阐发古代经典中隐含的真理，领会文本深邃丰富的含义，古典的“诗教”形成了对“现代”的批判性哲学叙事。这一思考路径和普遍性的“现代化”叙事方向构成了更高层面的理论张力。

从政治和社会的现实层面上来看，在现代复活古典的“诗教”叙事相当异想天开，因为古希腊实行诗教的前提是政治生活的高度发达，个人意识不发达的公共性社会决定了德性必然是具有示范意义的公共道德。[2] 而中国的诗教传统依附于传统社会中官—绅—士三位一体的精英集团对下层民众的训导，“民”不能形成与官方分离的社会，由于其缺乏自我规定性，因此需要精英集团的规训和教化。但在当代中国，“诗教”除了存在于回忆之中，却找不到可对应的经验事实，在社会结构上，“诗教”所依附的等级制社会条件，在现实层面上其实是不可能重建的。在现下的中国，包括学院派在内的文科知识分子已经相当专业化和技术化，断无可能承

1. 刘小枫：《“诗学”与“国学”——亚里士多德〈诗学〉的译名争议》，载《中山大学学报》，2009年第5期。

2. 巴赫金认为古希腊罗马社会“还没有内向的人，即‘为自我之人’（我为自我）；没有一种特殊的对自己的态度。人的统一性，他的自我意识，全然是公开的。人整个是由内向外的，这一点丝毫也不夸张。”《巴赫金全集·第三卷》，石家庄：河北教育出版社，1998年版，第327页。需要注意的是，刘小枫心目中理想的古希腊应是划分社会等级的贵族政治时代。

担“诗教”之职责。即使制造出团体化的精神贵族，也不过是变相的特权阶层，无助于整合社会利益，缓解蔓延的社会阶层冲突。另一方面，现代意义上的公民社会虽未能在中国形成，但是作为中产阶级雏形的“白领”群体也已形成相当自信力，怎可能被轻易“教化”？

不过抛开这些不论，“诗教”叙事确实深具意义，它象征性地接续了中国古典，重建了儒学（道？）的元叙事，又对应了中国“和平崛起”时急需建立文化主体性的焦虑心情——因为中国本就不是一个西方话语中普遍意义上的“民主”国家。从这个意义上说。它确实可以为中国的政治民族主义提供某种程度上的文化支持。此外，这一主体性价值又是在跨文化、跨语际的世界主义视野中完成的，“诗教”在世界精神产品的相互交换中被激活，通过古希腊（施特劳斯意义上的）这一媒介，它成功地加入到国际“反现代性”的合唱中，在更高的意义上实现了自己。在此，“诗教”叙事显示出完全不同于古代的活力，在象征层面整合了中外古典学的多种价值符号，可视为西学东渐后中国古典文化符号一次强有力的自我创造性转化。

下编　中国与希伯来文学交流

《圣经》、意第绪文学、现代以色列文学，构成了希伯来文学影响中国文学的三大部分。《圣经》深刻地影响了现当代中国文学，使之突破了古圣之志或自然本位，而达到了超验的神圣预设；犹太意第绪文学中表现的民族精神使1920年代的中国出现了短暂的“意第绪语文学热”；中以建交后，以色列现代作家在中国受到瞩目，构成了中国学界的世界文学研究图景的一部分。同时，建交后中国的文学、哲学，尤其是儒道经典在以色列获得了较好的译介。

第七章　《圣经》文学与希伯来精神在中国

能否把全本《圣经》都列入希伯来文学之范畴？

学界通常的做法是把《圣经》中的《旧约》和《新约》完全分开，把《旧约》列入希伯来文学，把《新约》归入基督教文学。这样的分割看似简单，但有很多弊端：一是《新约》的作者除写《路加福音》的路加医生之外，都是希伯来人；二是希伯来精神作为“双希”精神之一，一般是和希腊精神对照来谈。在对西方文学和文化的实际影响中，全本《圣经》而不仅只是《旧约》构成了跟希腊精神的鲜明对比，全本《圣经》和包括基督教文化在内的广义希伯来精神在罗马帝国和中世纪时期代替过希腊精神，给西方文学和文化带来过深远影响。

本书把希伯来精神影响下的希伯来文学分成狭义和广义两个层面：狭义的希伯来文学是指希伯来人用希伯来文创作的文学；广义的希伯来文学则是希伯来人用希伯来语、亚兰语、希腊语、意第绪语乃至别的语言创作的文学，就《圣经》而言，当然也包括了《新约》。学界也常在与“希腊精神”和希腊文学对照的意义上使用广义的“希伯来精神”和希伯来文学这一概念，其中当然包括犹太文化精神，也包括基督教文化精神，因二者的基础都跟《圣经》有关，故本章以“《圣经》在中国”进行整体观照。

实际上，中国之接受《圣经》影响，往往也是从整体上接受《旧约》和《新约》，一般不会把“两约”先行割裂。比如鲁迅和周作人兄弟，都是兼受《旧约》和《新约》影响，他们往往把《旧约》和《新约》的经文和人物混在一起作为总的希伯来精神进行考察，我们在纵览《圣经》对中国之影响时，就从大的方面概要来看。

第一节　《圣经》、希伯来文学与希伯来精神辨析

希伯来人，原意为“从大河那边来的人”，又被称为犹太人、以色列人、犹大人。其中，最古老而又最正式的称呼是“希伯来人”，因为“犹太人（Jew）这个名字是在亡国后外国人替他们起的，有一点儿蔑视之意”，而“犹太人的祖宗初从两河流域来到迦南地区时，当地的居民把他们叫做哈比鲁（Habiru），意思是从大河那边来的人，在《圣经》中以一音之转，便写成希伯来（Hebrew）。他们的语言叫做‘希伯来语’，他们的文字叫做‘希伯来文’”。[1]

1. 朱维之，韩可胜：《古犹太文化史》，北京：经济日报出版社，1997 年版，第 3、2 页。

希伯来最重要的文化典籍《圣经》也是世界上最重要的文化经典之一。希伯来文学，有广义和狭义之分。狭义的希伯来文学，如国内希伯来文学研究开拓者朱维之先生定义的那样，乃“希伯来人用希伯来文创作的文学”[2]，具体到《圣经》来说，仅指《旧约》；广义的希伯来文学应包括希伯来人用希伯来语、亚兰语、希腊语、意第绪语乃至别的语言创作的文学，就《圣经》而言，也包括《新约》。本书所论“希伯来文学”乃取其广义：希伯来文学即希伯来人用希伯来语、亚兰语、希腊语、意第绪语乃至别的语言创作的文学，一般也称为犹太文学。

2. 朱维之：《古希伯来文学史》，北京：高等教育出版社，2001 年版，第 8 页。

广义之说并非笔者所创，学界早就有此一说，比如犹太学学者刘洪一就指出：“犹太文学毫无疑义地包括希伯来语文学和意第绪语文学（及与此有所交叉的以色列文学），也包括那些运用犹太要素并表现出一定犹太性的非族语犹太文学，这种非族语犹太文学虽然有时相当程度地超越了犹太传统兼具异质文化特性，但却以意象化的文学品性内涵着特定的犹太文化资源和文化精神，这不仅与犹太文化的基本结构相符，甚至在某些方面夸张了犹太文化的精神。”[3]

3. 刘洪一：《犹太文学的阈限界定——兼论非族语犹太文学的意象化品性》，载《文艺理论研究》，1992 年第 6 期。

国内希伯来文学研究专家梁工在与赵复兴合著的国家社会科学基金资助项目成果《凤凰的再生——希腊化时期的犹太文学研究》中，题名是“犹太文学研究”，其中却大量包括了《新约》内容，此书指出了这一众所周知的事实：

> *事实上希腊文是希腊化时期犹太作家最常用的文字，叙事诗人菲罗精通其六音步诗体，悲剧诗人以西结能熟练驾驭抑扬格三音步诗体。《新约》的作者们大都是犹太人，日常口语讲亚兰文，著书立说则用希腊文，这使他们的文风别具一格，不仅与当时外族人的希腊文著作趣味迥异，自己的不同经卷也异彩纷呈：《路加福音》和《使*

徒行传》精致典雅，文学意味浓烈；《希伯来书》和《彼得前书》庄重古朴，近似古希腊名著；约翰的作品深邃厚重，论证雄辩，感染力强；保罗书信遣词精确，造句谨慎，又不乏一挥而就的大家气魄；《启示录》场景宏阔，色彩绚丽，但文法时有疏漏，希伯来文的影响多处可感。[1]

1. 梁工、赵复兴：《凤凰的再生——希腊化时期的犹太文学研究》，北京：商务印书馆，2000 年版，第 39 页。

单从语言上定义一个民族的文学或精神，显然较为狭隘，此处论者之辨析体现出一定眼力。希腊民族史上狭义的希腊化时期(Period of Hellenization)，从公元前 334 年到公元前 31 年，正好也是《旧约》“七十士希腊文译本”产生时期；对其他民族而言，广义的希腊化时期，还包括随后的 300 多年，正好是《新约》成书时期。希伯来人采用希腊文译《旧约》，用希腊文写《新约》，其精神实质仍然是希伯来精神，并没有被同化为希腊精神。《圣经》研究学者孙毅在《〈圣经〉导读》中说：

从对于《新约》时代的影响来看，这时发生的至关重要的一点是：用希腊文来表述《旧约》的观念、信息及希伯来思想的传统，无疑是在这个时期打下的重要基础。在这个意义上，《圣经 · 旧约》在公元前 3 世纪被译为希腊文是一个十分重要的事件。这个最早的希腊文译本就是“七十士译本”。这个译本出现的历史原因在于，许多犹太人自被掳时期起，就散居于世界各地，在经过数代人之后，就多少被当地文化同化了。尤其在语言方面，越来越多的犹太人已经不能认识或不能讲希伯来语了。例如，在埃及的亚历山大城，就有许多对这个城市相当有影响力的犹太人，现在只会讲希腊文。因此，他们感到有必要用他们的日常语言来表述自己的信仰。对于这些犹太人来说，用希腊文来阅读和思考他们祖辈的律法，对于他们在这个希腊化时代、这个希腊文化的环境中继承自己的信仰传统，就显得十分重要和迫切了。[2]

2. 孙毅：《〈圣经〉导读》，北京：中国人民大学出版社，2005 年版，第 153—154 页。

犹太人本身被同化并不意味着希伯来精神被希腊精神同化，因此，孙毅在其后的《约翰福音》导读中特意提到希伯来精神采用希腊文“道”（Logos）这一字，认为其最独特的内涵确实希伯来信仰赋予的，“与希腊文化中道的观念不同，这里所说的道在一个有形的、可以看见并摸到的、在人类历史中活生生存在的人身上体现出来”[3]。

3. 孙毅：《〈圣经〉导读》，北京：中国人民大学出版社，2005 年版，第 218 页。

众所周知，目前通行的《圣经》分《旧约》和《新约》，《旧约》共 39 卷，其作者全部是希伯来人，写作时期从公元前 1500 年到公元前 5 世纪，包括《创世记》、《出埃及记》、《利未记》、《民数记》、《申命记》、《约书亚记》、《士师记》、《路得记》、《撒母耳记上》、《撒母耳记下》、《列王记上》、《列王记下》、《历代志上》、《历代志下》、《以斯拉记》、《尼希米记》、《以斯帖记》、《约伯记》、《诗篇》、《箴言》、《传道书》、《雅歌》、《以赛亚书》、《耶利米书》、《耶利米哀歌》、《以西结书》、《但以理书》、《何西阿书》、《约珥书》、《阿摩司书》、《俄巴底亚书》、《约拿书》、《弥迦书》、《那鸿书》、《哈巴谷书》、《西番亚书》、《哈该书》、《撒迦利亚书》和《玛拉基书》等。《新约》写作时期在公元后 1 世纪，内容共 27 卷，包括《马太福音》、《马可福音》、《路加福音》、《约翰福音》、《使徒行传》、《罗马书》、《哥林多前书》、《哥林多后书》、《加拉太书》、《以弗所书》、《腓立比书》、《歌罗西书》、《帖撒罗尼迦前书》、《帖撒罗尼迦后书》、《提摩太前书》、《提摩太后书》、《提多书》、《腓利门书》、《希伯来书》、《雅各书》、《彼得前书》、《彼得后书》、《约翰一书》、《约翰二书》、《约翰三书》、《犹大书》和《启示录》等。这 27 卷中，《路加福音》和《使徒行传》的作者均为路加，他可能是希腊人，《新国际研读本圣经》说“路加大概是个外邦人，受过希腊文化的熏陶，以行医为业”[1]。其余的作者全部都

1.The CRM Study Bible, *Christian Renewal Ministries*, Inc., U.S.A., 1996, p.1913.

是希伯来人。其中《新约》近一半为保罗所写，他在《腓立比书》3 章 5 到 6 节说：“我第八天受割礼，我是以色列族、便雅悯支派的人，是希伯来人所生的希伯来人。就律法说，我是法利赛人；就热心说，我是逼迫教会的；就律法上的义说，我是无可指摘的。”[2] 因此，提到《圣

2.《圣经》，中文和合本，中国基督教协会，1998 年版。本书所用《圣经》中文译文均见该书，不再额外加注。

经》与犹太人关系时，并没有充分理由只提《旧约》而绝口不提《新约》。当然，从宗教意义上说，犹太教只承认《旧约》为其经典，基督教则认为《旧约》和《新约》是不可分割的整体，然而，这种宗教意义上的划分不能完全照搬到学界，很多中国学者认为只要是犹太人便全部信犹太教，不过是想当然耳。其实，从广义上说，希伯来精神就是希伯来人创造的文化精神，当然应包括《新约》，至少应包括除了路加写的《路加福音》和《使徒行传》之外的 25 卷。当然，宗教和文化意义层面的探讨不必细说，在文学史层面，《旧约》和《新约》确是合在一起深深影响了希伯来文学乃至欧美文学而非东方文学，这更有目共睹，从与希腊精神对峙的希伯来精神来说，其中的细分不仅不可能，也没必要。

但大陆学界长期以来有意无意贬低希伯来文学，把《旧约》和《新约》完全割裂，把《旧约》一揽子划入希伯来文学，把希伯来文学又划入亚非文学史而非欧洲文学史之列。这样的研究思

路不仅不尊重历史，也带来较严重遮蔽，使我们既看不到“双希”在西方文学史发展过程中的对峙和和对话，也看不到希伯来精神的丰富内涵和实质。

前边提到的朱维之先生尽管比较强调希伯来文学的狭义定义，但他一直呼吁提高希伯来文学在中国学界的地位，一生都没有改变过。朱先生在主编的文学史教材、在专著《圣经文学十二讲》（人民文学出版社，1989）、《基督教与文学》（上海书店出版社，1992）等书都提到过。比如前书就有这样的中肯提醒：

几十年来，我们在外国文学的研究和教学上最大的缺点是片面性，特别是对欧美文学传统的认识有片面性。每次提到这个问题时，言必称希腊、罗马，而绝口不谈希伯来，致使年轻同志只知其一不知其二，在头脑中留有欧美文学的假象，或不识庐山真面目，从而影响到他们对整个世界文学的正确理解。这是对历史的歪曲。欧美文学的历史源出于两个主要的文化背景或传统，也就是希腊·罗马的古典传统和希伯来·基督教的中世纪传统。有了这两个传统的结合，才产生了崭新的文化和文学。到了中世纪的后期，又产生了知识爆炸和文艺的腾飞，那就是文艺复兴运动。[1]

1. 朱维之：《圣经文学十二讲——圣经、次经、伪经、死海古卷》，北京：人民文学出版社，1989 年版，第 17 页。

既然是跟希腊精神对比，那狭义的希伯来文学和基督教文学合在一起的总的精神范畴，可并称为希伯来精神，我们实际上也是在这一意义上使用这一概念的，上文的“两个传统”之说岂不昭然若揭？

尹振球一直在高校讲授“外国文学史”课程，对此也深有体会，他在一篇论文中对割裂和贬低希伯来精神的现象进行了切中肯綮的提醒，尤其不同意把古希伯来文学并入东方文学范畴。他认为广义的希伯来精神到今天仍是生机勃勃，这种生命力主要体现在对西方而不是东方文学的影响方面，而从对西方文学的实际影响来看，是全本《圣经》总的在影响，因此既不能把希伯来文学归入东方文学范畴，也不能把希伯来精神给生硬地割裂开来。希腊精神影响下的文学并没有因地域和语言的差异就四分五裂，为何希伯来精神影响下的文学就可以任人宰割呢？

今天大概谁也不会把古希腊文学或者是它的一部分从西方文学中分离出来纳入东方文学的范畴，实际上古代希腊世界是包括环地中海的广大区域在内的，塞浦路斯、小亚细亚、埃及的亚历山大城等等，都在其中。小亚细亚的伊奥尼亚地区在古典时代是希腊文化最重要的中心之一，整个希腊哲学就是发源于伊奥尼亚的米利都和爱菲索。

翻开希腊文学史，最伟大的诗人荷马就是伊奥尼亚人，荷马史诗就是产生于伊奥尼亚，而后才流传至整个希腊世界；稍后于荷马的重要诗人、《神谱》和《工作与时日》的作者赫西俄德祖籍也是小亚细亚；杰出的抒情诗人品达是移民希腊的东方民族腓尼基人卡德摩斯的后裔。伟大的历史学家希罗多德是出生于小亚细亚的城市哈利卡尔纳索斯，他的《历史》不仅是伟大的历史著作，也被人们公认是一部非凡的文学作品。而希腊化时期整个希腊世界的文化中心又转移到了北非的亚历山大城，一大批文化巨人和众多的文化成就就是从那里出现的。如果仔细去做一番考究，我们还会发现有许多古希腊文学家如果按今天的地域来划分或者属于亚洲或者属于非洲。但是，为什么人们不会去尝试要把古希腊文学划入东方文学的版图呢？因为他们已经明确地认识到古希腊文学与西方文学存在着血肉相连的渊源关系，认为古希腊文学中的人文精神和艺术血肉直接哺育着西方文学的成长。[1]

所以，广义的希伯来精神影响下的文学应包括全都是希伯来人写的《旧约》和绝大部分是希伯来人写的《新约》，尽管《圣经》作者并不是从文学意义上进行写作。[2]

而对于“双希”都有精神研究的周作人，正是持这样的观点，在他的著名的《圣书与中国文学》的演讲中提到“实在据理讲来，凡有各国思想在中国都应该介绍研究，与希伯来对立的希腊思想，与中国关系极深的印度思想等，尤为重要”，而他此次演讲中重点提到的希伯来思想，从举例来看，包括全本《旧约》和《新约》，多年之后再来看他90年前的这篇演讲，仍令人拍案叫绝。[3]

我们下一节就此展开，进行详细考辨。

第二节　文化与文学交流史意义上的《圣经》文本

成书于公元前7世纪的《旧约·以赛亚书》49章12节有这样的经文：“看哪，这些从远方来，这些从北方、从西方来，这些从秦国来。”“秦国”的希伯来原文Sinim究竟何指？众学者莫

1. 尹振球：《谈古希伯来文学和早期基督教文学的教学定位》，载《山东师范大学学报》，2005年第3期。

2. 把犹太精神和希伯来精神分别进行研读的做法也大有人在，但不管是哪种精神，说到底都关乎一种生活方式，犹太精神和更狭窄的希伯来精神截然二分恐非易事。国内研究犹太文化的学者徐新就认为：“在两河流域文明这一特征的影响下，宗教自然也成为了《圣经》文化的核心。这一核心在犹太文化中是被称为‘Judaism’的部分，大多辞书将该词解释为‘犹太教’，即犹太人的宗教。然而，对于犹太民族而言，这里所说的‘Judaism’指的不仅是犹太人的宗教（Jewish religion），一种对上帝的信仰，也不仅仅是一整套伦理道德规范，更是一种生活方式，甚至包括历史、文学、语言、社会组织、宇宙观、思想情操等等。‘Judaism’的核心内容和基本思想主要是由一种思想、契约观、末世论等组成。”这些内容完全没有参与广义的希伯来精神？恐说不过去。参见徐新：《犹太人的故事》，济南：山东画报出版社，2006年版，第63页。

3. 周作人：《圣书与中国文学》，载《小说月报》第十二卷第一期，1921年。

衷一是。

一般说来，犹太人确实常以“秦国”指称“中国”，台湾学者罗香林就指出：“中华民族之名称，其见于西人昔日著述者，为希腊人之‘希乃’(Sinnai)、犹太人‘希尼’(Sinim)、罗马人之‘希瑞’(Serre)、印度人之‘支那’。盖嬴秦主国，威震西陲，而印度通中国，及希腊通印度，均当吾国周秦之际，故其人得以朝代之名，名吾国民族而称之曰秦。其后加以尾音，遂成震旦之词，支那则又自震旦二字所演出也。希腊罗马所称各词，似亦为秦字转变。此则中华民族之又一名号也。”[1]可见，犹太人称中国为“秦国”不假，但《以赛亚书》成书时代是中国的东周时期，以赛亚若在此处指的是中国，似不应以当时初封诸侯刚刚立国的秦为代表。有学者称此实乃以赛亚先知在所信上帝启示下提前500年之“预见”[2]，这就有点不可思议了。因有很多争议，本书亦不必追溯至《以赛亚书》以此为希伯来和中国文学与文化交流开始之标志。

大秦景教流行中国碑

基督教传入中国最可靠的记载及考古凭证，是唐太宗贞观九年即公元635年由君士坦丁堡的基督教异端聂斯脱利派人士传入，有《大秦景教流行中国碑》为证。

景教，意为“正大光明的宗教”，碑文说：“真道之常，妙而难名，功用昭彰，强称景教。”这一批聂斯脱利派人士学习汉文，翻译景教经典几十部，碑文中称有“法流十道”和“寺满百城”的盛况。尤其景净的译文和汉语作品，具有“清新的笔致”，其“表达能力达到了令人惊讶的程度”[3]。从《圣经》来看，其教义不太正统，也过于以佛教词汇比附《圣经》概念，但景净译的《志玄安乐经》和所写的《大

1. 罗香林：《中国通史》(上)，台北：正中书局，1977年版，第30—31页。

2. 王敬之：《圣经与中国古代经典——神学与国学对话录》，北京：宗教文化出版社，2001年版，第9页。

3. 朱维之：《圣经文学十二讲——圣经、次经、伪经、死海古卷》，北京：人民文学出版社，1989年版，第30页。

秦景教流行中国碑》应该算得上是较为清新、流畅的汉语文学作品了。这也是中国有史以来，首次以汉语文学方式表达的《圣经》教义。这可以算是希伯来文化和中国文化交流在文学层面留下印记之始。

其后，在希伯来与中国文化交流史上不可不提的还有入华传教的耶稣会修士意大利人利玛窦（Matteo Ricci，1552—1610）和英国人新教宣教士马礼逊（Robert Morrison，1782—1834），前者精通儒学，著述20余种，带领包括徐光启在内的多位中国士大夫入教；后者翻译《圣经》，编纂《华英字典》，影响都很大。1823年，马礼逊翻译的《圣经》中译本出版，书名《神天圣书》，线装，共21卷，为第一部中文全译本，史称"马礼逊译本"。《华英字典》共6册，近5 000页，乃中国历史上出版的第一部华英字典。

利玛窦

文化交流进而影响到文学交流层面的一件大事便是中文和合本《圣经》于1919年在中国正式出版。"和合"二字"不是指着中文说的，而是指着新教各教派对《圣经》中一些关键的词的正确译法及人名的标准音译达成一致意见而说的"[1]。先后参与这一译经工作的16位宣教士精通汉语，采用白话文译经，历时28年。其翻译水平极为高超，符合"信、达、雅"之要求，避免了以往"以佛老释耶"与"以儒释耶"的弊端，且高明地使用了白话文，因为"采用高深的文言译经，容易掉进儒家常用的一套词语和典故里去，而这是必须避免的，因为沿用儒学的术语有时候非但无法阐明基督教的真理，甚至可能曲解了它的意义"[2]，可算得上创造了白话文译经的奇迹，"白话文的出现使原

1. [美] 魏贞恺：《和合本圣经与新文学运动》，吴恩扬译，载《金陵神学志》（复）第22、23期，1995年6月。

2. 许牧世：《经与译经》，香港：基督教文艺出版社，1983年版，第36页。

有传统的语言载体发生了断裂，从而为异质文化得到了前所未有的诠释空间”[1]。故此，“出版不到 10 年，即通行中国南北各省，销量远超任何其他译本”[2]。

1. 杨慧林：《圣经“和合本”的诠释学意义》，见梁工、卢龙光编：《圣经与文学阐释》，北京：人民文学出版社，2003 年版，第 42 页。

2. 赵维本：《译经溯源：现代五大中文圣经翻译史》，香港：中国神学研究院，1993 年版，第 36 页。

马礼逊和中国助手在翻译《圣经》

《圣经》很多作品本身就是优美绝伦的文学作品，中文和合本的译笔本身也堪称上乘译笔。国内专门研究基督教文学的学者刘丽霞写道：“作为基督教文学的起源，《圣经》无论在《旧约》还是《新约》上都取得了很高的文学成就。《旧约》主要体现在神话、传说、史诗、史传文学、先知文学、抒情诗、智慧文学、小说和启示文学中，《新约》则主要体现为福音书文学、耶稣的诗文、纪事文学、书信文学和启示文学等。官话和合本汉译《圣经》尽管不能说是尽善尽美，但仍在整体上很好地传达出圣经文学的艺术性。”[3]

3. 刘丽霞：《中国基督教文学的历史存在》，北京：中国社会科学文献出版社，2006 年版，第 41 页。

比如《旧约 · 雅歌》的两段翻译：

愿他用口与我亲嘴，

因你的爱情比酒更美。

你的膏油馨香，

你的名如同倒出来的香膏，

所以众童女都爱你。

愿你吸引我，

我们就快跑跟随你。

王带我进了内室，

我们必因你欢喜快乐。

我们要称赞你的爱情，

胜似称赞美酒。

他们爱你是理所当然的。

耶路撒冷的众女子啊，

我虽然黑，却是秀美，

如同基达的帐棚，

好像所罗门的幔子。

不要因日头把我晒黑了，就轻看我。

我同母的弟兄向我发怒，

他们使我看守葡萄园，

我自己的葡萄园却没有看守。

我心所爱的啊，

求你告诉我，

你在何处牧羊，

晌午在何处使羊歇卧。

我何必在你同伴的羊群旁边，

好像蒙着脸的人呢？

我的佳偶，

我的美人，

起来，与我同去。

因为冬天已往，

雨水止住过去了。

地上百花开放、百鸟鸣叫的时候已经来到，

斑鸠的声音在我们境内也听见了。

无花果树的果子渐渐成熟，

葡萄树开花放香。

我的佳偶，

我的美人，

起来，与我同去。

我的鸽子啊，

你在磐石穴中，

在陡岩的隐密处。

求你容我得见你的面貌，

得听你的声音。

因为你的声音柔和，

你的面貌秀美。

其译文高雅而又通俗，真达到“乐而不淫、哀而不伤”的优美境界，尽管过了近100年，读来还有“词藻警人，余香满口”之感。

《雅歌》插图一种

中文和合本《圣经》对中国新文学的产生与发展贡献较大。刘丽霞在《中国基督教文学的历史存在》中对此总结为两点：“汉译白话《圣经》的目的虽不在文学，而在于宣传宗教，可是因为《圣经》本身是极佳的文学书，所以对于文学是有贡献的。官话和合本《圣经》的贡献之于中国现代文学而言，一是为中国基督教文学提供了典范，一是为五四新文学的发轫提供了借鉴。”[1] 这一总结是相当准确的。

1. 刘丽霞：《中国基督教文学的历史存在》，北京：中国社会科学文献出版社，2006年版，第46页。

就在中文和合本《圣经》出版发行次年，新文学运动的领袖之一周作人就在燕京大学演讲，题目为《圣书与中国文学》，其后发表在《小说月报》上。46年后，周作人在《知堂回想录》

中还提到这次演讲，他说：“我的文学活动的第二件，是在燕京大学大学会所讲演的《圣书与中国文学》。这是一九二〇年十一月二十一至二十七日所写成，至三十日晚间在盔甲厂的一间小讲堂里所讲，这当然因为是教会大学的缘故，所以选择了那样的题目，但里边所说的话却是我真实的意思，不是专为应酬教会而说的。”[1] 周作人一生演讲可谓多矣，但在“回想录”中对这次演讲还津津乐道，且一再声明不是应酬和敷衍，可见其重视，也可以见出他用心良苦之处。他先从《圣经》对西方文学在精神上的影响来谈，并期望这种影响也产生在中国新文学之中。

1. 周作人：《知堂回想录》，香港：三育图书有限公司，1980 年版，第 395 页。

> 近代欧洲文明的源泉，大家都知道是起于“二希”，就是希腊及希伯来的思想。实在只是一物的两面，但普通称作“人性的二元”，将他对立起来；这个区别，便是希腊思想是肉的，希伯来思想是灵的；希腊是现世的，希伯来是永生的。希腊以人体为最美，所以神人同形，又同生活。希伯来以为人是照著上帝的形象造成，所以偏重人类所得的神性，要将他扩充起来，与神接近以至合一。这两种思想当初分立，互相撑拒，造成近代的文明；到得现代渐有融合的现象。其实希腊的现世主义里仍重申中和 (Soph ro syne)，希伯来也有热烈的恋爱诗，我们所说两派的名称不过各代表其特殊的一面，并非真是完全隔绝，所以在希腊的新柏拉图主义及基督教的神秘主义已有了融合的端绪，只是在现今更为显明罢了。我们要知道文艺思想的变迁的情形，这圣书便是一种极重要的参考书，因为希伯来思想的基本可以说都在这里边了。其次现代文学上的人道主义思想，差不多也都从基督教精神出来，又是很可注意的事。《旧约》里古代的几种纪事及《预言书》，思想还稍严厉；略迟的著作如《约拿书》便是明了的显出高大宽博的精神；这篇故事虽然集中于巨鱼吞约拿，但篇末耶和华所说，“这篦麻……一夜发生，一夜干死，你尚且爱惜；何况这尼尼微大城，其中不能分辨左手右手的有十二万多人，并有许多牲畜，我岂能不爱惜呢？”这一节才是本意的所在。谟尔说，“他不但以《西结书》中神所说‘我断不喜悦恶人死亡，惟喜悦恶人转离所行的道而活’的话，推广到全人类，而且更表明神的拥抱的一切的慈悲。这神是以色列及异邦人的同一创造者，他的慈惠在一切所造者之上。”在《新约》里这思想更加显著，《马太福音》中登山训众的话，便是适切的例：耶稣说明是来成全律法和先知的道，所以他对于古训加以多少修正，使神的对于选民的

约变成对于各个人的约了。"你们听见有话说,'以眼还眼,以牙还牙。'只是我告诉你们,不要与恶人作对。"(第五章三十八至三十九)"你们听见有话说,'当爱你的邻舍,恨你的仇敌。'只是我告诉你们,要爱你的仇敌,为那逼迫你们的祷告。"(同上四三至四四)这是何等博大的精神!近代文艺上人道主义思想的源泉,一半便在这里,我们要想理解托尔斯泰,陀思妥耶夫斯基等的爱的福音之文学,不得不从这源泉上来注意考察。"你们中间谁是没有罪的,谁就可以先拿石头打她。"(《约》第八章七)"父啊!赦免他们,因为他们所作的事,他们不晓得。"(《路》第二三章三四)耶稣的这两种言行上的表现,便是爱的福音的基督。"爱是永不止息:先知讲道之能终必归于无有;说方言之能终必停止;知识也终必归于无有。"(《林前》第十三章八)"上帝就是爱,住在爱里面的,就是住在上帝里面,上帝也住在他里面。"(《约壹》第四章十六)这是说明爱之所以最大的理由,希伯来思想的精神大批完成了;但是"不爱他所看见的兄弟,就不能爱没有看见的上帝"。(同上20)正同柏拉图派所说不爱形就无由爱美之自体(Au to toka lon)一样;再进一步,便可以归结说,不知道爱他自己,就不能爱他的兄弟;这样又和希腊思想相接触,可以归入人道主义的那一半的源泉里去了。[1]

1. 周作人:《圣书与中国文学》,载《小说月报》第十二卷第一期,1921 年。

然后,周作人从形式方面,希望《圣经》对中国文学产生更大影响,因为他认为《圣经》经典可提供的借鉴之处实在太多——

本来两国文学的接触,形质上自然的发生多少变化;不但思想丰富起来,就是文体也大受影响,譬如现在的新诗及短篇小说,都是因了外国文学的感化而发生的,倘照中国文学的自然发达的程序,还不知要到何时才能有呢?希伯来古文学里的那些优美的牧歌(Eidyllid=Idylls)及恋爱诗等,在中国本来很少见,当然可以希望他帮助中国的新兴文学,衍出一种新体。预言书派的抒情诗,虽然在现今未必有发达的机会,但拿出来和《离骚》等比较,也有许多可以参照发明的地方。这是从外国文学可以得来的共通的利益,并不限于《圣书》;至于中国语的全文译本,是他独有的,因此便发生了一种特别重要的关系了。我们看出欧洲圣书的翻译,都于他本国文艺的发展很有关系,如英国的微克列夫(Vyclif)德国的路德(Luther)的译本皆是。所以

现今在中国也有同一的希望。欧洲《圣书》的译本助成各国国语的统一与发展，这动因原是宗教的，也是无意的；《圣书》在中国，时地及位置都与欧洲不同，当然不能有完全一致的结果，但在中国语及文学的改造上也必然可以得到许多帮助与便利，这是我所深信不疑的；这个动因当是文学的，又是有意的。两三年来文学革命的主张在社会上已经占了优势，破坏之后应该建设了；但是这一方面成绩几乎没有；这是什么原故呢？思想未成熟，固然是一个原因，没有适当的言词可以表现思想，也是一个重大的障害。前代虽有几种语录说部杂剧流传到今，也可以备考，但想用了来表现稍为优美精密的思想，还是不足。有人主张"文学的国语"或主张欧化的白话，所说都很有理：只是这种理想的言语不是急切能够造成的，须经过多少研究与试验，才能约略成一个基础；求"三年之艾"去救"七年之病"，本来也还算不得晚，不过我们总还想他好的快点。这个疗法，我近来在圣书译本里寻到，因为他真是经过多少研究与试验的欧化的文学的国语，可以供我们参考与取法。十四五年前复古思想的时候，我对于《新约》的文言译本觉得不大满足，曾想将四福音重译一遍，不但改正钦定本的错处，还要使文章古雅，可以和佛经抗衡，这才适当。但是这件事终于还未着手；过了几年，看看文言及白话译本，觉得也就可以适用了。不过想照《百喻经》的例，将耶稣的譬喻重新翻译，提出来单行，在四五年前还有过这样的一个计划。到得现在，又觉得白话的译本实在很好，在文学上也有很大的价值；我们虽然不能决怎样最好，指定一种尽美的模范，但可以说在现今是少见的好的白话文，这译本的目的本在宗教的一面，文学上未必有意注重，然而因了他慎重诚实的译法，原作的文学趣味保存的很多，所以也使译文的文学价值增高了。

甚至周作人说："我记得从前有人反对新文学，说这些文章并不能算新，因为都是从《马太福音》出来的；当时觉得他的话很是可笑，现在想起来反要佩服他的先觉：《马太福音》的确是中国最早的欧化的文学的国语，我又预计它与中国新文学的前途有极深的关系。"

不惮其烦抄录这么多，就是要借助当时新文化运动的领袖人物周作人在当时的考察来看中文和合本《圣经》对中国新文学到底该会产生怎样的典范意义和参考价值，并看看他心目中的"双希"尤其是希伯来思想到底是什么。对于周作人这样的新文化和新文学运动的倡导者，这篇演讲既有指点江山、激扬文字的慷慨，又有运筹帷幄、挥斥方遒的潇洒，实在令笔者不忍割爱。

朱维之也认为汉译《圣经》和汉译作品是新文学运动的先驱：

> *到了最近百年，新教来到之后，基督教学者底风气便改变了。他们一来便预备翻译《圣经》为中文，翻译诗歌、散文等西洋的宗教文学为中文。虽然没有什么惊人的成绩，却成了中国新文学运动底先驱。在胡适、陈独秀等未提倡白话文学以前，基督教徒早已用“官话”、“土话”来译他们所最尊敬的《圣经》了。在没有人倡导拼音文字之前，他们早已用拉丁化文字印行《圣经》了。*
>
> *《圣经》底“官话和合”译本，是在新文学运动初发生时完工的，它底影响不仅是用白话文，完成一部最初的“国语的文学”；并且给新时代青年以新的文学作风，新的文学实质。*[1]

1. 朱维之：《中国文学底宗教背景——一个鸟瞰》，载《金陵神学志》，1940 年 12 月 10 日。

魏贞恺也指出：“1919 年出版的和合本译本引进了一千个新的表达词组，87 个新字，这表明翻译并非只是写下口说的语言而已，其更有塑造隐约显现的书面语言之效。”[2] 可以说，中文和合本《圣经》实在参与了中国新文学的书面语的塑造过程。“近代的《圣经》汉译，特别是《官话和合本圣经》，对汉语词汇和句法都产生了影响。更重要的是，它影响了五四前后几乎所有重要的中国作家（有些兼翻译家）——正是他们的大量白话文创作和翻译奠定了现代汉语的基础，完成了汉语语言的现代转型”；“它实际上成了中国白话文运动的催化剂和新文学运动的开路先锋。”[3]

2.［美］魏贞恺：《和合本圣经与新文学运动》，吴恩扬译，载《金陵神学志》（复）第 22、23 期，1995 年 6 月。

3. 蒋骁华：《〈圣经〉汉译及其对汉语的影响》，载《外语教学与研究》，2003 年第 4 期。

这些说法，实不为过。只不过我们得到其惠泽和好处之后，一转身就忘记了，不知是无意还是有意。这次史料的梳理，也算是一次浓墨重彩的提醒，令我们看到“五四”新文化先驱者们的开阔胸襟，他们早就意识到：没有世界文学的惠泽和影响，根本不可能有新文化和新文学的产生。

下节我们会就此展开。

第三节　《圣经》对中国现代文学的影响

中文和合本《圣经》如何具体地影响了中国新文学史？

一上来，不能不提鲁迅所受到的影响。多年来，笔者在鲁迅与希伯来精神研究领域也小有“耕耘”，[1] 在此不必赘述，仅择要概览一下。

王本朝认为“鲁迅非常熟悉《圣经》和基督教文学”[2]，刘浩认为“作为文化伟人的鲁迅，以豁达的胸襟、开放的心态面对基督教文化”[3]。，杨剑龙认为“基督教文化对鲁迅的个性与思想有着十分深刻的影响”[4]。

鲁迅熟稔希伯来精神和希伯来文学，他与果戈理、显克微支、安德烈耶夫、克尔凯郭尔、舍斯托夫等希伯来精神影响下的作家、思想家心心相印。日本学者伊藤虎丸经研究后认定，鲁迅思想中非常重要的“个”的观念也是经由“托尼学说”而从基督教文化资源中取得。[5] 鲁迅还先后与天主教神父清水安三和基督徒内山完造成为至交好友。

他一生数次购买不同版本《圣经》。在《摩罗诗力说》中推崇希伯来精神，文末以写哀歌的先知耶利米为“撄人心”的代表，文中提到“希伯来，虽多涉信仰教诫，而文章以幽邃庄严胜，教宗文术，此其源泉，灌溉人心，迄今兹未艾。特在以色列族，则止耶利米（Jeremiah）之声；列王荒矣，帝怒以赫，耶路撒冷遂隳，而种人之舌亦默。当彼流离异地，虽不遽忘其宗邦，方言正信，

1. 论著方面参见齐宏伟：《文学 · 苦难 · 精神资源——百年中国文学与基督教生存观》（南昌：江西人民出版社，2008 年版）和《鲁迅：幽暗意识与光明追求》（南昌：江西人民出版社，2010 年版）；论文方面参见齐宏伟：《为什么向造物主抗议——从〈淡淡的血痕中〉谈起》（载《文化中国》2004 年第 1 期）、《为什么鲁迅这样塑造耶稣——从〈复仇〉到〈圣经〉》（载《文化中国》2004 年第 3 期）、《启蒙 · 人道 · 信仰》（载《社会科学论坛》2004 年第 8 期）、《事实之夜与价值之光》（载《跨文化对话》第 15 辑）、《论现当代文学的精神资源》（载《南京师范大学文学院学报》2007 年第 3 期）、《苦难意识与百年中国文学》（载《跨文化对话》第 23 辑）、《论〈伤逝〉与〈诱惑者日记〉的联系及精神成长主题》（载《鲁迅研究月刊》2010 年第 3 期）等。

2. 王本朝：《基督教与鲁迅文化心态阐释》，载《贵州社会科学》，1995 年第 3 期。

3. 刘浩：《鲁迅与基督教文化的关系及其意义》，载《延边教育学院学报》，2005 年 12 月

4. 杨剑龙：《论鲁迅与基督教文化》，载《上海师范大学学报》，1996 年第 3 期。

5. ［日］伊藤虎丸：《鲁迅与终末论——近代现实主义的成立》，北京：三联书店，2008 年版，第 154 页。

拳拳未释，然《哀歌》而下，无赓响矣”[1]。耶稣形象在他笔下反复出现，耶稣受难成为他关注重点，查2005年版《鲁迅全集》，发现鲁迅提及耶稣受难竟达10次之多，[2]尤在《野草》以《复仇》（其二）重述此事为代表。

一说到《野草》与《圣经》的关系，最引人注目的便是《野草》名篇《复仇》（其二），鲁迅塑造了他心目中的耶稣形象，用的材料便是《圣经·马可福音》的中文和合本译文。《圣经》中耶稣为弟子出卖、为群众虐杀的记载，就引起鲁迅深深的共鸣，他不仅在杂文中多次提及，还直接在《野草》中刻画耶稣遭群众虐杀的场面。文中的耶稣玩味肉体痛楚，蔑视死亡，诅咒看客的敌意。鲁迅写耶稣一再“玩味”以色列人的敌意与残暴，照旧在死亡中得着“大欢喜和大悲悯”，甚至“痛得舒服”。这正是耶稣对以色列人的“复仇”：耶稣在意志上主动选择死亡和痛楚，让庸众助他实现自死愿望，以衬托看客们的可诅可咒和未来的没有前途，使他们脸上“尤其血污，血腥”。对觉醒者的哀悼和对愚昧群众的憎恶都到了酷烈的地步。显然，鲁迅是站在自己的立场上接受《圣经》的影响，他所刻画的只是“人子”的耶稣形象，已不完全是《圣经》中的耶稣形象了。鲁迅把《圣经》中耶稣通过牺牲完成救赎的神圣事件翻转为先驱者被庸众虐杀的社会事件，达到“借他人之酒杯，浇自己胸中之块垒”的目的，这正是西方启蒙精神和中国实用理性对鲁迅的影响。

佛教和《圣经》都有对地狱的描述，细读《野草》中《失掉的好地狱》，发现鲁迅对地狱的想象既受佛教影响，又受《圣经》影响。《圣经》中认为魔鬼本是美丽的天使长（《圣经·以西结书》28：12—19），后来反抗上帝失败，被打入地狱。而地狱中“虫是不死的，火是不灭的”（《圣经·马可福音》9：48），《圣经》也认为人已堕落，受原罪玷污，人间并不圆满，不过成为人压迫人的战场。这些情节和描述，都影响到鲁迅对地狱的想象，他在作品中写到了魔鬼的“美丽”，写到了斗争，写到了地狱之火，甚至写到人间如同地狱。那么，人类为何堕入地狱般的境地？在《野草》中，鲁迅也有自己的回答，他认为是因为“分别”：“分别铜和银”、“分别布和绸”、“分别官和民”、“分别主和奴”（《狗的驳诘》）。而“分别”这一词不禁使人想到《圣经》说到亚当、夏娃的堕落正是因为吃了“分别善恶树上的果子”，他们渴望借着吃果子能“如神知道善恶”（参《圣经·创世记》2：17，3：5）。人类在“分别”中产生等级差异和奴役压迫，地狱统治就开始了。鲁迅未必赞同《圣经》“原罪”观，但《野

1. 鲁迅：《摩罗诗力说》，载1908年2月和3月《河南》月刊第二号、第三号。见《鲁迅全集》第一卷，北京：人民文学出版社，2005年版，第66页。

2. 按提及时间顺序排列：《坟·文化偏至论》、《集外集拾遗补编·寸铁》、《热风·六十五 暴君的臣民》、《坟·娜拉走后怎样》、《野草·复仇（其二）》、《集外集拾遗·〈十二个〉后记》、《而已集·“意表之外”》、《三闲集·看司徒乔君的画》、《三闲集·〈小彼得〉译本序》、《南腔北调集·〈一个人的受难〉序》等共10次。

草》中的哲学却实在逼近了人类根本性的生存困境，“分别”无处不在，取消分别的任何努力都显得很愚妄，因为连人类“存在的家园”——语言，也处于混乱和堕落中。《野草》中对语言无法成为人类立身实存的精神家园的考察极为深刻，这又使人想起《圣经》。《圣经》说到人脱离了神，自己来分别善恶，并着手建造一座巴别塔，想以此通天。后来神变乱了他们的口音，人类的语言就变乱了，不再表达神圣的意义和同一的思想（参《圣经·创世记》11：1—9）。语言不再表达真实，正是人类堕落的标志。而《野草》中的《立论》就讽喻人不再用语言表达真实，而使语言成为谄媚的工具和隐瞒真实想法的陷阱，人的立身实存被遮蔽。而“奴才总不过寻人诉苦”（《聪明人和傻子和奴才》），语言成为遮掩伤痛并给予虚假安慰的道具，因为奴才并不指望境遇真得到改变。《我的失恋》更以故显油滑的语言来反讽语言的油滑滥用。到《求乞者》，“哀呼”式的求乞使“我”“厌恶”，因为“他并不悲哀，近乎儿戏”，但一个哑的孩子“摊开手，装着手势”来求乞，也使“我”“憎恶”，“他或者并不哑，这不过是一种求乞的法子”。语言在一种人与人地狱般的生存处境中遭扭曲，“假作真时真亦假”，该用什么语言求乞，表达灵魂的需要？“我将用无所为和沉默求乞”（《求乞者》）！语言先进入“虚无”，才能逼使灵魂之“真”显现，这正是人类得救的始基。坦露个我心魂，语言方为灵魂家园，正是“肉薄这虚空的暗夜”的意义所在（《希望》）。

仅由此即可见出，希伯来精神对鲁迅的影响，算是深入骨髓。

第二位要说的是上文刚刚提到过的周作人，他的那篇著名演讲在此就不再重述。另外，他的创作也深受《圣经》影响，他有一首叫《歧路》的诗，其中有诗句这样写：

我爱耶稣，

但我也爱摩西。

耶稣说，“有人打你的右脸，连左脸也转来由他打！”（《路加福音》6 章 29 节）

摩西说，“以眼还眼，以牙还牙”！（《出埃及记》21 章 24 节；《利未记》24 章 20 节）

吾师乎！吾师乎！

你们的言语怎样的确实呵！

我如果有力量，我必然跟耶稣背十字架去了，（《马太福音》10 章 38 节）

我如果有较小的力量，我也跟摩西做士师去了。

但是懦弱的人

你能做什么事呢？[1]

1. 周作人：《歧路》，见《学朝》，上海：商务印书馆，1922 年版，第 41 页。

周作人竟以《圣经》人物和经文来表达自己思想中的迷惘，不只是引用《新约》，也提到《旧约》中的摩西和经文，都可看出他当时受影响之深。

接下来，要提到的是许地山、林语堂、冰心和老舍这四位中国现代文学史上的著名作家，他们全都接受过基督教教会学校教育或上教堂夜校学习过，也全都受洗加入了基督教，他们的创作深受希伯来精神经典《圣经》的影响。许地山多篇作品深受《圣经》影响，其中影响最大的便是《缀网劳蛛》。《缀网劳蛛》采取了类似《圣经 · 约伯记》“起初拥有——接二连三被剥夺——好友相劝但无效——顿悟与再次拥有”的结构模式，主人公尚洁也是基督教徒，参加教会活动并自觉按《圣经》教导爱人如己，行善事医治进入自家门行窃受伤的小偷，帮助人也不愿张扬。她的丈夫长孙可望误会她并刺伤她，使尚洁离家出走，后来长孙可望被一位牧师感化，也成了基督教徒，于是他邀请离家出走的尚洁归来，而他自己却要远赴他乡一段时间补偿自己的罪过后才回家与妻子见面。此外，他的小说《商人妇》中的惜官皈依基督教，也是从心底里宽恕出卖自己的丈夫。还有《玉官》、《人非人》、《解放者》中的主人公都充满了《圣经》所宣扬的爱和自我牺牲精神。

林语堂定居美国后受洗加入基督教，也曾著书谈自己从异教徒到基督徒的信仰经历，英文书名直译为《从异教徒到基督徒》（*From Pagan to Christianity*，1959），中译本题为《信仰之旅》。除了个人经历，其小说创作也受到《圣经》影响。

冰心是中国新文学中用祈祷作诗歌的第一人。1921 年在新创刊的《生命》上她有 15 篇模仿《圣经》的诗歌。其中一首叫《傍晚》的诗，是对《圣经 · 创世记》3 章 8 节的想象与描述：

光明璀璨的乐园里：

花儿开着，

鸟儿唱着，

生命的泉水潺潺的流着，

太阳慢慢的落下去了，

映射着余辉——

是和万物握手吗？

是临别的歌唱么？

微微的凉风吹送着，

光影里，

宇宙的创造者，他——他自己缓缓的在园中行走。

耶和华啊！

你创造他们，是要他们赞美你么？

是的，要歌颂他，

要赞美他。

他是昔在今在以后永在的，阿们。[1]

1. 冰心：《冰心全集》第1卷，福州：海峡文艺出版社，1999年第2版，第163—164页。

她的《晚祷·二》是这样写的：

我抬头看见繁星闪烁着——

秋风冷冷的和我说：

“这是造物者点点光明的眼泪，

为着宇宙的晦冥！”

我抬头看见繁星闪烁着——

枯叶戚戚的和我说

“这是造物者点点光明的眼泪，

为着人物的销沉！”

造物者！

我不听秋风，

不睬枯叶，

这一星星

点在太空，

指示了你威权的边际，

表现了你慈爱的涘涯。

人物——宇宙。

销沉也罢，

晦冥也罢，

我只仰望着这点点的光明！

斯洛伐克汉学家高立克评论此诗说："就文学观点来看，冰心的祈祷诗里最美的大概是《晚祷·二》了。热心的读者也许能从中发现，冰心对星光闪烁的天宇和它的创造者的景仰在本诗中的体现胜过她的任何其他作品。笔者以为《晚祷》也可与《诗篇》第19章相媲美。《诗篇》传统上归为大卫王所作——尽管它与希伯来最初的诗歌大不一样。是《诗篇》催生了这位年轻的中国女诗人独特的语调。"[1]

1.［斯洛伐克］高立克：《以〈圣经〉为源泉的中国现代诗歌：从周作人到海子》，胡宗锋等译，载《人文杂志》，2007年第5期。

受《圣经》爱观影响，"爱的哲学"在冰心创作中一以贯之，尤以母爱为最。冰心把对上帝的颂赞用在歌颂母爱上："为此我透澈的觉悟，我死心塌地的肯定了我们居住的世界是极乐的。'母亲的爱'打千百转身，在世人幻出人和人，人和万物种种一切的互助和同情。这如火如荼的爱力，使这疲缓的人世，一步一步移向光明……我只愿这一生一念，永住永存，尽我在世的光明，来讴歌颂扬这种神圣无边的爱。"（《寄小读者，通讯十》）[2]"母亲……除了你，谁是我永久灵魂之归宿"（《寄小读者，通讯二十八》）；"母亲阿！像荷叶，我是红莲。心中的雨点来了，除了你，谁是我在无遮无拦天空下的荫蔽。"（《往人，七》）冰心从母爱出发不断扩大着爱的范围，1923年出版的《超人》小说集中的《超人》（赞美母爱）、《爱的实现》（歌颂童贞之爱），1933年出版的小说集《去国》中的《最后的安息》（赞扬同情之爱）、《一个兵丁》（珍视陌路人之爱）等小说都是很好的例证。

2.冰心：《冰心文集》，下引冰心篇目均见于此；仅列篇名。北京：人民文学出版社，1982--1986年版。

老舍亲近基督教是因曾留学英国的宝广林牧师和好友许地山的影响。当时，宝广林正筹划把缸瓦市教堂从英国人手里接管过来，这种民族精神令老舍十分敬佩，后来他还在1924年的《中华基督教会年鉴》中发表长文《北京缸瓦市伦敦会改建中华教会经过纪略》，提出了缸瓦市教会应自立、自养、自治的设想和两年内经济自给自足的计划。老舍的着眼点是民族自尊心，他在文章中说："西人热心传教，惠我者甚厚，不过基督教之在西方，有久远之历史，有具体之组织，以此形成之物，施之东方，守成不变，扞格殊多，人情习俗，尤难尽洽。故求宗教之发展，华人自办，实为信徒之天职。”[1] 在老舍的第一部长篇小说《老张的哲学》中，李应加入了基督教救世军组织，赵姑夫、赵姑母和姐姐李静很不理解，问他为什么加入了洋教，李应说：“我想只要有个团体，大家齐心作好事，我就愿意入，管他洋教不洋教。”[2] 这大概也是老舍自己当时入教的心态，所以，他当初加入“率真会”和“青年服务部”后，协助开展了好多诸如卫生运动等活动，而且大家一起讨论社会改革。他在作品中写了许多基督徒和具有基督品格的人物：比如《大悲寺外》中极具基督宽恕、牺牲、博爱精神的黄学监，《黑白李》中把基督牺牲之爱与中国伦理精神结合起来的黑李，《四世同堂》中崇尚耶稣人格力量的诗人钱默吟，《猫城记》中的大鹰，《赵子曰》中的李景纯等，他们“身上都带着基督式的殉道精神”，甚至被一些学者认为是“隐藏的基督徒”[3]。

1. 老舍：《北京缸瓦市伦敦会改建中华教会经过纪略》，见《老舍全集》（第19卷），北京：人民文学出版社，1999年版，第278页。

2. 老舍：《老张的哲学》，见《老舍全集》（第1卷），北京：人民文学出版社，1999年版，第60页。

3. 杨剑龙：《旷野的呼告——中国现代作家与基督教文化》，上海：上海教育出版社，1998年版，第158、156页。

另外，郭沫若、茅盾也受到过《圣经》影响，能找到带有此类影响的创作。茅盾1934年3月就翻译过比利时作家梅特林克的《耶稣与淫妇》，到了20世纪40年代，他创作了一批《圣经》题材作品，比如《耶稣之死》和《参孙的复仇》等。梁工主编的《基督教文学》一书第八章由国内研究基督教与中国现代文学关系的学者许正林负责撰写，主要论及“基督教与中国文学”的关系，此书第一节谈“基督教流传中国简史”，第二节谈“基督教文化与中国现代文学观念”，从“新文学观与新文化社会观”、“圣经与新文学价值观”和“基督教与新文学的价值观”这三个方面来论述，提到“从未有像20世纪初的知识分子们那样如此积极地看待宗教的社会作用”，“中国文学的现代语言转型与汉译圣经有直接关系”，“为基督教所启示，中国现代作家的信仰观念、生命意识、人格主义、忧患意识、忏悔意识、献身意识、‘爱’的理想、人道主义、祈祷情感等，形成中国现代文学主体精神的重要部分，显然具有恒久的思想价值。基督教意识使中国作家表现出的更多的人生感伤、道德忏悔、灵的祈祷以及‘爱’、真诚、宁静、神秘、希望等，同时也具有永恒的审美价值”。[4] 第三节“基督教与中国现代小说”中提到“基督教对中国现代小说的影响，可以列出一个长长的名单。许地山的《缀网劳蛛》、《商人妇》、《玉官》；徐玉诺的《哀求》；茅盾的《耶稣之死》、《参孙的复仇》；庐隐的《余泪》；郁达夫的《南迁》、《迷羊》、《风铃》；郭沫若的《落叶》、《双簧》；王独清的《圣母像前》；汪静之的《灰色马》；张资平的《约檀河之水》、《爱的焦点》、《跳跃着的人们》、《脱了轨迹的星球》、《上帝的儿女们》等；陈翔鹤的《大姐和大姐圣经的故事》；腾固的《石像的

4. 梁工主编：《基督教文学》，北京：宗教文化出版社，2001年版，第395、399页。

复活》；白采的《被摒弃者》；叶灵凤的《拿撒勒人》等；沈从文的《冬的空》；巴金的《新生》、《电》、《田惠世》等；老舍的《老张的哲学》、《二马》、《赵子曰》、《猫城记》、《黑白李》、《朽屯的》、《四世同堂》等；萧乾的《蚕》、《皈依》、《鹏程》、《昙》、《参商》等；靳以的《校长》；穆时英的《圣处女的感情》；李健吾的《使命》；李劼人的《死水微澜》；欧阳山的《谁救他们》；章依萍的《深誓》；徐訏的《精神病患者的悲歌》。这些作品不一定都是现代文学史上名作，但却构成一个独特的富于宗教色彩的文学世界，反映了基督教文化对中国现代文学广泛而浓厚的影响”[1]。此书第四节“基督教与中国现代诗歌”，提到了“冰心的赞美诗”、“徐志摩的宗教情愫”、“陈梦家的神秘体验”和“艾青的生死感悟”等，第五节“基督教与中国现代戏剧”提到基督教影响中国现代戏剧主要有三条途径：其一是教会学校的宗教戏剧的影响；其二是汉译欧洲戏剧中基督教文化因素的影响；其三是现实生活中的基督教影响和作家自我的基督教文化修养的影响”[2]。该节提到王尔德取材于《圣经》的戏剧《莎乐美》对中国话剧的重要影响，也特别剖析了曹禺戏剧中的基督教文化烙印。该书第六节“基督教文化与中国现代文学精神”，从“宗教的人格追求”、“宗教情感的伦理化”、“灵魂的探问”这三个方面分析了基督教文化对中国现代文学精神的影响。作者认为“中国现代文学对人的价值、人格尊严的关注，有着鲜明的基督教启发前因，这突出地表现在周作人的‘人的文学’思想、巴金的人道主义理想与许地山宗教救世主义的创作实践中”[3]。这一系列的考察应该说是比较详细的，《圣经》之深远影响可见一斑。

1. 梁工主编：《基督教文学》，北京：宗教文化出版社，2001 年版，第 403—404 页。

2. 梁工主编：《基督教文学》，北京：宗教文化出版社，2001 年版，第 429 页。

3. 梁工主编：《基督教文学》，北京：宗教文化出版社，2001 年版，第 440—441 页。

捷克汉学家高立克认为：“在世界宗教经典作品中，《圣经》无疑是现代甚至当代中国诗歌最大的灵感宝藏。”[4]比如艾青、穆旦的诗歌，也受到了《圣经》的影响。艾青甚至写过《一个拿撒勒人的死》来歌颂耶稣的牺牲精神：

4. ［斯洛伐克］高立克：《以〈圣经〉为源泉的中国现代诗歌：从周作人到海子》，胡宗锋等译，载《人文杂志》，2007 年第 5 期。

荣耀将归于那遭难的人之子的

……不要悲哀，不要懊丧！

我将孤单的回到那

我所来的地方。

一切都将更变

世界呵

也要受到森严的审判

帝王将受谴责

盲者，病者，贫困的人们

将找到他们自己的天国。

朋友们，请信我

凭着我的预言生活去

看明天

这片广大的土地

和所有一切属于生命的幸福

将从凯撒的手里

归还到那

以血汗灌溉过它的人们的！

……

不要懊丧，不要悲哀！[1]

1。艾青：《一个拿撒勒人的死·大堰河》，上海、重庆：文化生活出版社，1939 年版，第 27—29 页。

除了诗歌方面的影响，《圣经》对中国的话剧也产生过重要影响。1920 年 4 月，陆思安、裘配岳翻译出《萨洛姆》，刊登于《民国日报》副刊。此剧便是英国作家王尔德取材于《圣经》的《莎乐美》。1921 年 3 月，田汉又翻译了此剧，发表于《少年中国》，后来，田汉更是亲自导演，把此剧搬上了中国舞台，引起了很大的反响。曹禺也受过《圣经》影响，他的《雷雨》、《日出》、《原野》等剧作，不仅引用《圣经》经文，在剧中人物的命运安排和剧作思想倾向上，都受到过《圣经》思想影响。

当然，中国现代文学史上也有萧乾和钱锺书这样通过小说来反《圣经》的作家。前者的《蚕》，后者的《上帝的梦》都很典型。这可算是反对受基督教影响的另一种“影响”之作。

第四节　《圣经》对中国当代文学的影响

中国当代文学中，大陆作家深受《圣经》和希伯来精神影响的主要有海子、史铁生与北村这三位。

中国汉语诗歌传统不管是儒家悬古圣之志贯个我怀抱还是道家以自然之虚对社会之实，都是在同样一个平面上预设了古圣之志或自然本位的神圣。然而，到了 20 世纪，汉语诗歌的传统预设已经崩溃，却仍需要神圣预设，于是救亡图存、国家民族的大业成为预设，新中国成立后更是如此。到了海子，他崇尚的是梵高的话："一切我所向着自然创作的，是栗子，从火中取出来的。啊，那些不信任太阳的人是背弃了神的人"，特意把这几句选来作自己诗歌《阿尔的太阳——给我的瘦哥哥》的题词。借助阅读《圣经》、荷尔德林、梭罗、梵高、尼采和叶赛宁等，海子背叛了汉语诗歌的传统预设，走向了大地和生命本身，带着强烈的生命意识和个人意志，走向了传统之外的神性，因此，他的写作被很多人誉为神性写作。否则，他也不会在他的"大诗"《太阳》中把最后一部命名为《弥赛亚》，还饶有兴致地在诗中特意画出连接天空和大地的"天梯"图样。熟悉《圣经》的读者都知道，《旧约 · 创世记》中就记载了犹太人先祖雅各曾在伯特利梦见过天梯（《创世记》28：12），《新约 · 约翰福音》中耶稣也把自己近乎比喻成天梯（《约翰福音》1：51）。只是，《圣经》中的天梯是天开了，神的使者从上边下来，而海子的天梯却是人从下边上去，这些人是一些普普通通的劳动者，有打柴人、铁匠、石匠、猎人、卖酒人和一个叫"二十一"的，找到天梯，然后从天梯走回天堂云云，就此也看到其精神实质仍有中国文化传统追求"天人合一"式超越的影子。

另一位作家是史铁生。1979 年后，作家史铁生从最初清丽、温情的《我的遥远的清平湾》，到《命若琴弦》、《我与地坛》中深刻、隽永的宗教情怀，再到《务虚笔记》和《我的丁一之旅》中深邃、清澈的信仰精神，痛苦在他笔下终于转化为精神资源。这一转化的关键因素中就有《圣经》资源的介入。尤其《务虚笔记》和《我的丁一之旅》，史铁生明显受到《圣经 · 约伯记》和《圣经 · 创世记》的影响。在《我的丁一之旅》中，他就以亚当夏娃的伊甸盟约来构思整个小说的故事。而作为世界文学中记录灵魂之痛的最伟大作品《圣经 · 约伯记》，史铁生情有独钟。他自己和约伯一样经历了一场巨大灾难，在他是21岁上双腿瘫痪，在约伯是财产尽失、儿女皆亡、罹患重病，他们两人一开始都有抱怨和不平，约伯咒诅过自己的生日，觉得自己不生在世上倒好，史铁生一度想过自杀，觉得生活对于他已失去了任何意义。后来，约伯遇见了上帝，上帝对他说："我立大地根基的时候，你在哪里呢？"（《圣经·创世记》38：4）最后，约伯幡然悔悟，说："我从前风闻有你，现在亲眼看见你。因此我厌恶自己，在尘土和炉灰中懊悔。"（《圣经·约伯记》41：5—6）约伯所经受的无缘无故的苦难，也促使他走向了一种无缘无故的、非功利的信仰，于是苦难之地成为锤炼之地，信仰因其承载苦难而得到锤炼。基督教生存观中这一转化苦难的信念给了史铁生极大启发。《我的丁一之旅》中，史铁生也特地安排小说人物丁一在年富力强时突然得了癌症。丁一想到了自杀。丁一的灵魂和丁一有一场生动对话，丁一问死是不是解脱，灵魂说死并非解脱，因为灵魂作为宇宙中生生不息的不朽音乐是永存的，丁一只能终止自身作为一个小小音符的存在，并不能阻止得了那"永远的行魂"，他自杀的话就对不起那不朽的灵魂。丁一以自杀作为解决痛苦的意义被消解，因为他只能杀身体而不能杀灵魂。然而，丁一作为一个小小音符，就注定可有可无吗？不，没有一个个音符，也就无从有音乐，没有一次又一次的丁一、丁二之旅，也就没有了永远的行魂，因此灵魂借助丁一而活出生命的精彩，死亡不过是一个必然要到达的终点，而人生重在灵魂伴随肉体展开的行程，完全没必要急着结束这灵魂在人间的行旅，永恒音乐不必着急放弃丁一这一不可或缺的音符。所以，苦难惟其无缘无故，就不必抱怨，无从解释，这就是命运。直面命运本身，丁一开始觉悟。那在丁一里面的灵魂对丁一说：

> *是呀丁一，所以你不能抱怨上帝和上帝的创造。那威严而温柔的声音是说：上帝的作品即是旅途，即是坎坷，而你不过是这旅途的一部分，你不过是微不足道的一粒坎坷。或者上帝是说：他一向就是无极之路，就是无始无终的乐章，而你呢丁一？你不过是这无极之路的一小截儿，一小段儿，是这永恒乐章中的一个音符。因而你必须听见：无论是坎坷抱怨旅途，还是音符抱怨乐章，均属无理。比如说你抱怨你的爹娘干吗要生你，即是无理——他们不生你，你就能抱怨他们生你了吗？再者说了，他们又去抱怨谁呢？所以丁一你要明白：在上帝的创造之前，你无从抱怨；在那创造之后，谁抱怨谁是傻瓜。丁一呀，这道理是我在约伯不知费尽多少周折才听懂的！*[1]

1. 史铁生：《我的丁一之旅》，北京：人民文学出版社，2006年版，第65页。

原来，恰恰是无缘无故的苦难成就了无缘无故的信仰，这正是典型的《圣经·约伯记》言说思路，也给了史铁生重大启迪。在命运面前，重要的是承载而不是解释。单单有解释一定不能生发出信仰，信仰是对解释的超越。史铁生的创作正是从个体和人类苦难的深渊中发出的信仰呼告。

最后要提到的是北村。北村在一篇《有所信才有真文学》的短文中评价中国当代文学大多是"无耻的文学"，他指责当代中国文坛"充满了只有感觉而没有感动的作品，连外在遭遇的命运的感动都消失了，而那些能让人在良心深处产生巨大震撼的作品几乎荡然无存了。为什么会出现这种情形呢？原因很简单：人放弃了神给他定的边界，作家也一样。放弃人格的唯一结果就是产生动物的感受，苍白的文学，里面似乎什么都有，动人的故事，优美的语言，飘缈的文风，唯独没有心灵的质量，这就是它不会让人感动的原因"[1]。因此，为了有别于当代文学，他称自己的创作为带有良知立场、态度的写作，"我不过是站在良心的立场上写作，描述在路上的苦难和尴尬，但并不是说我本人是绝望的。正如有光就意味有暗一样，你若退出光明就必进入黑暗。今天站在光的地位向黑暗注视，但不意味着接受它，而是给它一个良知的态度"[2]。

1. 北村：《有所信才有真文学》，http://blog.sina.com.cn/m/beicun.

2. 北村：《活着与写作》，载《大家》，1995 年第 1 期。

这一"良心的立场"和"良知的态度"从何得来？北村归因于他自己对《圣经》的信仰。在上边提到的《有所信才有真文学》短文中他又说："因为人是神创造的，所以人里面有良心要求被称义，就是说人之所以与动物不同，在于他需要信仰，神创造动物时给它的界限是让它靠本能生活，所以动物以生物链的方式生活，神一点也不指责它们，因为这是它们的界限。但人就不能这样，人是神创造的，他心须像神，有圣光义爱住在他里面。如果人要自动下降到动物的水平，他的良心就会因受责备而黑暗。所以只要是人，他就需要信仰，人无法没有信仰而活下去。只有一种人除外，那就是莽夫。"

海子于 1989 年 3 月自杀勿庸置疑是中国当代文学的一件大事，那么，北村在 1992 年 3 月皈依基督信仰也应该算是一件不小的事。诗人海子以死亡叩问生命、灵魂、终极，成为北村"92 后"写作的主题，北村一再在作品中诉说着诗人在当代的精神困境，也试图解答，他认为自己能解答海子死亡诘问的根据就是《圣经》。他为中国当代文学决然而突兀地引入了神性之维，引发一波又一波争论，猛烈抨击者有之，热烈喝彩者有之，可谓众说纷纭。

"92 后"的北村一反早期《陈守存冗长的一天》、《逃亡者说》、《劫持者说》、《披甲者说》、《聒噪者说》等先锋写作、话语实验姿态，贬斥文学之为文学的“文学性”，强调文学的“神性”，这倒是和他推崇的文学大师列夫·托尔斯泰有相通之处。皈依在他看来是个重要的精神事件，和这一事件相比，其他任何事件都黯然失色。于是，他力图用最质朴的文字来“宣讲”和“布道”：神造人，但人不认识神，因为人以自我为中心，深陷罪中，所有挣扎奋斗都没有任何意义，只有死路一条，只有谦卑下来认罪悔改，接受圣子耶稣基督的救赎，才可以获得价值和意义。北村“92 后”创作都围绕这个主题展开：或写艺术理想的破灭，如《还乡》、《孔成的生活》、《伤逝》、《最后的艺术家》、《玻璃》、《老木的琴》等，或写爱情梦想的碎裂，如《玛卓的爱情》、《周渔的叫喊》（又名《周渔的火车》）、《水土不服》（后改名为《鸟》）等，或写生活目标的幻灭，如《张生的婚姻》、《消失的人类》、《公民凯恩》等，或写犯罪堕落后得到救赎，内心获得平安和喜乐，如《施洗的河》、《孙权的故事》、《公路上的灵魂》，或写杀人后内心不安，在“罪与罚”的交战中最终选择承担罪过，内心得到释放和平安，如《愤怒》和《我和上帝有个约》等。谢有顺称赞北村从 1990 年代初先锋写作困境中成功突围，对“精神事实”进行逼视，笔下的“故事逻辑”开始服从“心灵逻辑”，抵制了后现代主义在中国文坛的“话语膨胀”和“表征危机”，开始为中国当代文学争取到“生存深度空间”[1]。很显然，北村能成功突围正是因他深受《圣经》和希伯来精神的影响。

《公路上的灵魂》书影

《公路上的灵魂》在北村所有的小说中别具一格，这一篇直接落笔在犹太人身上，表达了一位中国作家对犹太

1. 谢有顺：《北村：写作能回家吗》，见《话语的德性》，海口：海南出版社，2002 年版，第 81—91 页。

文化和犹太教的独特理解。

小说主人公铁红（犹太名叫拉结·埃兹拉）是一位中犹混血儿，通过她的讲述再现了“我”母亲所经历的那段为躲避纳粹屠杀逃往中国的犹太难民潮历史。此后，在滇缅公路上，“我”母亲和中国父亲相识相爱而结婚，在中国经过了抗战、内战、土改，终因信仰差异而离婚，母亲携“我”返回以色列，卷入中东战争，母亲再嫁在中国认识的美军飞行员，移居美国。铁红长大后毅然回国寻找生父，却在“金三角”遭遇了刻骨铭心的爱情。面对人类制造的形形色色的战争，面对灵魂深处更为复杂的冲突，北村安排笔下人物尝试用犹太教、共产主义乃至爱情去化解仇恨，战胜灵魂的幽暗，但笔下人物的努力都失败了，最后，北村安排笔下人物在《圣经》信仰中得到了内心的安宁。这是《圣经》影响下创作的小说，北村呼吁用全本《圣经》的基督教信仰代替只信仰《旧约》的犹太教，认为唯有这样才能给犹太民族注入新的灵魂。不过，这样的思想也受到很多批评家的批评，指责他对犹太文化过于隔膜。但不管怎样，这毕竟是一位中国作家在中犹文化交流的史实基础上进行的诗意想象，其努力不能一笔抹杀。

总之，和《圣经》对中国现代文学的影响相比，《圣经》对中国当代文学的影响在作家数量上似有所减少，作品数量也明显减少。这恐怕和中国当代文坛长时间的封闭和极特殊的生存环境有关，和现代文学比较起来，当代文学的精神空间显得过于逼仄。

第八章　中国的意第绪文学热

意第绪文学是指希伯来作家用意第绪语创作的文学作品。

意第绪语（Yiddish），是一种犹太人使用的国际语，产生于10到12世纪，由居住在德国、法国、意大利、东欧和俄国的犹太人，结合希伯来语、日尔曼语和斯拉夫语创造的一种新型语言，它一开始只在犹太人的日常生活中使用，后来随着使用者日益增多，也渐渐产生出一大批意第绪语文学作品，这些作品反过来又促使意第绪语得到进一步普及。在茅盾等作家看来，意第绪语算是犹太人使用的“土语”或“口语”，20世纪20年代的《小说月报》作家们就把意第绪语比附为中国的白话文，而把希伯来文比附为中国的古文，因着推崇白话文，《小说月报》在其时还推动了一场小小的“意第绪文学热”，好借此打击复古派们在“五四”之后的回潮。还有，犹太民族颠沛流离的命运，备受欺压蹂躏的现状，更是引起了一大批中国作家和学者们的同情，他们就带着同病相怜的感受和人道主义的激情，较为用力地引进意第绪语文学。

不过，我们也只能说这是“小小的”热潮而已，其时间大概只有10年左右，因着内在认识上的局限和国内文学格局乃至时局变化而未能持续译介、研究下去。这期间介绍的意第绪文学作品也仅限于篇幅较为短小的作品，尤其是短篇小说和短篇剧本备受青睐。比起当时对法国文学译介的力度和广度来说，意第绪文学译介的格局仍显狭小局促了些，长篇小说和诗歌几乎没得到完整译介。长篇小说和诗歌异常丰富的意第绪文学作品当时未能介绍过来，这不能不说是一种遗憾。

第一节　《小说月报》推动的意第绪文学热

1992年，中国犹太文化与犹太文学学者徐新在其主编的中国第一部以色列文学作品集《现代希伯来小说选》“序”中有这样一段话：

意第绪文学在二三十年代的中国新文化运动蓬勃展开时，由于相当一批中国现代文学先驱的努力，也被介绍给了中国读者。茅盾、胡愈之等著名文学家不仅撰文评论意第绪文学的长短得失，而且还身体力行亲自动手翻译介绍了相当数量的意第绪语作品。在当时的中国文坛掀起了一股小小的“犹太文学热”。现在回忆起来，这段历史已经成为中犹两个民族文化交流史上的一段佳话。[1]

1. 徐新：《现代希伯来小说选・序》，桂林：漓江出版社，1992年版，第2页。

本章就借用上段话中的说法，干脆把这段“佳话”称为“意第绪文学热”。推动此“热”的最重要刊物非《小说月报》莫属。

《小说月报》在中国现代文学史上占有重要地位，刊物同人把小说作为改造社会、改变人生的重要工具（“为人生”），尤重对外国文学的翻译和介绍，在中国20世纪20年代推动了这样一场小小的“意第绪文学热”，短短几年时间就翻译介绍了不下十来种意第绪文学作品。

1925年4月，上海商务印书馆出版了“《小说月报》丛刊第五十三种”和“《小说月报》丛刊第五十四种”，将《小说月报》上已经发表过的关于意第绪文学的重要文章加以整理、分类和编纂，笔者经过多方努力，终于找到了当时的这两本书，也算得上“大海捞针”了。

两本“丛刊”中的第53种是《新犹太小说一脔》，篇目和著译者简目如下：

新犹太小说概观	*沈雁冰著*
犹太文学与宾斯奇	*［日］千叶龟雄著，李汉俊译*
犹太文学与考白林	*L.Blumenfeld 著，李汉俊译*
现代的希伯来诗	*Joseph T. Shipley 著，赤城译*

两本“丛刊”中的第54种是《新犹太小说集》，篇目和著译者简目如下：

禁食节	*潘莱士著，沈雁冰译*
贝诺思亥尔思来的人	*拉比诺维奇著，沈雁冰译*

冬（剧本） *阿胥著，沈雁冰译*

淑拉克和波拉尼 *万特罗夫著，沈泽民译*

内中所收文章和小说尽管看起来不甚多，却很有分量，尤其沈雁冰写的《新犹太小说概观》，题目虽叫“新犹太小说概论”，其实也一并介绍了诗歌和戏剧。这篇文章分为三大部分，第一部分叫“19世纪新犹太文学勃兴的三大家”，指出犹太作家山格威尔（Zangwill）、法郎沙司（Franzos）尽管是犹太人，但是用英文写作，对新犹太文学贡献不大，“新犹太文学勃兴是1882年后的事。但19世纪已有莱非痕（Lefin）、阿克逊凡尔特（Aksenfeld）用Yiddish即犹太人土语创作”[1]。沈雁冰特别提到新犹太文学之“新”就在于是用意第绪语创作，而过去用希伯来语创作的文学在他眼中则是“旧”文学。沈雁冰又介绍阿布拉莫维奇（Abrámovitch）是犹太文学作家中第一个把文学社会化了的作家，提到了他的《跛者菲西克》。接着介绍的是诗人斯配克托（Spektor）和戏剧家古尔特佛顿（Goldfaden）。第二部分为“潘莱士与拉比诺维奇”，他高度评价潘莱士为新犹太作家中最好的短篇小说家，也提到他是第一个使用严格写实主义的作家。同时提到了他的缺点，就是太缺乏深刻的心理描写。拉比诺维奇（即肖洛姆·阿莱赫姆，或译夏房姆·阿来汉姆，1859—1916）则被称为“犹太的马克·吐温”。文章第三部分为“现代的中坚作家”，重点提到了宾斯奇（David Pinski，1872—1959）、阿胥（Sholem Asch，1880—1957）和考白林（Lèon Kobrin）三人。他认为宾斯奇可算是世界最多产的作家，他的《诱惑》一书写人类灵魂的贫弱，很透彻。还提到了考白林的《觉醒》和《胡大汉奥列》。

1. 沈雁冰等：《新犹太小说一脔》，上海：商务印书馆，1925年版，第2页。

文末，沈雁冰说到此文的缘起：

> *我很想得一篇讲现代犹太文学的现成材料翻译一下，一来觉得我自己献丑，二来我可以少负点责任；哪知手头所有的一些关于新犹太文学的材料，都不能很适合这个要求，惟有把这些东西凑集起来做一篇了，这结果便是现在这一篇东西。*[2]

2. 沈雁冰：《新犹太小说概观》，见《新犹太小说一脔》，上海：商务印书馆，1925年版，第23页。

在《新犹太小说一脔》中，赤城译的《现代的希伯来诗》介绍了一系列现代希伯来诗歌与诗人，他认为莱本生（A.B.Lebensohn，1794—1880）“是希伯来诸诗人中第一个慈悲的人了，然而他底慈悲中是有嘲骂的”[3]。又介绍了诗人约瑟（Mica Joseph Gordon，1830—1892）、戈登（Judah Gordon，1830—1892）、基督徒诗人沙比罗（C.A.Shapiro）、甲古伯哥衡（Jacob Cohen）、须奈尔（S.Schnaier）和大诗人比亚里克（或译比阿利克 Chaim Nachman Bialik，1873—1934），称赞

3.Joseph T. Shipley：《现代的希伯来诗》，见《新犹太小说一脔》，上海：商务印书馆，1925年版，第60页。

比亚里克对他的民族所抱的态度，其眼光之健全，是从来希伯来著作家中所没有的，认为他的诗歌中“颤跃着一种同情”[1]，认为比亚里克所写的诗正在变成世界文学永久珍宝中的一部分。

1.Joseph T. Shipley：《现代的希伯来诗》，见《新犹太小说一脔》，上海：商务印书馆，1925 年版，第 72 页。

除介绍文字外，更重要的是翻译意第绪文学作品。《新犹太小说集》中，潘莱士的《禁食节》写的是一对有着四个孩子的夫妇，穷到没有饭吃，刚好可以过犹太人的禁食节了。写得短小精悍，犀利而又反讽。《淑拉克和波拉尼》写一位叫淑拉克的底层雇工和一匹叫波拉尼的马，一起推磨房轮子，人和动物简直成了一对。《贝诺思亥尔思来的人》和《冬》也重在反映社会现实。对于《冬》的作者阿胥也有这样的“译后记”来介绍：“阿胥是戏曲家，亦是小说家，长篇小说《摩西老人》和他的长剧《复仇之神》相仿佛，都把果报作为情节的。”[2]

2. 沈雁冰：《冬 · 译后记》，见《新犹太小说集》，上海：商务印书馆，1925 年版， 第 69 页。

以这两本“丛刊”作代表，《小说月报》集中推出了一批新犹太作家，对小说、戏剧和诗歌都有比较详细介绍，既有面上扫描，又有重点例证，使读者可以窥一斑而知全豹，过了 70 多年重新来读，仍不觉得这些选文和介绍过时，甚至很多在中国仍算是第一次绍介，可见其眼光之独到和超前之处。

20 世纪 80 年代后，《世界文学》和《当代外国文学》杂志不断推出“以色列文学专辑”，点面结合，采用的仍是多年前《小说月报》的思路。

第二节　其他刊物与书籍对意第绪文学的介绍、推广

除《小说月报》外，20 世纪 20 年代还有其他刊物对意第绪文学进行介绍和推广。

比《小说月报》翻译和介绍意第绪文学作品还要早，1920 年周作人就在《新青年》翻译发表了大卫 · 宾斯奇的剧本《被幸福忘却的人们》，讲善良的俄国犹太姑娘番尼 · 绥伽尔为照料妹妹，放弃了青春、理想和爱情，成了“生命树上的一支枯枝”和“被幸福忘却的人”[3]，剧本反映了下层犹太人民的苦难、艰辛和爱的执着与伟大，剧中的人道主义情怀打动和吸引了当时正在倡导新文学运动的周作人。

3. 大卫 · 宾斯奇：《被幸福忘却的人们》，周作人译，载《新青年》第八卷第三号。

之后，鲁彦在胡愈之主编的《东方杂志》21 卷 9 号翻译发表了犹太意第绪语作家夏虏姆 · 阿

来汉姆的《腊白赤克》，于21卷11号翻译发表了倬莱芝（Isaac Leid Peretz，1852—1915，又译为潘莱士，今译为佩雷茨）的《灵魂》，于22卷15号翻译发表了夏虏姆·阿来汉姆《诃夏懦腊婆的奇迹》等。

1926年，上海开明书店推出了"文学周报社"丛书，把鲁彦翻译发表的作品和另外一些新译作品集合成《犹太小说集》，主要包括四位犹太小说家的14篇作品，其作者和篇目如下：

夏虏姆·阿来汉姆作

腊伯赤克

中学校

诃夏懦腊婆的奇迹

不幸

宝

创造女人的传说

倬莱芝作

灵魂

姊妹

七年好运

披藏谢标姆

又用绞首架了

和尔木斯与阿利曼

宾斯基作

搬运夫

泰夷琪作

资本家的家属

鲁彦的译文是根据湖趣尼克的世界语《希伯来小说集》之四翻出来的，在“序”中他提到近代犹太小说的勃兴是在19世纪后叶，在这不到100年的短促时期内，它的进步的迅速令人惊异，把它和有着千百年历史的他国文学一比，决不会觉得它有什么逊色，“有时几乎还觉得它特别可爱”云云。

他介绍了新犹太文学的开拓者阿白猎维奇、斯攀克适、腊夷金、提耐藏、脑姆俾格等人，又说：“随后，近代犹太文学的两颗明星出来了，这就是俾莱芝和夏虏姆·阿来汉姆。”他介绍俾莱芝，说他的小说非常出名，他在近代犹太文学界是第一个短篇小说作家，提及他的作品“浏亮而含深切的意思，悲愤而不失望，给近代犹太文学一种新的心灵”[1]。

1. 鲁彦：《犹太小说集·序》，见《犹太小说集》，上海：开明书店，1926年版。

在这些小说中，夏虏姆·阿来汉姆的《腊伯赤克》、俾莱芝的《灵魂》和《七年好运》、宾斯基的《搬运夫》和泰夷琪的《资本家的家属》写得非常精彩。宾斯基的《搬运夫》写一位叫慕谢阿龙的搬运夫，四天只吃了一点干面包，为了挣钱，咬牙要背180斤重的东西，结果不幸发生了，他被压倒在地上，周围的人却以为他得了霍乱还出来干活，是他自己活该倒霉。泰夷琪的《资本家的家属》写的是金钱怎样战胜了爱情的悲惨故事。

俾莱芝的《灵魂》和《七年好运》在这批比较注重人道主义和反映底层民众生活的小说中算是异数。《灵魂》的副标题是“我的少年史”，写“我”从很小的时候就探索着灵魂到底是什么，被人戏称为“灵魂人”，到最后他遇到了一个心爱的女孩格恩，才明白格恩其实就是自己的灵魂，他很庆幸终于找到了灵魂。小说《七年好运》根据民间传说所写，称赞搬运夫妥白雅和妻子赛莱耳，得到了意外之财，但他们除了给孩子交上《圣经》学校的学费，其他钱财一概没花，因为他们认为意外之财是上帝的钱，不该乱花，但教育是上帝的事，为了他的教育花他的钱是应该的，但其余的，他们没有资格来花。结果，这对贫穷但有骨气的夫妻的善行感动了上帝，他就把剩下的财富慷慨地赏赐给了他们夫妻二人。这两篇小说，一篇宣扬爱情至上，另一篇宣扬宗教道德的美好。

除周作人和鲁彦的翻译介绍，杨成华在1921年于《世界杂志》第1卷5号发表《新犹太的戏剧》，专门介绍了近代意第绪语戏剧作品。胡愈之在1923年于《民铎》第4卷5号发表《犹太新文学一斑》，介绍了包括阿胥在内的一些犹太作家，也评述了意第绪文学的一些基本性质。

20世纪20年代意第绪文学热后，意第绪文学在中国几乎销声匿迹，直到80年代意第绪文学才重又受到零星关注。1995 年，犹太文学和文化研究专家徐新在《当代外国文学》上撰文完整介绍意第绪文学。他指出："意第绪文学是丰富多彩的犹太文学的一个重要组成部分，也是犹太民族在流散时期（公元 70—1948）使用意第绪语创造出的一种最具特色、影响最大的文学。它兴起于中世纪的中欧地区，后扩大到东欧，随着中欧、东欧犹太人的迁徙，又传播到南北美洲和西亚地区。"[1]

1. 徐新：《意第绪文学简论》，载《当代外国文学》1995 年第 4 期。

在文中，他参考英文研究资料把意第绪文学的发展分为以下四个时期来介绍：

a) 兴起时期（13 世纪—18 世纪中叶）

b) 发展时期（18 世纪中叶—19 世纪中叶）

c) 黄金时期（19 世纪中叶—20 世纪 20 年代）

d) 繁荣后及衰退时期（20 世纪 20 年代至今）

第一个阶段的意第绪文学包括对经典的转述，提到了《意第绪故事集》和《回忆录》等作品。第二个阶段提到了"哈斯卡拉"犹太启蒙运动，文学中心从西欧转移到东欧，提到艾·尤切尔、阿伦·沃尔夫森在 18 世纪的两出喜剧，标志着意第绪文学在西欧发展期的结束。又提到 S·埃廷杰、I·阿克森菲尔德、门德勒、A·戈尔德法邓等作家，也提到了哈西德主义和启蒙主义思想的冲突，提到了活跃在这一时期的意第绪作家莱文·艾萨克、纳赫曼、莱文森、阿克森菲尔德、戈特洛伯、迪克等。第三阶段提到门代尔·莫海尔·塞法里姆是第一位有才华的意第绪语作家，而肖洛姆·阿莱赫姆被称为"犹太的马克·吐温"，和第一个使用现实主义的作家艾萨克·雷伯·佩雷茨是两位巨人，此外，著名的作家还有肖洛姆·阿施（即阿胥）、别尔李切尔斯基、莫里斯·罗森菲尔德、耶胡阿西、雅各·戈丁、大卫·平斯基（即宾斯基）等，其中也关注到一些用希伯来语和意第绪语双语创作的作家比亚利克、斯坦伯格、阿格农等。第四个阶段重要作家为辛格，他 1978 年获诺贝尔文学奖，"为正在萎谢的美国意第绪文学抹上了很可能是最后一道绚丽的色彩"。

这是继 20 世纪 20 年代对意第绪文学的介绍后，又一次更为全面的介绍，不过稍感遗憾的是似乎还是止于面上的介绍，未能在 20 世纪 20 年代的基础上把研究工作再往前推进一步。

其后，到 1999 年，学者杨波在《文史杂志》本年第 3 期发表了《20 年代中国文学界对犹太意第绪文学的介绍和借鉴》一文，专门总结和介绍了 20 世纪 20 年代中国的意第绪文学热。

杨波认为："从晚清到新中国成立的五六十年，是中国人真正了解犹太人的第一阶段。这一阶段中国人对犹太人的认识成为此后特别是 80 年代以来国人进一步认识犹太人的基础。然而目前国内外研究这一时期国人认识犹太人的文章却寥寥无几，其中论及国人对犹太意第绪文学的介绍与翻译的文字，则更为少见。而这一时期，国人对意第绪文学其实不乏介绍，尤其是在 20 年代，由于文学革命的需要，中国文学界介绍、翻译了包括意第绪文学在内的西方各民族文学，以推动中国新文学的发展。1920 年后的几年，中国文学界明显可见一股介绍、翻译意第绪文学的热情。作为新文化运动的一个重要组成部分，发轫于 1916、1917 年间的文学革命旨在'提倡新文学，反对旧文学'。新文学是对旧文学的彻底反叛。在语言上新文学提倡用白话文进行创作，思想内容上则提倡'为文学而文学'、'为人生而文学'等观点，文学反映现实人生、改造社会成为文学革命时期文学界的普遍诉求。"[1] 他认为对意第绪文学的介绍就在这种诉求中进行的。

1. 杨波：《20 年代中国文学界对犹太意第绪文学的介绍和借鉴》，载《文史杂志》，1999 年第 3 期。

但"1928 年以后，中国文学界对意第绪文学的介绍和翻译即已逐渐减少，此后对意第绪文学的兴趣与热情再也没有恢复到 20 年代前期的程度，意第绪文学在中国的盛行是由于它满足了文学革命的需要，能够被中国文学界借鉴。而由于中国国内形势在 20 年代后期尤其是 1927 年后的变化，文学革命逐渐退出知识分子所关注的舞台，对外国文学的翻译不再显得迫切，意第绪文学于是不再受到众多知识分子的关注"[2]。

2. 杨波：《20 年代中国文学界对犹太意第绪文学的介绍和借鉴》，载《文史杂志》，1999 年第 3 期。

此文不是对意第绪文学本身的介绍，而是对意第绪文学在中国接受状况的介绍和分析，全文紧扣当时的社会现状来剖析意第绪接受热的原因，还算得上是比较深入，但也只是扫描式的，单单从社会角度的剖析并不能给出完整的学理依据。

第三节　20 世纪 20 年代中国"意第绪文学热"成因探讨

综上所述，我们看到了在 20 世纪 20 年代，《新青年》、《小说月报》、《东方杂志》和《世界杂志》等在中国相继掀起了一股译介意第绪文学的热潮，后来《小说月报》和《东方杂志》还各自推出"新犹太文学丛书"，分别由商务印书馆和开明书店出版发行，在当时确实造成了不小的声势。为什么 20 世纪 20 年代的中国会有接受意第绪文学的热潮？如何评价这一现象？

笔者认为形成这一接受热潮的原因大概有以下三个方面：

第一，犹太民族作为全世界最受苦难的民族之一，他们民族的悲惨命运和意第绪文学中表现的民族精神深深打动了中国作家和读者们的心灵。这应该是最重要的一个原因。

1921 年，《小说月报》第 12 卷 10 号，即被称为“被损害民族的文学号”，其中插图五便是犹太现代文学家宾斯奇的头像。在刊物“引言”中也特别提到研究被损害民族的文学正体现了各国人民求正义和求公道的呼声。这其中，新犹太文学特别受重视：同一期第 60—69 页即刊登了沈雁冰的重要文章《新犹太文学概观》，后改名为《新犹太小说概观》，被选入《新犹太文学一脔》一书由商务印书馆出版发行；同一期第 47—55 页，也登载了沈雁冰译的拉比诺维奇的小说《贝诺思亥尔思来的人》，后收入《新犹太小说集》出版发行。

《新犹太小说集》中《禁食节》“译后记”中这样写：

> *犹太人现在是被压制的民族；他们受人唾骂、鞭打、践踏，所以他们的文学自然而然的都成了同情于第四阶级的文学，他们有宗教，他们对于宗教的信仰极坚，虽然是在“湿漉漉的抹布”生活里，意志终不懈怠，精神终不颓丧，《禁食节》里便含着这种思想。*[1]

1. 沈雁冰：《禁食节 · 译后记》，见《新犹太小说集》，上海：商务印书馆，1925 年版， 第 11 页。

从这段话，岂不正看到当时中国作家和学者们对意第绪文学接受的着眼点和兴奋点？更难能可贵的是，他们并非高高在上仅以同情眼光看待犹太民族，而更因同样被压迫、遭蹂躏的民族命运，所以就格外钦佩着犹太民族不懈怠的意志和不颓丧的精神。

杨波提到 20 世纪 20 年代的意第绪文学翻译热正是由于它所描述的“犹太民族的苦难遭遇与中国人民当时的经历有诸多相似之处，也由于它所经历的文学语言的变革与新文学革命使用白话的目标正相吻合，因此引起了支持文学革命的中国知识分子的极大兴趣”[2]，这一说法很有道理。

2. 杨波：《20 年代中国文学界对犹太意第绪文学的介绍和借鉴》，载《文史杂志》，1999 年第 3 期。

就这样，苦难深渊中的两个民族就在 20 世纪 20 年代的中国历史舞台上相遇了，相似的民族命运使得国人没有理由不认同他们。

第二，中国作家认为新犹太文学使用了一门新语言——意第绪语，而意第绪语和希伯来语的关系在中国被简单比附为白话文和文言文的关系，于是使用意第绪语的意第绪文学就特别受到重视，就像白话文受到推行“文学革命”的“五四”作家们的特别推崇一样。

前文已经提到过意第绪语（Yiddish）是一种犹太人使用的国际语，产生于 10 到 12 世纪，由居住在德国、法国、意大利、东欧和俄国的犹太人，结合希伯来语、日尔曼语和斯拉夫语创造的一种新型语言，它一开始只在犹太人的日常生活中使用，和《圣经 · 旧约》的希伯来文相比似乎算是口语化更强一些，也就难怪中国作家会把意第绪语在希伯来民族的地位等同于白话文在中国的地位，而把希伯来文等同于中国的古汉语，并断言它的灭亡不可逆转等等。

沈雁冰就直截了当认为希伯来文乃“旧文言”，认定意第绪语是新文字，他充分肯定意第绪语文学的复兴，也不讳言希伯来文早已死亡，他指出“莱非痕用了新犹太文字翻译的‘Psalms’（赞美诗）很早于 1817 年出版，不啻宣告那在实际上已是死文字的希伯来文字已经不宜为犹太著作家发表思想宣泄感情之用了”，因此，他也很不客气地批评：“一直到 19 世纪末期，尚有一批顽固的‘Haskala’反对舍弃希伯来文而用土语，即意第绪语。”[1]

1. 沈雁冰：《新犹太小说概观》，见《新犹太小说一脔》，上海：商务印书馆，1925 年版，第 2—3 页。

在《新犹太文学一脔》结尾，沈雁冰写道：

近代犹太文学与其说是“犹太”文学，倒不如说是“Yiddish 文学”更切合；因为那些著作都只用 Yiddish 写的；我如今译为“新犹太”就取这一点意思。[2]

2. 沈雁冰：《新犹太小说概观》，见《新犹太小说一脔》，上海：商务印书馆，1925 年版，第 24 页。

那一批“五四”作家们，对“新文学”和“新语言”都寄予厚望，沈雁冰更是把意第绪文学拔高到代表犹太文学“新”方向的程度，认为意第绪文学代表了犹太文学的主要成就，认为其后的发展肯定蔚为大观，其言说背后正是对“五四”新文学运动的信心。

鲁彦在《犹太小说集》“序”中也说：“在 19 世纪初叶和那时以前，希伯来并非没有文学，这是人人都知道的事情，但那时的作家用的都是希伯来文字，一种过去的，渐为他们本国人所不认识的将死的文字，因此那时的文学可以说是智识阶级的专有品，于一般民众没有什么关系”，而使用了意第绪土语的“近代犹太的文学可以说是民众的文学，真正犹太人的文学”[3]。他也是从犹太文学使用意第绪语这一角度强调其意义的。

3. 鲁彦：《犹太小说集 · 序》，见《犹太小说集》，上海：开明书店，1926 年版。

第三，中国作家认为意第绪文学表现了底层民众的苦难，其表现手法为现实主义，而意第绪作家们对底层民众又有着深厚同情，流露的是深沉的人道主义精神，这正切合中国新文学运动发展本身的需要。

我们从中国作家选译的意第绪文学作品就可明显看到，一方面意第绪文学确实表现了底层民众的苦难，另一方面中国作家和译者们也刻意强化这一点，所选译的绝大多数作品都着力表现出这一点。

鲁彦早就指出过：“近代犹太文学有一种很显明的特色，就是人道主义。这大概是因为散处在各国的犹太人都受各国当局的严厉的压迫，生活十分艰苦，所以许多作家都呼号着，攻击着，要求往人道主义的路上走。”[1]

1．鲁彦：《犹太小说集・序》，见《犹太小说集》，上海：开明书店，1926年版。

杨波也认为由于意第绪文学本身自19世纪后期以来“强烈的现实主义风格”，“意第绪文学改革后的现实主义倾向，正好使它成为中国文学界新文学的典范，因此得到中国文学界的介绍、翻译和借鉴”[2]。

2．杨波：《20年代中国文学界对犹太意第绪文学的介绍和借鉴》，载《文史杂志》，1999年第3期。

这也是《小说月报》成为翻译和介绍意第绪文学重镇的主要原因，《小说月报》不就崇尚“为人生”的文学观，推崇现实主义文学精神吗？

综上所述，20世纪20年代中国接受犹太意第绪文学，主要有民族、语言和文学手法这三方面原因。中国民族、语言和文学当时的处境和犹太意第绪文学的处境有近似处，使中国作家和学人对意第绪文学产生深切共鸣。

那么，如何评价20世纪20年代中国译介意第绪文学的热潮？

首先，不得不敬佩中国新文学先驱们敏锐而独到的眼光，他们选择意第绪文学来大做文章，利用翻译为现实服务，为人生服务，为新文化运动和新文学运动服务，这些都是躲在象牙塔“掉书袋”的专家学者们不能比的。这正是先辈们从事译介工作的重要前提，也是他们了不起的“问题意识”，他们从来都不忘先问一问“翻译这些到底为了什么”而不会一上来就进行盲目的译介工作。

学者周策纵和金丝燕两位都分别谈到过“五四”时期中国学人翻译接受外国文学的着眼点：“《新青年》的译者，大多是新文化运动、新文学运动的倡导者，他们翻译、介绍外国文学的目的，是希望引入新思想、新文学，借以打破中国文化思想停滞不前的局面，并作为我国新文学的楷模。”[3]“翻译为现实服务，为改革社会、改革人生服务、为新文化运动和新文学运动服务，乃是当时《新青年》及后来中国文人译者的共同目的。”[4]

3．周策纵：《五四运动：现代中国的思想革命》，南京：江苏人民出版社，1996年版，第390页。

4．金丝燕：《文学接受与文化过滤》，北京：中国人民大学出版社，1994年版，第76页。

这一事实有目共睹且无可厚非。

其次，20年代新文学先驱们并没有因现实需要就完全歪曲了译介对象，在某些层面上甚至超出了“吸其精华，弃其糟粕”乃至“为我所用”的局限，而是尽可能对意第绪文学进行完整扫描和重点介绍，对那些不能归入人道主义和现实主义的作品，也没有全部弃之不录，也尽可能予以介绍。

这种求是精神实属难得。

比如，鲁彦翻译的俾莱芝的《灵魂》、《七年好运》，前一篇歌颂爱情至上，后一篇采用犹太民间传说，宣扬犹太教思想中“善有善报”观，译者并没有因其和国人前提及信仰不合就舍弃不录，这两篇在所有翻译作品中多多少少属于异类。

第三，20世纪20年代意第绪文学热在整个中国的意第绪文学研究中功不可没，70多年时间过去了，20世纪20年代意第绪文学译介的广度和深度至今仍令当今学人无法逾越。20世纪80年代之后的意第绪文学研究，还是限于简单介绍层面，并没把研究工作推进一步，尽管在几位重要作家身上还算是有一点突破。

不过，20世纪20年代对意第绪文学的译介也并不是没有问题，不妨总结如下：

首先，热潮时间大概只有10年左右，因着国内文学格局乃至时局变化而未能持续译介、研究下去，很是可惜。而且，介绍的意第绪文学作品也仅限于篇幅较为短小的作品，尤其是短篇小说和短篇剧本备受青睐。比起当时对法国文学译介的力度和广度来说，意第绪文学译介的格局仍显狭小局促了些，长篇小说和诗歌几乎没得到完整译介。长篇小说和诗歌异常丰富的意第绪文学作品当时未能介绍过来，不能不说是一种遗憾。

其次，中国新文学作家们把意第绪语简单比附为白话文，把希伯来文比附为文言文，预言希伯来文必将灭亡，实乃大谬。当时固然是为了不遗余力大力推动新文学运动，但这种简单比附，也凸现出接受者的现实需要大过冷静学理分析之弊端，得出了错误甚至荒谬的结论。事实正好相反，20世纪20年代的意第绪文学已是强弩之末，意第绪语今天在世界上早已变成一门濒临灭绝的语言文字，倒是希伯来语这门古老的语言和源远流长的希伯来文学得力于新兴以色列国家的推动，越来越焕发出生机和活力。

这未尝不是整个20世纪中国学人译介西学时共同的失误，紧迫的现实需要和“师夷长技以制夷”的功利心态使我们太急于“古为今用，洋为中用”，而缺少一份不急不躁、谦虚谨慎的为学态度，犯了学术研究之大忌，使我们对西学的译介至今仍不能达致更高和更深的程度。

第三，新旧二元对立的心态，凡是新的就好，凡是旧的就不好，这在译介意第绪文学的举措上体现得很明显。

20 世纪 20 年代新文学作家们认为希伯来文学是旧文学，故而没有前途，而意第绪文学是新兴文学，所以前途无量。这种激烈反传统心态也给 20 世纪中国的文化建设和文学发展带来很多负面影响，在此也无庸讳言。

当然，“事后诸葛亮”，说来容易，但“不识庐山真面目，只缘身在此山中”，每一代都有每一代的局限，我们今天未尝不在自身局限中，自不必苛求先人。使我们汗颜的倒是，今日学人至今没能在意第绪文学研究上“百尺竿头，更进一步”，也就更不配对先驱者们指指点点了。

第四节 意第绪文学大师阿莱赫姆和辛格在中国

夏洛姆 - 阿莱赫姆（即上文提到的夏虏姆 · 阿莱汉姆），原是犹太人打招呼用语，乃“愿你平安”之意。肖洛姆 - 拉比诺维奇以此当作自己的笔名，借此表达对犹太底层民众的亲近之感。他 1859 年生于乌克兰的彼莱耶斯拉夫尔镇，很小的时候，母亲就染上霍乱死去，家境贫寒，他曾帮助父亲料理乡下客栈。他小时受传统的宗教教育，后来也受到犹太新思潮影响，在当地学校中学会了俄文。但他一开始创作便采用意第绪语，写底层犹太民众的现实生活，受到热烈欢迎，尽管难以靠写作糊口，他还是义无反顾走上了写作的道路。1905 年他移居美国，1908 年曾回到俄国，受到犹太民众的热烈欢迎。1916 年他在纽约逝世。他写过 30 多卷作品，最精彩的是 300 多篇短篇小说，写得幽默风趣而又精彩纷呈，因此被尊为“犹太人的马克 · 吐温”，高尔基热烈称赞他是一个“才能非凡的讽刺家和幽默家”，这对于他来说当之无愧，甚至一些学者认为他是意第绪文学之父。

没有任何一位意第绪文学大师像夏洛姆 - 阿莱赫姆一样在中国从 20 世纪 20 年代到 80 年代都能受到持续不断的关注和热爱。早在 20 年代，沈雁冰在《新犹太小说概观》一文中，对阿莱赫姆就有很高的评价，他介绍“拉比诺维奇被人称为‘犹太的马托温（Mark Twain 即马克 · 吐温），他是大诗人，又是小说家，又是戏曲家，又是文学批评家”。他引用批评家戈登堡(Goldberg)来评价阿莱赫姆对意第绪文学的贡献说道：“三十年前新犹太诗（即意第绪语诗歌）的复活，他是担着责任的，他将一个新的倾向给了犹太文学，做编辑人他立了新标准，做文学批评家他破坏了从来的鄙陋的见解。”[1]

1. 沈雁冰：《新犹太小说概观》，见《新犹太小说一裔》，上海：商务印书馆，1925年版，第15页。

鲁彦也撰文介绍他是近代犹太作家中的唯一讽刺作家，认为他的作品几乎没有一处犹太人的家里不读，他专门写希伯来人最可笑的事情，使人发笑，但“这笑并非平常的笑，是带着眼泪的笑”[2]。鲁彦的评论比沈雁冰的介绍更胜一筹，对阿莱赫姆小说中的幽默别有一番深刻洞见。

2. 鲁彦：《犹太小说集·序》，见《犹太小说集》，上海：开明书店，1926年版。

阿莱赫姆被翻译的作品主要包括沈雁冰翻译的《贝诺思亥尔思来的人》和鲁彦翻译的《腊伯赤克》、《中学校》、《诃夏懦腊婆的奇迹》、《不幸》、《宝》和《创造女人的传说》等作品，主要是小说作品。其中，最有讽刺意味的是小说《腊伯赤克》。《腊伯赤克》写一匹叫腊伯赤克的“安静不咬人的小白花狗”，在人的世界备受蹂躏和践踏，于是想到“人们是坏的，狗儿也并不较人们好些，这样，我不如到林中去与野兽为伍”。可真到林中遇到了一匹狼，它又被吓坏了，极尽谄媚之能事才被狼侥幸放过，它便又到人的世界来，却被打断了腿烫伤了背，它愤懑地质问“狗道在哪里”？到最后，一群狗为了得到点骨头或肉皮，争着向屠夫跳舞献媚，饥饿中的腊伯赤克哭了，小说最后一段写——

“丑世界！”腊伯赤克想，“如其狗不能存留在狗们中间，同类中，甚至于一天，那末全世界都灭亡了罢！”[3]

3. 夏虏姆·阿来汉姆：《腊伯赤克》，见《犹太小说集》，上海：开明书店，1926年版，第20页。

从上文分析，结合这篇小说，我们便知道阿莱赫姆备受中国作家青睐的重要原因正在于作品深厚的人道主义精神和新颖别致的现实主义手法，在于他的小说对黑暗世界的大力批判的眼光和辛辣嘲讽的勇气。

凭着这些，阿莱赫姆折服了众多中国作家和读者，他的作品不但在《小说月报》，还在《东方杂志》、《语丝》得到比较广泛的译介。1934年高尔基在第一次全苏作家代表大会发言，称赞阿莱赫姆为“才能非凡的讽刺家和幽默家”、“伟大的语言艺术家”，更坚固了他在中国的地位。1949年新中国成立后，阿莱赫姆仍受推崇，1959年，中国举行纪念阿莱赫姆诞辰一百周年大会，茅盾在大会致词，称赞他是“近代犹太文学中伟大的现实主义作家”。就在大会召开前后，肖洛姆-阿莱赫姆的《钟敲了十三下》、《我真幸运，我是个孤儿》、《小刀》、《卖牛奶的台维》、

《莫吐儿》和自传小说《从市集上来》都陆续译成中文出版，更可见出阿莱赫姆的中国缘。

阿莱赫姆最重要的“三部曲”是《美纳汉－曼德尔》、《卖牛奶的台维》和《莫吐儿》。第一部《美纳汉－曼德尔》直到1980年才由戴骢翻译，由江西人民出版社出版，初版开印即七万册，可见其热销的程度。曼德尔是一位典型的小资产阶级空想家，他天天幻想着发大财，但时运不济，到头来总是弄得竹篮打水一场空。他投资证券，当过作家，还当过婚姻介绍人，到最后时乖命蹇，还是当了跑街。小说通过他和妻子谢妮－谢德尔通信的方式写成，幽默风趣，令人忍俊不禁的同时又忍不住要潸然泪下，为小人物掬一把同情的眼泪。

阿莱赫姆的代表作应该是《卖牛奶的台维》，小说围绕着恪守传统的犹太小商贩台维女儿的婚事为线索，揭露了传统信仰与流行思潮的激烈而尖锐的冲突，在嬉笑怒骂中探讨了古老的犹太文化何去何从的大问题。小说发表后，美国百老汇在20世纪60年代根据小说改编成音乐剧《屋顶上的提琴手》，在全世界上演了3 000多场，是最著名的百老汇音乐精品之一。中国也有文章介绍这部著名的音乐剧。

1981年，上海译文出版社翻译出版了肖洛姆－阿莱赫姆等19位各国作家的小说合集《节日的晚宴》，首印75，000册，内中收录了姚以恩翻译的阿莱赫姆的《节日的晚宴》。小说合集以阿莱赫姆的小说命名，更可见出他在中国读者群中的号召力。这篇小说以第一人称讲述了作者儿时的一次真实经历，写“我”全家到大富翁赫尔茨家里参加节日晚宴，穷亲戚们诚惶诚恐，而大富翁作威作福，“我”因为在晚宴上笑出声，就被狠狠揍了一顿，“直到最后我被撵出饭厅，赶进厨房，撵出厨房，赶到街上，后来我被带回家时已是遍体鳞伤，受尽折磨，血泪直淌”[1]。

1. 肖洛姆－阿来汉姆等：《节日的晚宴》，姚以恩等译，上海：上海译文出版社，1981年版，第566页。

2006年，人民文学出版社翻译出版了肖洛姆－阿莱赫姆的《肖洛姆－阿莱赫姆幽默小说选》，共选了阿莱赫姆的13篇短篇小说，小说篇目和译者如下：

永生	*汤真译*
菲雪尔老师	*汤真译*
赎罪节的一件丑事	*汤真译*
一报还一报	*汤真译*
德莱福斯在卡斯里莱夫卡	*汤真译*
着魔的裁缝	*汤真译*

造化弄人	*戴骢译*
时乖命骞	*戴骢译*
假如我是洛希尔	*陈珍广译*
倒霉的人	*张露蓓译*
神学教师波依阿斯	*卓琳晖译*
玛土撒拉	*萧文崴译*
《雅歌》	*陈珍广译*

这些小说大部分反映了生活在帝俄时代的犹太人悲惨的生活，同时也反映了他们对信仰的执着和过分执着带来的悲剧。在这一批小说中，我们也看到犹太人在极端穷困中仍旧坚持着理想和信念，仍旧不屈不挠地追求着爱情与诗意。评论者在评论阿莱赫姆时，应关注到这点，不能单单看到他对穷困下层人民的同情，遗憾的是很少见到对阿莱赫姆的全面而深入的评价。

汤真在为小说集写的“前言”中这样介绍阿莱赫姆：“肖洛姆 - 阿莱赫姆承继了犹太启蒙文学的优良传统，也深受俄国古典作家果戈理、萨尔蒂科夫 - 谢德林和契诃夫等人的影响。他的幽默不是供人茶余饭后消遣的笑料，而是充满人情味的辛酸的倾诉。他善于把一段伤心的故事写得使你读了不能不发笑，而一篇滑稽的故事又使你读了不由得流下眼泪。”[1]

1. 汤真：《肖洛姆 – 阿莱赫姆幽默小说选 · 前言》，肖洛姆 – 阿莱赫姆著，北京：人民文学出版社，2006 年版。

不过，过了 80 年，汤真的评论仍重复着 20 世纪 20 年代鲁彦评阿莱赫姆“带着眼泪的笑”的基本论调，对阿莱赫姆的研究也没能进一步突破。

还有，此书的翻译是根据英文和俄文转译的，中国至今还没有真正的意第绪语学者，也没有根据意第绪语翻译的文本，这也限制了对意第绪文学的深入研究。这一窘境尽管也多多少少体现在对另一位意第绪文学大师艾萨克 · 巴什维斯 · 辛格（1904—1991）身上，但从研究上来说，学界对后者的关注度却要比对阿莱赫姆更为深广。

辛格生于波兰一个贫苦的犹太人家庭，父亲是热忱的哈西德派教徒。4 岁时，全家迁往华沙。15 岁时，开始用希伯来文写作，两年后开始用意第绪语创作。1935 年在哥哥提携下迁居美国，1943 年获得美国国籍，后成为著名的美国籍犹太作家，坚持用意第绪语创作，作品多描写东欧犹太人和美国犹太移民的生活。1953 年他的《傻瓜吉姆佩尔》英译本出版，迅速成名。1960 年，代表作《卢布林的魔术师》英译本出版，更是引起轰动。1978 年获诺贝尔文学奖。此后，就在中国刮起了一阵又一阵“辛格旋风”，到今天还没有停下来。

借着诺贝尔奖，辛格来到了中国。他1978年底获奖，整个1979年可算得上是“辛格年”。1979年《读书》第1期便发表了梅绍武的《1978年诺贝尔奖金获得者艾萨克·辛格》和冯亦代的《卡静论辛格》两文，较早给国内读者介绍了辛格。1979年《译林》第1期发表了沉香译的辛格小说《重逢》和施咸荣的《评〈重逢〉》。《外国文艺》第2期发表了鹿金、方平、万紫、曹庸、陈良廷等译的辛格的五篇小说和一篇辛格的回忆文章。《世界文学》第2期发表了辛格的三篇小说：董乐山译的《市场街的斯宾诺莎》、宗云译的《皮包》和裘克安译的《奥勒和特露法——两片树叶的故事》。1979年10月，上海译文出版社推出了鹿金和吴劳译的辛格的代表作《卢布林的魔术师》，首印便是130，000册，把“辛格年”和“辛格热”推上了一个高潮，这个译本成为辛格作品在中国影响最早也是影响最大的译本。

辛格在写作

鹿金为此书写了一篇《辛格和他的〈卢布林的魔术师〉》的研究介绍文字，可谓高屋建瓴、空谷足音，很长时间国内的辛格研究无出其右者。在这篇文章的开头，鹿金非常准确和地道地引用了辛格的名言，使得《卢布林的魔术师》题旨变得非常醒豁——“事实上，肉体和痛苦是同义词。如果选择邪恶而得不到惩罚，选择了正义而得不到酬报，那怎么可能还有什么自由选择呢？在所有这一切苦难的后面，是上帝无限的仁慈。”

这篇文章生动地介绍了辛格的生平和创作思想，并紧扣着他创作小说的三大法宝来剖析辛格在文学上的师承关系，赞扬他对伟大的19世纪文学传统的继承，并指出辛格认为“艺术家是梦的创造者——既是神秘主义者、象征主义者，又是深刻的现实主义者。从这个角度来看，有人说辛格的作品含有浪漫主义的成分，确实不无见地”。接着，他又介绍了《卢布林的魔术师》的主要内容，分析了主人公雅夏其人。鹿金指出——

尽管情欲和野心逼得雅夏沦为小偷，害人害己，甚至断送了玛格达的性命，作者没有把他写成一个十恶不赦的恶棍，而始终认为他是一个遭受种族歧视的、被七情六欲摆布的身不由自主地干了蠢事的可怜人，对他寄予同情。在作者心目中，雅夏同玛格达和泽茀特尔一样，甚至也可以把埃米莉亚包括在内，都是受害者。总之，辛格从各个方面刻画了雅夏的负责的性格，使他笔下的这个艺术形象显得更饱满。[1]

1. 鹿金：《卢布林的魔术师·前言》，见［美］艾·巴·辛格：《卢布林的魔术师》，鹿金、吴劳译，上海：上海译文出版社，1979年版。

在文末，鹿金批评辛格“一心从事心灵的探索”而忽略了时代背景，使得“特定的时代背景只成了一片淡墨的渲染，没有充分起到烘托的效果”。同时，鹿金此文大力赞赏辛格对他虔信宗教的作拉比的父亲的怀疑，认为辛格“自称相信上帝的存在，相信一切无不由上帝的安排。但是他心目中的上帝是一个以强权即公理为准则的‘有力而残酷的上帝’”[2]。

2. 鹿金：《卢布林的魔术师·前言》，见［美］艾·巴·辛格：《卢布林的魔术师》，鹿金、吴劳译，上海：上海译文出版社，1979年版。

1980年，北京的外国文学出版社出版了《辛格短篇小说集》，首印90，000册，成为对中国先锋作家影响最大的外国文学小说集之一，里边收录了《傻瓜吉姆佩尔》，还有《市场街的斯宾诺莎》。紧接着外语教学与研究出版社1981年推出了刘兴安、张镜译的又一本辛格短篇小说集《傻瓜吉姆佩尔》，仍然包括《傻瓜吉姆佩尔》和《市场街的斯宾诺莎》，同年山东人民出版社出版了陈冠商译的辛格长篇小说《庄园》。1982年江西人民出版社出版了杨怡译的辛格长篇小说《仇敌，一个爱情故事》，同年，黑龙江人民出版社出版了夏家骏等译的辛格小说《石勒苗去华沙》。1983年，北京出版社出版刘兴安译的辛格小说《山羊兹拉特及其他故事》。1984年，安徽人民出版社出版孙强译的辛格长篇小说《童爱》，此小说其后又有不同的中文译名，分别是《萧莎》（徐崇亮译，南京大学出版社1993年版）、《漂泊的爱》（宋韵声译，沈阳出版社1999年版）。同年，明天出版社出版星国译辛格小说《快活的一天》。1985年，希望出版社出版剑平等译《傻瓜的天堂》。1988年，人民文学出版社出版辛格小说《精明人与吝啬鬼》。1992年，漓江出版社推出陆煜泰等译的辛格长篇小说《魔术师·原野王》，其中的《魔术师》即《卢布林的魔术师》。1995年，春风文艺出版社翻译出版了华盛顿大学爱德华·亚历山大的《艾萨克·巴什维斯·辛格》专著，对辛格的生平、创作思想和主要作品以及作品的文化背景都有详尽介绍。1998 年，上海译文出版社在原来的《卢布林的魔术师》基础上再次推出鹿金、吴劳、杨怡译的《卢布林的魔术师·冤家：一个爱情故事》。2001 年，上海译文出版社推出任溶溶译《傻瓜城故事及其他》。2006 年，人民文学出版社隆重推出了辛格的一部新短篇小说集，共收集了 27 篇辛格的小说，名为《傻瓜吉姆佩尔》（插图本）。

可见，从 20 世纪 70 年代末一直到近年，辛格的作品仍在不断推出，和阿莱赫姆最近 20 年稍微有点“过时”相比，他可一直是比较“红火”的作家。

甚至，辛格也深刻影响了中国作家们。作家苏童承认真正看到的第一片世界文学风景是在上海译文出版社出版的《当代美国短篇小说集》，辛格《市场街的斯宾诺莎》中那个迂腐、充满学究气的老光棍形象让他念念不忘：“辛格的小说我一直迷恋它特有的犹太味道……它的小说的语言质地与众不同，有一股子韧性，用犹太人的意第绪语写成的作品在英语文化的环境中显得那么坚挺。”[1] 辛格提到的“事实是从来不会过时的，而看法却总是会陈旧过时”[2]，对作家余华和鲁羊都有重要影响。余华写道：“《傻瓜》是一部震撼灵魂的杰作，吉姆佩尔的一生在短短几千字的篇幅里得到了几乎是全部的展现，就像写下了浪尖就是写下整个大海一样，辛格的叙述虽然只是让吉姆佩尔人生的几个片断闪闪发亮，然而他全部的人生也因此被照亮了。”[3] 鲁羊说：“辛格是一个了不起的作家，他写得非常的从容、平淡，带着一种非常宽松的或者是柔和的气息，但他写的东西很感动我，我永世难忘的可能有他的两篇：《市场街的斯宾诺莎》和《傻瓜吉姆佩尔》，我曾经反复地朗诵给不同届的学生听，更让我感到幸福的是，我曾经教过的学生，他们反过来给我朗读它们，那个时候我特别喜悦特别高兴。”[4] 作家北村也多次提到过辛格对他的重要影响，他认为辛格简洁而又质朴，又能通过故事表现很深的主题。他说：“我认为《傻瓜吉姆佩尔》是现代文学史上唯一成功地描写英雄的小说。因为现代社会只有这样的英雄，英雄一到现在就是吉姆佩尔，他就是英雄，因为他相信一切应该相信的，背负一切应该背负的，忍受一切应该忍受的，最后他享受他的果实：怜惜一切应快乐的……我至今还为辛格用短篇写出巨著而百思不得其解。”[5] 作家刘继明在《南方文坛》总 73 期发表《进入心灵的能力》一文高度评价了辛格，认为辛格对人性具有深邃的洞察力，值得中国作家重视，而中国文学最大的缺憾就是像辛格那种“最大限度地进入人的心灵的能力”。王毅和傅晓微在《社会科学研究》

1. 苏童、王宏图：《苏童王宏图对话录》，苏州：苏州大学出版社，2003 年版，第 40 – 41 页。

2. 崔道怡等编：《“冰山”理论，对话与潜对话》，北京：工人出版社，1987 年版，第 112 页。

3. 余华：《温暖的旅程·序》，北京：新世界出版社，1999 年版。

4. 汪继芳等：《作为一个艰苦写作的人——鲁羊访谈录》，载《南京评论》，2002 年 1 月期。

5. 北村：《十读》，载《青年文学》，1998 年第 8 期。

2005 年第 4 期发表《从卡夫卡到辛格：中国先锋派的转向》对辛格对中国先锋作家，主要是对马原、苏童和余华的影响进行了综述和分析。

20 世纪 90 年代以来，研究辛格的文章数量继续增加，对辛格的研究也到了某种新境界，使得辛格研究有以下几个方面的突破：

第一，对辛格小说主题模式的深入探讨。在这方面比较早作出论述的是聂林发表于《山东外语教学》1994 年第 3—4 期的《固守与回归——兼论辛格创作的传统取向》，指出辛格小说大量采用了“浪子回家”模式，从而强调了回归犹太传统信仰的重要性。其后，最为出色的一篇文章是赵琨的《犹太文化的方舟——辛格小说创作主题模式的文化意蕴》。在文章中，作者对辛格小说的“回归”与“悖谬”的主题模式进行了如此剖析：

按照辛格的小说描绘，进入 19 世纪以来，随着波兰资本主义工业文明的兴起，犹太传统生活滞留落伍的一面似乎越发鲜明。受到欧美大陆物质文明的吸引，犹太人激发了久受压抑的个人欲望，开始对异文化产生向往情绪；而近现代以来的数次排犹狂潮，更促使犹太人反思弥赛亚的救世神话，不愿坐等上帝的来临。此时涌入“格托”的各种运动、思潮，如启蒙时代的自由主义精神，资本主义经济发展初期的个人主义价值原则，犹太复国主义，犹太神秘主义，共产主义，工人运动等等，都为犹太人提供着新的价值参照。传统面临着危机，辛格以全景式笔法勾勒了犹太人的躁动心态。在他的笔下，既有被冠之以“同化者”之名的背教者，又有在传统和现代之间痛苦踱步的思考者；既有对“世界主义”的自欺欺人的信奉，又有以放纵来报复上帝的黑色幽默和无奈；既有对以暴力手段自救的迷狂，更有享乐主义和精神胜利法消除不去的阴郁悲哀。

另一方面，辛格小说又在情节设置上出现了惊人的相似：追求世俗爱情自由的，反遭到遗弃背叛；从犹太教束缚中逃逸到尘世的，陷入深深的空虚落寞；听从魔鬼蛊惑的，跌进地狱深渊；处心积虑以求同化的，被非犹太世界视为具有更大的“危害性”……总之，谁抛弃了犹太教义的基本信条，背弃了犹太道德良心，谁就归于幻灭、堕落和死亡；谁珍惜犹太历史，认同犹太身份，复归犹太精神传统，谁才会找到最终的生存价值。小说暗示了对传统价值的回归与肯定。而这里所说的“回归”虽是主人

> *公心理流程的终点指向，但在辛格笔下，“回归”并不意味着对犹太教规教条的简单抱守或重建古老的“格托”生活圈，而是一种“适度同化”与坚持“犹太性”精神内核两相契合的浪漫理想。*
>
> *但是，辛格小说中的“回归”几乎都包含着欲作分裂的内部张力。“回归”过程中的，甚至“回归”之后的悖谬感，成为主人公们常见的心态。这种悖谬感的出现不是个别人物内心的瞬时现象，而是贯穿文本始终，因而我们有理由认为，“回归”与“悖谬”直接参与建构了小说的主题模式，而这二者的浑然璧合，又使辛格小说在主题模式上具有了某种恒定性。*[1]

1. 赵琨：《犹太文化的方舟——辛格小说创作主题模式的文化意蕴》，载《外国文学评论》，1997年第2期。

应该说，这种看法相当有见地，是在对辛格小说认真解读的基础上提炼出来的，有助于进一步解读辛格的所有作品。同时本文还探讨了辛格小说主题模式的文化意蕴到底体现在哪些方面，作者认为有四个方面，首先是辛格小说的主题模式展现了犹太人对民族身份与流亡历史以及传统信仰、文化传统等的复杂态度；其次，辛格小说的基本主题模式包含了对当代文化接触课题的思考，体现了犹太民族日益面临的文化保持与文化变迁的两难；第三，辛格小说“回归”与“悖谬”相结合的主题模式，从侧面肯定了犹太传统本身难以言传的价值魅力，而这种文化的价值正是辛格小说主人公最终“回归”的内在动因；最后，通过对异文化的反思和犹太人归附传统历程的描述，辛格小说借相近的主题模式表达了犹太人对本位文化价值的意义的再认识和认同。

第二，是对辛格创作动力与支点的反思与探索。在这个方面，傅晓微在辛格诺贝尔奖《受奖演说》的基础上提出了“民族忧煎情结”的说法，用自己的说法谈了一个似为大家忽略的大问题，她认为：“辛格既有从‘一种死了的语言’中开掘出鲜为人知的‘奇珍异宝’的眼光，又能从斑斓眩目的现代西方世界揭示出纸醉金迷背后精神空虚、人性堕落的衰败趋向，这种敏锐的艺术洞察力无疑得到忧煎情结的滋养。他的以传统语言、传统手法来写传统题材以挽救犹太传统、建造犹太文化方舟的艺术风格，无疑受到了忧煎情结的浸润。辛格通过描写犹太民族在放弃与坚守传统时的激烈冲突中寻求一个古老民族的新出路的漫长与艰难，揭示出一个现代人类共同关心的话题，是忧煎情结作用的必然结果。从这些意义上说，辛格的创作思想、艺术风格、作品内容，无不刻有忧煎情结的烙印，受到忧煎情结的统摄。”“可见，‘民族忧煎情结’

是辛格全部作品的出发点和归宿，也是作者创作的根本动力。虽然它不无偏执，不无幼稚，甚至不无缺陷，但确是一种称得上伟大的民族之子的激情，一种凝集在作家身上的救亡图存的民族使命感。这种崇高的情怀似是文学大师的一种基本要素，在托尔斯泰、契诃夫、屈原、鲁迅……的作品中都不乏民族使命感，这也从一个侧面说明辛格从人才济济、成果骄人的当代犹太作家群脱颖而出决非偶然。而辛格立足于自己用意第绪语建造的'犹太文化的方舟'，在现代派文学理论喧嚷的 20 世纪世界文坛上，吹进了一股来自 19 世纪的祥和清风，赢得 20 世纪文坛上傲视群雄的一席之地，不妨说也是忧煎情结的功效。"[1] 这一角度和看法都比较新颖。

1. 傅晓微：《辛格"民族忧煎情结"探析》，载《外国文学评论》，1998 年第 3 期。

第三，运用新理论、新方法对辛格作品做出新的解读。张再新发表于《外国文学》1998 年第 5 期的《羽毛皇冠的符号象征游戏——评辛格的小说〈羽毛皇冠〉》，运用的是德里达的解构理论来解读辛格小说，得出真理不过是一套话语的结论。毕青、程爱民发表于《外国文学研究》2002 年第 2 期的《〈卢布林的魔术师〉中的符号矩形方阵》，用结构主义和文学符号学中格雷马斯"符号矩阵"理论来解读《卢布林的魔术师》，论证主人公回归雅夏从反犹太和非犹太回归犹太传统的必然性。刘俐俐发表于《名作欣赏》2002 年第 2 期的《在魔鬼与拉比之间，该听谁的——读艾萨克 · 巴什维斯 · 辛格的〈傻瓜吉姆佩尔〉》，则用叙事学方法对《傻瓜吉姆佩尔》进行解读。

第四，最重要的突破在于对辛格宗教信仰背景与小说创作关系的研究上。和上边提到的中国作家们相反，国内学术界对辛格的宗教信仰背景一开始是持反对、批判的立场，认为他洒上"宗教圣水"是其严重局限，有的论者甚至从辛格小说中读出了他对宗教生活对人的"奴役和愚弄"以及人被宗教"异化"的悲惨命运，有的干脆认为辛格虔信的背后其实是怀疑，他是一个矛盾重重的启蒙主义者等等，这显然都是对辛格的极大误解。

这个方面，笔者发表于《社会科学论坛》2004 年第 8 期的《启蒙 · 人道 · 信仰——从鲁迅到余华再到辛格小说中的"三愚"》和陆建德发表于《当代外国文学》2006 年第 2 期的《为了灵魂的纯洁——读辛格短篇小说有感》两文都肯定了辛格的犹太教信念对他创作的积极影响，充分肯定了辛格笔下吉姆佩尔作为"圣愚"精神的重要意义，这应该是较为符合辛格创作实际的。

从专著来说，傅晓微于 2006 年在人民文学出版社出版的《上帝是谁——辛格创作及其对中国文坛的影响》当是一部力作，她认为："从六岁到八十七岁去世，辛格始终以自己的方向追问‘上帝是谁’……紧紧盯住犹太文化对‘上帝是谁’永无止境的拷问和追求，也许就抓住了辛格和犹太文化的精髓。从这个意义上说，接近辛格的捷径，也许是敢于质疑‘上帝是谁’；辛格给中国文坛的启示，也是那个犹太文化的永恒命题：‘上帝是谁’。”[1]全书共分四章：第一章是辛格特点与辛格研究热点；第二点是文化背景与辛格上帝观；第三章是辛格创作思想及其创作实践；第四章是辛格在中国。书中论述了辛格“民族忧煎情结”对其创作的重大影响，正面提及犹太文化和犹太教信仰对辛格的有益影响，也提到信仰给辛格带来的某种特殊张力，反省了中国学界对犹太教和基督教的误译、误读和误释，并剖析了误解的主要原因。这是中国学界第一部对辛格创作和辛格在中国影响进行总结和反思的力作。

当然，傅晓微的专著研究辛格借助的主要还是英文和中文资料，对辛格原本的意第绪语作品仍无法进行第一手资料的梳理和研读，这不能不说是她乃至中国学界的憾事。

至此，我们已纵览了两位意第绪文学大师在中国被接受的整个过程。在这一过程中，我们看到阿莱赫姆是前热后冷，近 20 年学界几乎没有什么深入研究，只在《少年文艺》2006 年 9 月下半月刊有夜迦罗一篇《孤儿的快乐》，是对阿莱赫姆《我真幸运，我是一个孤儿》的鉴赏；而辛格借助诺贝尔奖来到中国，可谓后来者居上，一直热到现在，仍不见降温趋势，研究成果更是蔚为大观，在好几个方面都有突破，尤其作家和精神资源的关系得到比较充分的关注。阿莱赫姆作为意第绪文学人道主义作家的代表，他近来受冷遇是否也说明了启蒙背景下的那种较为浅近的人道主义遇冷呢？辛格热背后是否也昭示出学人和作家对精神资源问题的普遍关注呢？！

1. 傅晓微：《上帝是谁——辛格创作及其对中国文坛的影响·前言》，北京：人民文学出版社，2006 年版。

第九章　以色列文学在中国

以《圣经》为依托的希伯来文学，以意第绪语为依托的意第绪文学，和以以色列为依托的以色列文学，恰好构成了希伯来文学影响中国文学的三大部分。之所以如此划分，也和希伯来民族公元1世纪彻底“流散”，其国家不复存在，之后到1948年才重新建国有关。但以色列建国后，中以迟至1992年才建交，文学方面交流的程度之浅可想而知。

这个方面，学者徐新翻译介绍阿格农的小说和学者傅浩翻译介绍阿米亥的诗歌都算得上具有开拓之功。其后，1998年，中国社会科学出版社推出的“当代以色列名家名作选”和2004年上海译文出版社开始推出的以色列文学大型译丛，都算得上颇具规模地介绍以色列作家作品的大举措，对中国作家和读者们造成了较为强烈的冲击，一些当代中国作家也开始坦言自己从以色列文学受到了较大的影响。

第一节　阿米凯诗歌与阿格农小说在中国

希伯来语属闪含语系闪语族，乃以色列官方语言，也是犹太人宗教、文学和世俗语言。公元 1 世纪，犹太人反抗罗马帝国起义失败后，耶路撒冷被毁，犹太人进入了“大流散”时期，希伯来文称为“Galut”，在西方一般用专门词汇“Diaspora”来称呼。200 年左右希伯来口语逐渐消失，先后为阿拉米语、阿拉伯语等取代。1881 年左右，在“现代希伯来语之父”埃利 · 本 · 耶胡达等努力下，这门死了近 1700 年的语言竟然“复生”，形成以书面语为基础的口语，并不断发展，产生了越来越大的影响。以色列建国后，舍意第绪语而以希伯来语为官方语言，更使这门语言得到越来越广泛的应用，茅盾等作家在 20 世纪上半叶宣称希伯来语必将灭亡，被历史证明是错误的判断。[1]

1. 关于希伯来语与以色列民族和国家的关系，可以参考钟志清《希伯来语与以色列国》一文，载《万象》，2008 年第 10 期。

1948 年 5 月 14 日，以色列建国。到 1949 年下半年，全世界共有 53 个国家承认了以色列的合法地位，包括美国、苏联、英国和法国等，1949 年 5 月 11 日，联合国接纳以色列为第 59 个会员国。1949 年 10 月，中华人民共和国成立，1950 年 1 月 9 日，以色列内阁即承认新中国的合法性，是中东第一个承认新中国的国家。1950 年 1 月 16 日，周恩来回电表示欢迎和感谢，并希望两国尽快建立外交关系。但因为以色列与阿拉伯国家错综复杂的关系，中国着眼于同阿拉伯国家一大片发展关系，并在 1956 年坚决支持埃及反对以色列，从此，中以关系竟进入了长达 30 年的“冻结时期”。到 20 世纪 80 年代初，中国对外政策方面做了重大调整，中以关系逐渐开始“解冻”。1982 年起，中国允许以色列学者以个人身份来华访问，之后，两国也开始了经贸、科技和文化多方面的民间来往。1992 年 1 月 24 日，中国外长钱其琛和以色列副总理兼外长戴维 · 利维在北京签署了两国建交公报，宣布中以建立大使级外交关系，至此，两国才正式建交。

中国人民和犹太人民本来就有很好的关系，“二战”期间有很多犹太人在中国避难，各自建国后，应该早就有国家之间的友好关系，却因着国际大环境的影响而推迟了这么多年才建交，这必将影响到两国的文学交流。文学没有国界，但文学家却有祖国，文学的交流或多或少总会受政治局势之影响。

1992 年 1 月 24 日，中国与以色列建交签字仪式在北京举行

不过，在中以建交之前就借助英文资料，向新中国读者介绍以色列作家的是钱鸿嘉、徐新和傅浩这三位学者，他们分别介绍的是阿格农和阿米亥。

阿格农（Shmuel Yosef Agnon，1888—1970）生于波兰一虔诚犹太教信徒家庭，他从小在犹太会堂接受传统教育，学习《摩西五经》与《塔木德》。1907 年，阿格农来到巴勒斯坦，住在雅法，开始发表作品，并常到耶路撒冷朝圣。1913 年他去了德国。1924 年重返巴勒斯坦，住在耶路撒冷。他移居耶路撒冷之后，开始只用希伯来语创作，创作了长篇小说《婚礼华盖》（1931）、《一个简单的故事》（1935）、《宿夜的客人》（1939）、《去年》（1945）、《希拉》（1971）和中短篇小说集《大海深处》（1935）、《两个传说》（1966）、《21 个短篇小说》（1970）、《失去的书及其他短篇》（1995）等。1966 年阿格农获得诺贝尔文学奖。

耶胡达 · 阿米亥（Yehuda Amichai，1924—2000），当代以色列拥有读者最多的诗人，其诗作在以色列可谓家喻户晓。他出生于德国一个犹太教家庭，在正统犹太教学校接受教育。1934 年移居巴勒斯坦，“二战”期间，参加过英军犹太纵队。1950 年代之后相继发表《现在和其他日子》（1955）、《两个希望之遥》（1958）、《在公共花园》（1959）、《铃声与火车》（1968）、《并非为了记忆》（1971）、《时间》（1977）、《巨大的宁静》（1980）、《你本是人，当归于人》（1985）、《睁开眼睛的土地》（1992）、《开 · 闭 · 开》（1998）等 15 部诗集，小说和戏剧若干。

1981 年 1 月，福建人民出版社出版了《逾越节的求爱——现代外国短篇小说集》，由钱鸿嘉等译，收入了 20 个国家与地区的二十几位现代和当代作家的 27 篇优秀短篇小说，小说集的题目便来自阿格农的一部同名短篇小说，这可以说是新中国第一次介绍当代以色列作家。这篇小说反映了犹太人逾越节的风俗，写到一位诵经室执事米切尔在逾越节向一位寡妇求爱的故事，歌颂了犹太教徒因敬虔爱主就会得到上帝报答这样的观念。译者对此故事有些误读，认为“这里描写了一个小职员内心的空虚与凄凉寂寞的晚景，从而反映出以色列社会面貌的一个轮廓”云云[1]。

1.［以色列］阿格农等：《逾越节的求爱——现代外国短篇小说集》，钱鸿嘉等译，福州：福建人民出版社，1981 年版，第 251 页。

1990 年，《当代外国文学》第 2 期登载了徐新的论文《阿格农及其佳作〈大海深处〉》。徐新在文中认为阿格农的文学成就是自《圣经》之后希伯来文学史上的又一个重要的里程碑，但当时的《中国大百科全书》（外国文学卷）竟然只字未提，令人感到遗憾。接着他又介绍了阿格农的生平与创作，对阿格农重要作品都有介绍。尤其对《大海深处》，徐新指出犹太人回归耶路撒冷，既有民族复兴的强烈愿望，更有质朴而伟大的信仰因素，不得不令人肃然起敬。文章也指出了《大海深处》的几大艺术特色：一是曲折的情节，二是深刻的寓意，三是浪漫的色彩，四是优美的描写，“通过这一诗一般的描写，景物的‘美’不仅得到了淋漓尽致的表现，而且与人物内心的‘喜’达到了融洽无间的地步”[2]。

阿格农

2. 徐新：《阿格农及其佳作〈大海深处〉》，载《当代外国文学》，1990 年第 2 期。

如果说这篇文章算是新中国研究当代以色列文学的先声之作，那么，1991 年，《外国文学》第 1 期刊登了傅浩翻译的阿米凯（即阿米亥）的 15 首诗，就该算是当代以色列作家在中国文坛的第一次正式亮相。同期，傅浩又写了一篇推荐和介绍阿米凯及其诗作的文章《耶胡达 · 阿米凯和他的诗》，里边谈到阿米凯在中国鲜为人知，而他本人也是通过阿米凯的英文诗集《阿门》才知道了这位了不起的诗人。傅浩称这本薄薄诗集中的诗作“平易而瑰奇”，“比喻和意象尤其令人叫绝”[3]。文中也介绍了阿米凯的诗歌创

3. 傅浩：《耶胡达 · 阿米凯和他的诗》，载《外国文学》，1991 年第 1 期。

作，推重阿米凯为当代最优秀的希伯来诗人。

耶胡达·阿米亥

1992年，傅浩翻译了阿米凯181首诗歌，又写了一篇长长的“译者序”来全面介绍阿米凯的诗歌创作。1993年，中国社会出版社正式推出新中国第一位当代以色列作家的个人作品《耶路撒冷之歌：耶胡达·阿米亥诗选》。在“译者序”中，傅浩再次提到阿米凯的英文诗集《阿门》，也介绍了希伯来语的发展过程，介绍了希伯来传统诗人、第二代诗人和第三代诗人。而阿米凯属于第三代诗人，他和其他诗人一道“真正完成了希伯来语诗歌的现代化”。他的诗集《阿门》标志着阿米凯诗风从意象繁复炫目到简洁真朴的转变。傅浩指出阿米凯诗歌的一大特点是其主题或视角往往并非单一，而是一对对矛盾或类比的组合。阿米凯的宗教其实就是爱。他另一个重要主题是他自己，他不再在诗歌中扮演先知，而成为一个敢于自我剖析、自我批评的现代普通人。傅浩也指出读他诗的印象往往是单纯、透明、凝练，并分析了为何有这样的印象，同时介绍了这个选本选译自七种英译诗集《耶胡达·阿米亥的早期诗集》、《游记》、《耶路撒冷诗篇》、《时间》、《阿门》、《大宁静：问与答》、《耶胡达·阿米亥诗选》。

此书的出版在中国引起了热烈反响，1993年3月3日，来自文学界、学术界、外交界、新闻界、出版界的100多位中外人士聚集在北京建国饭店，庆祝中国第一本以色列诗人作品选集出版。耶胡达·阿米亥专程从耶路撒冷赶来参加庆祝活动。很多人也电话或函告傅浩这是他们近年来读到的最好的外国诗选集，《珠海特区报》和《作家报》等也刊登了称赞该书的书评。

9 年后，到了 2002 年，在上书基础上，傅浩又新译了 64 首诗作，翻译出版了《耶胡达 · 阿米亥诗选》上、下册，由河北教育出版社出版，列在该社“20 世纪世界诗歌译丛”第 1 辑中。

这本诗集中除了名诗《上帝怜悯幼儿园的孩子》外，最重要的一首应该算《季夏之末》了，此诗充分流露了诗人信仰失落后的精神景观，读来令人惊心动魄：

我厌倦了夏季。
静静的尼庵顶上升起的烟
是我所能说出的一切。
这一年冬季将来迟，
当我们为它的来临作好准备
而我们并不情愿之时。

我厌倦了。且咒诅那三大宗教，
它们不让我在夜间安眠，
那混合着钟声、宣祷者吼声、羊角号长鸣和嘈杂赎罪声的一切。
啊，上帝，关闭你的屋门，让世人休息吧。
你为何还不遗弃我？
这一年岁月踌躇。
夏季拖延。
若非这些年来我强忍住的泪水，
我早已像荆棘一样枯干。

我内心里一场场大战在可怕的寂静中进行，
只听得成千上万汗湿裸体的角斗士的喘息声。
没有铁器，没有石块，只有肉体，像蛇一样；
后来，他们将由于厌倦和疲惫而松开彼此倒下，
将会有云，将会有雨，

当我们为此准备好，而我们并不情愿之时。[1]

1.［以色列］耶胡达·阿米亥：《耶胡达·阿米亥诗选》（上），傅浩译，石家庄：河北教育出版社，2002 年版，第 57 – 58 页。

另外，还有杰作《民族思想》，提到了耶稣的神迹和试图用现代口语重述上帝的愿望。毕竟，阿米亥的诗也表达了在世俗生活中渴望神圣、眺望彼岸的内心感受。

该书还收录了傅浩的两篇文章《以色列诗歌的历程》和《耶路撒冷之忆》。前文提到以色列诗歌主要是指以色列建国以来的现代希伯来语诗歌创作，接着他也回溯了希伯来语和希伯来诗歌在历史上的发展，提到现代希伯来诗歌与文学开始于民族诗人比亚里克，也介绍了两代诗人的代表。第三代希伯来语诗歌即以色列诗歌，重要诗人有阿米亥、纳坦·扎赫（1930— ）和大卫·阿维丹（1934— ）等，傅浩认为：“这一代以希伯来语为母语的战后新诗人的思想感情与他们的前辈截然不同，他们倾向于降低声调，退避集体经验，对现实做自由观察，采用自由诗体以及从以普希金、席勒等欧洲古典和浪漫主义作家为主要偶像转向接受现代英美诗歌影响。他们宣告了观念性诗歌的终结以及与战前古典结构和整齐韵式传统的决裂，真正完成了希伯来语诗歌的现代化。”当然，尽管转向现代，以色列诗人仍然同时把自己诗歌的根须扎入传统文化和集体经验的深处，并没有忘记他们的犹太人身份，诗歌中也体现出某种宗教情怀，“表面看来，以色列诗人较之他们的前辈，更进一步地从民族和社会的大潮流向个人经验的小孤岛退缩，但实质上，他们正是试图借此超越观念的束缚和文化的界限，而向普遍人性的大海中复归”[2]。后文中，傅浩回忆了自己与阿米亥诗歌乃至诗人本人的缘分。文章中提到 1994 年耶路撒冷举行国际希伯来文学翻译家会议期间，《最新消息报》刊登了有关会议的报导和对傅浩及其他译者的专访，同时刊登了阿米亥从英文中翻译的两首傅浩的诗《空缺》和《俯仰》，“它们也许算得是最早译入希伯来语的中国当代诗作了吧”[3]。

2. 傅浩：《以色列诗歌的历程》，见《耶胡达·阿米亥诗选》（下），傅浩译，石家庄：河北教育出版社，2002 年版，第 455、461 页。

3. 傅浩：《耶路撒冷之忆》，见《耶胡达·阿米亥诗选》（下），傅浩译，石家庄：河北教育出版社，2002 年版，第 466 页。

差不多和阿米亥被傅浩大力介绍进中国同时，阿格农也被徐新隆重译介过来，且都是从英文译介过来的。1992 年，漓江出版社推出新中国第一部以色列文学作品集，由徐新主编，第一篇便是阿格农的《女主人与小贩》。不过，徐新对阿格农小说中的宗教因素有些误解，人投机于基督教，打着基督教旗号行有违于教义的事情，应从长计议，不应该由此得出结论说这就是基督教对犹太教的压迫。而且，在《女主人与小贩》中，那位迫害人的女主人分明是所有宗教都鞭挞的“饿鬼”，因为她“嘴巴里呼出了一种只有饿鬼才会呼出的气息”[4]。

4.［以色列］阿格农：《女主人与小贩》，见《现代希伯来小说选》，桂林：漓江出版社，1992 年版，第 14 页。

其后，漓江出版社的“诺贝尔文学奖获得者丛书”可谓声势不小，阿格农单独占了一卷。

1995年2月，漓江出版社推出徐新等翻译的阿格农的《婚礼华盖》和《大海深处》，题名为《婚礼华盖》，首印7 000册，在撒母耳·约瑟夫·阿格农的作者名下边用括号标注“1966年诺贝尔文学奖获得者”字样。徐新在“译本前言”中以“现代希伯来文学的丰碑”为题详细介绍了阿格农，不再对作家的宗教背景有微词，而是承认“他的作品不可避免地打上了宗教的烙印，保持着一种自《圣经》希伯来文学问世以来的传统风格，即文学和宗教相结合的叙事风格”。在“前言”中也介绍了阿格农所推崇的犹太教哈西德派精髓在于“试图通过入迷的祈祷、内心的虔诚以及某种生活方式与上帝建立联系”，并承认这种“救世主义的信仰包含一些向上的积极因素”。这在以往的论述中是不多见的。徐新也为小说的宗教内容辩护说：“对于不熟悉东欧犹太人几个世纪以来民俗和传统的人来说，小说看上去有可能显得古怪和不可思议，然而，对于希伯来读者或希伯来文化爱好者而言，则是真切可信的。这种生活方式只是在19世纪后半叶和20世纪前半叶在欧洲不断出现的反犹主义暴行摧残下，特别是30年代希特勒对犹太民族实行的毁灭性种族灭绝政策打击下才不复存在。”对于阿格农的总体创作，徐新总结为“阿格农基于自己对犹太文化的深刻理解，选择了‘做犹太人意味着什么’作为自己创作的命题，并依据犹太人的信仰，对这一命题进行阐述。具体地说，他的作品在很大程度上把执行被犹太人视为至高无上的诫命作为主人公的生活准则而展开”[1]。应该说，这算是比较公允和到位的总结和介绍。

1. 徐新：《译本前言·现代希伯来文学的丰碑》，见［以色列］撒母耳·约瑟夫·阿格农：《婚礼华盖》，徐新等译，桂林：漓江出版社，1995年版。

对于《婚礼华盖》，徐新引用国外学者的话，称其为“现代希伯来文学的巅峰之作”。小说讲的是一位虔信《托拉》经典的信徒为女儿筹集嫁妆的故事。“他属于那种知道上帝能给每个提供所需东西的人。因此，如果上帝认为他需要更多，就会给予他更多。”因着他先求上帝的国和上帝的义，上帝报答了他的虔诚，最终心想事成、美梦成真，“如果一个人想匆忙地将他已到了结婚年龄的女儿嫁出去，他就会缺乏资金。如果他不把这件事记在心里，新郎就会被带到家里”[2]。《大海深处》讲的是一群外地犹太人到圣地耶路撒冷朝圣的故事，其中一个圣徒哈纳尼尔把头巾铺在海面上，竟借此漂流到了以色列。在一个理性主义时代，读阿格农的小说确实需要一份勇气，他借小说来布道，好以此唤醒日渐俗化的世人对上帝的敬畏之感，甚至连去圣地朝圣，他在小说中也认为“并非因为他们的正直，而是由于主的恩赐”[3]。

2. ［以色列］撒母耳·约瑟夫·阿格农：《婚礼华盖》，徐新等译，桂林：漓江出版社，1995年版，第359页。

3. ［以色列］撒母耳·约瑟夫·阿格农：《大海深处》，见《婚礼华盖》，桂林：漓江出版社，1995年版，第496页。

与此同时，朱红素根据台湾陈庆真主编、远景出版公司出版的《诺贝尔文学奖全集》第41

卷，在《贵阳师专学报》1995年第4期发表《论〈伊铎和伊南古语〉的象征手法》一文，撰文介绍了阿格农和名篇《伊铎和伊南古语》，并详细论证了小说中象征手法的运用。

其后到了1999年，人民日报出版社推出林杉、宋桂芳主编的《历届诺贝尔文学奖获得者中短篇小说金库（1901—1998）》，分为上、中、下三册，阿格农收录在下册，共收录了四篇小说：《丢失的书》、《迁居》、《费尔南》和《女主人和小贩》。其中《女主人和小贩》已经翻译出版过，剩下的三篇中，《丢失的书》是篇很精致的短篇，讲一部珍贵的书丢失的经历，让人看到最后也跟着一起扼腕叹息。

进入21世纪，上海译文出版社推出大型"以色列当代文学译丛"，选收以色列当代最负盛名的10位作家、诗人的代表作，其中就有阿格农的长篇小说《一个简单的故事》和阿米亥的诗集《开·闭·开》。在《一个简单的故事》封底有这样一段介绍：

阿格农（1888—1970）是以色列最杰出的现代希伯来小说家，1966年荣获诺贝尔文学奖。《一个简单的故事》是他创作巅峰时期的代表作之一。故事发生在20世纪初波兰南部的一个小镇，小镇上的犹太人和他们的生活构成了小说中众多的人物和深刻的主题。一位孤女寄居富裕的亲属篱下，与他们的独子发展出一段注定是悲剧的恋情。有情人终难成眷属。但生活仍要继续，生命仍在延续。男主角在历经相思之苦，消极抗争甚至精神崩溃之后终于开始坦然地面对现实和生活。作者以福楼拜和托马斯·曼式的完美技巧，用白描手法娓娓道出这个并不简单的故事，巧妙地糅合了浪漫的爱情与平庸的现实、彻骨的悲剧和世俗的幽默。

当然，除了这种反罗曼司的构思外，整部长篇小说仍在宣扬犹太教的虔信观念。甚至对于男主人公离开女主人公也自有一套说法，归结为上帝的命定。"然而上天自有办法，当海示尔还是母亲眼中的小宝贝时，有一位天使已经向大家宣布：'鲍洛克·梅尔的儿子海示尔和加达利阿的女儿蜜娜是天生的一对。'"[1]

1.［以色列］阿格农：《一个简单的故事》，徐崇亮等译，上海：上海译文出版社，2004年版，第76页。

《开·闭·开》是阿米亥的最后一部诗集，大量引用《圣经》，带有浓郁的宗教色彩，诗人认为自己的内心还有《圣经》中上帝带领以色列人出埃及的"火柱和烟柱"[2]。同时，全诗又具有鲜明的现代意识。译者黄福海在《译者跋》中对于犹太人、犹太教、犹太思想、犹太文学和阿米亥及本诗集均有介绍。

2.［以色列］耶胡达·阿米亥：《开·闭·开》，黄福海译，上海：上海译文出版社，2007年版，第10页。

2006 年 8 月，中国第一个在以色列取得希伯来文博士学位的钟志清女士在人民文学出版社出版了研究以色列文学的力作《当代以色列作家研究》，对阿格农有着详细的介绍和研究，钟志清称阿格农“使希伯来文学得到世界的认同”，“他一方面渴慕和缅怀犹太人苦难的历史，同时又勇敢地面对各种价值互相冲突的 20 世纪。他的创作承前启后，上承圣经文学、拉比文学、启蒙文学与欧洲文学，下启以色列几代优秀的小说家，影响极其深远，当今许多一流的以色列小说家均承认自己在创作上对阿格农的师承，将其视为希伯来文学创作的典范”[1]。

1. 钟志清：《当代以色列作家研究》，北京：人民文学出版社，2006 年版，第 33，34 页。

同样是钟志清，还翻译了以色列著名学者格 · 谢克得（G Shaked,1929 —2006）的《现代希伯来小说史》，于 2009 年 3 月在商务印书馆出版。这部巨著介绍了四代希伯来作家的文本、经历和风格以及他们与当时以色列历史的关系，要言不烦又深入细致。尤其对阿格农，从以色列本土评论家角度给出了更为深刻和更有力度的概括，应会对中国学界进一步研究和接受阿格农起到作用。

总之，不管是阿米亥还是阿格农，在以色列乃至全世界尽管取得了很好的文学地位，创作成就非凡，在中国也有一定的翻译和介绍，但总的来看，还不算特别全面和深入，尤其研究文章，还不多，但可喜的是，翻译以色列作家的力度在加大，深度在加深。

而真正算是比较全面和深入被介绍到中国来的当代以色列作家，而且和中国作家有着更深入交流和沟通者非阿摩司 · 奥兹莫属。

第二节　奥兹带来的声势

2007 年 8 月 26 日，应中国社会科学院外文所邀请，以色列当代著名作家阿摩司 · 奥兹（Amos Oz，1939— ）抵达北京，开始了为期两周的访华行程。这期间他参观访问多处名胜古迹，与北大学子见面，出席《爱与黑暗的故事》中文版首发仪式，与多家出版社和媒体记者见面，并在北京国际图书博览会期间与中国作家莫言等进行了座谈。2007 年 8 月 29 日，《中华读书报》发表了钟志清对奥兹的访谈文章《阿摩司 · 奥兹以写作寻求心灵宁静》。在访谈中，奥兹谈到了自己对中国的印象，说自幼读了许多描写中国历史的书籍，觉得中国是一片神奇的土地，也觉得中国曾经如此贫穷和困苦。他提及自己读过沈从文的作品，觉得湘西那边的世界有“异国情调”，也读过莫言的作品，觉得莫言是一个优秀作家。他介绍了“写作的目的是为了追忆过去”的自传《爱与黑暗的故事》，谈到对父母、对耶路撒冷、对书等的爱，也谈到母亲之死对自己童年造成的黑暗，因此才起名为《爱与黑暗的故事》。他也谈到作家舍伍德·安德森、契诃夫和阿格农等对自己创作的影响。最后，他说：“写作也是一种治疗心灵创伤的方式，我想很多作家会对此产生共鸣。”[1]

1. 钟志清：《阿摩司·奥兹写作以寻求心灵宁静》，载《中华读书报》，2007 年 8 月 29 日。

莫言与奥兹见面

同期，《中华读书报》又发表了署名为“仙人掌”的文章《阿摩司·奥兹在中国》，介绍了奥兹在中国的译介和影响状况：

自 1998 年以来，南京译林出版社独具眼光，在没有任何外来资助的情况下，购买了奥兹作品的五部版权，相继出版了《何去何从》（姚永彩译，1998）、《我的米海尔》（钟志清译，1998）、《沙海无澜》（姚乃强、郭鸿寿译，1999）、《了解女人》（傅浩、柯彦玢译，1999）、《费玛》（范一泓、尉颖颖、徐惟礼译，2000），在中国学术界、创作界与普通读者当中引起反响。迟莉、徐坤以女作家特有的品位，对奥兹的《我的米海尔》表现出强烈认同，池莉甚至不止一次谈及奥兹简约而富有诗意的语言对她本人的震撼及对其创作所产生的影响，我想这在相当程度上标志着奥兹在中国读者群体中所获得的可喜成功。1999 年，《我的米海尔》获得中国第五届优秀外国文学图书奖。2004 年，台湾皇冠出版社又从译林购买了《我的米海尔》的一部分版权，出版《我的米海尔》、《了解女人》中文繁体版；上海译文出版社亦将《黑匣子》（钟

志清译）的中译本推向市场，在纯文学作品中卖得不错。2006 年，中国社会科学院外文所和上海文化艺术有限公司共同策划出版了奥兹的《莫称之为夜晚》（庄焰译）、《鬼使山庄》（陈腾华译），译林出版社出版了短篇小说《风之路》的新译（钟志清译，见《爱的讲述》）。

而且，译林出版社在 2004 年又买下奥兹问世于 2002 年的长篇小说《爱与黑暗的故事》的版权，也由此引起了一个美好的承诺，后经过中国社会科学院外文所与以色列驻华使馆和译林出版社的共同努力，促成了奥兹 2007 年的中国之行。《爱与黑暗的故事》一向被公认为奥兹的巅峰之作，仅五年时间就翻译成 20 余种文字，相继在美国、英国、法国、德国、意大利、西班牙等国家获奖。[1]

1. 仙人掌：《阿摩司·奥兹在中国》，载《中华读书报》，2007 年 8 月 29 日。

2007 年 8 月 31 日，奥兹与莫言在北京晤谈，奥兹称赞莫言描写农村生活时有历史和学术深度，称赞莫言写残酷场面时有悲悯情怀，也称赞他写战争写得好，角度也选得好。莫言称赞奥兹站在全人类而非民族主义立场处理阿以冲突，也称赞他把前辈当成孩子来写，写起来非常从容，甚至承认自己做不到这一点。莫言很谦虚地说："我在写《红高粱家族》和《天堂蒜薹之歌》时，以及我以前的一些创作中，描写了悲剧和战争，不过，我在处理这些事件时剑拔弩张，慷慨激烈。您在创作时也处理了许多重大历史事件，而采用的则是一种非常宽容舒缓的笔调，我觉得您这种手法比我要高明，所以我说您是我的老师。"[2] 尽管谦虚，但还是看到一位中国作家对奥兹的由衷钦佩之情。

2. 钟志清：《跨文化之间的对话：奥兹与莫言对谈》，载《文学报》，2007 年 9 月 27 日。

此后，这次对话晤谈也以《跨文化之间的对话——奥兹与莫言对谈》刊载于《世界文学》2008 年第 1 期。

《中国图书商报》2007 年 9 月 11 日发表了任志茜的访谈文章《奥兹：让步意味着对生命尊重》，提到了奥兹自己对《爱与黑暗的故事》和《我的米海尔》等作品的评价，也提到了利用文学来认识不同民族心灵的重要性。2007 年 9 月 18 日，《文艺报》发表王杨的文章《来自另一个古老民族的声音和身影——以色列著名作家阿摩司·奥兹访华》，里边提到了奥兹在社科院发表题为"以色列：在爱与黑暗之间"的演讲，奥兹认为犹太人是书的民族，后人不能失去这种宝贵的遗产。书籍的翻译和阅读文学作品是中以两国之间最好的交流。奥兹着重谈到现代希伯来语的复兴，认为以色列是一个大熔炉，这使以色列文学呈现多样性。一个作家的创作往往融入不同的文学传统，对于作家来说，这是好事。伟大的文学就是作家试图从其他文化的视角来看待自己，就这一点来说，世界各地的文学都是一样的。对于《爱与黑暗的故事》，奥兹认为这不是一部黑白分明的小说，而是白与白却无法共处的悲剧，并指出：“这种悲剧在我的作品中很常见。”最后奥兹总结说：“人要学会与自己生活，倾听自己的声音。《爱与黑暗的故事》实际上是我自己的和平进程。”[1]2007 年 9 月 19 日，《人民日报 · 国际副刊》发表了王小光对奥兹访谈文章《用文学架起心灵之桥——访以色列著名作家阿摩司 · 奥兹》，里边提到奥兹对中国的印象，奥兹说有一个嬗变的过程：“在我的脑海中，呈现过三个中国，一个是幼年时从母亲故事中听到的中国——一片充满神奇魅力的土地，所有梦想都可以实现；另一个是从书籍中认识的中国——一个充满辛酸、痛楚、饥饿的国度，让人联想起犹太民族的苦难；第三个就是我这次亲眼所见的崭新的中国——一个充满生机、蓬勃向上的国家，无论你走到哪里，都能感受到一种强大的创造张力，人们精神饱满、全力以赴地投入工作，乐观地面向未来。”作为文学家的奥兹，对他造访过的中国城市作了比喻说：“北京如同活力四射的小伙子，上海像个妩媚动人的年轻姑娘。”[2]

1. 王杨：《自另一个古老民族的声音和身影——以色列著名作家阿摩司 · 奥兹访华》，载《文艺报》，2007 年 9 月 18 日。

2. 王士光：《用文学架起心灵之桥——访以色列著名作家阿摩司 · 奥兹》，载《人民日报 · 国际副刊》，2007 年 9 月 19 日。

《光明日报》、《南方周末》等多家报纸也发表了对奥兹的介绍和访谈文章，《外国文学评论》在 2007 年第 4 期也刊发“动态”介绍奥兹的访问、生平与创作。奥兹之行和奥兹作品在中国的声势和影响可见一斑。

2008 年 1 月，《世界文学》杂志除了刊载“奥兹与莫言对谈”外，还登载了“奥兹作品四人谈”，编者特意提到“二〇〇七年秋天，享有世界声誉的以色列作家阿摩司 · 奥兹第一次踏上了中国的土地，在中国读书界引发了一股小小的‘奥兹热’。奥兹访华期间，中国社会科学院外国文学研究所特意举办了‘阿摩司 · 奥兹作品研讨会’。一些作家和学者纷纷就奥兹作品说出了自己的解读。现将其中四篇有代表性的发言刊登出来，或许能对我们深入理解奥兹有所益处”。学者陈众议在《第三状态》的发言中说，所谓“第三状态，在我看来，也许正是理想和现实、传统和现代、灵魂和肉体、东方和西方，以及男人与女人、个人与家庭、家庭与民族、民族与世界，当然还有含蓄和率直、严肃和通俗的关系及关系（排中律）之外的更大的可能”，而《爱与黑暗的故事》正是奥兹在“米海尔和费玛两极之间的徘徊及超越。于是，他也就更加包容和博大了”。阎连科在《耶路撒冷焦虑的炊烟》中说：“《我的米海尔》其绝妙和不凡之处，正是奥兹先生的这种饱蘸情感和诗意叙述的背后，隐隐含含的这种对耶路撒冷焦虑的暗示和揭示。他让我们感受到了汉娜的性格与耶路撒冷的历史、文化、宗教、战争之下的人的灵魂的神秘的融洽和破裂”，相比之下中国的现当代文学，阎连科认为自鲁迅后，描写家庭生活的文学作品就缺少《我的米海尔》那样的文化与精神的思考与焦虑。徐坤在《一部关于爱的小说》中高度评价《我的米海尔》的开篇，认为这部创作于1968年的作品，过去了将近40年，仍然散发着独特的魅力，因为这是一部“有关国家民族前途命运与个人生命力压抑和抗争的小说”。她认为奥兹的深刻在于既能将视野扩大到耶路撒冷的历史文化，又能深入女性的内心世界。陆建德在《超越家庭和民族》中介绍了奥兹《何去何从》、《爱与黑暗的故事》中基布兹在个人生命成长过程中的重要作用，提到超越小家建立大家的观念。

《我的米海尔》中译本书影

综上所述，可以说，奥兹算得上是在中国影响最大的以色列当代作家，就笔者所搜集的资料，足证他比以色列著名诗人阿米亥的影响要大得多。

阿摩司·奥兹1939年生于耶路撒冷，父母分别来自敖德萨（今属乌克兰）和波兰罗夫诺。他自幼受欧洲文化和希伯来传统文化熏陶，后又接受以色列本土文化的教育。奥兹12岁那年，母亲因对现实生活极度失望而自杀。奥兹受到极大震撼，也对他整个人生和创作产生重大影响。奥兹14岁时与父亲闹翻，到胡尔达基布兹居住并务农，后到耶路撒冷希伯来大学攻读哲学与文学，获学士学位后回到基布兹任教，开始了文学创作生涯。自20世纪60年代以来，奥兹发表了《何去何从》(1966)、《我的米海尔》(1968)、

《沙海无澜》（1982）、《黑匣子》(1987)、《了解女人》(1989)、《莫称之为夜晚》(1994)、《一样的海》(1998)、《爱与黑暗的故事》(2002) 等 12 部长篇小说，还有《胡狼嗥叫的地方》(1965) 等三个中短篇小说集以及《在以色列国土上》(1983)、《以色列、巴勒斯坦与和平》(1994) 等多部政论、随笔集和儿童文学作品。他的作品被翻译成 30 多种文字，曾获包括法国“费米娜奖”、德国“歌德文化奖”、以色列“国家文学奖”、西语世界最有影响的“阿斯图里亚斯亲王奖”等在内的多种文学奖，并多次被提名角逐诺贝尔文学奖，是目前最有国际影响的希伯来语作家。

《胡狼嗥叫的地方》和《何去何从》都属于基布兹小说，表现了基布兹人老一辈与年轻一辈之间的冲突，表达了理想与现实之间的深刻矛盾。《我的米海尔》通过女主人公汉娜的视角观察一出婚姻生活的悲剧，在她的眼睛中，耶路撒冷不再是一座城市，而是一个四面都是山的幻影，是令人心生恨意的伤城，一座“废墟”。[1]《费玛》写的是 1989 年 2 月 12 日周一凌晨到

1. [以色列] 阿摩司 · 奥兹：《我的米海尔》，钟志清译，南京：译林出版社，1998 年版，第 218 页。

1989 年 2 月 17 日周六安息日期间，54 岁的主人公费玛的生活和心理状态。他是一个百分之百的俗人，但又笃信希伯来神秘哲学，笃信阿以和平理想。他的父亲巴赫鲁是右翼极端分子。费玛自己的爱情生活导致灾难，通奸又导致屈辱，活在一种灰暗之中。“我们相互羞辱、相互阻挠、相互折磨，这样做并不是因为傲慢，而仅仅是因为懒惰和恐惧。我们追求善良却招致邪恶。我们努力抚慰却造成伤害。我们希望增加知识却增加了痛苦。”[2] 但在作品中，奥兹又借着费

2. [以色列] 阿摩司 · 奥兹：《费玛》，范一泓等译，南京：译林出版社，2001 年版，第 284 页。

玛鼓吹一种生活的“第三种状态”，所谓“第三种状态是一种恩赐，只有放弃一切欲望，只有没有年龄、没有性别、没有时间、没有比赛、没有任何东西地站在夜空下，才能达到”[3]。因此，

3. [以色列] 阿摩司 · 奥兹：《费玛》，范一泓等译，南京：译林出版社，2001 年版，第 372 页。

有的学者称这部小说为“宗教小说”。《了解女人》这一书名取自《圣经 · 创世记》四章一节中“那人和他妻子夏娃同房”中的“同房”之意，作者的用意很明显，认为在性的交欢中夫妻才能成为一体来了解对方，但这种交欢又可以转让出去，并不妨碍男主人公去与女邻居苟合。作家在批判中带着欣赏，没能给作品提供足够有力的思想资源。

除奥兹最为钟爱但商业上很失败的《一样的海》之外，奥兹几乎所有重要的小说均有中译本。南京译林出版社以及上海译文出版社在引进和介绍奥兹作品方面可谓功不可没。

为何奥兹小说在中国受到如此青睐？

最重要的原因，用奥兹自己的话来说：

我的小说主要探讨神秘莫测的家庭生活。家庭是最古老的社会构成单位，大概也

最为神秘。现代中国和以色列之间尽管差别很大，但我相信，我们在家庭生活的组合、家庭生活的温情、家庭生活的深处等方面有共同之处：传统与现代、价值观念与情感通常带有普遍性。我不但希望我的小说在富有人情味上让中国读者备觉亲切，而且要在战争与和平、古老的身份与全面的变化、深邃的精神传统以及改变与重建文化的强烈愿望方面唤起人们对现代以色列状况的特殊兴趣。[1]

1.［以色列］阿摩司·奥兹：《我的米海尔·致中国读者的一封信》，南京：译林出版社，1998年版。

在特意为《爱与黑暗的故事》写的"中文版前言"中，奥兹又提到这点：

假如你一定要我用一个词形容我书中所有的故事，我会说：家庭。要是你允许我用两个词形容，我会说：不幸的家庭。要是你耐住性子听我用两个以上的词来形容，那就请你坐下来读我的书。

在我看来，家庭是世界上最为奇怪的机构，在人类发明中最为神秘，最富喜剧色彩，最具悲剧成分，最为充满悖论，最为矛盾，最为引人入胜，最令人为之辛酸。因此，我主要描写单一的主题，不幸的家庭。

我写《爱与黑暗的故事》以揭示一个谜：聪慧、慷慨、儒雅、相互体谅的两个好人——我父母——怎么一同酿造了一场悲剧？怎么竟是如此怪诞的方程式，也许好和好相加等于坏？[2]

2.［以色列］阿摩司·奥兹：《爱与黑暗的故事·中文版前言》，南京：译林出版社，2007年版。

奥兹深受美国作家舍伍德·安德森（Sherwood Anderson，1876—1941）影响，认为生活不在别处就在此处，作家要善于发现此处的生活图景。他钟情于婚姻家庭生活，重在探讨家庭中"好人"之间发生的一幕幕悲剧，这确实引起了对家庭问题格外敏感的中国作家的兴趣。钟志清博士就认为："《我的米海尔》所开创的'婚姻悲剧'或者说'家庭悲剧'模式在奥兹日后创作的《黑匣子》、《了解女人》、《别称之为黑夜》等几部长篇小说中得以沿袭并创新，在以色列文坛别立一宗。"[3]

3.钟志清：《当代以色列作家研究》，北京：人民文学出版社，2006年版，第55页。

其次，奥兹小说中深厚的文化底蕴也引起了中国读者的青睐。

徐新在为奥兹的小说《费玛》中译本写的前言中说：

在笔者看来，作者是通过费玛的性关系的描写来反映生活在现代以色列人的失望和寂寞、灵魂的空虚和失落。

大凡熟悉犹太文学的人恐怕都知道，犹太文学有一个重要传统就是善于利用男女

之间的性关系作为一种隐喻来表达人与社会，特别是人与上帝之间的关系。[1]

1. 徐新：《费玛·读〈费玛〉，谈文化》，见［以色列］奥兹：《费玛》，南京：译林出版社，2001 年版。

钟志清在一篇评价《爱与黑暗的故事》文章中也提到奥兹小说中特有的文化内涵，她认为奥兹心中的“应许之地”乃是欧洲大陆而非耶路撒冷，希伯来语也并非他们新一代犹太人的母语。老一辈犹太人希望小奥兹成为学者，但小奥兹渴望成为新希伯来人，他所受的教育一方面否定“大流散”，隔断与过去的关系，认同早期的大卫，而认为后期的大卫是帝国主义者国王，认为先祖雅各不过是可怜虫；另一方面他所受的教育也倡导培养新人和土地的联系，最终奥兹违背父命，到基布兹生活，走向新生，但多年之后则又表现了对老一辈所持守的文化理念的敬意。而小说中的母亲形象则表明了老式犹太人在巴勒斯坦生活的艰难。[2]

2. 钟志清：《旧式犹太人与新型希伯来人》，载《读书》，2007 年第 7 期。

古老文化传统与现代文明间的张力与冲突，在奥兹小说中得到充分体现。这同样是 20 世纪和 21 世纪中国作家和读者们面对的难题。面对同样的难题，奥兹的探索理所应当引起了中国作家和读者的浓厚兴趣。

第三，奥兹的小说探索了复杂的人性，展现了当代以色列人信仰失落的精神景观和人文景观，和中国目前的现实有惊人契合之处。

在小说《费玛》中有一段话堪称全本小说乃至奥兹全部小说的主旨所在：

> *被上帝遗忘并不一定意味着到了末日。相反，可能还意味着像沙漠蜥蜴那样轻松、快乐、自由自在……最悲惨的命运不是被遗忘，准确地说，是慢慢消失……生命本身在慢慢变得灰扑扑的、脏兮兮的。*[3]

3. ［以色列］阿摩司·奥兹：《费玛》，范一泓等译，南京：译林出版社，2001 年版，第 243 页。

奠定奥兹国际地位的名作是《我的米海尔》，这部小说写得清新、优美，主题是婚恋悲剧，但未尝不是信仰失落和理想幻灭的悲剧，两个真诚相爱或自以为无比相爱的人在结婚十年后发现他们之间只剩下了耶路撒冷这座“伤城”和爱情的荒漠，难道真的是生活的沉重碾碎了爱？还是粗糙的生活现实暴露了原本无爱的事实？小说几乎没有什么情节，奥兹在写失重了的生活本身。所以，钟志清总结说：“阿摩司·奥兹的小说表现出当代以色列人信仰的失落。由于终日生活在战争的隐患之中，许多以色列人的内心深处不免产生一种强烈的生存危机意识。”[4]

4. 钟志清：《当代以色列作家研究》，北京：人民文学出版社，2006 年版，第 52 页。

钟志清在《译林》1999 年第 1 期发表的《以色列文坛之音：阿摩司·奥兹访谈录》中也提到了这一点。

第四，应该说奥兹小说语言的诗意美和多种多样的艺术手法打动了中国读者的心。

他许多部小说有着强烈的诗意，对生命的悲怆感和悲悯感流露在字里行间。钟志清在为奥兹小说《莫称之为夜晚》写的序中说：“小说的语言富有诗意美，掩卷之后，星光灿烂、寂寞凄清的沙漠之夜和情人间没有硝烟的战场依旧会徘徊在你的脑海，令人唏嘘慨叹。这大概就是奥兹作品的内在魅力之所在吧。”[1] 中国当代作家池莉等女作家也多次提到《我的米海尔》中那富有诗意的语言魅力对她们的巨大影响。

总之，奥兹的作品深入人性，真诚透视人性内里的黑暗与光明，揭露现代人的生存困境，鞭挞各种各样摧残人的外在因素，具有人道主义精神气质。

但和一流的世界文学大师相比，他作品中似乎缺少百转千回的超越性力量，信仰因素在他作品中往往蜕变为类似《了解女人》这样一些《圣经》字句的摆设而已，经不起多遍阅读和多遍回味。

第三节　其他以色列作家在中国

1992 年中以正式建交。这之前，除了肖洛姆 - 阿莱赫姆和阿格农的作品在中国偶有翻译和介绍外，其他作家鲜有涉及。

中以两国建交的当年即 1992 年，徐新便主编并出版了我国第一部以色列文学作品集《现代希伯来小说选》，从英文 *An Anthology of Modern Hebrew Short Stories* 小说集翻译而来，由漓江出版社出版，其篇目和作者如下：

女主人和小贩	*阿格农*
基蒂	*阿佩费尔德*
家族的力量	*巴托夫*
出路	*布伦纳*
夏末	*巴农*
一捆帆布	*塔穆兹*

1. 钟志清：《莫称之为夜晚 · 中国梦与翘首期盼的中国行——我所熟悉的阿莫斯 · 奥兹》，见［以色列］阿摩司 · 奥兹：《莫称之为夜晚》，南京：译林出版社，1999 年版。

安娜　*肖夫曼*

演说　*海·哈扎斯*

哈伊井　*阿·贝拉克*

取名　*阿·梅拉德*

曙光　*舒·哈鲁文*

排头兵　*尤·奥利伍*

桃李和面包之邦　*本·托默*

山岗攻击战　*耶·艾米海*

瞎眼女　*亚·斯坦伯格*

俘虏　*史·伊扎尔*

游牧人与蝰蛇　*奥兹*

植树节过后　*阿尔蒙格*

猎手涅姆罗　*伊·奥巴斯*

待到黎明时　*穆·沙米尔*

徐新在此书的“序”中指出，由于历史的原因，已有一百年历史的现代希伯来文学基本上没有介绍到中国来，成为我国外国文学研究领域中不应该有的一个“空白点”，致使外国文学研究界、翻译界和读书界至今对它感到生疏。[1] 在同一篇“序”中，徐新也概要介绍了现代希伯来文学的发展脉络，认为以色列建国前的希伯来文学试图回答“做犹太人意味着什么”这样一个命题，而不是去探讨“做人的意义”这样更为普遍的创作命题。而以色列建国后，这一时期的文学首先为“国家文学”服务，一大批描写以色列犹太人生活和精神风貌的作品问世。而到了 20 世纪 60 年代后，以色列开始走向世界，以色列第二代作家们的创作甚至深刻影响了以色列第一代作家。徐新对年轻的以色列文学的活力表示敬佩，同时也介绍了小说集以描写世界大战使犹太人遭受迫害的题材和反映巴勒斯坦犹太人生活题材为主，重点推荐了《基蒂》和《女主人与小贩》。不过，他对这两篇小说的宗教背景有些隔膜，一并解读成基督教对犹太人的迫害，显然并不太公正。

当然，这本小说选是中华人民共和国第一部翻译以色列文学的作品集，这篇“序”是第一

1. 徐新：《现代希伯来小说选·序》，桂林：漓江出版社，1992 年版。

篇向国内介绍以色列文学的论文，其开拓性的意义不容抹杀。

1993 年，何大明翻译出版了《以色列的瑰宝——神秘国度的人间奇迹：“基布兹”短篇小说选》，和上一本书一样，都得到了希伯来文学翻译研究所的资助，也都是从英文翻译过来的，由河南人民出版社出版，其篇目和作者如下：

拉水箱	*伊·斯米兰斯基*
选择	*内·沙哈姆*
波尔卡舞	*伊·莫森逊*
贝拉，贝拉	*阿·梅格德*
杜宾和他的哥哥	*约·白斯鼎*
直到黎明	*摩西·沙米尔*
火车上的姑娘	*阿·阿米尔*
什罗梅	*兹·路兹*
最后的音乐会	*大卫·玛列茨*
铃	*阿·沙莫什*
在最后一辆公共汽车上	*达·沙维特*
风之路	*阿墨色·鸥兹（即阿摩司·奥兹）*

译者何大明曾参观过以色列的“基布兹”，他称“基布兹”为共产主义村，他认为 Kibbutz 译为“集体农庄”不妥，建议应译为“公社”，因为这里是按照共产主义“各尽所能，按需分配”的原则来办的，自 1980 年代以来，社员人数占全国人口的 3/100。翻译完这些小说后，译者何大明动情地说：

> *译后，我只是觉得，这个民族无愧是诞生过马克思、弗洛伊德、爱因斯坦的民族，有理想，爱探索，思想求新求异，不怕袒露自己，不怕剖析灵魂，虽然还算不上是到了“斗私批修”的境界。不遮不羞、不护短、严于责己、宽以待人，而不是相反，这是有自信的表现吧。不蒙骗他人，也不蒙骗自己的民族，是大有希望的。*[1]

译者显然对基布兹小说描绘的那个集体很着迷，这和原编者鸥兹的想法倒大相径庭。鸥兹说：“假如，从一开始，这个社会在精神上就是乐观的，如它把全部的心血都用于‘人的迅速

1. 何大明：《以色列的瑰宝——神秘国度的人间奇迹：“基布兹”小说选·代译者序》，见《以色列的瑰宝——神秘国度的人间奇迹：“基布兹”小说选》，郑州：河南人民出版社，1993 年版。

而彻底的拯救和改造’，那么它将会大吃一惊。因为，正是这些胜利地征服社会、经济、教育上诸项不公的高峰的人们，会突然发现他们自己正面临着不公正的永久性的山梁，那是客观存在的、形而上的不公：命运、爱情、孤独、死亡。这些东西的宏大和痛苦，就在于它们仍继续在施展着自己的淫威。”[1]

1.［以色列］鸥兹：《以色列的瑰宝——神秘国度的人间奇迹：“基布兹”小说选·导言》，见《以色列的瑰宝——神秘国度的人间奇迹：“基布兹”小说选》，郑州：河南人民出版社，1993年版。

《拉水箱》写基布兹集体劳动的欢乐场面。《选择》写在耕作的拖拉机坏了，妻子们怎么派人去接她们在风雨中的丈夫。《波尔卡舞》写露丝发狂跳舞，跳掉了腹中约什卡的孩子。《贝拉，贝拉……》写贝拉是基布兹妇女的典范，她因为穆里克和法国姑娘珍妮特私通而离开了基布兹。《杜宾和他的哥哥》写杜宾的哥哥似乎很有钱，其实没钱。《直到黎明》写基布兹砍掉了音乐课对几个年轻人的影响。《火车上的姑娘》写小伙子绍尔在想一位火车上的姑娘。《什罗梅》写因为丈夫有外遇带来的家庭矛盾。《最后的音乐会》是笔者认为其中最精彩的一篇小说，写著名歌唱家亚历山大·贝尔被解除了国家歌剧团男主歌手的位置，一直郁郁不乐，有一次他到耶兹里勒谷地公社开音乐会，觉得肯定徒劳无功，但没想到在这里他才真正遇到了知音，遭遇到真正的音乐之魂——

> *突然间，他明白了，他在看不见的高峰上寻求永恒，根本就不存在那儿。它就在这里，在这群欢快、无名的舞蹈者的圆圈之中。就在这里——在心中，在他的心中，在这所寒酸的木房子里跳舞的每一个人的心中。就在与他们在一起，共享他们的隐秘、他们的痛苦、他们的奇迹、他们的恐惧和他们的上帝的恩赐之中。*
>
> *突然间，他看到过去他的所有努力，去攀登伟大与荣耀的峰巅的努力，绝对是微不足道的东西。毫无价值。所有他的努力，去盘桓、防跌落、站稳脚跟的努力，都是虚荣，一文不值。完完全全一文不值。*[2]

2.［以色列］大卫·玛列兹：《最后的音乐会》，见《以色列的瑰宝——神秘国度的人间奇迹：“基布兹”小说选》，郑州：河南人民出版社，1993年版，第206—207页。

《铃》写一个男孩在公社的一段成长经历，里边提到基布兹很多人不相信上帝，但仍旧有人相信，尽管不太能明白为什么全能的上帝允许这个世界搞糟了。《在最后一辆公车上》写美人给基布兹带来的骚动。《风之路》批判吉登·沈哈夫的虚荣和自我中心导致他走向了死亡，应该算是仅次于《最后的音乐会》的优秀小说。

1993年，《当代外国文学》第4期以显著的位置，约一半篇幅推出了“以色列文学专辑”，这是国内期刊第一次集中介绍当代以色列文学。其中作为重点推出的是伊兹哈克·奥巴斯的《丽姗达之死》，另外还有五篇短篇小说（包括《往事绵绵》、《屋顶房》、《巴拉扎尼》、《杜宾和他的哥哥》和《冲突》）和十首诗歌（包括《根》、《该放弃的耶路撒冷》和《我感到》等）。

伊兹哈克·奥巴斯，又译伊扎克·奥帕斯（Yitzhak Orpaz，1923— ），生于俄国，15岁时移居巴勒斯坦，20世纪50年代发表第一部短篇小说集《野草》，相继发表了《以皮代皮》、《丽姗达之死》、《蚂蚁》、《丹尼尔之旅》、《情妇》、《永远的新娘》等小说。他勇敢吸收西方文学中的意识流等手法，成为以色列"新浪潮"作家中很有代表性的一位。《丽姗达之死》写一位校对员，躲在自己住的公寓顶层，幻想着他臆造出来的理想女人丽姗达来与他相会。邵建认为丽姗达与其说是小说中的一个角色，"毋宁说她是某种梦幻和象征"，他认为这篇小说几乎没有故事情节，有超现实主义因素，体现了相当的"先锋性"。[1]钟志清认为这篇小说"从单性生活困境本身体现出人类生存的荒诞性与悲剧性"[2]。

1994年，《世界文学》第6期推出了"以色列当代文学专辑"，其篇目和作者如下：

致中国读者　　*尼·可茵*

一个诗人的持续沉默（中篇）　　*亚·B·约书亚*

胡狼嚎叫的地方　　*阿·奥兹*

莫米克（长篇选译）　　*大卫·格罗斯曼*

四诗人诗选

上帝对幼儿园的孩子是仁慈的（外二首）　　*阿米亥*

我的父亲和母亲出去打猎了（外三首）　　*约·拉瓦琪*

机械玩偶（外一首）　　*拉·拉维考维赤*

诗被埋葬　　*迈·威塞尔蒂尔*

希伯来文学中的新浪潮与后浪潮（评论）　　*亚·巴拉班*

同时，该专辑还发表了高秋福的《"一个天生的叛逆者"——访以色列作家阿莫兹·奥兹》。这一专辑选译的大都是名家名作，尤其对以色列新生代作家大力推荐，显示了编者较为独到的眼光。

1994年8月，陈贻绎根据哈基布兹·哈梅乌哈德出版公司1993年版的希伯来文《故事集》选译了亚伯拉罕·B·约书亚（1936— ）的中篇《三天和一个孩子》。约书亚是以色列新浪潮

1. 邵建：《从文学到文化——由《以色列文学专辑》读开去》，载《当代外国文学》，1995年第1期。

2. 钟志清：《当代以色列作家研究》，北京：人民文学出版社，2006年版，第101页。

一代作家，创作重心转向个人经历和个体情感，为以色列“现代古典主义”派的杰出代表，《纽约时报》称之为“以色列的福克纳”。他的小说常探讨爱情的“神秘因素”，“直插入人们心理思维的无意识层面”。《三天和一个孩子》的中译者称此书在中国是第一次由希伯来语直接译成汉语的尝试，应该没有说错。约书亚在本书的“作者中文版序”中说：“我在中国的读者面前强调这一事实，是因为再没有别的人能够比你们更能理解历史传统在当今社会有机体中活生生的存在；同样，你们也更能理解摆在作家们面前的永久性挑战：在全神贯注于瞬息万变的新鲜事物的同时，我们也不能丧失对过去的责任感。我们不是总能够兴奋地发现上千年前的文化传统，是怎样潜移默化地影响了现当代中国作家的写作风格吗？例如唐代传奇或是《太平广记》对茅盾、鲁迅等的影响。”[1]

1.［以色列］亚伯拉罕·B·约书亚：《三天和一个孩子·作者中文版序》，陈贻绎译，北京：中国社会科学出版社，1994 年版。

这段话很重要，从中我们得知当代以色列作家对中国作家和中国作家背后的文化传统并不陌生，拿中国作家与传统的关系来类比以色列作家与传统的关系，也非常恰当。他也以自己这篇《三天和一个孩子》为例来说明和传统的关系，他这篇写于 20 世纪 60 年代的小说本来想写一个现代爱情故事，与所有民族、文化背景脱离。但以色列一个评论家仍然从故事中发现了《圣经》中“被捆绑的以撒”的影子。

约书亚这篇小说和奥兹的小说风格上有相近之处，都不顾一切追求真诚展示人物真实的内心活动，哪怕是人性中那些阴暗心理，也照样“实录”，写到一个成年人折磨昔日恋人与别的男人生的孩子的情景，令人感到震惊。

1995 年，以色列著名作家沙伯泰（Yaakov Shabtai，1934—1981）长篇小说《往事绵绵》全译本在中国问世，名为《过去的延续》，麦丽娟、谢咏译，花城出版社出版。小说采用意识流手法，着力塑造了三个主要人物，表达了作家对生活的矛盾态度：他既想积极进取，又感受到死亡带来的虚无感。小说意识流手法运用娴熟，对问题的探讨深刻而复杂，对以色列文学产生了重要影响。这部名著介绍到中国应该算是中以文学交流史上一件很有意义的事情。

高秋福 1998 年主持推出了介绍以色列文学的两部著作，一部是小说集《焦灼的土地——以色列短篇小说选》和《百年心声——现代希伯来诗选》，均由人民文学出版社出版。

前者选译短篇小说 16 篇，均为 1948 年以色列建国后小说家们的代表性著作，据以色列希伯来文学翻译研究所提供的英文翻译。书中介绍的小说包括：《游泳比赛》（本·塔木兹）写以色列民族和阿拉伯民族的关系；《黎明的哭泣》（阿·梅吉德）写父子深情；《种羊年》（伊·奥帕兹，即奥帕斯）写孪生姑娘艾特卡怀孕与死亡的经过；《我的朋友 B 的宴会》（耶·亨德尔）写 B 在死亡阴影下举办宴会；《小上帝之死》（大卫·沙哈尔）写绰号“小上帝”的人被一块砖头砸死了；《婚纱》（阿·卡 - 卡蒙）写“她”的经历与感触；《焦灼的土地》（约·坎纽克）写一个青春期孩子与姑妈和妈妈的关系；《在圣乔治群岛》（阿·阿佩费尔德）写乔霍夫斯基到岛上来寻求新的命运；《加莉娅的婚礼》（亚伯拉罕·B·耶豪舒亚）写加莉亚在婚礼上与旧情人的纠葛；《植树节后》（露丝·阿尔莫格）写女儿对死去的父亲的依恋之情；《有生之年》（奥兹）写基布兹的生活；《见证人》（舒·哈列文）写一个被德国人杀害了全家的孩子施劳密克的求学和逃学经历；《剪发》（萨·利布莱希特）写一位老太太因为过去在集中营头发长虱子的恐怖经历，就把孙女的头发剪掉了，引起了儿媳妇的强烈不满；《金纳雷特湖静如水塘》（奥·卡 - 布鲁姆）写幻灭和绝望感；还有《三条腿的鸡》（耶·肯纳兹）和《看电影》（伊·本 - 奈尔）等。其中《小上帝之死》、《见证人》和《剪发》是三篇非常精彩的小说，见证了犹太小说直面苦难的勇气和面对苦难传统信仰给犹太民族带来的迷惘。

高秋福为小说选写的“前言”对以色列文学有概要介绍，引用文学史家们的划分，把以色列小说发展史分为三个时期：第一个时期是以色列 1948 年建国以后的 20 年，代表作家有塔木兹、梅吉德、奥帕兹、沙米尔等“独立战争作家群”；第二个时期是 1967 年“六日战争”到 1982 年以色列入侵黎巴嫩战争，代表作家为坎纽克、阿佩费尔德、奥兹、耶豪舒亚、肯纳兹等“社会生活作家群”；第三个时期从 20 世纪 80 年代初至今，这个时期的特点是一批东方犹太作家和女性作家在以色列文坛崛起，代表作家为萨维昂、利布莱希特、奥·卡 - 布鲁姆、卡切尔等。[1]

1. 高秋福：《焦灼的土地——以色列短篇小说选·前言》，北京：人民文学出版社，1998 年版。

《百年心声——现代希伯来诗选》据希伯来文学研究所提供的 Anthology of Modern Hebrew Poetry 译出，介绍了比亚利克（即书中提到的“比亚里克”）、切尔尼科夫斯基、斯坦伯格、本 - 伊扎克、沃杰尔、雷切尔、格林伯格、施隆斯基、伦斯基、奥尔特曼、戈德堡、巴特 - 米里亚姆、耶舒伦、哈尔菲、普里尔、科夫纳、吉尔博亚、古里、希列特、卡米、阿米哈伊（即耶胡达·阿米亥）、西万、特雷宁、佩吉斯、约内森、平卡斯、泽尔达、多尔、阿维丹、扎克、拉维科维奇、贝赛、伯恩斯坦、赖赫、威泽蒂尔、赫维兹、瓦拉赫、吉尔德曼、沙布泰、白杰拉诺、拉奥、索密克、阿亚隆等 43 位现代希伯来诗人 206 首作品，时间跨度约为 100 年，因此题名《百年心声》。高秋福特别指出现代希伯来诗歌是指 20 世纪以来包括以色列人在内所有犹太人用现代希伯来文创作的诗歌，不包括古典希伯来文诗歌，也不包括以色列本土之外的希伯来诗歌。

在“前言”中，高秋福指出现代希伯来诗歌发展的三个阶段即初创期、成熟期与多样期：从 19 世纪末到 20 世纪初算起，到 1948 年以色列建国为止，这大约半个世纪的时间是现代希伯来诗歌的初创时期，代表性诗人包括比亚利克、切尔尼科夫斯基、本 - 伊扎克、沃尔杰、奥尔特曼等，“他们大多出生、生长在俄罗斯和东欧各国，但受的是传统犹太教育。强烈的民族复兴与民族建国思想，促使他们先后纷纷向以色列建国前的巴勒斯坦地区迁移”；第二个时期从 1948 年以色列建国到 1972 年 10 月第四次中东战争，代表性诗人包括阿米哈伊、吉尔博亚、佩吉斯和泽尔达等，从他们中间，“不少具有新的民族观念、新的艺术与审美情趣的诗人涌现出来”；第三时期是指 20 世纪 70 年代后至今，大规模战争未再发生，安全、和平与发展成为新一代以色列犹太人最为关注的问题，这一时期代表性诗人包括威泽蒂尔、瓦拉赫、沙布泰等。高秋福认为“从这一简单历史回顾可以看出，现代希伯来诗歌虽然只有百年左右的历史，却涌现出一大批优秀诗人”。[1]

1. 高秋福：《百年心声——现代希伯来诗选 · 前言》，北京：人民文学出版社，1998 年版。

诗集中既有比亚利克“悲痛挥舞着巨锤打来，/ 忍耐的岩石断裂，/ 飞溅的火花弄花我的眼睛，/ 我用诗歌将其记录”这样掷地有声的名句[2]，又有戈德堡（Leah Goldberg，1911—1970）这样清新优美的《祷文》：

2.［以色列］比亚利克：《我赢得光明并非靠侥幸》，见《百年心声——现代希伯来诗选》，北京：人民文学出版社，1998 年版，第 7 页。

教会我祝福并感谢你，
为那凋零的树叶和成熟的果实，
为自由观看、感觉、呼吸，
为自由求知、希冀、失足。

教会我祝福并唱赞美你，
既然你的时间每天都更新，
但愿我的今天不像昨日，
决不、决不墨守成规。[3]

3.［以色列］戈德堡：《祷文》，见《百年心声——现代希伯来诗选》，北京：人民文学出版社，1998 年版，第 81 页。

有趣的是，本诗集还收录了达丽娅 · 拉维科维奇（Dahlia Ravikovitch，1936— ）的一首《香港是如何毁掉的》诗歌，写她对香港的观察和感受："我现在香港。/ 这里有一条狭长的陆地伸向河里 / 河里满都是蛇。/ 这里有希腊人、中国人、黑人。/ 在纸灯笼附近，专作表演的鳄鱼 / 把嘴张得大大的。/ 谁说它们在这里会把你活活吃掉？ / 许多人涌向河边。/ 你一生从未见过这样的丝绸 / 比罂粟花还要红。"后边还写到了香港繁多的谋杀案，写到了舞龙表演和肮脏的色情交易，一切都"乱哄哄，爆炸"，香港最终也不在世界上存在，"在香港昔日的旧址 / 只有一片发红的污迹 / 一半在水中，一半在天上"。[1] 从诗歌来看，诗人对香港的评价相当负面，

1. [以色列] 拉维科维奇：《香港是如何毁掉的》，见《百年心声——现代希伯来诗选》，北京：人民文学出版社，1998 年版，第 199 – 202 页。

对香港的混乱进行了针砭，甚至预言香港最终会被毁掉。

也是在 1998 年，中国社会科学出版社推出了"当代以色列名家名作选"，全部根据以色列希伯来文学翻译研究所提供的英文小说译出，包括本雅明 · 塔木兹（Benjamin Tammuz，1919—1989）的《米诺托之恋》、露丝 · 阿尔莫格（Ruth Almog，1936— ）的《雨中之死》和奥莉 · 卡斯泰 - 布龙（Orly Castel Bloom）的《米娜 · 丽萨》等。《米诺托之恋》的英译本两度在英国被评为当年最佳英文小说。米诺托（Minotaur，又译弥诺陶），乃希腊神话中克里特王与白毛公牛所生的半人半牛怪，塔木兹以此来折射一位以色列特工对一位女性希娅的爱情，扑朔迷离，犹如迷宫一般，写尽了恋人间情与理的冲突。《雨中之死》乃阿尔莫格的代表作，写了三男两女五个人之间那错综复杂的爱恨情仇故事，以诗意的笔触写到了爱与死之间深刻的精神联系。小说叙事视角独特，风格凄绝哀婉，确实不可多得。小说中那位才华横溢、神经质的科学家亚历山大致从希腊流放到以色列的诗人耶尼斯的信中有一段对中国的描写，堪称作家阿尔莫格心目中的中国形象——

> *中国人喜欢有插图的杂志，你曾向我解释过。他们喜欢用最细的毛笔和柔和的颜色绘制小画。在中国，生活是依据不变的礼节和仪式进行的，人们的生活遵循一些明确的规则，人们安宁，满足于他们的命运。*[2]

2. [以色列] 露丝 · 阿尔莫格：《雨中之死》，朱美慧译，北京：中国社会科学出版社，1998 年版，第 126 页。

这一中国形象有点过于异国情调化了，也正看到以色列作家对中国的热烈向往之情，但也见出其隔膜之深。《米纳 · 丽萨》是以色列女作家奥莉 · 卡斯泰 - 布鲁姆的第三部长篇小说，通过荒诞不经的描述来揭示当代以色列女性在家庭与社会之间的矛盾心态和女性自我意识实现的困难。译者杨玉功在"译者序"中称这本书表现了一种"扭曲的逻辑"，认为它"平常人的

视角与反逻辑的语言构成相映成趣，想象性的比喻降落在现实的地上成为肉眼可见的东西。也许本书的意义不在于它的内容，而在于它的写法；不在于它的现实，而在于它所启示的方向；不在于在其中能读懂些什么，而在于读过之后的真实的意识转变”。[1]

1. 杨玉功：《米娜·丽萨·译者序》，北京：中国社会科学出版社，1998 年版。

同年，美籍犹太人西蒙·威森塔尔的《宽恕？！》一书被陈德中译成中文，由天津人民出版社出版。此书作者讲到他在纳粹集中营的一件真实往事，一个濒死的党卫军请求作为犹太人的他的宽恕，他一言不发，就离开了那个人。他应不应该宽恕那个党卫军？书中已经收录了当今世界 44 位名人的回答，有的主张应该宽恕，有的主张不应该宽恕。这一缠绕着犹太与雅利安两族的问题也引起了中国学者的兴趣。

邵建在《书屋》发表文章《宽恕？宽恕！宽恕……》，首先提出自己是一个“宽容论者”，“拒绝宽容倒是在认识论上陷入了一个误区，即认为自己掌控了真理，并且绝对”；但具体到是否宽恕具体的罪行，他却颇为踌躇。最后，他选择放弃回答“威森塔尔问题”。[2] 此文其实是对中国知识分子问题和鲁迅精神资源的反思，不过是借助威森塔尔来说而已。

2. 邵建：《宽恕？宽恕！宽恕……》，载《书屋》，2001 年第 7 – 8 期。

《世界文学》1999 年第 2 期推出“当代以色列中青年作家专辑”。希伯来文学翻译研究所所长尼莉·科恩女士特意写了“致中国读者”的短文，在文章中她说：“得知著名的《世界文学》杂志继一九九四年首次向读者介绍希伯来近五年后决定推出第二个希伯来文学专辑，我非常高兴。希伯来文学作品大约在十年前译成中文，从此我一直密切关注希伯来文学作品的中文翻译和出版情况，我欣喜地看到相当数量的精美作品已由多家重要出版社在中国出版。当代一系列最好的希伯来小说目前已有了中译本。另有一些作品正在翻译和出版中。以色列作家、知识界人士、研究工作者十分钦佩地注视着这项活动。”短短几年时间，希伯来文学在中国的介绍令这位学者如此欣喜不已，更见出中国在接受以色列文学方面的成绩喜人。这一次介绍和推荐的书目和作者如下：

致中国读者	*尼莉·科恩*
蓝山（长篇选译）	*梅·沙莱夫*
一千谢克尔一篇	*奥·卡斯特尔 – 布鲁姆*
玻璃帽	*娜·塞梅尔*
面具制造大师	*努·扎奇*

安特·贝尔家的悲惨故事	*埃·凯里特*
告白（外四首）	*阿·米斯赫尔*
她的声音（外三首）	*哈·平哈斯－科恩*
忧伤（三首）	*塔·格林伯格*
走进黑夜	*伊·舍恩费尔德*
禁地	*利·阿亚隆*
人像一根麦秸（外一篇）	*大·格罗斯曼*

同期，还刊载了钟志清的一篇评论文章《八九十年代以色列文学刍议》，里边提到了20世纪40年代以色列建国到80年代兴起的“帕尔马赫一代”作家群和“新浪潮”作家群，介绍了格罗斯曼和梅·沙莱夫在八九十年代的活跃，还提到了以色列女作家群的崛起，提到了以色列女性诗歌，提到这一时期的文学打破了与犹太民族情结密切相关的某些文学传统禁区，阿以关系也得到反映，而且这一时期的以色列文学特别注重和世界文学的对话，等等。

其后，1999年第6期《世界文学》刊登了以色列作家利·艾尼（Leah Aini，1962—）的小说《米卡》，讲述一位残疾儿米卡的悲惨生活，也写出了米卡顽强追求欢乐的精神。

2000年，百花洲文艺出版社和以色列希伯来文学翻译研究所邀请高秋福主编“以色列文学丛书”，准备用几年时间，把以色列有代表性的作家的代表性作品有计划介绍给中国读者。在为丛书写的“序”中，高秋福认为色列文学“流短”、“源长”、“人旺”、“物阜”，并介绍了以色列文学的几大特点：第一，受到宗教文化影响；第二，受到犹太复国主义影响；第三，“基布兹”现象对小说有影响；第四，“大屠杀文学”现象；第五，中东战争对文学有重要影响；第六，早期受俄罗斯现实主义影响较大，20世纪60年代后受欧美各种现代主义思潮影响大等等。[1]这套丛书中比较早出版的是约书亚·凯南兹（又译凯纳兹，Amalia Kahana-Carmon，1930—）的《节日之后》，写一户欧洲移民的犹太家庭在英国托管时期的巴勒斯坦家破人亡的悲剧，准确细致地揭示了以色列建国前犹太社区的艰辛生活。这户家庭努力想融入当地人的生活中去，但处处受到冷落乃至欺骗，他们亲人之间也矛盾重重，最后落了个家破人亡的悲剧，最后只有小女儿巴特谢娃回到已被当成危房不宜居住的所谓家中。这种现实主义的笔触描写还是相当深刻的。

1. 高秋福：《节日之后·序》，南昌：百花洲文艺出版社，2000年版。

《世界文学》2003年第6期用近一半的篇幅、近十万字推出“以色列大屠杀文学专辑”，发表小说8篇，包括《克莱因》（伊·本—莫代海）、《清晨与保姆在公园里》（萨·里比来赫特）、《追捕》（阿·阿佩费尔德）、《塞利娜公园一九九七》（纳·塞梅尔）、《鞋》（埃·凯里特）、《拉宾诺维奇传奇》（约·卡尼尤克）、《妮丽》（米·阿卡维亚）、《第五元素》（卡－蔡特尼克）等，发表诗歌8首，包括《小珂娣》（哈·古里）和《小路得》（耶·阿米亥）等，还刊发了两篇以色列作家谈创作，包括《大屠杀对我的作品的影响》（萨·里比来赫特）和《内在灵魂——谈创作大屠杀文学》（纳·塞梅尔），还有一篇评论，是阿·霍尔茨曼写的《80年代以色列大屠杀小说走向》。

《世界文学》编辑部在“以色列大屠杀文学专辑”的介绍中提到：“大屠杀是西方犹太人数千年流亡命运的悲剧结果，对当代以色列社会文化心理产生了巨大冲击。大屠杀文学是希伯来文学和犹太文学创作的一个组成部分，主要反映的是第二次世界大战期间欧洲犹太人颠沛流离的生存境况，以及战后以色列人对历史灾难与民族创伤所进行的交锋、认知与反思。大屠杀文学在以色列的发展历经了沉默—打破沉寂—勃兴的过程，相继受到犹太传统文学与西方文学的冲击与影响。在某种程度上，阅读大屠杀文学作品有助于我们了解犹太历史、民族身份、文化心态以及犹太人在当今以色列所面临的种种挑战。”阿·霍尔茨曼在《80年代以色列大屠杀小说走向》中指出，20世纪80年代以色列大屠杀文学的三种走向：第一个倾向是放弃直接描绘大屠杀，而是凭着第二代的体验来反映大屠杀留下的后遗症；第二个倾向是其纪实性；第三个明显特色可称之为后现代主义。霍尔兹曼认为《证之于：爱》之所以是过去十年中杰出的大屠杀作品是因为这三种手法都使用的缘故。他甚至称大屠杀在希伯来文学中是一种“永恒的基本体验”，永远都会萦绕在以色列作家们的梦中。[1]

1. ［以色列］阿·霍尔兹曼：《80年代以色列大屠杀小说的走向》，钟志清译，载《世界文学》，2003年第6期。

2004年，中国妇女出版社推出了吕和声等译的《地中海的玫瑰——以色列当代女作家优秀作品选》，从英文译出，首印3 000册，展示了以色列女作家惊人的创作实力，其中莉赫·爱妮的《直到最后一个党卫军走远》是一篇佳作，写纳粹屠犹事件对犹太人带来的难以驱散的心理阴影。

上海译文出版社2004年在以色列希伯来文学翻译研究所资助下开始编选一套大型文学译丛，选收以色列当代最负盛名的10位作家、诗人的代表作品，准备推出10卷，是迄今国内最系统最全面展示以色列当代文学创作的丛书。按中译本出版先后，其作者和书名原定如下：

阿摩司·奥兹	*《黑匣子》*
阿格农	*《一个简单的故事》*
大卫·格罗斯曼	*《证之于：爱》*
梅厄·沙莱夫	*《蓝山》*
耶胡达·阿米亥	*《开·闭·开》*
阿哈龙·阿佩费尔德	*《漂泊岁月》*
亚伯拉罕·B·约书亚	*《情人》*
约拉姆·康尼尤克	*《亚当复活了》*
约书亚·凯纳兹	*《呼唤失落的爱》*
黑姆·彼耶	*《提姆的纯粹元素》*

到2007年4月，丛书已出版至少一半篇目，引起一些作家、学者和很多读者的热情关注，其选目之精当，装帧之优美，译笔之流畅，确为目前为止国内译介以色列文学的最大工程了。这套丛书的责任编辑冯涛先生在致笔者的信中就提到这套丛书内容的深邃和博大每每令他惊叹。

按实际出版时间，梅厄·沙莱夫（Meir Shalev，1948— ）的《蓝山》比下一部《证之于：爱》先行一步。其实，早在1999年，《世界文学》第2期就登载了黄继苏的《蓝山》选译。梅厄·沙莱夫在农业合作社和基布兹长大，他的祖父辈是农民，20世纪初从俄国移居到巴勒斯坦，祖辈们在恶劣自然环境中生存、奋斗的事迹给他很深的触动，也成为他以后创作的重要素材。他的《蓝山》发表于1988年，当年就在以色列引起了轰动，连续数年在以色列位于畅销书之列，在欧美世界反响也很大，有的批评家甚至认为这是“以色列最好的长篇小说”。《蓝山》反映的是20世纪初第二代新移民从俄国来到巴勒斯坦，在这块土地上顽强生存、艰苦奋斗、建设新家园的英雄事迹。小说中的叙述者是“我”巴鲁赫，自幼失去父母，由当地最优秀的农民外公米尔金抚养长大，也遗传了外公对土地的热爱。除了外公的形象，小说还塑造了老教师皮耐斯的生动形象，还有列文、泽尔金、菲吉、利伯森等人物形象，也栩栩如生。小说在叙述方式和内在神韵上，和马尔克斯《百年孤独》惊人相似，甚至在鼓吹释放原始生命活力、对民间传说和土地的过分迷恋乃至对宗教的嘲讽等等这些方面都像，小说认为不必相信死后会复活，也不必相信什么赎罪仪式，“我们的复活即是耕种。我们的罪孽通过劳动来洗刷。我们的清算是在今生，而非来世”[1]，这几句话应该是小说的主旨所在。这确实是一部好小说，洋溢着青春的活力和积极进取的激情，叙述的是沉甸甸的生活。

1.［以色列］梅厄·沙莱夫：《蓝山》，于海江、张颖译，上海译文出版社，2005 年版，第 160 页。

大卫·格罗斯曼（David Grossman，1954— ）是以色列当代堪称大师级的著名作家，也是第一位上英国伦敦畅销图书排行榜的以色列作家。他的代表作《证之于：爱》，题目有“参见‘爱’这一词条”之意，描述大屠杀幸存者的生活，渴望以爱而非仇恨来重建日常生活。此书已经被译成二十多种文字，被认为和马尔克斯《百年孤独》和君特·格拉斯《铁皮鼓》风格类似，带有魔幻现实主义色彩。译者之一张琼在此书“代序”中有一段精彩文字来介绍此书题旨：

> *事实上，作品也可以从散居族裔的语境来分析。从当今观点来看，当犹太民族也和其他国家的民族一样迷失在金钱和权欲中时，犹太教中的爱、公正、仁慈在忧患意识深重的作家眼中，成了一种非真实的幻象。因为，人们似乎接受着全球化经济大潮下的主流价值观——如玩世不恭、自我中心、缺乏对他人的信任、物质主义以及争强好胜等，这使散居族裔的文化和信仰散播遭到了扭曲和破坏。或许正是在这样的前提下，犹太民族的创伤体验才能使这个民族的人激发起“发出自己的声音”的愿望。犹太民族遭受的历次苦难，使以色列社会承受着一种类似的心理状态——害怕信任他人。这正如书的第二部分中，莫米克在床上告诉妻子，自己将为下一场灾难做好一切准备，那样，当不幸来临时，他可以承受那种痛楚。“正是这种深深的挫败感在渗透着以色列的政治思维”，但是格罗斯曼本人不赞同悲观主义，他认为一个民族一味沉浸在仇恨的情绪中，那么仇恨就会滋生，并导致更深的仇恨。因此，他的创作，从某种意义上说，也是从爱的诠释上对人类在创伤之后给予的意识和心理修复。*[2]

2. 张琼：《证之于：爱·潜在心底的细诉——代序格罗斯曼的〈证之于：爱〉》，见［以色列］格罗斯曼：《证之于：爱》，张冲、张琼译，上海：上海译文出版社，2006 年版。

上海文汇出版社 2004 年翻译出版了当代以色列著名作家、剧作家兼导演的埃夫雷姆·基翁（Ephraim Kishon，1924— ）的短篇小说集《现在可以说了》。基翁的文字幽默诙谐，其影响早就超越了国界，这次的翻译出版算是姗姗来迟，但未能引起中国文坛和学界的重视。

综上所述，我们可以看到，中以尽管迟至 1992 年才建交，但以色列文学在中国的译介速度却很惊人。短短 15 年时间，以色列文学中重要的代表作家和代表作品就大多译成中文，这一方面有赖于以色列奉行“送去主义”和希伯来文学翻译研究所的大力推介，另一方面有赖于当代以色列文学创作成就。

第四节　中犹文化交流与以色列纪实类文学

从希伯来人和中国人的实际交往来说，学界普遍认为早在唐代，就有希伯来人沿着丝绸之路来到中国，散居在西安、洛阳、敦煌、开封、广州、杭州、宁波、北京、泉州、扬州、南京等地。到了宋朝，在开封定居的希伯来人形成了一定的规模，还兴建了会堂，但后来几乎彻底被中国文化所同化。至于同化的原因，朱维之认为首先是因为“中国人和以色列人远隔千里，但在思想深处颇多相似之点，如都有勤劳节俭、吃苦耐劳、善于经商的特征。最大的特征是，他们都是早熟的民族，信奉最早的一神教，敬天爱祖……但以色列人和中国的接触中，却在很短时期内便被深深地同化了……他们熟读四书五经和希伯来的摩西五经，加以对比，觉得犹太教和儒教教义相接近”[1]。其次恐怕和迁移来的犹太人过于分散，人数又不太多有关。因为犹太人一旦聚居，就必定有会堂，有保持其宗教信仰的基本场所，到中国来的犹太人有的建了会堂，但在兵荒马乱、灾害频发的年代多遭焚毁，使其信仰失去依托。当然，这也和中国历来没有反犹主义传统以及来到中国的希伯来人到了清朝就与外界完全隔绝有关。

1. 朱维之：《古希伯来文学史》，北京：高等教育出版社，2001 年版，第 4 页。

和《圣经》比，希伯来人的另一部重要经典《塔木德》译成中文的时间比较晚，犹太精神和希伯来精神之间的微妙差异也是很晚才引起中国学界的重视。因为本书重在探讨文学交流，纯粹文化交流层面的活动就不再赘述。不过，另一件文化交流的大事倒确实和文学有关，那就是 20 世纪上半叶，尤其“二战”期间，成千上万名希伯来人来到中国这件事。仅以上海为例来看，到 20 世纪 30 年代末，上海希伯来社团成为中国境内各希伯来社团和聚居地中最大也是最活跃的一个。希伯来人在上海开展了广泛的经济、政治、文化活动。当时上海的希伯来人总数超过 30 000，形成了远东地区最大的希伯来社团，他们有自己的办事处、会堂、学校、医院、俱乐部、公墓、商会、50 多种刊物和活跃的政治团体，甚至有一支小小的部队。

学者潘光、王建在专著《一个半世纪以来的上海犹太人——犹太民族史上的东方一页》第五章“上海犹太社团的文化活动”第五节“犹太人对上海文化的影响”总结了三点影响：“首先，犹太人的文化活动丰富了近代上海的文艺舞台，在海派文化的形成和发展中留下了自己的印记……其次，犹太人的文化活动为近代上海乃至中国引进了一些西方先进的科学技术和优秀的文艺作品……上海的犹太翻译家还首次将犹太作家肖洛姆·阿来汉姆、海姆·比亚利克、伊萨克·辛格等人的希伯来语和意第绪语作品译成英文乃至中文，介绍给中国读者……再次，犹太人的文化活动也为近代上海文化的发展培养了一批人才。”[1]

1. 潘光、王建：《一个半世纪以来的上海犹太人——犹太民族史上的东方一页》，北京：社科文献出版社，2002 年版，第 229，230 页。

越来越多研究犹太人在中国的专著在国内外出版

来上海的希伯来文化精英中，世界著名导演路易丝·佛莱克（Louise Fleck，1873—1950）和雅各布·佛莱克（Jakob Fleck，1881—1953）夫妇，来华后拍摄了电影《世界儿女》，并于 1941 年 10 月 4 日于上海金都大戏院首映。他们夫妇还创办了中国影艺学院。

1994 年在上海召开的“犹太人在上海国际学术研讨会”现场

不过，就文学交流活动来说，这一时期最值得本书记载的应该是希伯来女诗人克拉拉·勃鲁姆（Klara Blum，1904—1971）的事迹，她于 1947 年来到上海，寻找在苏联认识的恋人朱穰丞（1901—1943）未果，遂定居中国，改名为朱白兰，于1954年加入中国国籍。1963年经萧三、叶华夫妇介绍，她加入中国作家协会。1964年5月24日，《人民日报》刊出了朱的诗作《明镜》。她曾将李季的《王贵与李香香》译成德文，由北京外文出版社1954年出版。她用德文写的自传体小说《牛郎织女》，于1951年在民主德国的格莱芬出版社（Greifenverlag）出版，“在书中，她把朱穰丞比作中国传说中的牛郎，把自己比作织女。两人狂热相恋，海誓山盟，但不久就天各一方，每年只有到七夕情人节才能相遇。故事缠绵悱恻，催人泪下”[1]。她曾在复旦大学和南京大学教书，1971年因肝病在中国去世。

1．许步曾：《寻访犹太人——犹太文化精英在上海》，上海：上海社会科学院出版社，2007年版，第229页。

朱白兰是国际知名的女诗人，她在描写希伯来人和中国人命运的诗中写道：

这是我们的睿智，这是我们的歌曲，

我们就这样忍辱负重。

相去何远，而又何其相似，

这一切使我们心心相印。[2]

2．许步曾：《寻访犹太人——犹太文化精英在上海》，上海：上海社会科学院出版社，2007年版，第227页。

她于1955年写下了《给一位老人的情诗》，这是她笔下的关于朱穰丞的最后一首诗：

我们已分离几十个春秋。

……

我们艰难的爱情，

将换来后人千百倍的理解和敬佩。[3]

3．许步曾：《寻访犹太人——犹太文化精英在上海》，上海：上海社会科学院出版社，2007年版，第228页。

她和朱穰丞的故事以及她的诗歌在希伯来和中国文学交流的历史上，弥足珍贵，因为它们见证了两种不同文学背后那共通的精神和心魂。

以色列纪实类文学在中国也有一定的影响。

中以迟至1992年才建交，但早在1986年，就有一本很特别的以色列著作就被译成中文，名字叫《受害的一代》，是1972年从苏联移居以色列的犹太作家根得林的自传体小说，作者讲述了父子两代人在苏联的悲惨遭遇，深刻批判了苏联的反犹主义对犹太人的迫害，也批评了斯大林的专制和暴虐。他尖锐批判斯大林说：“人类历史的各个时期都曾有过暴君，但是像阿利卢耶娃的父亲斯大林这样的吃人魔王，却是前无古人，也许是后无来者的。这个仇世之徒使得过去的所有暴君都相形见绌。”[4]有意思的是，从此书“出版说明”中可以看到，此书并未

4．〔以色列〕根得林：《受害的一代》，明宇等译，北京：群众出版社，1986年版，第192页。

列入文学传记类丛书出版，而是放在“有代表性的现代外国政治学术著作”之列出版，是“为了研究和探讨现代国际共产主义运动中各种社会主义模式的理论和实践、各种共产主义流派学说以及其他政治学说，了解国外政治社会和学术情况”才组织翻译出版的。

2001年，北京的昆仑出版社推出以色列纪实文学《上帝，你挨过饿吗？》，作者约瑟夫·鲍曾是普拉索集中营的第69 084号犯人，也是辛德勒名单上第247号男犯。此书写到了纳粹屠犹时期的历史，也特别写到了困苦绝望中的人间真情。

同年，北京的世界知识出版社出版了托马斯·卡希尔的《上帝选择了犹太人——一个游牧民族如何改变了世界》，作者认为“犹太人所给予我们的是一整套的新词汇、一座全新的‘精神殿堂’、一个由前人所未曾经历过的观念、情感汇成的内心世界”；“事实上，我们词典里那些最美好的词汇，诸如创新、探索、惊奇；独特、个性、个人、天命；时间、历史、未来；自由、进步、精神；信仰、希望、正义等，凡此种种，都是犹太人给予我们的礼物。”[1]这一热情洋溢的评价，得到了很多中国读者的认可，也见证了犹太信仰精神在中国已经得到了认可。

1.［美］ 托马斯·卡希尔：《上帝选择了犹太人——一个游牧民族如何改变了世界》，北京：世界知识出版社，2001年版，第235，236页。

以色列女作家拉海尔·伯恩海姆 - 弗里德曼的自传体小说《地窖里的耳环——在毁灭的世界中成长》经孟振华翻译，由云南人民出版社2005年出版。本书在全球已被译成十多种文字先后出版。小说以平实的文字把20世纪20到40年代欧洲犹太人所经历的苦难与挣扎真实地展现出来，刚一出版，就得到了希伯来语文学界的一致好评，并荣获以色列大屠杀文学奖阿兰·基龙奖的一等奖。对中国读者来说，本书是继电影《辛德勒的名单》、《美丽人生》和纪实文学《上帝，你挨过饿吗？》之后，又一部揭示纳粹屠犹历史的力作。

同年，以色列作家沙洛姆·约冉（Shalom Yoran）的纪实类作品《抵抗者——一个真实的故事》，由孔德芳等译，上海华东师范大学出版社出版，也是描述“二战”犹太人悲惨遭遇和顽强抵抗的作品，值得一提的是本书的英译者瓦尔妲·约冉，她是原作者的女儿，她在“英文版译者致中国读者的话”中说：“我出生在中国，并在那里生活了20年，可以说是过着一种受保护的生活。与欧洲犹太人经历截然不同的是：在中国没有反犹主义。中国城市中的犹太人社团可以自由地生活。我们被允许保留自己的宗教和文化。我们受到尊重，受到关爱，享有尊严。”“我感到我个人的生活，由于对中国艺术、文化、传统，特别是对中国人民的了解，得到了极大的丰富。”多年后还如此深情怀念在中国的岁月，更见证了中犹民族之间弥足珍贵的友谊。

和大量以色列文学作品在中国的翻译出版相比，以色列纪实类文学在中国翻译出版得不多，交流还需进一步加强。

第十章　中国文学在以色列

希伯来语口语中曾经有这样一个表达——“这话听起来像中文”，意思是“不知所云”。这一表达折射出过去以色列人对中国文化了解之少，中文居然成了“天书”的代名词。

溯其根源，自中国丰富的物产通过丝绸之路到达中东地区之时，那里的民族就已经认识到中华文明的存在，但是由于路途艰险，长期无法到达中国，中东文化中便有这样一个传统，用中国来代表“世界上最远的地方”。《圣训》中亦有“学问虽然远在中国，亦当求之”一语，来鼓励不远千里求学的精神。而现代以色列文化沿袭了这一传统，至今仍有中国在地球另一端的笑谈。

此乃历史原因。

近代，尽管中以的文化交流不完全与两国外交上的亲疏相吻合，但仍需将其置于两国关系发展的大背景下观其变化。以色列国与新中国分别于 1948 年和 1949 年建国，两个新生的国家都非常需要国际社会尽可能多的支持，但是由于两国意识形态的差异与不同的战略考虑，在建国之后的二三十年间，以色列与中国外交接触贫乏，长期缺少文化交流，因此两国人民对彼此的文化缺乏基本了解，以致于以色列历史课本长期以来对东亚的介绍几乎是空白。

然而，最近十年间中国文化被引入以色列的速度之快出人意料。以色列博物馆不定时地展出中国现代艺术作品，各大城市的电影节争相展播中国影视作品，而数所院校所开设的东亚系也显示出蒸蒸日上的气息。如今，不仅越来越多的以色列人掌握了中文，还有一批优秀的以色列学者通过翻译这种方式，把各种中国文学作品介绍给希伯来语读者。而“这话听起来像中文”的说法，也由于失去了其表达效果而从希伯来语口语中逐渐消失了。本章将对 20 世纪与 21 世纪初中国文学在以色列的翻译情况做一个较为全面的调查[1]，内容包括翻译作品的选择、从事中国文学翻译的以色列学者、他们翻译的方法与译作的水平、以及译作在以色列读者中的接收状况等方面。

1.2009 年 12 月 31 日在北京家中惊闻以色列著名翻译家 Dan Daor 先生于前一日逝世，深感痛惜，仅以此文献给 Dan Daor 先生。本文成稿于 2009 年初，所总结的译作均出版于 2008 年之前。2009 年至今又有不少中国文学作品被译成希伯来语，值得进一步研究，望本文能成为引玉之作。

第一节　概况

在调查中国文学的希译及两国文学交流状况之前，有必要对希伯来语的发展变化史作一个简短的介绍，因为希伯来语的特质从一定程度上影响了现代以色列文化对其他文化所持的态度。希伯来语属于闪含语系闪语族，为古代犹太民族的民族语言，也是犹太教的宗教语言。犹太《圣经》的绝大部分即是用希伯来语著成的。从公元前10世纪到公元前6世纪“巴比伦之囚”事件之前，希伯来语作为迦南地区的方言之一在犹太民族中被广泛使用。“巴比伦之囚”时期，在巴比伦的犹太人开始使用亚兰语（又叫阿拉米语），希伯来语因而在很多方面受到了亚兰语的影响。公元前5世纪，波斯居鲁士大帝允许犹太人回归故土以色列之后，圣经希伯来语得以继续在以色列发展，直到罗马帝国将最后一批犹太人从耶路撒冷驱逐。

自公元前2世纪起，在犹太民族约2000年的大流散过程中，犹太人很快学会并使用适用于自己生存环境的语言。古希伯来语历经许多变化，作为一种书面语被保留下来，主要用于宗教研究与宗教事务[1]。而作为口语，希伯来语在犹太人的日常生活中销声匿迹了。18世纪末的“犹太启蒙运动”与兴起于19世纪的锡安主义运动都极力倡导所有犹太人将希伯来语应用于一切用途，认为语言乃犹太身份认同之要素。在欧洲与在英国托管的巴勒斯坦地复兴希伯来语从天方夜谭变为一场切实而艰难的“战争”，每“发明”一个单词便是一场小小的胜利，许多像本·耶胡达一样的文化锡安主义先驱为此付出了毕生的精力。自20世纪特别是以色列建国以来，希伯来语真正复苏，作为书面语和口语在犹太人中恢复使用。现代希伯来语便是以圣经希伯来语为基础，同时融入了大量欧洲语言和阿拉伯语词汇。作为以色列官方语言之一[2]，现代希伯来语为约7，000，000人所使用，是大多数以色列人日常交流与阅读所使用的语言。

希伯来语和犹太民族特殊的历史经历使其对外语文学作品怀有一种更开放的态度和更强的接收力。一方面，希伯来语读者对外国文学怀有浓厚的兴趣；另一方面，许多以色列人对外语表现出强烈的求知欲和高超的领悟力。加之以色列是一个移民国家，许多人还有“第二母语”甚至“第三母语”的优势，因此以色列国内翻译界人才济济。相对于现代希伯来语较为年轻的历史而言，外国文学作品的希伯来语翻译数量之多、完成速度之快、译作质量之高都令人赞叹。

1. 希伯来语有时亦被用来记录哲学、科学、医学、文学等，犹太男人之间也用希伯来语通信或签署协约。

2. 其他两门官方语言为阿拉伯语和英语。

在以色列大街小巷的书店里，陈列着希伯来语的世界各国经典与诺贝尔文学奖获奖作品，而如《哈利 · 波特》一类的畅销书更是在原著刚刚出版几个月之内就被译成了希伯来语，翻译也达到了令人满意的水平。

犹太民族素有热爱书籍、注重阅读之传统。虽然有关以色列人均阅读量居世界首位的传言无从考证，但据笔者在以色列的所见所闻，很多以色列人确实手不释卷，在闲暇时间或者旅途中捧一本书津津有味地读是再平常不过的事了。虽然希伯来语原创文学人才辈出、佳作不断，但仍无法满足读者巨大的阅读需求。此外，在以色列这样一个国土面积狭小、人口稀少的国家里，人们有了解外面世界的强烈愿望。基于上述种种原因，外国文学作品被源源不断地翻译成希伯来语，成为以色列人了解外国社会与文化的重要途径。

需要指出的是，在这些翻译作品当中占绝对优势地位的是欧洲语言著作。与之相比，中国文学的希伯来语翻译起步较晚。约 80 年前，才出现了零星几部译著，大都是部分翻译，且均是由不懂中文的译者通过第三语言间接翻译而来。由此可以推断，当时的希伯来语读者对中国文化与中国文学不甚了解，也没有同时掌握希伯来语和中文的人才来专门从事中国文学翻译的工作。

直到 20 世纪 70 年代，才陆续有从中文直接翻译的文学作品在以色列问世，自此之后译作数量与日俱增。七八十年代的译作主要集中于那些在西方具有影响力的文学经典，如《论语》、《道德经》、唐诗和“五四”时期的小说。虽然尚处于直接翻译的尝试时期，但是大部分译作严谨、扎实，为中国文学的希译划定了很高的起点。1992 年，中国和以色列正式建立外交关系，双方的文化交流愈加受到鼓励，以色列一些学术与研究机构资助了希伯来文学的汉译与中国文学的希译，翻译范围有所扩大。除了更多的诸子百家作品之外，还有几部同时代的厚重纯朴的小说也开始被翻译。

20 世纪 90 年代末至 21 世纪初，“中国热”已在以色列初现端倪，以色列媒体大量关注中国经济、政治、外交等各个方面，而个人到中国旅游和经商的行为也使中国的形象更加走近以色列人的生活。时至今日，虽然具有一流翻译水平的以色列译者仍屈指可数，然而无论是直接翻译还是间接翻译的作品的数量都很可观，翻译的内容也囊括了诸子百家、古诗词、白话小说、近现代小说、古代与现代诗歌等。在中国文学的翻译方面出现了一个新的趋势：在经典的重译之外，大量当代文学作品涌现于图书市场，除了本土作家的作品，旅居国外的华人的作品也吸引了译者的注意力。而从事这些当代文学作品翻译的，或是不懂中文的职业翻译家，或是学过中文的以色列年轻译者。部分中国文学作品成了“飞机读物”[1]，即使是对中国文化一无所知的人也可在茶余饭后信手翻看几页。这一趋势反映出两种现象：第一，以色列人了解当代中国的愿望愈来愈强烈。与以色列人所熟悉的西方文化风格迥异的“遥远的东方文化”，不仅成为大学学生与学者的越来越热门的研究课题，也逐渐为普通大众所喜爱与接受。许多原本对中国文化不甚了解的人也开始关注中国的发展，从而对中国文化充满了好奇心。第二，与老一辈翻译大家所钟爱的文学经典相比，当代文学翻译的难度较小，适合于在翻译工作上刚刚起步的人，故掌握中文的以色列年轻译者视之为一块尚待开发的领域，欲借此崭露头角。这些译者能不能达到甚至超越老一代翻译家的水准，我们拭目以待。

1. 希伯来语表达，字面意思为可以在飞机飞行过程中读完的书，指内容轻松、语言也通俗易懂的文学作品。

不同译者与各家出版社对翻译作品的选择依据不尽相同：有的是根据大学师生的学术需要，有的是基于译者在文学方面的兴趣爱好，有的是经过出版社精心的挑选策划，也有的是单纯为了满足一般读者市场的需求。由此，译著的水平也良莠不齐。整体而言，从中文直接翻译的作品要比间接翻译的作品质量高，因为掌握中文的译者不仅对原作的语言特点更敏感，也往往对其文化背景了解更深刻。一些老的译者（其中几位现已过世），均不是在以色列出生，他们的希伯来语也是后期学成的，但是他们都精通中文，尤其是古汉语，因此，决定他们翻译水平的因素是他们对中国文化的综合研究和他们的希伯来语文学造诣。而继他们之后的一批中年翻译家，则基本上都是土生土长的以色列人，他们在国内、中国或是其他国家学习进修过中文，有汉学的教育背景，并且有希伯来语作为母语的优势，是当今中国文学作品翻译的中坚力量。

在从事间接翻译的译者当中，不乏以色列著名的诗人、作家和非常有影响力的哲学家。他们折服于中国文化的博大精深，尽管不懂中文，仍大胆地进行文学翻译尝试，可见中国文化的魅力足以超越语言的障碍。

第二节 “四书”的译介

从 1997 年到 2009 年，比亚利克出版机构与以色列一流的汉学家合作，完成了“四书”的译本，作为一套普通哲学丛书出版（与犹太哲学相对）。比亚利克出版机构成立于 1935 年——著名犹太诗人比亚利克逝世一年之后，并以诗人的名字命名，旨在继承诗人的志业，促进希伯来文学创作与文学研究。目前，比亚利克主要从事希伯来文学佳作与优秀人文科学专著的出版，是以色列顶尖的出版机构，其翻译作品一般只限于经典。在比亚利克出版的这套丛书当中，浦安迪教授（Andrew Plaks）翻译了《大学》（1997）与《中庸》（2004）两卷，翻译家柯芝（Amira Katz）翻译了《论语》（2006），而德奥尔教授（Dan Daor）翻译的《孟子》也于 2009 年出版。虽然从《中庸》到《孟子》，这四本译著的出版先后历经十多年，但是译本的翻译质量与学术价值都充分证明，读者漫长的等待得到了应有的回报。

这几位学者对古汉语的理解与把握都很到位，除了对“四书”字斟句酌地进行了翻译之外，还附有详尽的注解，阐释了他们对“四书”及中国古代儒家思想独到的见解。他们大量参考古今中外对“四书”的注解，引经据典，极大地丰富了译本的内容。另外，以色列著名汉学家伊爱莲教授（Irene Eber）为这四本书作了序。在序言当中，伊爱莲教授概括介绍了“十三经”与“四书”，并精辟分析了这些经典的特点及其在中国文化与社会传统中所起的作用。可以说，这套丛书不仅使中国古典文学的希伯来语翻译达到了一个崭新的高度，其学术价值还远远超出了译作本身。

浦安迪教授生于美国，现已移民以色列，同时任教于普林斯顿大学、耶路撒冷大学与特拉维夫大学，讲授中国古代哲学与中国古典文学，也曾在北大讲学。作为一名汉学家，浦安迪教授对中国文学的由衷热爱，对中国古代哲学的深刻理解，以及他谦虚严谨的治学态度，使他不仅受到以色列其他汉学家的推崇，也闻名于世界汉学界。浦安迪教授对中国文化的研究范围很广泛，他既是世界知名的红学家，也在明代小说研究、中国文化史研究等领域著书立作。他的《红楼梦批语偏全》、《中国叙事学》两部专著已用中文发表，《明代小说四大奇书》也被译成了中文。在翻译方面，除了完成希伯来语的《大学》和《中庸》之外，浦安迪教授还出版了一本英文版的《大学》与《中庸》的翻译注解合集（2003）。

尽管浦安迪教授的母语为英语，但是他的希伯来语造诣极高，不仅熟练掌握现代希伯来语，而且对各种风格的古希伯来语也运用自如。在《大学》与《中庸》的希伯来语译文中，浦安迪教授根据原文的特点，在不同风格的希伯来语之间转换，极富文采。

对于翻译哲学作品的困难，陈康先生曾在《巴曼尼德斯篇》序言中指出：

> *翻译哲学著作的目的是传达一个本土所未有的思想。但一种文字中习惯的词名，只表示那在这种文字里已产生的思想，而且也只能表示它。因此如若一个在极求满足“信”的条件下做翻译工作的人希望用习惯的词名传达在本土从未产生过的思想，那是一件根本不可能的事。*[1]

1. 陈康：《巴曼尼德斯篇·序》，北京：商务印书馆，1982年版，第10页。

的确，历来翻译中国哲学的难点之一就是对“仁”、“道”、“君子”等特定文化概念的拿捏。虽然在犹太文化中也不乏对类似概念的哲学探讨，但是因为中国文化与犹太文化具有不同的世界观和价值观，所以几乎可以肯定地说，翻译这些概念的时候，无法在希伯来语和中文中找到别无二致的两个词。当信、达、雅这一翻译理想不能实现之时，如何在这三条标准中取舍，成了译者反复斟酌的问题。而译者所持的翻译主张见仁见智，这些概念自然就有了不同的译法。

浦安迪2004年所译《中庸》书影

浦安迪教授对大部分概念的翻译都具有创造性，他把“仁”译作enoshiyut［人性，为人］，把“君子”译成ish hamidot［有道德的人］，不同于被广泛接受的译法ish hama' ala [高尚的人][1]。"天命之谓性，性率之谓道"中的"性"一词，浦安迪教授将之译为 teva ha' adam [人的本性]。在注解中，浦安迪教授用了相当可观的篇幅来具体解释什么是"性"，在中国文化中"性"的深层含义以及这种含义同犹太文化和西方文化有什么异同。他先从词源讲起，"性"字源于"生"，而"生"意义接近于拉丁语的 NATURA，但语义上二者又有比较大的区别。NATURA 一词含有基督教中的创世色彩，而中国文化中并没有这一层概念。同时，通过类比希伯来语中同词根的其他词，浦安迪教授也指出 teva [自然，本性]在希伯来语中隐藏的"给已有物质以形状"的含义，与中文的"自然，本性"存在本质差异。然后，他又给出中文中含有"生"与"性"的词语作为例子，通过层层递进的分析，明确了"性"在中国文化中对"与生俱来"的强调。最后，浦安迪又用孟子与荀子性善性恶之辩使读者对"性"有了更具体的认识。[2]

1. 文中希伯来语词与书名皆用拉丁字母转写，书名在本书参考文献中以希伯来语原文形式出现。

2. Andrew Plaks, trans., *Derech ha' emtza vekiyuma* [中庸]. Jerusalem: Bialik, 2004. pp. 141—143.

这反映了他对中国古代哲学独到的理解和他自由不羁的翻译理念。这一理念，与陈康先生提出的"凡遇着文辞和义理不能兼顾的时候，我们自订的原则是：宁以义害辞，毋以辞害义"[3]相似，不拘泥于字面，而力求最大限度地诠释原文。浦安迪教授从词的构造出发解释词义，符合希伯来语读者的思维方式[4]，又通过中西哲学的对比，使读者对哲学概念的理解更深一个层次。

3. 陈康：《巴曼尼德斯篇·序》，北京：商务印书馆，1982 年版，序 10 页。

4. 希伯来语单词是由词根与词形组成，分析单词结构是理解词语意思的关键。

《中庸》的排版方式也值得一提：在相对的两页中，每一页中文原文对照着一页希伯来语译文，使能读懂这两门语言的读者易于做出很直观的对比。译文每句都标有数字，便于对照查阅。"四书"的译本均采用了此排版方式，深受中文学习者所喜爱。浦安迪教授为《中庸》作了四十多页的前言，对《中庸》的成书过程及中庸思想在中国哲学史与文化史上的传承作了详尽的介绍。在全部译文之后，浦安迪教授用一百多页的篇幅对原文中每一句话都作了注解。他旁征博引，大量参考和对照了中国古今学者为《中庸》所作的注，其中有朱熹的《中庸章句》、《中庸惑问》和《朱子语类》，有程颐的《中庸解》和司马光的《中和论》，还有王夫之、康有为、冯友兰、钱穆等人的作品，其涵盖范围之广泛，即可令人对浦安迪教授译作的水平窥豹一斑。

《大学》一书中，"大学"这个词本身的翻译就很有特点：与广为接受的把"大"当作形容词的译法相悖[5]，浦安迪教授认为"大"是名词，把"大学"译为 torat hagdol [大人之学]。浦安迪教授列举了郑注、孔疏、朱子《集注》等近十个比较权威的注解与注疏对"大"的解释，它们无一例外都把"大"当作名词。但是就此字具体的内涵，这些中国思想家们则各执己见，

5. 如英文翻译"the great learning"。

并无定论，浦安迪教授仅把这些说法提供给读者，不过多评论。翻译时，他也刻意保留中文语法上的模糊与表述上的含蓄，并相应地选择了模棱两可的希伯来语表达。

浦安迪 1997 年所译《大学》书影

在柯芝的《论语》译本问世以前，早在 1969 年，比亚利克机构就出版了一本从中文直译的完整的《论语》译本，是李渡南（一称莱斯利 Donald D. Leslie）与泼拉特（Amtziya Porat）合作翻译的。李渡南是研究中国宗教史和中西交通史的权威，通晓汉语、阿拉伯语、波斯语和希伯来语，在中国伊斯兰教史、中国犹太史和东西交通史方面写过很多扎实严谨的考据文章。在 35 页的前言中，李渡南广泛介绍了孔子生活的年代、孔子的众多弟子、孔子及其弟子的著作，著作的主要思想及它们对后世的影响。整本书从头到尾都标有元音[1]，虽然李渡南所作的 14 页的注释略显单薄，但此书亦不失为一本认真著作的学术读本。

1. 希伯来语日常写作与一般的文学作品大都只用辅音字母书写，在个别词语中标出元音。

柯芝 2006 年所译《论语》书影

由于李渡南的母语不是希伯来语，另一位译者颇拉特的主要工作是润色他的译文。两位译者选择使用塔木德希伯来语，可能是考虑到古希伯来语的风格与古汉语更为接近。但是对一般读者而言，塔木德希伯来语略显晦涩。这就好比把外文翻译成古汉语，大部分的中国人读了仍旧半懂不懂。对此书的定位上，宗教色彩比哲学色彩也更显浓重。“理”大都被译作 minhag［传统］，而在犹太教中，minhag 一词与 halacha［犹太教法］相对，指被犹太人广泛接受或被部分犹太人接受的、在《塔木德》中没有规定的传统[2]。另外，由于实际上两位译者都不能直接把中文翻译成希伯来语，在转译的过程当中，一些概念的翻译被简化，而失去了应有的文化深度。比如把“仁”译成 hatov［善］，

2. Irene Eber, *A Critical Survey of Classical Chinese Literary Works in Hebrew*, Amsterdam: Rodopi, 2003. p. 307.

有些差强人意。

柯芝在希伯来大学开设古汉语与现代汉语文学翻译课程，她主要从事中国“五四”时期小说的翻译，《论语》是她译的唯一一本先秦著作。柯芝对待翻译的态度较为保守，为了兼顾辞和义，宁可选择希伯来语中生僻的词语，也必要字字对照，不肯少译或多译一字。如“使民以时”（《论语·学而第一》）强调的是按照适当的时间，而字面意思是“按照时间”，她便在译文中将“合适”［hareuyot］一词置于括号之中。

德奥尔 2009 年所译《孟子》书影

柯芝的译文清晰流畅，文笔极佳，注解达 410 页之多，十分厚重。翻译文化概念的时候，柯芝没有刻意与浦安迪的《中庸》与《大学》保持一致。如“君子”一词，她仍译为 ish hama’ala［高尚的人］。实际上，两种译法反映的不仅是译者对“君子”一词内涵的不同理解，也是他们解读《论语》中哲学思想时所选择的不同视角。由于汉语，尤其是古文中普遍存在一词多义的现象，译者之间有分歧也是在所难免的。或许这也正是中国古代哲学美之所在，是中文经典吸引了大批优秀译者为之呕心沥血的原因之一。

另外一个没有被广泛接受的《论语》译本是奥菲克通过第三语言转译的 Amar hahacham［子曰］。奥菲克 (Binah Ofek) 不是专业的翻译家，而是职业作家，写过很多小说，也写过大量儿童读物。与李渡南和柯芝的译本相比，这本书只能算作是《论语》的简易读本。

虽然对中国文化略知一二的以色列人都听说过孔子、孟子，但是大众读者想要深入了解儒家思想的愿望并不强烈。因此，尽管“四书”的翻译极为成功，但是这样的学术读本让很多缺少中国古代哲学背景的读者望而却步。“四书”的销量也并不可观，而长期置身“特价书”之列。

第三节　道家经典的译介

西方向来对道家思想怀有极大的兴趣，尽管道家经典行云流水的行文格式与天马行空的思想内容给翻译工作增加了很大的难度，但是道家经典各种语言的翻译文本仍层出不穷。《道德经》成为继《圣经》之后在西方翻译最为广泛的书籍之一。同样，道家经典的希伯来语翻译起步要远远早于“四书”，在以色列建国之前就已经有几个版本的《道德经》了。如果说“四书”的主要读者是具有一定中文水平和文化背景的学生与学者，那么道家经典则有一个阅读范围更为广泛的读者群。《道德经》对他们来说可能是研究汉学必读的文学典籍，可能是让人对人生有所领悟与思考的哲学著作，也可能是了解中国文化的入门读本。因为有不同层次的需求，道家经典的翻译水平也参差不齐，其中有严谨踏实的学术翻译，也不乏为满足读者好奇心而作的商业化翻译，而每个文本都能找到自己的市场。

希译《道德经》有9个版本之多，是所有中作里翻译次数最多的。最早的译本可能是1937年爱斯考利（A.E. Aescoly）从卫礼贤（Richard Wilhelm，1873—1930）的德文译本（1921）转译的，发行量500册。

鲜为人知的是，著名犹太人哲学家、翻译家、教育家马丁·布伯（Martin Buber，1878—1965）也曾把八章《道德经》译为希伯来语（1942）。布伯的哲学作品主要为重述哈西德派传说、圣经注释和形而上学对话。他的著作《吾与汝》［I and Thou］（又译为《我与你》，1923）的发表奠定了布伯哲学思想的核心——“吾汝”的概念。他认为吾汝关系並非单独存在，而是和谐、一致地共存；“我”不是独立的，而是与“你”相互依赖、相互依存的。他的影响遍及整个人文学科，特别是在社会心理学、社会哲学和宗教存在主义领域。

布伯对道家思想的关注要远远早于他的希伯来语《道德经》译本的出版。早在1924年，他就做了德语的《道德经》注，但是一直没有发表[1]。他在德语翻译方面做的最大努力是把《庄子》的部分翻译成德语——《庄子言传与寓言》［Reden und Gleichnisse des Tschuang-tse］，而这本书先于《吾与汝》的出版十多年[2]。由于这本书是布伯早期的作品，而且翻译的篇幅不大，因此并不为学术界所知，即使是专门研究布伯哲学思想的人，也常常会对这一事实表示惊讶。布伯并不是汉学家，也根本不懂中文，《道德经》和《庄子》的德语译本都是参照了英文的译本，而《道德经》的希伯来语译本则可能是参照了英文或德语译本。

1.Jonathan. R.′Herman, *I and Tao: Martin Buber' s Encounter With Chuang Tzu*, Albany: State University of New York Press, 1996, p. 6.

2.Jonathan. R. Herman, *I and Tao: Martin Buber' s Encounter With Chuang Tzu*, Albany: State University of New York Press, 1996, p. 4.

布伯为什么会如此热衷于道家经典的翻译呢？仅从较浅显的层面来看就不难发现，老子“有无相生，难易相成，长短相形，高下相倾，音声相合，前后相随”的思想与布伯的“吾与汝”的哲学有着异曲同工之妙，两者都强调了表面相对立的事物之间的共存关系。很难断定，是道家思想影响了布伯哲学思想的形成，还是布伯利用对《道德经》的翻译来诠释自己的哲学理念，抑或道家思想与布伯的哲学两种智慧跨越了时间与地域的差异，不谋而合。布伯翻译的动因，用巴金的话来说就是“想借别人的口讲自己心里的话”[3]。

3. 巴金：《巴金译文选集 · 序》，北京：三联出版社，1999 年版。

第一部完整的希伯来语《道德经》译本于 1973 年由比亚利克出版社出版。译者是格拉乌斯（Yuri Grause）与克莱伊（Hanoch Qalai），前者作注。在前言中，格拉乌斯对道家思想做了概述与阐释。格拉乌斯出生于哈尔滨，虽然中文颇有造诣，但是希伯来语仍需与人合作。在两位译者的努力下，译文通顺流畅，富有文采。但有时他们过于注重译文的形式，而对原文意思的把握不够到位，有以辞害义之嫌。他们选择对“道”等文化概念只做音译，亦是哲学翻译中一种巧妙的出路。但是这种情况下需要作很详尽的注释才能把这些概念的含义表达清楚。而格拉乌斯的注释只是针对部分译文，篇幅也很有限。

近十年之后，德奥尔博士和阿利埃尔（Yoav Ariel）两位研究中国哲学的学者所作的《道德经》译本出版，可谓令希伯来语《道德经》的翻译达到了高峰。德奥尔是以色列优秀的翻译家，精通古汉语、英语和法语，翻译了大量这几门语言的作品。阿利埃尔为特拉维夫大学东亚系教授，讲授中国哲学，深受学生尊敬。两位译者参考了王弼的《道德经》注，翻译精准，注释详尽。读者给予此书高度的认可。2007 年这本书再版（Sefer haderch vehasgula），除了前一版本的翻译之外，还收录了《内业》、《太一生水》与《淮南子 · 原道训》三篇。

德奥尔和阿利埃尔选择把“道”译为 derech。derech 在希伯来语中是名词，有“道路”、“方式”、“途径”的意思，与中文里“道”当名词讲的时候相似。短语 derech hayashar（意思近于“正气”，字面意思“正道”，但“正”为名词而非形容词）亦与“道德”、“道义”有相通之处。但是 derech 在希伯来语中缺少“道理”、“规律”的意思。因此德奥尔在前言里解释了“道”在中国文化里的普遍含义，以避免造成希伯来语读者理解片面。对同一文化概念，二位学者常常根据上下文而给出不同的翻译，如“理”在多数情况下被译为“文人的（行为）方式”[orah bnei tarbut]，而在《内业》篇中又被译为“仪式”[tqasim]。

德奥尔和阿利埃尔 2007 年所译《道德经》书影

德奥尔和阿利埃尔的《道德经》译本不仅在大众市场上有很好的销量，在学术界也普遍获得好评。希伯来大学东亚系的尤锐教授（Yuri Pines）写道：

> *毫无疑问，在众多的希伯来语《道德经》译本中，德奥尔与阿利埃尔的是唯一一本准确的。不仅是因为两位译者通晓古汉语，而且通过阅读大量古今注解，他们为翻译工作努力做好了充分的准备。*[1]

1. 尤锐：“道可道”，《国土报》（Haaretz），2007 年 6 月 27 日，“图书”增刊，见 http://www.haaretz.com/hasite/spages/875233.html。

特拉维夫大学教授中国哲学的帕特（Galia Pat）博士这样评价此译本：

> *翻译经典作品而不抹杀其美并不是一件易事。翻译中国哲学散文需要对哲学的领悟，对中文的敏感，对希伯来语的拿捏，以及刻苦严谨的工作。而所有这些，德奥尔与阿利埃尔在新的译本中都呈现给我们*[2]。

2. 帕特：“不存在之人的书”，《消息报》（Yediot Aharonot），2007 年 8 月 5 日，“图书”增刊。见 http://www.ynet.co.il/articles/0,7340,L-3433751,00.html。

除了这些学术的翻译之外，有一个《道德经》译本则是由译者的兴趣所趋而作的。译者阿蒙（Nisim Amon）

为禅宗信徒，似乎对日本文化颇为了解，他在书中没有注明是从什么语言做的翻译，但很有可能是从日文译的。作者以非常谦虚的态度在前言中指出，没有人委任给他注解和翻译《道德经》的工作，他之所以这么做，完全是出于对道家思想的热爱。在下文中将会发现，阿蒙不是唯一一位同时对禅宗和道家思想表现出兴趣的人。

另外的译本基本上乏善可陈。2004 年再版的本 · 莫德哈依（Elisha Ben–Mordechai）的翻译包括前言在内通篇都是从英文转译的。而该书 1996 年的版本（本 · 莫德哈依）竟将书名译成“易经的道”，不免贻笑大方。在德奥尔与阿利埃尔的译本出版后，这本书居然还有再版的市场，不得不引人深思。出版本 · 莫德哈依译本的出版社叫做 Astrolog，翻译了大量中文经典，但没有一本是从中文直译的，译文的希伯来语也缺乏文采，有时还在最基本的文化知识上犯错误。但是此出版社的出版物价格比较低廉。本 · 莫德哈依的《道德经》（2004）的定价为 58 谢克，而德奥尔与阿利埃尔的译本（2007）的价格为 84 谢克。所以还是有相当一部分人愿意购买 Astrolog 的出版物。

德奥尔 1982 年所译《列子》书影

迄今为止，尚没有完整的庄子希伯来语翻译。李渡南曾翻译过很少一部分《庄子》，在 1964 年出版。霍夫曼（Yoel Hoffman）翻译了《庄子》中的许多故事，收录成集，取名《地之声》[Kolot ha’ adama]，另加注释与前言（1977）。霍夫曼既是作家，也是研究日本哲学和西方哲学的学者。他曾居住在日本寺庙中，与庙中禅宗和尚一起学习中日文典籍。有学者认为，很可能因为他在禅宗思想方面的领悟，他对庄子天马行空的思想把握得比较好。

以色列的翻译家纷纷表示，《庄子》的翻译难度过大，使许多学者不敢轻易提笔。与之相比，《列子》的遭遇要幸运得多。德奥尔作的《列子》译本在1982年出版，与德奥尔的其他作品一样出色。德奥尔使用了优雅但是易懂的散文体，并作了比较详细的注释，后记中也一一注明了参考出处。《列子》较受以色列读者欢迎，可惜的是，此书没有再版，所以现在已经基本上从市面上消失。有评论家称，列子的许多思想与犹太思想相符合，因此能够被广大希伯来语读者所接受[1]。

1. 布尔斯坦（Dror Burstein）：“这是否是高兴的理由”，《国土报》（Haaretz），2007年7月11日。见 http://www.haaretz.co.il/hasite/spages/879926.html?more=1。

因为道家经典受以色列读者普遍关注，所以与“四书”相比，翻译作品的数量更多，质量更参差不齐。但是对中国文化了解不够的读者往往缺少鉴别力，又受价格等因素影响，所以这一趋势仍在不断加强。

第四节 其他作品的译介及研究状况

在以色列，继《道德经》之后被翻译次数最多的中文书是《孙子兵法》，共有四个译本，均是从英语翻译的。其中的两本沿用了英文的书名“*The Art of War*”，分别叫做“战争的艺术”(1998) 和“战争的智慧”(1972)，另外两本书名比较特别，叫做“战争的艺术：不战而胜”(1966) 与“战争的艺术及如何避免战争”（2001）。可能因为以色列建国以后经历了数场战争，很多以色列人对“战争”这个词很反感，所以在书名中加上“反战”的字眼能吸引更多读者。除了真枪实弹的战争以外，当今社会商场、政界明争暗斗的现象也很普遍，有的出版社便以此为卖点来推销《孙子兵法》。

《易经》的希伯来语翻译有两个版本：一个是维斯曼（Nitsan Visman）所作的部分翻译（1983）[2]，另一个是格拉乌斯的完整译本（格拉乌斯，阿龙 1993）。维斯曼版虽然声称是从中文直接翻译的，但这个译本与英译本完全吻合，从中文直接翻译的可能性不大。格拉乌斯作的是直译，但是由于《易经》玄之又玄，内容不易把握，所以此书获得的评价也不高。

2. 1993年再版。

Astrolog 在同一年出版了《庄子》、《韩非子》、《墨子》和《荀子》四本书（2006），均由同一译者执笔（Ben Tziyon Harman）。另有一本名为《茶壶和茶杯——中国智慧思想》的书（1967），内容按照专题排列，涵盖了各家的思想。但是这些书的译者缺少对中国古代哲学最基本的认识，译作内容往往很空乏。

诗歌

中国古代诗词以其凝练的语言和含蓄的感情吸引了许多学者与诗人，但是诗词翻译难度之大，正如新英格兰的乡土诗人弗罗斯特（1874—1963）所言：“诗一译即失”［Poetry is what gets lost in translation.］。所以希伯来语成规模的古诗词翻译并不多见。在已经翻译的作品中，以诗居多，词偏少。而诗当中，李白的作品最受青睐，可能因为李白非常著名且多产，他桀骜不驯的性格和豪放不羁的文风更为以色列读者所喜爱。近现代诗歌虽然翻译难度小一些，但翻译作品并不丰富，从事此工作的译者数量很有限，翻译的对象也比较集中。总体而言，朦胧诗更受偏爱。

最早的诗歌翻译是斯多克（Dov Stock）译的18首李白的诗作（1930），这18首诗歌都没有标题，且并非从中文直接翻译，从译文很难判断出原文是什么。以色列知名当代诗人沙巴台（Aharon Shabtai）翻译了中国古代不同时期的32首诗词，取名《中国爱情诗》（1960）[1]，其内容丰富，涵盖了《诗经》、李白、杜牧（803—852）以及清词人纳兰性德（1655—1685）的作品。沙巴台不懂中文，可是非常富有天赋，他的译文文笔流畅，意境深远。中国诗词不重叙事而长于抒情，翻译的时候，意会显得尤为重要，语言反而不是最大的障碍了。庞德（Ezra Pound 1885—1972）亦不懂中文，可他译的李白却是20世纪英诗的杰作。

1. 1981 年再版。

中国情诗似乎是一个非常吸引以色列读者的题目，从Ben-Zakai的《古代中国情诗（乐府）》(1970)到Garin的《爱河：中国情诗》（1990），几乎所有希译本都选择以此为主旋律。另有一本名为《中国情诗》的绘图本，全书为彩页，装帧十分精美。但是没有一首诗注明作者、出处，甚至连译者的名字也从来没有出现过。可以说，这本书的内容究竟是不是中国诗歌都十分可疑。

格拉乌斯大约是以色列最早直译中国诗词的人，他十分热爱古诗词，生前在希伯来大学东亚系教授有关的课程。他从中文直接翻译了 26 首唐诗成希伯来语（1977），其中包括多篇李白、杜甫、王维的作品。在译文中，格拉乌斯成功地融入了自己对诗词意境的理解[1]。

1.Eber, 2003, p. 313.

德奥尔 1977 年译《四十一首诗》书影

德奥尔翻译的 108 首诗词选集是目前篇幅最长的诗词翻译作品（2001），囊括了他 1977 年所作的 41 首诗词的翻译集，和其他数首已经在诗歌杂志与文学刊物上发表的翻译作品。德奥尔对翻译诗词的选择遵循了这样几条原则：首先这些诗词是中国人耳熟能详的，也是作者个人所喜爱的；其次作者手头有这些诗词的注解可以参考。这样既能把中国人最喜爱的中国古诗词介绍给希伯来语读者，又保证了翻译的质量。再次，翻译作品所涵盖的范围也很广泛，早至屈原，晚至苏轼，涵盖了诗经、楚辞、唐诗、宋词等。译者通常对诗人作一番介绍，并对诗词作简短解释。在相对的两页中，诗词的译文都在左页，注释则都在右页，既便于查阅与对照，又可以保证阅读的连贯性。

在翻译技巧方面，译古诗词也有其特定的困难。其一，要忠于原文的意思和原文的顺序，不得不牺牲一部分韵脚。但是因为古汉语中很多韵在现代汉语中已停止使用，现在的中文读者读古诗词的时候也往往不能欣赏这些韵，所以对希伯来语读者来说并没有很大的遗憾。其二，在翻译动植物名称的时候也有很大的困难，因为有些在中国生长的动植物在以色列没有，因此也没有相对应的希伯来语名词。遇到这些问题的时候，在大部分情况下，德奥尔选择用以色列人所认识的相似的动植物来代替，但有时候为了使译文“正宗”，他选择音译这些名词，并在注解中进一步解释。

到目前为止，翻译中国近现代诗歌的以色列学者只有柯芝和安宁（Raviv Anin）两人。柯芝的译作发表比较零散，尚未成册出版。她翻译了舒婷、席慕蓉、北岛和多多的诗选，分别在 1999 年与 2003 年耶路撒冷的国际诗会上发表。而安宁则把北岛、顾城和舒婷的 40 多首朦胧诗翻译成书出版（安宁 2001）。安宁 1981 毕业于耶路撒冷希伯来大学阿拉伯文学系与东亚文学系，同时从事阿拉伯语和中文的翻译，已经出版了两本阿拉伯散文译本。安宁翻译的第二本诗集是伊沙的《灵与肉的项目》（2006），全书收入译者选译的伊沙各个时期的诗作 49 首，均来自伊沙在中国出版的两部诗集《伊沙诗选》（青海人民出版社 2002）和《我的英雄》（河北教育出版社 2002），经过译者四年的努力方才出版，其中有些篇目已先在以色列的各大文学刊物发表。之所以要选择颇受争议的伊沙的作品，安宁认为可以让有兴趣的人“从最美的角度认识中国的各个方面”。而事实上，除希伯来语之外，伊沙的作品还被译成英语、荷兰语、德语、瑞典语等多种语言。由此可以猜测诗人本身也十分有意在不同的外国文化当中推广自己的作品。而安宁对翻译作品的选择与德奥尔“耳熟能详”的原则大相径庭，在众多的当代诗人当中，他的选择往往比较“另类”。除了伊沙的诗集，他翻译的南方狼诗集《狼的爪痕》也即将出版。

整体而言，从中文直接翻译的诗歌质量比较令人满意，但是数量相对于古典散文与小说而言并不可观，仍然有很多优秀作品等待感兴趣的翻译家介绍给希伯来语读者。

小说

林语堂的作品风行世界各国，在以色列也不例外。在 20 世纪四五十年代，林语堂的六部小说以及一部短篇小说集就已经被翻译成希伯来语。笔者在图书馆所发现的《京华烟云》（1946）与《风声鹤唳》（1943）的译本，均出版于以色列建国之前。这些书的纸张都已经泛黄，无论是书的排版与字体，还是书中出版信息里赫然印着的“Eretz Israel”[1]，都提示我们这是先于以色

1. 锡安主义者根据《圣经》，对以色列建国之前的巴勒斯坦地区的称呼，英国委任统治期间称作 Palestine/Eretz Israel.

列国一个时代的作品。而两部作品的译者，也都是在以色列建国之前移民到巴勒斯坦—以色列地区的锡安主义者。《京华烟云》的译者申哈尔（Itzhak Shenhar，1902—1957）为希伯来语作家、翻译家，母语为俄语的申哈尔不仅学习掌握了希伯来语，还自学了几门欧洲语言，对欧洲文学素有研究。他主要把俄语作品翻译成希伯来语，曾翻译过托尔斯泰、契诃夫、果戈理等人的书。

译《风声鹤唳》的莱文（Menashe Levin，1903—1981）也是优秀的希伯来语作家、翻译家与诗人。他出生于波兰，学习过德语、英语和法语。《风声鹤唳》是他从英语翻译的作品。这一时期的翻译家大都怀有锡安主义的理想和复兴希伯来文学的抱负，因此他们的翻译作品的重点是使用希伯来语，丰富希伯来文学，而不是介绍中国文学。

20 世纪 80 年代以前，除了林语堂的作品之外，中国小说长时间乏人问津。谢冰莹《一个女兵的自传》是唯一一部被完整翻译的作品[1]。1983 年，两部翻译作品的问世，打破了小说翻译的这一僵局，从此以后，高水平的从原著直接翻译的小说不断问世，中国小说在以色列的翻译进入了一个崭新的时期。这两部作品均从中文直译，译者也都是掌握中文和了解中国文化的学者。其中一部是沈复的《浮生六记》，由德奥尔翻译并作后记（1983）；另外一部名为《地狱的小花》（1982），是一部“五四”时期短篇小说选集，书名的灵感源于鲁迅《野草——失掉的好地狱》。五位译者当中，包括柯芝在内的三位均毕业于希伯来大学东亚系。希伯来大学于 1958 年开设中文选修课程，1965 年创建东亚系，是以色列各大学中起步最早、规模最大的教授东亚语言和文化的院系，这里培养了许多优秀的汉学家，前文介绍过的很多从事中国文学翻译的译者都是希伯来大学东亚系的毕业生。

1.Eber，2003，pp. 309--310.

1982 年《地狱的小花》

尽管德奥尔翻译的重心在古典散文与诗词，但是他对小说的翻译也颇有建树。1995 年，他翻译了《聊斋志异》中的两则故事，书名拟得十分有趣：《儒与娼：中国老故事与古老故事选》。早在 20 世纪 60 年代初，《聊斋志异》

中的《婴宁》与《耿十八》两个故事就被当作中国传说故事译成希伯来语（Dov Kimche 1960年，1961）。除此以外，《聊斋志异》并不太受人关注[1]。其原因之一可能是《聊斋志异》中的鬼怪故事对信仰一神教的犹太人缺乏吸引力，为一些人所排斥。而且对于“鬼”、“怪”这样的概念，犹太人又是很难理解的。所以翻译《聊斋志异》的译者都强调把志怪故事作为中国民间文化来对待。

1. 柯芝正在从事部分翻译。

德奥尔选择小说独出心裁，除了《聊斋志异》之外，他还翻译了李渔（1611—1680）的《肉蒲团》（2005）。而之前《肉蒲团》两个译本的翻译都是通过中间语言译的（Ben-Mordekhai 1995，Deutsch 1998），以封面春宫图吸引读者，难登大雅之堂。德奥尔最近翻译的小说为余华的《许三观卖血记》（2007），显而易见，德奥尔对小说的选择原则同诗词一样，既根据自己的兴趣，又充分考虑了这些小说在中国文学中的地位。

至今为止，柯芝在中文小说翻译上的贡献最为突出。她翻译了许多“五四”时期的作品，包括《地狱的小花》中五篇小说、老舍的《骆驼祥子》（1985）、鲁迅的《呐喊》（1986）和沈从文的《边城》（1989）。在《边城》一书中，她还纳入了《丈夫》、《萧萧》和《贵生》三部短篇。

在200多页的小说集《好像看着他们自己——中国当代小说选》当中，柯芝翻译了巴金的《怀念肖珊》、苏童的《红粉》、刘心武的《黑墙》、王安忆的《老康回来》、莫言的《枯河》、韩少功的《归去来》、王蒙的《室内乐三章：诗意》等作品（1998）。可以看出，柯芝所选择的作家都非常具有代表性，但是她所选择的小说却并不一定是这些作家最具代表性的作品。这样，她在小说的文学价值与自己的喜好之间保持了平衡。

从白话小说当中，柯芝选择翻译了冯梦龙《三言》中的《蒋兴哥重会珍珠衫》、《十五贯戏言成巧祸》（宋本作《错斩崔宁》）、《吴保安弃家赎友》、《杜氏娘怒沉百宝箱》、《金玉奴棒打薄情郎》和《俞伯牙摔琴谢知音》(1993)，所选的故事包括了家庭悲剧、爱情故事、公堂案件和朋友情谊各个方面。在后记中，她介绍了冯梦龙其人、《三言》其书，以及中国白话小说的发展，并分析了所翻译的几篇小说中的人物特征和故事情节。柯芝将白话小说成功地译为文雅的现代希伯来语。她对故事中出现的诗词翻译尤为精彩，在很多情况下，柯芝找到了希伯来语中相似的固定表达，可见她在翻译过程中经过了深思熟虑。

柯芝的翻译作品更倾向于小说而不是古典散文，原因并不像伊爱莲教授所认为的“越来越多略懂中文或不懂中文的职业译者翻译中国小说而造成的出版压力”[1]，下文中我们将会看到，虽然有许多职业翻译者通过中间语言翻译了大量小说，但是这些小说大都是当代小说，“五四”时期作品与白话小说因为需要了解历史文化背景知识而使能胜任的译者的范围大大缩小了。另一方面，这些翻译者当中几乎没有人固定地翻译中国文学，因而对在中国文学翻译方面十分有知名度的柯芝不会造成太大的压力。柯芝对翻译作品的选择既根据自己的喜好，也考虑到自己的优势与劣势。与浦安迪和德奥尔相比，柯芝对中国古代哲学的研究不如前二者深入，这大大地增加了她翻译工作的难度。与之相反，在翻译小说的时候柯芝则有自己较为独特的方法，更得心应手一些。例如在翻译《边城》的过程中，她与研究沈从文的汉学家金介甫（Jeffrey C. Kinkley）不断交流，二人还共同到湘西地区实地考察，以充分地理解作者的写作意图与写作背景。在希伯来大学所教授的翻译课程中，柯芝也经常组织学生参加这样的旅行。

1.Eber, 2003, p. 311.

目前，“四大名著”中只有《西游记》和《红楼梦》被选译成希伯来语。《西游记》有两个译本，一个是根据亚瑟 · 伟雷（Arthur Waley）的英文《西游记》（1942）翻译的，只译了 30 章。因为内容比较轻松，书名也起得诙谐，叫做“猴子的道”［Hatao shel kof］（维斯曼 1995）[2]。另外一个译本是绘图本（2008），译者是特拉维夫大学东亚系教授夏维明（Meir Shahar）。夏维明教授也是以色列知名汉学家，主要研究领域涉及中国民间文学与宗教的相互影响。

2.2004 年再版，改名《西游记（猴子）》［Hamasa lema' arav (Kof)］。

Astrolog 曾出版过一本《红楼梦》选译（2002），是由王际真的英文译本转译（1929）的。该出版社把《红楼梦》称作“中国的罗密欧与朱丽叶”，大大折煞了《红楼梦》的文学价值。据说，浦安迪教授与卡茨有合作翻译《红楼梦》部分章节的计划，希望此书能够早日与读者见面。

令笔者意想不到的是，何其芳所编的《不怕鬼的故事》（1961）在出版 40 多年之后被译成希伯来语（Nitza Peled 2007）。《不怕鬼的故事》是根据毛泽东的提议，由中国科学院文学研究所编辑的一本小册子，从我国历代典籍中，选出 100 则不怕鬼的故事，主人公对于普遍认为可怕的鬼敢打敢骂，表现了古代人不迷信的精神。在毛泽东修改过的前言中明确地指出了此书的目的在于喻明“反动派都是纸老虎”。希伯来语译本是根据杨宪益（1914—2009）和戴乃迭（1919—1999）的英文译本转译的。前文已经指出，因为宗教原因，鬼怪题材的故事并不太受以色列读者关注，因此出版社选择翻译这本书大概因为其十分具有时代特征。

从 20 世纪 90 年代至今，有大量的中国当代小说被翻译成希伯来语，其中包括旅居国外的华裔作家的作品。绝大多数的翻译都是通过英文转译的，这样做的缺点，除了缺乏对社会文化背景知识的了解之外，还体现在对翻译作品选择的范围很狭窄。在众多优秀的当代小说当中，以色列翻译者只能选择英语读者所喜欢的那部分，而这些作品未必是中国文学当中最值得翻译的作品。译作数量很多，不能尽述，本文只选择讨论其中一部分。

莫言和张贤亮是比较受以色列翻译者喜欢的作家，莫言有两部小说——《红高粱》（Yoav Halevi 1994）与《天堂蒜苔之歌》（Idit Paz 1996）被译成希伯来语。张贤亮有三部作品被翻译：《男人的一半是女人》（Yotam Reuveny 1991）、《习惯死亡》（Zila Elazar 1993）和《绿化树》［Etz hameshi］（Hanoch Bartov 2006）。以上均是从英文译的。

阿城的《棋王》、《树王》、《孩子王》是从中文直接翻译的，合成一本书出版，书名《三王》（Yosef Saragusti 1996）。同一译者还翻译了苏童的《米》(2000)。阿来的《尘埃落定》也是从中文翻译的，但是书名却取的是英文译本的名字——《红罂粟》［Pragim Adumim］（Afra Weinstein--Arbel 2005）。

虹影的《K》1999 年用英文发表，2001 年又在台湾出版了中文版（《英国情人》）。希伯来语的翻译据称是从中文做的，但比较可疑，译者最多参考了中文版本（Sheva Karni 2005）。希伯来语把书名译为 Meahevet Sinit［中国情人］，对于以色列读者来说显然比“英国情人”更有吸引力。虹影自传《饥饿的女儿》也从中文翻译成希伯来语（Roni Sarig 2004），译者 Sarig 本科毕业于特拉维夫大学东亚系，先后就读于北京大学、伦敦大学和日本名古屋大学学习东亚文化，现任教于 Tel-Hai 学院，教授日本文化与艺术。

用英语或旅居国语言写作的华裔作家，正在不断引起西方主流文学界和批评界的注意。欣然用英文写作的《中国的好女人们》（Natali Tzur 2006）被列为 2002 年最好的社会书籍之列，因为这本书深入地反映了中国妇女身上的文化烙印。但是希伯来语译作文笔平平，稍显枯燥。山飒的法语书《女皇》的希译本获得的评价亦不高。旅美作家裘小龙的长篇英文处女作《红英之死》在以色列两次被翻译（Weiss 2002，Achmon 2006），后一版本的译者也翻译了他的《陪毛泽东跳舞的女人》(Yael Achmon 2007)，翻译较为成功。

需要特别指出的是，无论是先秦散文还是诗词、小说，几乎所有的翻译作品都很注重书籍的外观，用中国书法或水墨画等有代表性的元素装饰封皮是非常成功的做法，很能吸引以色列读者。

有关中国文学的研究与专著

以色列汉学家研究的范畴一般都重历史轻文学，因此关于中国文学的专著寥寥无几。Kaltenmark-Ghequir 编写过一本有关中国文学史的书籍，全书仅用了 120 多页的篇幅来论述哲学与小说两大类作品，故内容不够全面，论述也不够充分[1]。

1.Eber, 2003, p. 304.

伊爱莲教授与温司卡（Sze-kar Wan）等人合著的《圣经在现代中国：对文学与知识分子的影响》（1998 年）一书集结了欧洲、以色列、中国和美国多国作者的作品，由德国华裔学志研究中心（Monumenta Serica）与以色列杜鲁门研究所（Truman Research Institute for the Advancement of Peace）共同资助出版，可算作以色列在中国文学研究方面所作出的贡献。伊爱莲教授另有两篇论文讨论中国文学与中国文学的翻译，除本文提到的一篇，还有《远处的声音：现代中国作家关于被压迫人民及其文学的写作》[2]。

2.Irene Eber, "Images of Oppressed Peoples and Modern Chinese Literature", in Merle Goldman, Ed. Modern Chinese Literature in the May Forth Era. Herverd College, 1977. pp. 127—141.

如前文所述，浦安迪教授在中国文学研究方面著述颇多，且均为经典之作。但由于这些书都是用英文写作，在美国出版。柯芝虽然在文学翻译方面佳作不断，但并不热衷于著书立说。德奥尔除了翻译之外，还编写了几本书，然而没有一本是研究中国文学方面的专著。随着以色列汉学界的不断成熟，希望会有更多这方面的专著问世。

中国文学在以色列的翻译大概可以分为三个发展阶段：20 世纪 70 年代以前零星的通过中间语言的翻译，主要集中于古典散文和林语堂的小说；80 年代开始的从原文的翻译，包括古典散文、诗词和"五四"时期的小说；以及 90 年代以后新涌现出的大量的当代小说翻译。在这些翻译作品当中，从中文直接翻译的文学与学术价值都普遍高于通过其他语言翻译的作品。虽然有几位专业的学者几十年孜孜不倦地努力，然而随着以色列读者阅读需求的不断增加，更多的专业翻译家的出现也显得尤为重要。

附录

1. 中国与希腊文学交流大事记

1608年，出版的《畸人十篇》中，介绍古希腊寓言家阨琐伯氏（即伊索）的事迹：“阨琐伯氏，上古明士。不幸本国被伐，身为俘虏，鬻于藏德氏，时之闻人先达也，其门下弟子以千计。”《畸人十篇》是利玛窦答友人问所作的十篇复文，引用了几则伊索寓言来论证自己的观点。

1625年，耶稣会士金尼阁口授、张赓笔录《况义》，收伊索寓言二十二则，附《熊说》收十六则，共三十八则。

1840年，在广州出版了第一本根据英文翻译的《意拾喻言》，由“Mun Mooy Seen—shang”（蒙昧先生）翻译，门生“sloth”（罗伯聃（Robert Thom））编辑。翻译伊索寓言82则。

1857年，在《六合丛谈》创刊号上，传教士艾约瑟发表了题为《希腊为西国文学之祖》的文章，对西方古典文学的源流做出概括性的介绍：“今之泰西各国，天人理数，文学彬彬，其始皆祖于希腊……初希腊人作诗歌以叙史事。和马、海修达二人创为之。余子所作，今失传。时当中国姬周中叶，传写无多，均由口授。每临勝（盛）会，歌以动人。和马所作诗史，传者二种，一以利亚，凡二十四卷，记希腊列邦攻破特罗呀事。一阿陀赛亚，亦二十四卷，记阿陀苏自海洋归国事。此二书，皆每句十字，无均，以字音短长相见为步，五步成句，犹中国之论平仄也。和马遂为希腊诗人之祖。”

《六合丛谈》1卷11号登载了艾约瑟为古希腊哲学家柏拉图所立的《百拉多传》：“百拉多者，希腊国雅典人也……年二十，师事娑格拉底斯，后自成性理一大家。”并介绍了柏拉图的著述。

1875年，传教士谢卫楼口述，赵如光笔录的《万国通鉴》提到悲剧作家爱斯奇里斯、索福克利斯、欧里庇得斯，说他们三人的“戏文极其酸苦，是令听者触目而动心，盖欲激发人之勇敢，并当时之恶俗，函思勉人为善也”。还提到喜剧作家阿里斯托芬，说他“编作谈作戏文，亦颇警心悦目”。

1877年，旧历七月初三郭嵩焘在日记中记载：“何满所著诗二种，一曰谛雅得，一曰何锡得。”1878 年旧历十二月二十四日记载：“泰西诗人以希腊诗人何满为最……何满书曰《伊里亚得》，记伊里恩国王掠得邻国一公主，美艳绝伦，公主拒不服从。希腊因兴问罪之师，围攻伊里恩，经年使克之。盖记事诗也。其时尚无记载，以何满诗详其事，泰西相与传诵，遂据以为史录。”1879 年旧历二月二十六记载：“何满有二诗。一曰以利亚特，论特罗亚窃示八打王后相攻战事。一曰胡底什，论玉立叶攻特罗亚回，迷路二十年所历诸险异事。”

王韬著《西学原始考》，1889 年辑入《西学辑学六种》出版，中有“九百余年当周孝王时，希腊诗人荷马作诗，以扬历战功，同时海修达希西阿德继之，所歌泳者多田野鬼神 之事二人并称为希腊诗人之祖，西俗崇尚诗歌由此始”。介绍了古希腊悲剧作家爰斯奇里斯和欧里庇得斯。说前者“善作疆场战斗之歌，欢之能乐于战阵，有勇有方”，后者“所作传多涉闺闈，诲淫炽欲，莫此为甚”。

1898 年，孙宝瑄在日记中记述了希腊缪斯文艺九女神及其在后世欧洲的流传，是中国人关于古希腊神话最早的记述。

1904 年，《江苏》杂志第 11、12 期合刊上的世界伟人介绍专栏中，评述了古希腊剧作家，说爱斯奇里斯（埃斯库罗斯）“创戏剧以意想宏远胜”，索福克利斯（索福克勒斯）的作品“风和颜和而丽”，说欧里庇得斯“哲学悲家也，上古中古之戏剧赖以和调”，阿里斯托芬“滑稽曲绝大家也，其滑稽之才之瞻罕有比伦”，米南德“滑稽曲第二大家，近今诙谐语先驱也”。

《国粹学报》第 1 年（1905 年）第 5 期刊载邓实《国学今论》，声称“周秦诸子之出世，适当希腊学派兴盛之时”。就“荀子之《非十二子》篇观之，则周末诸子之学，其与希腊诸贤，且若合符节”。

1906 年商务印书馆出版了《希腊神话》，列入该部丛书初集，译述者未署名。此书的叙述不够详确，但却集中系统地介绍了古希腊神话的著作。

1906 年，商务印书馆出版了由林纾与严培南、严凉合译的《希腊名士伊索寓言》，收寓言 298 则。林纾在序言中谈到伊索寓言两千年来的深远影响，以及英国哲学家斯宾塞将伊索寓言视为儿童启蒙读物一事。林纾叙述了为儿童译述此书的宗旨：“盖欲求寓言之专作，能使儿童蒙闻而笑乐，渐悟乎人心之变幻，物理之歧出。”

1907 年，英国哈葛德、安度阑所著《红星佚史》（根据荷马史诗编写）由鲁迅、周作人翻译，上海商务印书馆出版。

1907 年，商务印书馆《说部丛书》第 7 集第 9 编为英国巴德文《希腊神话》，商务印书馆编译所译述。

1910 年，单士厘在随其丈夫钱询去欧洲期间，写成《归潜记》，其中的章华庭四室和育斯两篇，介绍了古希腊雕塑和神话。评论劳贡（拉奥孔）的艺术技巧时说：“诗与文，所以纵写时间，而为叙述之美术雕与画，所以横描瞬秒，而为造形之美术诗与文直而长，雕与画广而促，二者目的虽同，而方向各异，不必相符合也倘于雕像之中，张大其口，令如唤叫，则终成一滑稽状耳，何美之有或以为劳贡不呼，乃见其勇”，可知对莱辛的《拉奥孔》有所了解。

1912 年，上海广学会出版英国 C.Kinsley 著，Ma Shao-liang 译的《西方搜神记》，收入《潘西斯传》、《亚格海舰之英杰事略》、《昔西斯传》三篇希腊神话故事。

1916 年，6 月，启明（周作人）在《若社丛刊》第 3 期发表《荷马史诗》，对荷马的两篇史诗作了简短介绍。

1918 年，10 月，周作人著《欧洲文学史》，上海商务印书馆出版，分三卷，分章介绍古希腊、罗马、中古与文艺复兴及 17、18 世纪欧洲文学概况。

1921 年，吴献书以文言翻译柏拉图《理想国》，上海商务印书馆出版。

1921 年，9 月 29 日《晨报副镌》刊仲密（周作人）的《新希腊与中国》，强调希腊人的特性是“热烈的求生的欲望”、“美的健全的生活”，对中国民族性的改造大有裨益。

缪凤林在《学衡》第 8 期（1922 年 8 月）发表《希腊之精神》称：“希腊之精神，曰入世、曰谐和、曰中节、曰理智，近代西人则仅有其入世之精神，余则多与之相反。”

吴宓著《希腊文学史》第一章，荷马之史诗，《学衡》1923 年 1 月第 13 期；《希腊文学史》第二章，希霄德之训诗，《学衡》,1923 年 2 月第 14 期。

李金发译碧丽蒂（Bilitis）《古希腊恋歌》，开明书店 1928 年 5 月版，收诗歌一百四十余首。

荷马《依里亚特》，高歌译述，上海中华书局 1929 年 4 月版，根据英文散文本译出，收入“学生文学丛书”。

1929 年，10 月，傅东华译荷马《奥德赛》，商务印书馆出版，收入王云五主编《万有文库》第一集。

1930年，9月，方璧（茅盾）著《希腊文学ABC》，上海ABC丛书社出版，分“总论”、“荷马时代的前后”、“雅典文学时代”、“希腊文学衰落时期”及“结论”五章，上海世界书局发行。

杨晦译埃斯基拉的《被幽囚的普罗米修士》，北平人文书局1932年8月出版。

1933年，12月，王力著《希腊文学》，为王云五主编《百科小丛书》之一卷，分“早期文学”、“雅典文学”、“衰期文学”，介绍古希腊文学。

张师竹先初译、张东荪先生改译《柏拉图对话集六种》，商务印书馆1933年版年版。

《柏拉图五大对话》，郭斌和、景昌极译，商务印书馆1934年出版。

周作人译《希腊拟曲》，1934年上海商务印书馆出版。

1935年，2月上海生活书店出版郑振铎编著《希腊神话》上下册，是翻译和改写的希腊神话故事集，包括《底赛莱的传说》、《安哥斯系的传说》、《战神爱莱斯系的英雄》等七部，书前有周作人序和编著者序。

1935年，上海世界书局出版《西洋文学讲座》，内含十种著作，其中之一为方璧（沈雁冰）的《希腊文学》。

攸立匹得斯《在陶捋人里的依斐格纳亚》，中华教育文化基金董事会编译委员会编辑，罗念生译，上海商务印书馆1936年3月版。

1936年，傅东华《诗学》译本由上海商务印书馆出版，这是中国最早的《诗学》译本。

索缚克勒斯《窝狄浦斯王》，中华教育文化基金董事会编译委员会编辑，罗念生译，上海商务印书馆1936年10月版。

暖斯苦罗斯《波斯人》，罗念生译，中华教育文化基金董事会编译委员会编辑，上海商务印书馆1936年10月版。

1937年，3月，上海商务印书馆出版《希腊三大悲剧》，埃司克拉斯、沙福克里斯、尤里比底斯著，石璞译，收入《阿家麦农》、《安体哥尼》、《米狄亚》三部希腊悲剧。

陈国桦译《特洛国的妇人》，优力彼德斯著，诗歌出版社1938年3月版。

1938年，5月，罗念生译阿里斯托芬《云》，上海商务印书馆出版。

1940年，罗念生译欧里庇得斯《美狄亚》，长沙商务印书馆出版。

罗念生散文集《希腊漫话》，中国文化服务社重庆分社1943年版。

徐迟译《依利阿德选译》，重庆美术出版社 1943 年版，为荷马史诗《伊利亚特》的选译，根据七种英文本译出。

1944 年，6 月 11 日《华北新报》刊出知堂（周作人）的《希腊的神话》，该文认为希腊文学对现今充满“丑恶与恐怖”的中国有“清风似的拔除力”。

第 10、11 和 12 期《艺文杂志》连载周作人译《希腊神话》，阿波罗多洛斯著，周作人据勒布古典丛书本译。

1947 年，罗念生译《普罗米修斯》，上海商务印书馆出版。

1950 年，周作人译《希腊的神与英雄》，上海文化生活出版社出版，

1951 年，周作人著《希腊女诗人萨波》，上海出版公司出版。

1954 年，11 月，人民文学出版社出版《阿里斯托芬喜剧集》，收入了五种喜剧，除了罗念生翻译的三种、周作人翻译的一种，还有一出杨宪益翻译的《鸟》。

1955 年，周作人译《伊索寓言》，人民文学出版社出版。

1957 年，2 月至 1958 年 9 月周作人、罗念生合译《欧里庇得斯悲剧集》由人民文学出版社出版。

1958 年，施咸荣译《希腊悲剧故事集》由中国青年出版社出版。

1958 年，傅东华译《伊利亚特》由北京人民文学出版社出版。

1958 年，9 月罗念生译《美狄亚》和《特洛亚妇女》合为《欧里庇得斯悲剧二种》，收入《外国古典文学名著丛书》，由人民文学出版社出版。

1958 年，12 月楚图南译德国古斯塔夫 · 斯威布 (Gustav Schwab) 所著《希腊的神话和传说》由人民文学出版社分两册出版。

罗念生译《普罗米修斯》与《阿伽门农》合为《埃斯库罗斯悲剧二种》，收入《外国古典文学名著丛书》，1961 年人民文学出版社出版。

1961 年，罗念生译《俄狄浦斯王》与《安提戈涅》合为《索福克勒斯悲剧二种》，收入《外国古典文学名著丛书》，人民文学出版社出版。

1962 年，罗念生译《诗学》，人民文学出版社出版，收入《外国文艺理论丛书》，书后有详细“译后记”，对内容作了详细阐释。

1963 年，朱光潜译《柏拉图文艺对话集》，人民出版社出版。

1964年,1月,人民文学出版社《古典文艺理论译丛》第七集发表希腊佚名作者的《喜剧论纲》,罗念生译,《喜剧论纲》是现传最早一篇论述古希腊喜剧的文章。

1966年,姚一苇的《诗学笺注》由台北国立编译馆出版。

1980年,罗念生译《琉善哲学文选》由北京商务印书馆出版。

1981年,湖南人民出版社出版罗念生译《阿里斯托芬喜剧二种》,收入《马蜂》和《地母节妇女》。

1983年,4月,上海译文出版社出版灵珠(缪灵珠)翻译的《奥瑞斯提亚三部曲》(附《普罗米修斯被囚》),包括埃斯库罗斯悲剧四种:《阿伽门农》、《奠酒人》、《福灵》(《报仇神》)、《普罗米修斯》。

1985年,罗念生的《论古希腊戏剧》由中国戏剧出版社出版。罗念生编译《希腊罗马散文选》由湖南人民出版社出版。

1986年,3月,陈洪文、水建馥选编《古希腊三大悲剧家研究》,由中国社会科学出版社出版。

1986年,6月,中央戏剧学院在第二界国际古希腊戏剧节上演出了《俄狄浦斯王》,随后导演罗锦鳞发表了《关于〈俄狄浦斯王〉的导演分析与构思》(《戏剧》1986年7月),李利宏发表了《朝圣者的自白》(《戏剧》1986年7月)等,从戏剧表演角度来探讨该剧的情节结构、主题思想、语言风格等。

1987年,9月,陈中梅译注的《诗学》由北京商务印书馆出版。

1988年,北京人民出版社出版罗念生译《古希腊罗马文学作品选》。

1988年,中央戏剧学院在哈尔滨和北京上演出了罗锦鳞导演的《安提戈涅》。

1989年,罗锦鳞以河北梆子的演出形式导演了《美狄亚》,将古希腊悲剧中的歌队形式运用于中国传统戏曲中。

周作人译《卢奇安对话集》由北京人民文学出版社1991年出版。计20篇,50余万言。介绍琉善“把辩论术应用于对话,这本是哲学家的用法,有如柏拉图的著作也采用这种方法,可是在他的对话裡所讲的却不是哲理,而是日常小事,这便成了一篇短小的喜剧了。他又采用历代喜剧家,如阿里斯托法涅斯,墨南德洛斯,赫洛达斯,以及墨尼波斯的手法,造成他的特殊的讽刺对话”。

1991 年，罗念生译亚里士多德《修辞学》，由北京生活 · 读书 · 新知三联书店出版。

1991 年，11 月，张竹明译赫希俄德《工作与时日 · 神谱》，由北京商务印书馆出版，收入“汉译世界学术名著丛书”。

1994 年，11 月，罗念生、王焕生译《荷马史诗 · 伊利亚特》由人民文学出版社出版。

崔延强译《论诗》，载《亚里士多德全集》第 9 卷由中国人民大学出版社出版。

1996 年，陈中梅《诗学》译本由北京商务印书馆出版。

1997 年，5 月，人民文学出版社出版王焕生译《荷马史诗 · 奥德赛》。

1998 年，《缪灵珠美学译文集》第 1 卷收入缪灵珠译《诗学》由中国人民大学出版社出版。

1998 年，3 月，人民文学出版社出版《古希腊抒情诗选》，水建馥译。

1998 年，人民文学出版社出版《古希腊戏剧选》，除了收入罗念生所译埃斯库罗斯悲剧《被缚的普罗米修斯》、《阿伽门农》，索福克勒斯悲剧《安提戈涅》、《奥狄浦斯王》，欧里庇得斯悲剧《美狄亚》、《特洛亚妇女》，阿里斯托芬喜剧《阿卡奈人》，杨宪益译阿里斯托芬喜剧《鸟》，王焕生所译米南德喜剧《古怪人》。

1999 年，1 月，辽宁教育出版社出版了陈中梅翻译的《埃斯库罗斯悲剧集》，包括了现存的埃斯库罗斯全部悲剧。

2000 年，王士仪《论亚里士多德〈创作学〉》由台北里仁书局出版，将长期沿用的书名《诗学》改译为《创作学》。

2000 年，人民文学出版社出版了水建馥译《古希腊散文选》，收录了柏拉图《对话录》、泰奥弗拉斯托斯的《人物素描》、普卢塔克的《伯里克利传》、卢奇安的《真实的故事》、朗戈斯的《达夫尼斯和赫洛亚》等。

2002 年至 2004 年，王晓朝翻译四卷本《柏拉图全集》，由人民出版社出版。约两百万字，前三卷是柏拉图对话的主体部分，包括二十六部对话，第四卷是附录，包括两篇疑伪的对话加十三封书信、年表、谱系表、译名对照、篇名缩略语表和索引。

2003 年，周作人翻译的欧里庇得斯悲剧和羊人剧，以《欧里庇得斯悲剧集》为名，由中国对外翻译出版公司再版。

2003 年，王士仪注译的《亚里士多德〈创作学〉译疏》由台北联经出版事业有限公司出版。

2004 年，上海人民出版社出版了《罗念生全集》，分为十卷，已出版的罗念生翻译的希腊古典悲剧、喜剧全部收入第 2—4 卷。全集出版以后，又发现了罗念生的一些翻译遗稿，其中有埃斯库罗斯悲剧三种、索福克勒斯悲剧一种，这些遗稿收入 2007 年 4 月出版的《罗念生全集》补卷。

2004 年，王太庆遗作《柏拉图对话集》由商务印书馆出版，内容包括柏拉图对话十二篇，其中两篇未译完，一篇是节译，另有一些附录和王太庆自己的论著。

2007 年，4 月，张竹明、王焕生合作翻译的《古希腊悲剧喜剧全集》（八卷本）出版。这套全集包括了古希腊流传下来的全部悲剧和喜剧作品。埃斯库罗斯七部悲剧和米南德喜剧由王焕生翻译。索福克勒斯的七部悲剧、欧里庇得斯的十八部悲剧（包括存疑的《瑞索斯》）和一部羊人剧、阿里斯托芬的十一部喜剧，共计三十七部由张竹明翻译的。

2008 年，11 月 29 日至 30 日，《开放时代》杂志联合云南大学西南边疆少数民族研究中心在云南大学召开“古典西学在中国”的论坛，反省中国学界近百年来对西方大传统的认识及其与高等教育的关系。刘小枫、甘阳等人进行了主题发言，倡导古典文学“不合时宜的伟大作用”，以“抵制现时代”的方式“作用于现时代”。论坛部分成果以“古典西学在中国”为题刊登在 2009 年第 1 期和第 2 期《开放时代》。

从 2002 年至今，由刘小枫主编的“经典与解释”丛书中的“西方传统：经典与解释”系列，主要以论文集的形式收录选译了晚近几年西方对古希腊文本研究的重要文献。刘小枫认为中国读者阅读西方经典著作的中译本，受益不大的一个很重要的原因，就是中译本缺少必要的“详细注解”，因而无法引导读者“深入”理解原著的思想旨趣。因此每一本都附有比较详细的“笺注”、“疏解”、“注释”、“注疏”。每册均由五个部分组成：主题讨论、古典作品研究、思想史发微、旧文今刊与评论。“西方思想家”与“西方传统”两个系列均以弘扬西方古典文学为宏旨，辑录了该研究领域国外近年来重要的研究论著，其中与希腊文学有关的论著如下：

《弓弦与竖琴——从柏拉图解读〈奥德赛〉》，［美］伯纳德特著，程志敏译，北京：华夏出版社 2003 年 6 月版。

2003 年，8 月《柏拉图的〈会饮〉》，刘小枫等译，由华夏出版社版。

2003 年，12 月《柏拉图的哲学戏剧》，上海三联书店出版。

2004年，《赫西俄德：神话之艺》，［法］居代·德拉孔波等编，吴雅凌译，华夏出版社出版。

2005年，1月［美］伯纳德特著《神圣的罪业：解读索福克勒斯的〈安提戈涅〉》，张新樟译，由华夏出版社出版。

2006年，1月《俄耳甫斯教祷歌》，吴雅凌编译，华夏出版社出版。

2007年，2月《索福克勒斯与雅典启蒙》，由华夏出版社出版。

2007年，10月，柏拉图注疏集：《戏剧诗人柏拉图》，戈登等著，张文涛选编，刘麒麟、黄莎等译，由华夏出版社出版。

2008年，5月，柏拉图注疏集《柏拉图与神话之镜：从黄金时代到大西岛》［法］马特著，吴雅凌译，由华东师范大学出版社出版。

2008年，5月，柏拉图注疏集《伊翁》，王双洪译/疏，华东师范大学出版社出版。

2008年，8月，《埃斯库罗斯的神义论》，华夏出版社出版。

2008年，8月，《古典诗文绎读西学卷·古代编》（上下册），华夏出版社出版。

2008年，10月，古希腊悲剧注疏《古代悲剧与现代科学的起源》，［美］戴维斯著，郭振华等译，华夏出版社出版。

2010年，1月，柏拉图注疏集《叙拉古的雅典异乡人——柏拉图〈书简七〉探幽》，彭磊选编，王师等译，华夏出版社出版。

2010年，4月，品达注疏集《幽暗的诱惑——品达、晦涩与古典传统》，［美］汉米尔顿著，娄林译，华夏出版社出版。

2010年，7月，赫希俄德集：《神谱笺释》，吴雅凌编译，华夏出版社出版。

2010年，10月，荷马注疏集：《英雄诗系笺释》，崔嵬、程志敏译/疏，华夏出版社出版。

2010年，10月，古希腊悲剧注疏：《高贵的言辞——索福克勒斯〈埃阿斯〉疏证》，沈默撰，华夏出版社出版。

2010年，10月，阿里斯托芬注疏集：《雅典谐剧与逻各斯：〈云〉中的修辞、谐剧性与语言暴力》，［美］奥里根著，黄薇薇译，华夏出版社出版。

2010年，2月，华夏出版社出版刘小枫著《重启古典诗学》，重申中国应尽早建立古典学。

2．中国与希伯来文学交流大事记

公元 635 年，君士坦丁堡的基督教异端聂斯脱利派人士进入中国大唐传教，传播《圣经》中某些教义，有《大秦景教流行中国碑》为证，碑文中称曾达“法流十道”和“寺满百城”的盛况。

1582 年，耶稣会修士意大利人利玛窦至澳门，1583 年去肇庆传教，1601 年入北京讲学，领徐光启在内的多名士大夫入教，他精通国学，介绍西学，传播《圣经》教义。

1823 年，英国人新教宣教士马礼逊翻译的《圣经》中译本出版，书名《神天圣书》，线装，共 21 卷，为第一部中文全译本，史称“马礼逊译本”出版。

1919 年，中文和合本《圣经》在中国正式出版。

1920 年，周作人在北京大学演讲，题目为《圣书与中国文学》，其后发表在《小说月报》上。

1925 年 4 月，上海商务印书馆出版了“《小说月报》丛刊第五十三种”和“《小说月报》丛刊第五十四种”，将《小说月报》上发表的关于意第绪语文学的重要文章加以整理、分类和编纂出版，引发意第绪文学的小小热潮。

1926 年，鲁彦从世界语翻译出版《犹太小说集》，由上海开明书店出版。

1935 年，美国宣教士周忠信博士的《希伯来文学史》，由萧文若牧师译出，成都中华基督教会四川省协会文字部出版。书中概要介绍了希伯来《圣经》各卷。

20 世纪上半叶，尤其“二战”期间，成千上万名希伯来人来到中国。到 20 世纪 30 年代末，上海希伯来社团成为中国境内各希伯来社团和聚居地中最大也是最活跃的一个，有不少文化交流和文学交流的活动与作品。

1937 年，首部希伯来语《道德经》出版，由爱斯考利（A.E. Aescoly）从卫礼贤（Richard Wilhelm，1873—1930）的德文译本（1921 年）转译。

1958 年，耶路撒冷希伯来大学开设中文选修课，1965 年创建东亚系，教授中文与中国文化。该大学是以色列各大学中起步最早，规模最大的研究东亚文化的院系，自此培养了许多优秀的汉学家与翻译家。

1981 年，德奥尔（Dan Daor）与阿利埃尔（Yoav Ariel）合译《道德经》出版，2007 年再版，该书是至今为止道家经典最成功的译本之一。

1981年1月，福建人民出版社出版《逾越节的求爱——现代外国短篇小说集》，由钱鸿嘉等译，收入了20个国家与地区的20几位现代和当代作家的27篇优秀短篇小说，小说集题目便来自以色列作家阿格农的一部同名短篇小说，这应该算是1949年后中国第一次介绍当代以色列作家。

1982年，“五四”时期短篇小说集《地狱的小花》在以色列出版，由五位译者执笔，是首部从中文直接翻译成希伯来语的小说集。

1992年中以两国建交。同年，徐新主编并出版中国第一部以色列文学作品集《现代希伯来小说选》，从英文An Anthology of Modern Hebrew Short Stories小说集翻译而来，由漓江出版社出版。建交以后以色列的汉学家与汉语学习者可以顺利到中国大陆进修与研究，中国学者和学习者也可以到以色列进修与研究。

1997年，浦安迪（Andrew Plaks）翻译并注释的《大学》出版，为以色列比亚利克出版机构所推出的“四书”译本的首部。至2009年，“四书”译本全部出版，受到以色列学术界一致好评。

1998年，中国社会科学出版社推出了“当代以色列名家名作选”，全部根据以色列希伯来文学翻译研究所提供的英文小说译出。

2001年，德奥尔译108首希伯来语诗词选，是迄今为止从中文翻译的最丰富的诗词作品。

2003年，北岛和多多参加耶路撒冷国际诗会，并与翻译他们作品的翻译家轲芝女士见面。

2004年，上海译文出版社在以色列希伯来文学翻译研究所资助下开始大型文学译丛，选收以色列当代最负盛名的10位作家、诗人的代表作品，准备推出10卷，是迄今国内最系统最全面展示以色列当代文学创作的丛书。

2007年5月28日，以色列境内第一所孔子学院在特拉维夫大学成立，以满足以色列社会各方人士学习汉语的愿望与要求。此后，特拉维夫大学孔子学院多次承办讲座与文化活动，成为中以文化交流的一个重要平台。

2007年8月26日，应中国社会科学院外文所邀请，以色列当代著名作家阿摩司·奥兹抵达北京，开始为期两周的访华行程。这期间他参观访问多处名胜古迹，与北大学子见面，出席《爱与黑暗的故事》中文版首发仪式，与多家出版社和媒体记者见面，并在北京国际图书博览会期间与中国著名作家莫言等进行了座谈，掀起一股“奥兹热”。

2008 年 12 月，以中国作家协会副主席高洪波为团长的中国作家代表团一行 4 人访以，受到热情欢迎，他们与以色列著名诗人、作家和翻译家进行了会谈，并同当地学习中文的大学生进行了面对面交流，以色列对此反响热烈。

参考文献

英文参考文献：

Babbitt, Irving, Representative Writings, University of Nebraska Press, Lincoln · London, 1981.

Eber, Irene, "Images of Oppressed Peoples and Modern Chinese Literature", in Goldman, Merle, Ed. Modern Chinese Literature in the May Forth Era. Harvard College, 1977.

Eber, Irene, Wan and Walf, in collaboration with Roman Malek, Ed. Bible in Modern China: the Literary and Intellectual Impact. Sankt Augustin, Germany: Institut Monumenta Serica,1998.

Eber, Irene, A Critical Survey of Classical Chinese Literary Works in Hebrew. Amsterdam: Rodopi, 2003.

Foucault, Michel.，The Archaeology of Knowledge, New York：Pantheon Books, 1972.

Herman, Jonathan. R., I and Tao: Martin Buber's Encounter with Chuang Tzu. Albany: State University of New York Press, 1996.

Levenson, Joseph R, 'The Province, the Nation, and the World', Modern China,: An Intepretive Anthology, London: Collier-Macmillan Ltd, 1970.

Minar, Edwin L，Jr.，The Logos of Heraclitus，Classical Philology，Vol. 34，No. 4（Oct.，1939），The University of Chicago Press.

Owen , Stephen：Traditional Chinese poetry and poetics：omen of the world, Madison: University of Wisconsin Press.

Plaks, Andrew, Ta Hsueh and Chung Yung: the Highest Order of Cultivation and on the Practice of the Mean. London: Penguin Books, 2003.

R. P. Martin，The Language of Heros. Speech and Performance in the Iliad. (Myth and Poetics), Cornell University，1989.

Schaeffer,Francis A. How Should We Then Live:The Rise and Decline of Western Thought and Culture, Fleming H.Revell Company, Old Tappan, New Jersey, 1976.

The CRM Study Bible, Christian Renewal Ministries, Inc., U.S.A., 1996.

希伯来文参考文献：

אה-צ'נג, שלושה מלכים, תרגום מסינית: ספי סרגוסטי. תל-אביב: כנרת, 1996.

אופק, בינה, אמר החכם (קונפוציוס), תל אביב: אופרים, 1996.

אי שא, פרטי בשר ורוח: שירה סינית עכשווית, תרגום מסינית: רביב אנין. תל אביב: גוונים, 2006.

אלאי, פרגים אדומים, תרגום מסינית: עפרה וינשטיין-ארבל. תל אביב: זמורה ביתן, 2005.

אנין, רביב, צללים ומכחוֹל: "שירת הערפל" של סין, ירושלים: כרמל, 2001.

ביי דאו ודואו דואו, שירים, תרגום מסינית: אמירה כץ. פסטיבל המשוררים הבינלאומי, ירושלים, 2003.

בן-זכאי, יוחנן, פרח הלוטוס: שירי אהבה בסין הקדומה על-פי יואפו, ירושלים: קרית ספר, 1970.

ג'אנג שיאן-ליאנג, עץ המשי, תרגום מאנגלית: חנוך ברטוב. תל אביב: עם עובד, 2006.

ג'אנג שיאן-ליאנג, חצי הגבר הוא אשה, תרגום מאנגלית: יותם ראובני. תל אביב: מעריב, 1991.

ג'אנג שיאן-ליאנג, לחיות את המוות, תרגום מאנגלית: צילה אלעזר. תל אביב: מעריב, 1993.

גואו אן ואחרים, איש מחפש פר, תרגום מסינית ומיפנית: דן דאור ויעקב רז. תל אביב: מודן, 1996.

גראוזה, יורי, ואלון, יונה, מגדל הנצח: שירת טאנג, תל אביב: עקד, 1977.

גרין, דרור, נהר האהבה: שירי אהבה סיניים, ירושלים: פיות, 1990.

דאור, דן, 41 שירים סיניים: אנתולוגיה קטנה, תל-אביב: הקיבוץ המאוחד, 1977.

דאור, דן, המלומד והזונה: מבחר סיפורים סיניים ישנים וישנים מאוד, ירושלים: כתר, 1995.

דאור, דן, 108 שירים: מבחר מן הקלאסיקה הסינית, תל אביב: חרגול, 2001.

דרך האמצע וקיומה, תרגום מסינית: אנדרו פלאקס. ירושלים: מוסד ביאליק, 2004.

הונג יינג, בת הנהר, תרגום: רוני סריג, ישראל: כנרת, זמורה-ביתן, 2004.

הונג יינג, מאהבת סינית, תרגום מסינית: שבע קרני. אור יהודה: כנרת, זמורה-ביתן, 2005.

וו צ'נג-אן, הטאו של קוף: מסעם של קוף, חזרזיר, בן-החול והחכם, אל מודעות הנפש וגאולתה, תרגום מאנגלית: ניצן וייסמן. הוד השרון: אסטרולוג [תרגום חלקי], 1995.

חאן פיי צה, חמשת הטפילים: מבחר מכתביו של החכם הסיני, תרגום מאנגלית: בן ציון הרמן. רמת השרון: אסטרולוג, 2006.

יו, חואה, קורותיו של שו' סאן-גואן, סוחר דם, תרגום מסינית: דן דאור. תל אביב: עם עובד, 2007.

כץ, אמירה, כאילו התבוננו בהם עצמם: מבחר סיפורים סיניים בני-זמננו, תרגום: אמירה כץ; הסיפור "השיבה הביתה" תורגם מסינית בידי דן דאור. תל-אביב: עם עובד, 1998.

כרמון, יחיאל, הקנקן והגביע: הגיגים, מחבר תרגום ומבוא: יחיאל כרמון. תל אביב: הוצאת יוסף שמעוני, 1967.

לאו-טסה, ספר הדרך וארח מישרים, תרגום: אהרון זאב אשכלי. ירושלים: ראובן מס, 1937.

לאו-צה, דאו דה צ'ינג, תרגום מסינית: יורי גראוזה וחנוך קלעי. ירושלים: מוסד ביאליק, 1973.

לאו-טזה, ספר הדרך והסגולה, תרגמו מהמקורות ופרשנו: דן דאור ויואב אריאל. תל אביב: מפעלים אוניברסיטליים הוצאה לאור, 1981.

לאו-טצה, טאו טה צ'ינג, תרגום: שלמה קאלו. יפו: הוצאת דע"ת, 1981.

לאו דזה, לאו דזה אמר: דבריו השקטים של החכם, תרגום מסינית: יוסף סרגוסטי. תל אביב: פראג, 1995.

לאו-טסה, טאו האי צ'ינג, תרגום מאנגלית: אלישע בן מרדכי. הוד השרון: אסטרולוג, 1996.

לאו טסה, טאו טה צ'ינג של לאו צו, תרגום מאנגלית: אילה יפתח. תל אביב: אור העם, 2000.

לאו-טסה, ספר הטאו, תרגום: ניסים אמון. רעננה: אבן חושן, 2001.

לאו טסה, טאו דה צ'ינג : אבן היסוד של התרבות הסינית, תרגום מאנגלית: אלישע בן מרדכי. הוד השרון: אסטרולוג [הוצאה מחודשת], 2004.

לאו דזה, ספר הדאו או ספר הדרך והסגולה, תרגום מסינית: דן דּאור ויואב אריאל. תל אביב: עם עובד, 2007.

לאו שה, ריקשה: קורותיו של גורר הריקשה סיאנג-דזה – "הגמל", תרגום מסינית: אמירה כץ. ירושלים: כתר, 1985.

לו סון. קריאות קרב: סיפורים, תרגום מסינית: אמירה כץ. תל אביב: עם עובד, 1986.

לי יו, לוטוס הזהב: מדריך הארוטיקה הסינית. מחצלת הבשרים: גבר אחד, שש נשים ועולם מלא ארוטיקה, תרגום: חנה גינגולד, יותם ראובני, אלי גולדברג. הוד השרון: אסטרולוג, 2005.

לי יו, מחצלת הבשרים, תרגום: דן דאור. תל אביב: עם-עובד, 2005.

ליה-דזה, ליה דזה, תרגום מסינית: דן דאור. ירושלים: כתר, 1982.

ליטווין, רינה [עורכת], פרחי גיהינום קטנים: מבחר הסיפור הסיני במאה ה-20, תירגום מסינית: דן דאור, אורית ורטהיים, אמירה כץ, תמר עמית, אנדרו פלאקס. תל-אביב: ספרית פועלים, 1982.

לין, יו טאנג, עלה נידף ברוח, תרגום מאנגלית: מנשה לוין. מרחביה: הקיבוץ הארצי, 1943.

לין, יו טאנג, מבחר הסיפור הסיני, תרגום מאנגלית: עמוס קינן. תל אביב: הדר, 1945.

לין, יו טאנג, רגע בפקין, תרגום: יצחק שנברג. תל אביב: עם עובד, 1946.

מו יאן, דורה אדומה, תרגום מאנגלית: יואב הלוי. תל אביב: מעריב, 1994.

מו יאן, בלדות שום, תרגום מאנגלית: עידית פז. תל אביב: מעריב, 1996.

מו צה, אהבה אוניברסלית: מבחר מכתביו של החכם הסיני, תרגום מאנגלית: בן ציון הרמן. רמת השרון: אסטרולוג, 2006.

מנג-דזה, מנג-דזה, תרגום מסינית: דן דאור. ירושלים: מוסד ביאליק, 2009.

סו טונג, אורז, תרגום מסינית: יוסף סרגוסטי. תל אביב: ספרית פועלים, 2000.

סון-דזה, אומנות המלחמה: ניצחון ללא לחימה, תרגום מאנגלית: שרונה גורי. תל אביב: עופרים, 1966.

סון טסו, חכמת המלחמה, תרגום מאנגלית: אפרים בריודא. תל אביב: מערכות, 1972.

סון-טסו, אמנות המלחמה, [לא מוזכר שם המתרגם] הוד השרון: אסטרולוג, 1998.

סון-דזה, אמנות המלחמה: וכיצד להימנע ממנה, תרגום: רחביה ברמן. תל אביב: אופוס, 2001.

ספר התמורות, תרגום מסינית: יורי גראוזה, נוסח עברי: יפה אלון, ירושלים: כרמל, 1993.

פנג מנג-לונג, כתונת הפנינים: מאוצר סיפורי מינג, תרגום: אמירה כץ. תל-אביב: עם עובד, 1993.

צאו הסואה-צ'ין, חלום החדר האדום, תרגום מאנגלית: רן קידר. הוד השרון: אסטרולוג, 2002.

צ'ואנג-טסה, קולות האדמה: קטעים נבחרים מכתביו של החכם הסיני צ'ואנג-טסה, תרגום מסינית: יואל הופמן. גבעתיים: מסדה, 1977.

צ'ואנג צה, עולמם של בני אדם: מבחר מכתביו של החכם הסיני, תרגום מאנגלית: בן ציון הרמן. רמת השרון: אסטרולוג, 2006.

צ'יו סיאו-לונג, מותה של גיבורה אדומה, תרגום מאנגלית: בועז וייס. הוצאת מעריב, 2002.

צ'יו סיאו-לונג, מותה של גיבורה אדומה, תרגום מאנגלית: יעל אכמון. ישראל: הוצאת ינשוף, 2006.

צ'יו סיאו-לונג, רקדנית מהפכה אדומה, תרגום מאנגלית: יעל אכמון. ישראל: הוצאת ינשוף, 2007.

קונפוציוס, מאמרות, תרגום מסינית: דניאל לסלי ואמציה פורת. ירושלים: מוסד ביאליק, 1960.

קונפוציוס, מאמרות, תרגום מסינית: אמירה כץ. ירושלים: מוסד ביאליק, 2006.

קמחי, דב [מתרגם ומלקט], ינג-נינג: היפהפיה הצוחקת, אגדות סיניות, תל אביב: י. צ'צ'יק, 1960.

קמחי, דב, גנג הזקן: אגדות סיניות, תל אביב: י. צ'צ'יק, 1961.

שאן סה, קיסרית, תרגום מצרפתית: רמה איילון. אור יהודה: זמורה-ביתן, 2007.

שבתאי, אהרון, שירי אהבה סיניים, תרגום: אהרון שבתאי. תל אביב: הדס, 1952

שבתאי, אהרון, שירי אהבה סיניים, תרגום: אהרון שבתאי. תל אביב: תמוז [הדפסה מחודשת], 1981

שו טינג וסי מו-רונג, שירים, תרגום מסינית: אמירה כץ. פסטיבל המשוררים הבינלאומי, ירושלים, 1999.

שון צה, יצר לב האדם רע מנעוריו: מבחר מכתביו של החכם הסיני, תרגום מאנגלית: בן ציון הרמן. רמת השרון: אסטרולוג, 2006.

שחר, מאיר [מתרגם ומעבד], קוף ודלעת הקסמים: אגדה סינית בציורים / וו צ'אנג אן, תל אביב: עם עובד, 2008.

שינראן, הנשים הטובות של סין, תרגום נטלי צור. ישראל: קוראים, 2006.

שן פו, החיים הסחופים, תרגום מסינית: דן דאור. תל-אביב: חרגול, 1983.

ין צונג-ון, עיירת הגבול, תרגום מסינית: אמירה כץ. תל אביב: עם עובד, 1989

תורת הגדול, תרגום מסינית: אנדרו פלאקס. ירושלים: מוסד ביאליק, 1997.

中文参考文献：

钱林森 . 光自东方来——法国作家与中国文化 . 银川：宁夏人民出版社，2004.

沈雁冰等 . 新犹太小说一脔 . 上海：商务印书馆，1925.

沈雁冰 . 新犹太小说集 . 上海：上海商务印书馆，1925.

鲁彦 . 犹太小说集 . 上海：开明书店，1926.

周忠信著，萧文若牧师译 . 希伯来文学史 . 成都：中华基督教会四川省协会文字部版，1935.

中文和合本，中国基督教协会 . 圣经 .1998.

朱维之 . 圣经文学十二讲——圣经、次经、伪经、死海古卷 . 北京：人民文学出版社，1989.

朱维之、韩可胜 . 古犹太文化史 . 北京：经济日报出版社，1997.

朱维之 . 古希伯来文学史 . 北京：高等教育出版社，2001.

梁工、赵复兴 . 凤凰的再生——希腊化时期的犹太文学研究 . 北京：商务印书馆，2000.

孙毅 .〈圣经〉导读 . 北京：中国人民大学出版社，2005.

［美］伊 · 汉密尔顿，葛海滨译 . 希腊精神——西方文明的源泉 . 吉林：辽宁教育出版社，2005.

罗香林 .《中国通史》（上）. 台北：正中书局，1977.

王敬之 . 圣经与中国古代经典——神学与国学对话录 . 北京：宗教文化出版社，2001.

许牧世 . 经与译经 . 香港：基督教文艺出版社，1983.

梁工、卢龙光编选 . 圣经与文学阐释 . 北京：人民文学出版社，2003.

赵维本 . 译经溯源：现代五大中文圣经翻译史 . 香港：中国神学研究院，1993.

刘丽霞 . 中国基督教文学的历史存在 . 北京：中国社会科学文献出版社，2006.

鲁迅 . 鲁迅全集 . 北京：人民文学出版社，2005.

冰心 . 冰心文集 . 北京：人民文学出版社，1982—1986.

老舍 . 老舍全集 . 北京：人民文学出版社，1999.

杨剑龙 . 旷野的呼告——中国现代作家与基督教文化 . 上海：上海教育出版社，1998.

梁工主编 . 基督教文学 . 北京：宗教文化出版社，2001.

史铁生 . 我的丁一之旅 . 北京：人民文学出版社，2006.

谢有顺 . 话语的德性 . 海口：海南出版社，2002.

徐新编 . 现代希伯来小说选 . 桂林：漓江出版社，1992.

周策纵 . 五四运动：现代中国的思想革命 . 南京：江苏人民出版社，1996.

金丝燕 . 文学接受与文化过滤 . 北京：中国人民大学出版社，1994.

肖洛姆 - 阿来汉姆等著，姚以恩等译 . 节日的晚宴 . 上海：上海译文出版社，1981.

［美］艾 · 巴 · 辛格著，鹿金、吴劳译 . 卢布林的魔术师 . 上海：上海译文出版社，1979.

苏童、王宏图 . 苏童王宏图对话录 . 苏州：苏州大学出版社，2003.

崔道怡等编 . “冰山”理论，对话与潜对话 . 北京：工人出版社，1987.

［以色列］阿格农等著，钱鸿嘉等译 . 逾越节的求爱——现代外国短篇小说集 . 福州：福建人民出版社，1981.

［以色列］耶胡达 · 阿米亥著，傅浩译 . 耶胡达 · 阿米亥诗选 . 石家庄：河北教育出版社，2002.

［以色列］撒母耳 · 约瑟夫 · 阿格农著，徐新等译 . 婚礼华盖 . 桂林：漓江出版社，1995.

［以色列］阿格农著，徐崇亮等译 . 一个简单的故事 . 上海：上海译文出版社，2004.

［以色列］耶胡达 · 阿米亥著，黄福海译 . 开 · 闭 · 开 . 上海：上海译文出版社，2007.

钟志清 . 当代以色列作家研究 . 北京：人民文学出版社，2006.

［以色列］阿摩司 · 奥兹著，钟志清译 . 我的米海尔 . 南京：译林出版社，1998.

［以色列］阿摩司 · 奥兹著，范一泓等译 . 费玛 . 南京：译林出版社，2001.

［以色列］阿摩司 · 奥兹 . 爱与黑暗的故事 · 中文版前言 . 南京：译林出版社，2007.

［以色列］根得林著，明宇等译 . 受害的一代 . 北京：群众出版社，1986.

［以色列］鸥兹等 . 以色列的瑰宝——神秘国度的人间奇迹：“基布兹”小说选 . 郑州：河南人民出版社，1993.

［以色列］亚伯拉罕 · B · 约书亚著，陈贻绎译 . 三天和一个孩子 . 北京：中国社会科学出

版社，1994.

［以色列］比亚利克等著，高秋福编．百年心声——现代希伯来诗选．北京：人民文学出版社，1998.

［以色列］露丝·阿尔莫格著，朱美慧译．雨中之死．北京：中国社会科学出版社，1998.

［美］托马斯·卡希尔．上帝选择了犹太人——一个游牧民族如何改变了世界．北京：世界知识出版社，2001.

［以色列］梅厄·沙莱夫著，于海江、张颖译．蓝山．上海：上海译文出版社，2005.

［以色列］格罗斯曼著，张冲、张琼译．证之于：爱．上海：上海译文出版社，2006.

潘光、王建．一个半世纪以来的上海犹太人——犹太民族史上的东方一页．北京：社科文献出版社，2002.

许步曾．寻访犹太人——犹太文化精英在上海．上海：上海社会科学院出版社，2007.

徐新．犹太人的故事．济南：山东画报出版社，2006.

巴金．巴金译文选集．北京：三联出版社，1999.

［古希腊］柏拉图著，陈康译注．巴曼尼德斯篇．北京：商务印书馆，1982.

［以色列］格尔绍恩·谢克德著，钟志清译．现代希伯来小说史．北京：商务印书馆，2009.

熊月之．西学东渐与晚清社会．上海：上海人民出版社，1994.

《遐迩贯珍》（附解题·索引）．上海：上海辞书出版社 .2005.

《六合丛谈》（附解题·索引）．上海：上海辞书出版社 .2006.

朱维铮主编．利玛窦中文译著集．上海：复旦大学出版社，2001.

爱汉者等编，黄时鑑整理．《东西洋考每月统记传》戊戌年二月号．北京：中华书局，1997.

周作人．欧洲文学史．上海：商务印书馆，1918.

周作人．周作人自编文集．石家庄：河北教育出版社，2002.

周作人．周作人文选．自传—知堂回想录．北京：群众出版社，1998.

周作人文类编．长沙：湖南文艺出版社，1998.

［英］卜立德．一个中国人的文学观——周作人的文艺思想．上海：复旦大学出版社，2001.

蔡元培 . 蔡元培美学文选 . 北京：北京大学出版社，1998.

王国维 . 静庵文集 . 沈阳：辽宁教育出版社，1997.

吴宓 . 希腊文学史 .《学衡》杂志第 13、14 期连载 .

方璧（茅盾）. 希腊文学 ABC. 上海：ABC 丛书社，1930.

王力 . 希腊文学 . 上海：商务印书馆，1933.

茅盾著，叶子铭编 . 茅盾文艺杂论集 . 上海：上海文艺出版社，1981.

吴宓 .《吴宓日记》第 2 卷 . 北京：三联书店，1998.

柳无忌 . 西洋文学研究 . 北京：中国友谊出版公司，1985.

罗志田 . 裂变中的传承——20 世纪前期的中国文化与学术 . 北京：中华书局，2003.

陈独秀 . 独秀文存 . 上海：亚东图书馆，1926.

辛亥革命前十年间时论选集 . 北京：三联书店，1977.

［英］艾略特 . 艾略特文学论文集 . 南昌：百花洲文艺出版社，1994.

［美］列文森 . 儒教中国及其现代命运 . 北京：中国社会科学出版社，2000.

［美］安敏成 . 现实主义的限制：革命时代的中国小说 . 南京：江苏人民出版社，2001.

曹禺 . 曹禺文集 . 北京：中国戏剧出版社，1988.

曹禺 . 曹禺论创作 . 上海：上海文艺出版社，1986.

陈中梅 . 柏拉图诗学和艺术思想研究 . 北京：商务印书馆，1999.

徐复观 . 中国艺术精神 . 上海：华东师范大学出版社，2005.

［法］韦尔南 . 希腊思想的起源 . 北京：三联书店，1996.

［英］鲍桑葵 . 美学史 . 桂林：广西师范大学出版社，2002.

［古希腊］张师竹初译，张东荪改译 . 柏拉图对话集六种 . 上海：商务印书馆，1933.

［古希腊］郭斌和，景昌极译 . 柏拉图五大对话 . 南京：南京国立编译馆，1934.

［法］居拉 · 德拉孔波等编，吴雅凌译 . 赫西俄德：神话之艺 . 北京：华夏出版社，2005.

刘小枫编 . 古典诗文绎读 西学卷 · 古代编（上下册）. 北京：华夏出版社，2008.

刘小枫 . 重启古典诗学 . 北京：华夏出版社，2010.

编后记

随师兄去府上拜访钱林森教授，满怀激动与期望，已是九年前的事了。那天讨论的出版项目，占去此后我编辑生涯的主要时光，筹划项目、联系作者、一次又一次的编写会，断断续续地收稿、改稿，九年就这样在焦急的等待、繁忙的工作中过去了，而九年，是一位寿者生命时光的十分之一，是我编辑生涯中最美好的日子……每每想到这里，心中总难免暗惊。人一生有多长，能做多少事，什么是值得投入一生最好时光的事业？付诸漫长时光与巨大努力的工作，一旦完成，最好的报偿是什么呢？这些问题困扰着我，只是到了最后这段日子，我才平静下来。或许这些困惑都是矫情，尽心尽力、无怨无悔地做完一件事，就足够了。不求有功，但求告慰自己。

《中外文学交流史》17卷终于完成，钱老师、周老师和各卷作者们付出了巨大的努力，我心怀感激。在这九年里，有的作者不幸故去，有的作者中途退出，但更多的朋友加入进来。吕同六先生原来负责主持意大利卷，工作开始不久不幸去世。我们深深地怀念吕同六先生，他的故去不仅是中国学术界的巨大损失，也是我们这套丛书的损失。张西平先生慷慨地接替了吕先生的工作，意大利卷终于圆满完成。朝韩卷也颇多波折，起初是北大韩振乾先生承担此卷的著述，后来韩先生不幸故去，刘顺利先生加入我们。刘顺利先生按自己的学术思路，一切从头开始，多年的积累使他举重若轻，如期完成这本皇皇巨著。还有北欧卷，我们请来了瑞典的陈迈平（万之）先生，后来陈先生因为心脏手术等原因而无力承担此卷撰著。叶隽先生知难而上。期间种种，像叶隽所说，“使我们更加坚信道义的力量、人的情感和高山流水的声音”。李明滨、赵振江、郅溥浩、郁龙余、王晓平、梁丽芳、朱徽先生都是学养深厚的前辈，他们加入这个团队并完成自己的著作，为这套丛书奠定了坚实的学术基础，也提高了丛书的品位。卫茂平、丁超、宋炳辉、姚风、查晓燕、葛桂录、马佳、郭惠芬、贺昌盛先生正值盛年，且身当要职，还在百忙之中坚持写作，使这套丛书在研究的问题与方法上具备了最前沿的学术品质。齐宏伟、杜心源、周云龙都是风头正健的学界新秀，在他们的著述中，我们看到了中外文学关系史研究的美好前景。

这套书是个集体项目，具有一般集体项目的优势与劣势，成就固然令人欣喜，缺憾也引人羞愧。当然，最让人感到骄傲与欣慰的是，这套书自始至终得到比较文学界前辈的关心与指导，乐黛云教授、严绍璗教授、饶芃子教授在丛书启动时便致信编委会，提出中肯的指导意见，以后仍不断关心丛书的进展。2005 年丛书启动即被列入“十一五”国家重点图书出版规划项目，2012 年，本套丛书获得国家出版基金资助，这既为丛书的出版提供了保障，我们更认为这是对我们这个项目出版价值的高度肯定，是一种极高的荣誉，因此我们由衷地喜悦，并充满感激。

丛书是一个浩大的学术工程，也得到了我们历任领导的高度重视和大力支持。2005 年策划启动时，还没有现今各种文化资助的政策，出版这套丛书需要胆识和气魄。社领导参与了我们的数次编写会，他们的睿智敬业以及作为山东人的豪爽诚挚给我们的作者留下了深刻的印象。丛书编校任务繁琐而沉重，周红心、钱锋、于增强、孙金栋、王金洲、杜聪、刘丛、尹攀登、左娜诸位编辑同仁投入了巨大热情和精力，承担了部分卷次的编校工作，周红心协助我做了许多细致的工作，保证了丛书项目如期完成。

感谢书籍装帧设计师王承利老师，将他的书籍装帧理念倾注到这套丛书上。王老师精心打磨每一个细节，从封面到版式，从工艺到纸张，认真研究反复比较，最终将传统与现代、中国与世界、文学与学术和书籍之美完美地融合在一起。丛书设计独具匠心而又恰如其分。

《中外文学交流史》17 卷在历经艰辛与坎坷之后，终得圆满，为此钱老师、周老师付出了巨大的努力。钱老师作为项目的发起人、主持人，自然功德无量，仅他为此项目给各位老师作者发的电子邮件，连缀起来，就快成一本书了。2007 年在济南会议上，钱老师邀请周老师与他联袂主编，从此周老师分担了许多审稿、统稿的事务性工作。师兄葛桂录教授的贡献是独特而不可替代的，没有他的牵线，便没有我们与钱老师、周老师的合作，这套丛书便无缘发生。

大家都是有缘人，聚在一起做一件事，缘起而聚、缘尽而散，聚散之间，留下这套书，作为事业与友情的纪念，亦算作人生一大幸事。在中国比较文学学术史上，在中国出版史上，这套书可能无足轻重，但在我自己的职业生涯中，它至关重要。它寄托着我的职业理想，甚至让我怀念起 20 多年前我在山东大学的学业，那时候我对比较文学的憧憬仍是纯粹而美好的，甚至有些敬畏。能够从事自己志业的人是幸福的，我虽然没有从事比较文学研究，但有幸从事比较文学著作的出版，也算是自己的志业。此刻，我庆幸自己是个有福的人！

祝 丽

图书在版编目（CIP）数据

中外文学交流史．中国 - 希腊、希伯来卷 / 齐宏伟等著．-- 济南 ：山东教育出版社，2014（2026.1重印）
ISBN 978－7－5328－8495－7

Ⅰ．①中… Ⅱ．①齐… Ⅲ．①文学—文化交流—文化史—中国、希腊 Ⅳ．① I109

中国版本图书馆 CIP 数据核字 (2014) 第 152851 号

中外文学交流史　中国 - 希腊、希伯来卷
钱林森　周　宁　主编
齐宏伟　杜心源　杨　巧　著

总 策 划：祝　丽
责任编辑：祝　丽　周红心
装帧设计：王承利

主　管：山东出版传媒股份有限公司
出版者：山东教育出版社
（济南市市中区二环南路2066号4区1号　　邮编：250003）
电　话：（0531）82092660　传真：（0531）82092601
网　址：http://www.sjs.com.cn
发行者：山东教育出版社
印　刷：山东华立印务有限公司
版　次：2015年1 2 月第 1 版
印　次：2026年 1 月第 2 次印刷
规　格：787mm×1092mm　16 开本
印　张：17.5 印张
字　数：324 千字
书　号：ISBN　978-7-5328-8495-7
定　价：168.00 元
（如印装质量有问题，请与印刷厂联系调换）　印厂电话：0531–76216033